MR. MASTERS

MR. MASTERS

T L SWAN

Copyright © 2021 T L Swan

TUTTI I DIRITTI RISERVATI

Traduzione: Alice Arcoleo
Correzione Di Bozze: Erika Arcoleo
Editing: AE Arcoleo

Tutti i diritti sono riservati. È vietata qualsiasi utilizzazione, totale o parziale, dei contenuti inseriti nel presente libro, ivi inclusa la memorizzazione, riproduzione, rielaborazione, diffusione o distribuzione dei contenuti stessi mediante qualunque piattaforma tecnologica, supporto o rete telematica, senza previa autorizzazione scritta dell'editore, a eccezione di citazioni racchiuse in articoli o recensioni. Questa è un'opera di fantasia. Nomi, personaggi, istituzioni, luoghi ed episodi sono frutto dell'immaginazione dell'autore e non sono da considerarsi reali. Qualsiasi somiglianza con fatti, scenari, organizzazioni o persone, viventi o defunte, veri o immaginari è del tutto casuale.

CONTENTS

Riconoscimenti vii
Gratitudine ix
Messaggio dell'autrice x
Prologo 1
Capitolo 1 4
Capitolo 2 19
Capitolo 3 46
Capitolo 4 61
Capitolo 5 79
Capitolo 6 97
Capitolo 7 112
Capitolo 8 131
Capitolo 9 152
Capitolo 10 168
Capitolo 11 183
Capitolo 12 204
Capitolo 13 217
Capitolo 14 231
Capitolo 15 257
Capitolo 16 273
Capitolo 17 282
Capitolo 18 290
Capitolo 19 299

Capitolo 20 308
Capitolo 21 322
Capitolo 22 335
Capitolo 23 351
Capitolo 24 364
Capitolo 25 378
Capitolo 26 393
Capitolo 27 410
Capitolo 28 419
Epilogo 422
Postfazione 430
Mr. Spencer -Estratto Capitolo 1 431

RICONOSCIMENTI

Non esistono parole abbastanza profonde per
ringraziare tutta la mia squadra stupenda.
Non scrivo da sola i miei libri, ho un esercito.
Il migliore esercito al mondo.

Kellie, l'assistente personale più incredibile sulla Terra. Sei
fantastica e ti ringrazio per tutto ciò che fai per me.

Ai miei fantastici lettori beta, mia madre, Vicki, Am, Rachel, Nicole
Lisa K, Lisa D, Nadia e Charlotte. Grazie, sopportate tanto e non vi
lamentate mai, nemmeno quando vi faccio aspettare un'eternità per
il capitolo successivo.

Non capirò mai come sia stata così fortunata da avervi nella mia vita
e a chiamarvi amici.

Vic, mi rendi migliore e la tua amicizia è così importante.

Le mie stronzette motivate, vi voglio tanto bene, sapete a chi mi riferisco.

Grazie a tutta la squadra PR di Forward per quello che fate.
Alle mie ragazze della Swan Squad, ho la sensazione di poter fare qualunque cosa con voi. Grazie per farmi ridere ogni giorno.
E al mio stupendo marito e ai miei tre figli, siete la ragione di ogni cosa.

Ai miei lettori.
Senza il vostro sostegno non vivrei il mio sogno.
Non riuscirò mai a ringraziarvi abbastanza per
il vostro continuo incoraggiamento.

Ci proverò lo stesso, però.
Grazie dal profondo del cuore, dico sul serio.

Spero che amerete Mr Masters quanto lo amo io.
Quest'uomo ha un posto speciale nel mio cuore e sono onorata di aver ricevuto il dono di questa storia.
Tee xox

GRATITUDINE

Sentimento e disposizione d'animo che comporta affetto verso chi ci ha fatto del bene, ricordo del beneficio ricevuto e desiderio di poterlo ricambiare.

Vorrei dedicare questo libro all'Alfabeto.
Quelle ventisei lettere che mi hanno cambiato la vita.

In queste ventisei lettere, ritrovo me stessa e vivo il mio sogno.
La prossima volta che ripeterete l'alfabeto, ricordatevi del suo potere.
Io lo faccio ogni giorno.

MESSAGGIO DELL'AUTRICE

Adesso ho qualche spiegazione da fare.
Per chi conosce i miei libri e il mio modo di scrivere, saprete che non tralascio nulla.
Per chi ha letto *Find Me Alastar*, la mia sceneggiatura, devo avvisarvi che Emerson e Alastar sono stati affrontati soltanto in questo libro.

Perché?

Perché era assolutamente impossibile elaborare la loro storia e non fare spoiler per i prossimi lettori.

Per questo motivo, vi confiderò un segreto. Posso confermarvi che ci sarà un secondo libro della "Alastar Series",

Save Me Alastar.

Non so quando ma so che lo scriverò.
La loro storia è troppo bella per finire così.

Restate sintonizzati,

T L Swan

PROLOGO

Julian Masters

ALINA MASTERS
1984 – 2013
Moglie e madre amata.
Ti affidiamo alle mani di Dio.

Dolore. Il Tristo Mietitore della vita. Ladro di gioia, speranza e scopo.

Alcuni giorni sono sopportabili. Altri riesco a malapena a respirare, e soffoco in un mondo di rimpianto, dove la ragione non ha alcun senso.

Non so mai quando questi giorni arriveranno. So soltanto che, quando mi sveglio, sento una morsa al petto e ho bisogno di correre. Ho bisogno di essere ovunque eccetto che qui, ad affrontare questa vita.

La mia vita.

La nostra vita. Finché non te ne sei andata.

Il suono di una falciatrice in lontananza mi riporta al presente, e guardo verso il custode del cimitero. È concentrato mentre gira tra le lapidi, attento a non scalfire o danneggiarne una mentre passa. È il crepuscolo, e la nebbia discende con il buio.

Vengo spesso qui, a pensare, per provare a sentire.

Non posso parlare con nessuno. Non posso esprimere i miei veri sentimenti. Voglio sapere perché.

Perché ci hai fatto questo?

Serro la mascella fissando la lapide della mia defunta moglie. Avremmo potuto avere tutto... ma così non era stato.

Mi abbasso e scosto la polvere dal nome, sistemando i gigli rosa che ho appena riposto nel vaso. Le sfioro il viso sulla piccola foto ovale. Mi fissa, priva di emozione.

Indietreggiando, infilo le mani nelle tasche del cappotto nero.

Potrei restare qui e fissare la lapide tutto il giorno – a volte lo faccio – ma mi giro e mi dirigo in auto senza voltarmi.

La mia *Porsche*.

Certo, sono ricco e ho due figli che mi amano. Sono il migliore nel mio lavoro di giudice. Ho tutte le carte per essere felice, ma non è così.

Sto a malapena sopravvivendo, mi reggo a un filo. Al mondo mostro una maschera.

Sto morendo dentro.

Mezz'ora dopo, arrivo al Madison... la mia *cura*.

Me ne vado sempre rilassato da qui.

Non devo parlare, né pensare, né sentire. Attraverso la porta di ingresso in automatico.

«Buon pomeriggio, signor Smith.» Hayley, la receptionist, sorride. «La sua stanza la attende, signore.»

«Grazie.» Aggrotto la fronte, sentendo di aver bisogno di qualcosa di più oggi.

Qualcosa per scacciare il nervosismo.

Una *distrazione*.

«Vorrei qualcuno in più oggi, Hayley.»

«Certo, signore. Chi vorrebbe?»

Mi acciglio e mi concedo un attimo per fare le cose per come si deve. «Mhm. Hannah.»

«Allora, Hannah e Belinda?»

«Sì.»

«Nessun problema, signore. Si metta comodo e loro arriveranno subito.»

Prendo l'ascensore verso la penthouse di lusso. Una volta arrivato, mi verso uno scotch e fisso fuori dalla finestra fumé che si affaccia su Londra.

Sento lo scatto della porta dietro di me e mi giro verso il rumore. Hannah e Belinda sono davanti a me, sorridenti.

Belinda ha capelli lunghi e biondi, mentre Hannah è una bruna.

È innegabile che siano entrambe giovani e bellissime. «Salve, signor Smith,» dicono all'unisono.

Sorseggio il whisky mentre le ammiro. «Dove ci vuole, signore?»

Mi slaccio la cintura. «In ginocchio.»

1

Brielle

La dogana è davvero lenta, e un uomo è stato portato nell'ufficio più avanti. Sembra tutto molto sospetto dalla mia posizione in fondo alla fila. «Che cosa pensi che abbia fatto?» sussurro allungando il collo e spiando il trambusto più in là.

«Non lo so, qualcosa di stupido, probabilmente,» risponde Emerson. Avanziamo verso il bancone mentre la fila si muove più in fretta.

Siamo appena arrivati a Londra per iniziare la nostra vacanza studio di un anno. Lavorerò come tata per un giudice, mentre Emerson, la mia migliore amica, lavorerà per un banditore d'arte. Sono terrorizzata ma euforica.

«Vorrei che fossimo arrivate una settimana prima per trascorrere un po' di tempo insieme,» dice Emerson.

«Già, lo so, ma lei aveva bisogno che iniziassi questa settimana perché la prossima partirà. Devo imparare la routine dei bambini.»

«Chi lascia i propri figli da soli per tre giorni con una perfetta sconosciuta?» Em aggrotta la fronte disgustata.

Faccio spallucce. «Il mio nuovo capo, a quanto pare.»

«Be', almeno posso venire da te il prossimo fine settimana. È un bonus.»

Il mio lavoro è in loco, quindi l'alloggio è sicuro. Invece la povera Emerson vivrà con due sconosciuti e sta impazzendo al pensiero.

«Sì, ma ti farò entrare di nascosto,» la informo. «Non mi va che pensino che stiamo facendo festa o altro.»

Mi guardo attorno in aeroporto. È frenetico, frequentato e mi sento già così viva. Emerson e io non siamo soltanto due giovani viaggiatrici.

Emerson sta cercando di trovare il suo scopo nella vita e io sto scappando da un passato devastante, uno in cui ero innamorata di un bastardo traditore.

Lo amavo, ma lui non amava me. Non abbastanza, almeno.

Se lo avesse fatto, lo avrebbe tenuto nei pantaloni, e io non mi troverei all'aeroporto di Heathrow sul punto di vomitare.

Mi guardo e sistemo le pieghe che si sono formate sul vestito. «Passerà lei a prendermi. Come sto?»

Emerson mi guarda dalla testa ai piedi e annuisce. «Hai l'aspetto di una tata di venticinque anni che viene dall'Australia.»

Mi mordo il labbro per non ridere come una stupida. È stata una bella risposta.

«Allora, come si chiama il tuo capo?» chiede.

Cerco il cellulare nella borsa e apro l'email con i dettagli che mi aveva inviato l'azienda. «La signora Julian Masters.»

Emerson annuisce. «Mi ripeti la sua storia? So che me l'hai già raccontata, ma l'ho dimenticata.»

«Lavora come giudice alla Corte Suprema e ha perso il marito cinque anni fa.»

«Che cosa gli è successo?»

«Non lo so, ma a quanto sembra è ricca.» Faccio spallucce. «Ha due figli, ben educati.»

«Sembra promettente.»

«Lo spero. E vorrei davvero piacere a tutti quanti.»

«Sarà così.» La fila va avanti. «Di sicuro usciremo nei fine settimana, giusto?»

«Sì.» Annuisco. «Che cosa farai fino a quel momento?»

Si stringe nelle spalle. «Mi guarderò intorno. Inizierò a lavorare lunedì e oggi è giovedì.» Corruga la fronte mentre mi guarda. «Sei sicura di poter uscire nei fine settimana?»

«Sì,» esclamo esasperata. «Te l'ho detto un centinaio di volte, usciremo il sabato sera.»

Emerson annuisce con aria nervosa. Credo che lo sia quanto me, ma almeno io fingo di avere coraggio. «Hai risolto con il cellulare?» le chiedo.

«Non ancora. Domani andrò in un negozio di telefonia, così ti potrò chiamare.»

«Okay.»

Finalmente è il nostro turno e, mezz'ora dopo, ci ritroviamo all'area degli arrivi dell'Aeroporto Internazionale di Heathrow.

«Vedi i nostri nomi?» sussurra Emerson mentre ci guardiamo intorno.

«No.»

«Merda, nessuno è venuto a prenderci. Tipico.» Comincia a entrare nel panico.

«Rilassati, arriveranno,» mormoro.

«Che cosa faremo se non si presenterà nessuno?»

Inarco un sopracciglio e ci rifletto. «Be', non so tu, ma io darò di matto.»

Emerson sposta lo sguardo dietro di me. «Oh, guarda, c'è il tuo nome. Deve aver mandato un autista.»

Mi volto e vedo un uomo alto e possente con indosso un completo blu navy che tiene in mano un cartello con la scritta "Brielle Johnston". Faccio un sorrisetto e agito la mano mentre sento l'ansia accumularsi nello stomaco.

Viene verso di me e sorride. «Brielle?»

La sua voce è profonda e autoritaria. «Sì, sono io,» sussurro.

Mi offre la mano. «Julian Masters.» Che cosa?

Spalanco gli occhi.

Un uomo?

Inarca le sopracciglia.

«Ehm, allora... io sono Brielle,» balbetto mentre gli stringo la mano. «E lei è la mia amica Emerson, che è anche la mia compagna di viaggio.» Non appena mi sfiora la mano, il cuore comincia a battere più forte.

Sul suo volto compare l'ombra di un sorriso, ma si ricompone subito. «Piacere di conoscerti.» Si volta verso Emerson e le stringe la mano. «Come va?»

Mi giro verso la mia amica che gli rivolge un sorriso abbagliante. È ovvio che si stia divertendo. «Salve.»

«Pensavo che fosse una donna,» sussurro.

Corruga la fronte. «L'ultima volta che ho controllato, ero un uomo.» Mi guarda intensamente negli occhi.

Perché l'ho detto a voce alta? Oddio, smettila di parlare. È così imbarazzante.

Voglio tornare a casa. È stata una pessima idea.

«Aspetterò lì.» Indica un angolo prima di andare via. Il mio sguardo terrorizzato incrocia quello di Emerson, che ridacchia. Le do un pugno sul braccio.

«Oh cazzo, è un cazzo di uomo,» sussurro arrabbiata.

«Lo vedo.» Sogghigna senza smettere di guardarlo.

«Mi scusi, signor Masters?» lo chiamo.

Si volta. «Sì.»

Diventiamo entrambe minuscole sotto la forza del suo sguardo. «Noi... noi andiamo un attimo in bagno,» balbetto.

Annuisce in modo educato e fa un cenno verso destra. Solleviamo lo sguardo e vediamo le indicazioni per la toilette. Afferro il braccio di

Emerson e la trascino in bagno. «Non lavorerò con un uomo vecchio e rigido!» urlo non appena apro la porta.

«Andrà tutto bene. Com'è successo?»

Prendo il cellulare e controllo le email. Lo sapevo. «C'è scritto donna. Dice che si tratta di una donna.»

«Non è così vecchio,» dice dal cubicolo. «A essere onesta, preferirei lavorare per un uomo piuttosto che una donna.»

«Sai che cosa, Emerson? È un'idea terribile. Come ho lasciato che mi convincessi?»

Sorride quando esce dal bagno e si lava le mani. «Non importa. Lo vedrai a malapena e non lavorerai nei fine settimana, quando lui sarà a casa.» Prova a calmarmi. «Smettila di fare i capricci.»

Smettila di fare i capricci.

Sento il fumo uscirmi dalle orecchie. «Ti ucciderò. Ti ucciderò, cazzo.»

Emerson si morde il labbro per trattenere le risate. «Ascolta, resta con lui finché non troveremo qualcos'altro. Domani sistemerò il cellulare e potremo cominciare la ricerca,» mi rassicura. «Almeno qualcuno è passato a prenderti. A nessuno importa di me.»

Mi porto il volto tra le mani e cerco ci calmarmi. «È un disastro, Em,» sussurro. All'improvviso, tutti i dubbi che avevo diventano realtà. Mi sento a disagio.

«Sarà per una settimana... al massimo.» La guardo con occhi impauriti. «Okay?» Sorride mentre mi abbraccia.

«Okay.» Mi guardo allo specchio, mi sistemo i capelli e il vestito. Sono un disastro.

Usciamo e ci fermiamo accanto al signor Masters. Deve avere quasi quarant'anni, è vestito in modo impeccabile ed è piuttosto attraente. Ha i capelli scuri con qualche ciuffo grigio.

«Il volo è andato bene?» mi chiede.

«Sì, grazie,» dico, anche se sembra forzato. «Grazie per essere venuto a prenderci,» aggiungo.

Risponde con un semplice gesto del capo.

Emerson guarda in basso mentre cerca di nascondere il sorriso. La stronza si sta divertendo.

«Emerson?» esclama una voce maschile. Ci voltiamo e vediamo un uomo biondo, e questa volta è l'espressione di Emerson a cambiare. Ah. Adesso tocca a me ridere.

«Salve, io sono Mark.» Le dà un bacio sulla guancia e poi si volta verso di me. «Tu devi essere Brielle?»

«Sì.» Sorrido prima di voltarmi verso il signor Masters. «E lui è...» mi fermo, perché non so come presentarlo.

«Julian Masters,» dice al mio posto, stringendo la mano dell'uomo.

Emerson e io fingiamo di sorridere. *Oh buon Dio, aiutami.*

La mia amica comincia a parlare con Mark e il signor Masters, mentre io resto in silenzio, imbarazzata.

«L'auto è da questa parte.» Indica la sua destra.

Annuisco, nervosa. Oddio, non lasciatemi da sola con lui. Sono terrorizzata.

«Piacere di avervi conosciuto, Emerson e Mark.» Stringe la mano a entrambi.

«Anche per me è stato un piacere. Per favore, si prenda cura della mia amica,» sussurra Emerson mentre mi guarda velocemente negli occhi.

Il signor Masters annuisce, sorride e poi prende il mio bagaglio, dirigendosi all'auto. Emerson mi abbraccia.

«Questa storia è una stronzata,» sussurro.

«Andrà tutto bene. Probabilmente è una brava persona.»

«Non sembra una brava persona,» mormoro.

«Già, ha l'aria di essere uno stronzo,» aggiunge Mark mentre lo guarda scomparire tra la folla.

Emerson gli lancia un'occhiataccia e io sogghigno. Penso che il suo amico sia più fastidioso del mio. «Mark, prenditi cura della mia amica, d'accordo?»

Sbatte il pugno sul petto come un gorilla. «Oh, è quello che intendo fare.»

Emerson mi guarda negli occhi e si morde il labbro mentre cerchiamo entrambe di non scoppiare a ridere. Questo tipo è un coglione. Guardiamo entrambe il signor Masters, che mi sta aspettando con impazienza. «Farò meglio ad andare,» sussurro.

«Hai l'indirizzo del mio appartamento, nel caso in cui avessi bisogno di me?»

«Probabilmente ti raggiungerò tra un'ora. Avverti i tuoi coinquilini del mio arrivo, nel caso in cui avessi bisogno di una chiave.»

Ride e mi saluta mentre vado dal signor Masters. Non appena mi vede, riprende a camminare.

Dio, non può nemmeno aspettarmi? È davvero scortese.

Esce dall'edificio e va nella sezione VIP del parcheggio. Lo seguo in silenzio.

Tutte le possibilità di fare amicizia con il mio nuovo capo sono andate in fumo. Penso che già mi odi.

Chissà che cosa succederà quando scoprirà che ho mentito sul mio curriculum e che non ho la minima idea di che cosa sto facendo. Mi viene il voltastomaco.

Ci fermiamo davanti a un SUV nero, enorme ed elegante. Lo apre e mette la valigia nel portabagagli. Poi mi apre lo sportello posteriore. «Grazie.» Sorrido imbarazzata mentre mi accomodo. Vuole che mi sieda dietro, anche se il sedile del passeggero è vuoto.

Quest'uomo è strano.

Sale dal lato del conducente e si immette nel traffico. Non posso fare altro che stringere la borsa che ho sul grembo.

Dovrei dire qualcosa? Provare a fare conversazione? Che cosa potrei dire?

«Vive lontano da qui?» chiedo.

«Venti minuti,» risponde con tono impassibile.

Oh... nient'altro? *Okay, adesso chiudi il becco. Non vuole parlare.*

Restiamo in silenzio per dieci lunghi minuti.

«Puoi guidare quest'auto quando sei con i bambini, oppure abbiamo un piccolo minivan. Scegli tu.»

«Oh, okay.» Faccio una pausa. «Questa è la sua auto?»

«No.» Svolta un angolo ed entra in un vialetto con enormi cancelli di arenaria. «Io guido una Porsche,» risponde con disinvoltura.

«Oh.»

Il vialetto sembra infinito. Mi guardo intorno e osservo il giardino impeccabile e le colline verdi. A ogni metro che passiamo, il mio cuore batte sempre più forte.

Come se non bastasse essere incapace di lavorare come tata... non sono nemmeno in grado di condurre uno stile di vita da ricchi. Non ho idea di come comportarmi con quelle persone. Non so nemmeno che forchetta usare a cena. Mi sono cacciata in un bel guaio.

Non appena compare la casa, impallidisco. Non è una casa, non si avvicina nemmeno un po'. È una villa bianca fatta di arenaria che somiglia a un castello. Sulla sinistra ci sono sei box per il garage.

Si ferma in un grande spiazzo circolare, sotto un tendone.

«La sua casa è bellissima,» sussurro.

Annuisce mentre continua a fissare fuori. «Siamo fortunati.»

Scende dall'auto e mi apre lo sportello. Stringo forte la borsa e sollevo lo sguardo sulla casa davanti a me.

Deve avere una montagna di soldi.

Prende il mio bagaglio e lo porta davanti alla parte laterale della casa. «La tua entrata è qui,» dice. Lo seguo lungo un sentiero finché non arriviamo a una porta. La apre e mi fa accomodare. Davanti a me ci sono un ingresso e un salone.

«La cucina è da questa parte.» La indica con un dito. «La tua stanza si trova nell'ultimo angolo a sinistra.»

Annuisco e lo supero, entrando nell'appartamento.

Rimane sulla porta, ma non entra. «Il bagno è a destra,» aggiunge.

Perché non entra? «Okay, grazie,» rispondo.

«Ordina la spesa sul conto della famiglia e...» si ferma, come se stesse riflettendo. «Se hai bisogno di qualcos'altro, parlane con me prima.»

Mi acciglio. «Prima?»

Si stringe nelle spalle. «Non voglio scoprire che ci sono stati problemi su una lettera di dimissioni.»

«Oh.» Era già successo? «Certo,» mormoro.

«Se ti va di conoscere i bambini...» Indica il corridoio.

«Sì, per favore.» Oddio, ci siamo. Lo seguo lungo un corridoio con pareti di vetro che sembra portare alla casa principale, che si trova a qualche metro di distanza. Tra i due edifici c'è un giardino che crea un atrio, e sorrido quando lo osservo meravigliata. C'è una finestra enorme nella casa principale che si affaccia sulla cucina. Dal corridoio riesco a vedere il salone, dove si trovano una ragazzina e un bambino che stanno guardando la televisione. Continuiamo fino alla fine del corridoio e arriviamo a una rampa di scale con sei gradini che porta alla casa principale.

Faccio un respiro profondo e seguo il signor Masters su per le scale. «Bambini, venite a conoscere la nuova tata.»

Il bambino scatta in piedi e corre verso di me con espressione entusiasta, mentre la ragazzina alza gli occhi al cielo. Sorrido, ripensando a che cosa si prova a essere un adolescente.

«Ciao, sono Samuel.» Il bambino sorride e mi abbraccia le gambe. Ha i capelli scuri e porta gli occhiali. È così adorabile, dannazione.

«Ciao, Samuel.» Gli sorrido.

«Lei è Willow,» dice il signor Masters.

Sorrido alla ragazzina. «Ciao.»

Incrocia le braccia sul petto in segno di sfida. «Ciao,» borbotta.

Il padre la guarda per qualche secondo, comunicando in silenzio.

Alla fine Willow mi offre la mano. «Io sono Willow.»

Sorrido prima di guardare velocemente il signor Masters. Riesce a controllarla con la sola forza dello sguardo.

Samuel corre in salone, prende qualcosa e poi torna da noi.

Vedo un flash e poi sento un click. Che cavolo?

Ha una piccola fotocamera Polaroid. Osserva il mio volto comparire sulla foto davanti a lui e poi guarda me. «Sei carina.» Sorride. «La metto sul frigo.» La attacca al frigorifero con una calamita.

Per qualche ragione, il signor Masters sembra agitato. «Voi due dovete andare a letto,» ordina e si lamentano entrambi. Poi si rivolge di nuovo a me. «La tua cucina è già rifornita e scommetto che tu sia stanca.»

Fingo di sorridere. Mi sta liquidando. «Sì, certo.» Mi volto per tornare al mio appartamento ma poi mi giro di nuovo verso di lui. «A che ora inizierò domani?»

Mi guarda negli occhi. «Non appena sentirai Samuel svegliarsi.»

«Sì, certo.» Lo osservo, aspettando che aggiunga qualcos'altro, ma non dice niente. «Allora buonanotte.» Sorrido imbarazzata.

«Buonanotte.»

«Ciao, Brielle.» Samuel sorride e Willow mi ignora mentre sale le scale.

Torno nel mio appartamento e chiudo la porta. Poi crollo sul letto e fisso il soffitto.

Che cosa ho combinato?

* * *

È mezzanotte e ho sete, ma ho guardato dappertutto e non riesco ancora a trovare un bicchiere. Non ho altra scelta. Dovrò intrufolarmi nella casa principale e prenderne uno. Indosso una camicia da notte bianca di seta, ma sono certa che stiano dormendo tutti.

Percorro il corridoio buio e vedo che la casa è illuminata.

All'improvviso noto il signor Masters seduto sulla poltrona che legge un libro. Ha un calice di vino rosso in mano. Resto nell'oscurità, perché non riesco a staccargli gli occhi di dosso. C'è qualcosa in lui che mi affascina, ma non ho ancora capito di che cosa si tratti.

A un tratto si alza e mi appiattisco contro la parete. Può vedermi al buio?

Merda.

Lo guardo andare in cucina. Indossa soltanto un paio di boxer blu navy. I capelli scuri sono spettinati, mossi sulla parte superiore. Ha il petto largo, il suo corpo è...

Il cuore comincia a battere forte. Che cosa sto facendo? Non dovrei stare qui al buio, a guardarlo come una pervertita, ma per qualche ragione non riesco a smettere.

Si ferma accanto al ripiano della cucina, mi dà le spalle mentre si versa un altro bicchiere di vino. Lo porta alle labbra e faccio scorrere gli occhi sul suo corpo.

Poi mi spingo ancora di più contro la parete.

Va verso il frigo e prende la mia foto. Che cosa?

Si appoggia sul ripiano e la studia. Che cosa sta facendo?

Non riesco a respirare.

Sposta lentamente la mano sulla parte frontale dei boxer e poi sembra massaggiarsi un paio di volte.

Spalanco gli occhi. Che cazzo?

Appoggia il calice sul ripiano e spegne la luce principale, lasciando soltanto una lampada a illuminare la stanza.

Con la mia foto in mano, scompare lungo il corridoio. Che diavolo era quello?

Penso che il signor Masters sia appena andato in camera a masturbarsi con la mia foto.

Oh.

Mio.

Dio.

* * *

Sento qualcuno bussare.

Ho gli occhi chiusi, ma corrugo la fronte e provo a ignorare il rumore. Poi lo sento di nuovo.

Che cos'è? Mi giro verso la porta e apro lentamente gli occhi.

Poi li spalanco e mi siedo subito.

Davanti a me c'è il signor Masters. «Mi dispiace disturbarla, signorina Brielle,» sussurra. A giudicare dal suo odore direi che ha appena fatto la doccia e indossa un completo impeccabile. «Sto cercando Samuel.» Abbassa lo sguardo sul mio seno, che non ha alcun sostegno sotto la camicia da notte. Poi torna a guardarmi negli occhi, come se fosse sconvolto da ciò che ha appena fatto.

«Dove si trova?» Mi acciglio. «È scomparso?»

«Eccolo,» sussurra, indicando la sedia reclinabile.

Mi volto e vedo Samuel rannicchiato con il suo orsetto di peluche. Spalanco la bocca. «Oh no, che succede?» sussurro. Aveva bisogno di me e non l'ho nemmeno sentito?

«Niente,» mormora il signor Masters mentre prende il figlio e gli appoggia la testa sulla sua spalla. «Samuel è sonnambulo. Mi dispiace di averti disturbato. Ora ci penso io.» Lascia la stanza con il figlio che dorme tra le braccia e poi chiude la porta con attenzione.

Mi sdraio di nuovo e fisso il soffitto. Quel povero bambino. È venuto qui per me e non mi sono nemmeno svegliata. Probabilmente stavo russando, porca puttana.

E se avesse avuto paura? Oh, ora mi sento uno schifo.

Faccio un respiro profondo, mi alzo dal letto e mi stringo il volto tra le mani.

Devo trovare una soluzione. Se dovrò occuparmi di quel bambino, non posso permettere che giri da solo durante la notte.

Si sente così solo da aver cercato la compagnia di una completa sconosciuta?

All'improvviso mi sento triste ed è come se avessi il peso del mondo intero sulle spalle. Mi guardo intorno e rifletto.

Alla fine mi alzo e vado in bagno. Poi mi avvicino alla finestra per aprire le tende. Il sole sta sorgendo e c'è una leggera nebbiolina sopra la recinzione.

Qualcosa attira la mia attenzione e vedo il signor Masters uscire dal garage.

Indossa un vestito elegante e porta una ventiquattrore. Scompare e un momento dopo vedo la sua Porsche uscire dal vialetto. La porta del garage si chiude lentamente dietro di lui.

È andato via. Ma che cavolo?

Ha appena trovato suo figlio che dormiva sulla mia sdraio e lo rimette a letto prima di andare via? Chi fa una cosa del genere? Be', che si fotta. Vado a controllare come sta. Probabilmente è al piano di sopra a piangere, terrorizzato. Gli uomini sono degli idioti. Perché provano compassione soltanto per loro stessi?

Ha otto anni, Cristo Santo.

Entro nella casa principale. La lampada del salone è ancora accesa e sento l'odore delle uova che il padrone di casa ha cucinato per colazione. Mi guardo intorno e poi salgo su per le scale.

A essere onesta, in che diavolo mi sono cacciata? Sono nella casa di un ricco idiota, preoccupata per suo figlio di cui non gli importa un cazzo.

Salgo due gradini alla volta. Non appena arrivo in cima, il cambio di stile mi sorprende. Qui è davvero lussuoso. Il corridoio è largo e il tappeto è morbido sotto i piedi. C'è uno specchio enorme e, non appena vedo il mio riflesso, sussulto.

Dio, non c'è da meravigliarsi che mi abbia fissato le tette. Sono ovunque e i miei capelli sono un disastro. Mi sistemo la camicia da notte e continuo a percorrere il corridoio. Passo un salone che sembra dedicato ai bambini, con poltrone enormi e morbide. Supero una stanza da letto e poi arrivo a una porta chiusa. La apro lentamente e guardo dentro. Willow sta dormendo ma ha la fronte corrugata. Sogghigno e chiudo di nuovo la porta prima di andare avanti. Alla fine arrivo a una porta socchiusa. Sbircio e vedo Samuel che dorme sotto le coperte. Entro e mi siedo sul letto. Indossa un pigiama verde e blu con i dinosauri, e gli occhiali si trovano sul comodino, accanto alla lampada. Sorrido mentre lo osservo. Non mi trattengo e gli sposto i capelli dalla fronte. La sua camera è pulita e in ordine, piena di mobili costosi. Sembra la stanza di un bambino di quei film in cui ci sono quelle famiglie perfette. Tutto in questa casa è al meglio. Quanti soldi possiede il signor Masters? C'è una libreria, una scrivania, una sedia a dondolo in un angolo e una scatola dei giocattoli. Sotto la finestra c'è una panca ricoperta di libri, come se Samuel leggesse parecchio. Guardo l'armadio all'angolo e vedo i vestiti per la scuola. Tutto qui è perfetto, dai calzini alle scarpe lucenti. Anche lo zaino è pronto.

Mi alzo e guardo le sue cose. Il signor Masters deve occuparsi di tutto prima di andare a letto. Chissà che cosa si prova a crescere i figli da soli...

Penso alla moglie e a tutto quello che si sta perdendo. Samuel è piccolissimo. Lo guardo un'ultima volta prima di uscire dalla stanza e andare in corridoio, ma qualcosa attira la mia attenzione.

La luce del bagno della camera padronale è accesa. Deve essere la stanza del signor Masters.

Mi guardo intorno. Dormono tutti. Mi chiedo che aspetto abbia la sua stanza e non posso fare a meno di entrare in punta di piedi.

Wow.

Il letto è enorme. La stanza è spaziosa, decorata con sfumature color caffè che si abbinano perfettamente ai mobili scuri. Sotto il letto c'è un tappeto grande, costoso, con decorazioni oro e magenta. La luce del guardaroba è accesa. Do un'occhiata e vedo che è tutto in ordine. Troppo in ordine, a dire il vero.

Dovrò accertarmi di mantenere pulita anche la mia stanza, altrimenti penserà che io sia un maiale.

Sorrido quando mi rendo conto che, secondo i suoi standard, lo sono davvero.

Mi volto e vedo che il suo letto è già stato fatto, e mi soffermo a osservare la coperta vellutata e i cuscini morbidi. Ieri sera si era davvero toccato pensando a me ? Oppure mi sto illudendo? Mi guardo intorno, alla ricerca della mia foto, ma non la vedo. Deve averla riportata al piano di sotto.

Un brivido inaspettato di piacere mi travolge. Magari questa sera ricambierò il favore sul mio letto.

Vado in bagno. È tutto nero, bianco e molto moderno. Ancora una volta, noto che è tutto in ordine. C'è uno specchio enorme e vedo un mobile dietro. Spingo lo specchio e lo sportello si apre. Guardo gli scaffali. Si può capire molto guardando il contenuto del mobile del bagno di una persona.

Deodorante. Rasoi. Borotalco. Preservativi.

Mi chiedo quanto tempo fa sia morta sua moglie. Ha una fidanzata?

Non mi sorprenderebbe. È piuttosto sexy, in modo classico. Vedo un flacone di dopobarba e lo prendo prima di togliere il tappo e annusarlo.

Ha un odore paradisiaco.

Faccio un altro respiro profondo e, all'improvviso, il volto del signor Master compare dietro di me allo specchio.

«Che diavolo credi di fare?» ringhia.

2

Brielle

Mi volto con espressione terrorizzata. «Mi... mi... mi dispiace,» balbetto. «Stavo controllando come stesse Samuel, e io...» mi fermo, pensando a una scusa che giustifichi la mia presenza qui.

I suoi occhi diventano due fessure ed emana rabbia da tutti i pori mentre aspetta.

«Sono passata davanti alla sua stanza e ho sentito un buon profumo. Volevo comprare una colonia a mio padre e...» sto parlando troppo velocemente ed è chiaro che sia una bugia.

Incrocia le braccia sul petto. Non crede nemmeno un po' alla mia storia.

«E volevo sapere che colonia usa lei, così posso comprarla per mio padre.»

Inarca un sopracciglio. «Pensi che io abbia lo stesso odore di tuo padre?»

Scuoto la testa. «No. Lei ha un odore molto più buono.» Spalanco gli occhi. L'ho appena detto a voce alta?

Sul suo volto compare un'espressione divertita e poi guarda la mia camicia da notte. «Sono tornato a casa per prendere il cellulare, che per sbaglio ho lasciato sotto carica.» Indica il comodino e vedo quel dannato cellulare. «E trovo lei,» dice, indicandomi con una mano, «mezza nuda, nel mio bagno a odorare la mia acqua di colonia.»

Arriccio il naso. «Se la mette così, sembra un po' strano.»

Mi guarda con espressione impassibile. «Lo è.»

Fingo di sorridere e gli passo la colonia. «Forse dovrebbe prenderlo come un complimento. Non sono molti gli uomini che hanno un odore tanto buono da incuriosirmi. A dire il vero, usare il profumo sbagliato è uno degli errori più grandi che possano commettere...»

«Basta così!» mi interrompe. «Questa è un'invasione della mia privacy.»

Annuisco. «Capisco perché la pensa così.» Deglutisco il nodo alla gola. *Oh, cazzo, fatemi uscire da qui.* È umiliante. Mi sistemo la camicia da notte per coprirmi il seno. «Non volevo essere inquietante.»

Solleva il mento in segno di sfida. «Ne parleremo questa sera, quando avrò più tempo.» Faccio un respiro profondo e annuisco.

«Adesso, se non le dispiace, potrebbe indossare qualcosa, dannazione?» sbotta.

«Sì, signore,» sussurro. «Mi dispiace.» Abbasso lo sguardo.

«Devo andare al lavoro.» Indica la porta e comincio a muovermi. «Signorina Brielle?» Mi volto verso di lui. «I bambini vanno a dormire alle 8:30 in punto. Vorrei parlare subito dopo.»

«Certo.» Esito ma poi non riesco a trattenermi e chiedo: «Mi licenzierà, signor Masters?»

Aggrotta la fronte e fa una pausa. «Prendiamoci questa giornata per pensarci, d'accordo?»

Lo guardo negli occhi. «Sì, certo. Passi una buona giornata,» mormoro mentre vado via. Sento l'intensità del suo sguardo sulla schiena.

Corro giù per le scale e mi nascondo nella mia stanza, chiudendo la porta e appoggiandomi contro. Serro gli occhi. Ho fatto molte stupidaggini nella vita, ma credo davvero che questa vinca il premio.

Crollo sul letto e stringo il volto mentre il cuore galoppa. Che razza di folle entra nella stanza del proprio capo in pigiama per sniffare il suo dopobarba il primo giorno di lavoro? Ovviamente, doveva scegliere proprio questo giorno per dimenticare il cellulare, giusto?

Adesso, se non le dispiace, potrebbe indossare qualcosa, dannazione.

Le sue parole risuonano nella mente e sussulto. Non appena sento uno sportello sbattere, torno al presente. Vado alla finestra e guardo il signor Masters entrare nella sua auto nera e scintillante prima di scomparire lungo il viale.

Il primo giorno è cominciato alla grande. *Che diavolo sto facendo?*

Sono dall'altra parte del mondo a fingere di essere una tata grandiosa. Chi voglio prendere in giro? Non ne so niente di bambini e non sono brava a farmi gli affari miei. So che questa sera non voglio vederlo.

Che cosa dirà?

Ripenso alla scusa patetica che avevo inventato su mio padre e trasalisco, imbarazzata. Oh, non posso affrontarlo, è troppo umiliante.

Ripenso a Emerson. Non riesco a sopportare l'idea di deluderla. Se non avrò un lavoro, non potrò restare in Inghilterra e siamo entrambe entusiaste per quest'avventura.

Fisso il tappeto per un momento e penso a una soluzione.

Se mi impegnerò per non essere licenziata, starò bene. Non appena troverò un altro lavoro, darò le dimissioni e andrò via. Emerson è legata alla sua posizione lavorativa per un anno. Devo fare in modo che funzioni... per lei.

Arrenditi, principessa.

Be', sono venuta in Inghilterra per un'avventura e suppongo che indossare una camicia da notte succinta ed essere beccati nella stanza da letto del proprio capo lo sia.

Sarebbe potuta andare peggio. Avrebbe potuto trovarmi mentre mi masturbavo sulla sua foto.

Sul mio viso compare un sorriso idiota. L'ha fatto davvero? Ha preso la mia foto e l'ha portata al piano di sopra per masturbarsi pensando a me? Oppure sto soltanto fantasticando sul mio capo?

Scuoto la testa. Non importa e non mi interessa se ha un buon odore. È troppo vecchio per me. Devo soltanto badare ai suoi figli e fare il mio lavoro. Sì, posso farcela.

Mi sento di nuovo determinata.

Giusto, allora qual è il piano di attacco per oggi?

Vestirsi, tornare in casa ed essere la tata migliore al mondo finché non troverò un altro lavoro. Sì.

Vado in bagno e fisso il mio riflesso. Nonostante io sia determinata, ho un'espressione triste e sconfitta. È strano vivere con persone che non sono la mia famiglia e immagino che ci vorrà un po' di tempo per abituarsi. Deglutisco il nodo alla gola.

Andrà bene. Devo soltanto tenere duro e andrà tutto bene.

* * *

Un'ora dopo, sono seduta al tavolo della cucina e mi tormento le dita. Ho giù bevuto due tazze di caffè e sono agitata.

Dovrei svegliare i ragazzi? Guardo l'orologio e vedo che sono le sette e un quarto.

A che ora devono essere a scuola?

Mi alzo e comincio a fare avanti e indietro. Non so che diamine sto facendo qui. Il signor Masters non ha lasciato istruzioni.

Il telefono della cucina comincia a squillare e mi guardo intorno, confusa. Dovrei rispondere?

Driing, driing. Driing, driing.

Mi mordo il pollice e lo fisso mentre squilla sulla parete. Poi sposto lo sguardo sul salone e su per le scale.

Driing, driing.

Se non risponderò, chi lo farà? Sono l'unico adulto in casa, quindi... sollevo la cornetta. «Pronto.» Mi acciglio.

«Salve, signorina Brielle.» La voce è severa e autoritaria e sento le farfalle allo stomaco.

È lui.

«Oh, salve, signor Masters.»

«Va tutto bene?» chiede. «Le ho inviato delle email, ma non mi ha risposto.»

Email?

Mi stringo nelle spalle, perché non so che cosa dovrei fare. «Certo, va tutto benissimo.»

«I bambini sono vestiti? Hanno fatto colazione?» Corrugo di nuovo la fronte.

«Ehm...»

«Se ha problemi, troverà tutte le informazioni sulla lista appesa al frigo.»

Oh, merda. C'è una lista. Lo avevo dimenticato. Mi avvicino al frigo e prendo il foglio di carta.

6:30 svegli i bambini e prepari la colazione.

Spalanco gli occhi. Sono le 07:25. *Merda.*

«I ragazzi sono al piano di sopra.» Tecnicamente non è una bugia.

«Dovete uscire tra dieci minuti, altrimenti farete tardi,» dice.

«Tardi?»

«Sì, tardi. Willow deve essere a scuola alle 8:00 e il tragitto dura mezz'ora da casa nostra.»

Inarco le sopracciglia. Oh, cavolo. «Certo, signor Masters. Adesso devo andare, però. Altrimenti faremo tardi.»

«Janine arriverà alle 9:00.» Sembra disinvolto, come se dovessi già sapere tutto quanto.

«Janine?» Spalanco gli occhi. Chi diavolo è Janine?

Avevo ascoltato una parola di quello che la sua bocca perfetta aveva detto la sera precedente?

«È la nostra cuoca e si occupa della casa. La pulisce ogni giorno e di solito arriva ogni pomeriggio intorno alle quattro per preparare la cena.»

«Sì, okay,» sbotto, perché devo davvero andare a svegliare i ragazzi. «Allora ci vediamo questa sera?» chiedo.

Fa una pausa. «Sembra che lei abbia fretta. Parli un attimo con me. Credo che lei abbia tutto sotto controllo.»

Cristo, non ho tempo per queste stronzate. «Assolutamente, ma non mi piace molto parlare al telefono,» spiego.

«Capisco.» Fa un'altra pausa e riesco quasi a vederlo sogghignare. «Non dimentichi nemmeno il nostro incontro di questa sera.»

«Julian, devo davvero andare.»

«Ciao, signorina Brielle. Non si metta nei guai.»

Alzo gli occhi al cielo. «Non lo farò. Salve.» Aggancio e salgo le scale due gradini alla volta, correndo. Cazzo. Willow mi farà un occhio nero per averla svegliata in ritardo.

La lista. Perché l'ho dimenticata? Sembra che sia passata un'eternità da quando me l'ha detto. Sono successe molte cose. La storia della masturbazione e il modo in cui ho sniffato il suo dopobarba...

Arrivo in cima e corro nella stanza di Samuel. Apro la porta e vedo che dorme ancora profondamente.

«Sam,» sussurro. «Sam, svegliati, tesoro.» Gli strofino la testolina mentre corruga la fronte con gli occhi ancora chiusi. «Sammy, svegliati. Siamo un po' in ritardo questa mattina.» Si volta di lato per guardarmi. Ha i capelli spettinati e il viso assonnato. È troppo adorabile e non posso evitare di sorridergli. «Amo il tuo pigiama. Ne vorrei uno identico.»

Si strofina gli occhi. «Devi chiederli a mia nonna, me li regala per il compleanno.»

«Oh, capisco.» Sorrido. «Va' in bagno e sciacquati il viso. Hai bisogno di aiuto per vestirti?» chiedo. Allunga le braccia per una coccola e mi sciolgo, così lo stringo per un secondo.

«No.» Scende dal letto. «Posso farlo da solo. Sono grande, sai?»

«Okay, bene. Vado a svegliare Willow mentre tu ti lavi.» Lo lascio andare in bagno e vado nella stanza di Willow prima di aprire la porta. È sdraiata sul letto e mi dà le spalle mentre parla al cellulare. «Willow, devi svegliarti. Siamo in ritardo.»

Mi ignora. Grandioso, dovrò entrare. «Willow?» ripeto.

Si volta e mi guarda con espressione vuota. «Che c'è?»

Mi sforzo di sorridere. «Non sapevo che dovessi svegliarvi prima.»

Riporta il cellulare all'orecchio. «Sì, ha finalmente deciso di farsi vedere.» Ascolta per un momento e poi mi passa il telefono. «Vuole parlare con te.»

Mi acciglio mente guardo il cellulare. «Chi è?» chiedo.

Mi rivolge un sorrisetto sarcastico e scende dal letto prima di scomparire in bagno e sbattere la porta.

«Signorina Brielle?» sbotta il signor Masters, riportandomi alla realtà.

Spalanco gli occhi e riporto il cellulare all'orecchio. Che cazzo? Per caso ha la selezione rapida?

«Sì?» rispondo con voce debole.

«Pensavo che i ragazzi fossero svegli e già pronti.»

«Anch'io.» Sussulto. «Strano, eh?»

«Li ha appena svegliati?»

Mi gratto la testa. Non posso credere di essermi fatta beccare il mio secondo giorno.

Questa giornata è già un disastro. È una cospirazione.

«Faranno tardi a scuola,» ringhia. «Perché non li ha svegliati prima?»

«Perché non mi ha detto che dovevo farlo. Questa è una cosa nuova per me, sa? Non può aspettarsi che mi ricordi tutte queste stronzate,» sussurro arrabbiata. «Ho dimenticato la lista, okay? E lei avrebbe dovuto chiamarmi prima, inviarmi un'email o qualsiasi cosa volesse fare.»

Resta in silenzio e faccio una smorfia. *Oddio, chiudi la bocca, Brielle.*

Non dice niente per un altro po' prima di parlare. «Fingerò che sia colpa del jet lag, signorina Brielle. Porti i ragazzi a scuola e torni a essere se stessa prima che faccia altre...» fa una pausa, «valutazioni sbagliate.»

Alzo gli occhi al cielo e arrossisco per l'imbarazzo. «Sì, signore.» Non dice niente e cala un silenzio umiliante. «Ci vediamo questa sera,» aggiungo con un sospiro.

Aggancia senza dire un'altra parola.

Willow esce dal bagno e mi lancia un'occhiataccia. «Va' via dalla mia stanza. Grazie mille. Adesso farò tardi,» ringhia.

La osservo e, all'improvviso, sono così sopraffatta che non penso di potercela fare. Mi si riempiono gli occhi di lacrime. Non era così che avevo immaginato questo lavoro. Abbasso lo sguardo e scappo prima che mi veda piangere.

Fanculo.

Voglio tornare a casa.

Julian

Riattacco e stringo il naso tra l'indice e il pollice.

Ci risiamo. Un'altra tata terribile, e questa sembrava promettente dal curriculum.

«Giorno, vostro onore.» Marcy sorride quando entra nel mio ufficio con una tazza di caffè.

«Grazie,» le dico, accettandolo. Sette anni prima, quando l'avevo assunta come mia assistente personale, avevo vinto alla lotteria. È la cosa migliore in questo cavolo di tribunale.

«Com'è andata con la nuova tata?» chiede mentre si siede alla sua scrivania e prende un sorso di caffè.

Alzo gli occhi al cielo. «Non chiedere. Un incubo.» Sospiro e prendo il cellulare. «Sto chiamando l'agenzia per chiederne una nuova.» Aspetto che rispondano.

Ripenso a Brielle e a come l'avevo trovata nella mia stanza con indosso la camicia da notte di seta. Il tessuto non era leggero, eppure ero riuscito a vedere ogni curva e i capezzoli rigidi. La sua pelle color caramello aveva l'abbronzatura tipica degli australiani. Gli occhi marroni e le labbra rosse che sembravano fatte per essere avvolte attorno al mio...

Chiudo gli occhi e faccio un respiro profondo.

Cazzo, se non è il sogno proibito di ogni uomo, non so chi potrebbe esserlo. Mi strofino il volto. Devo uscire di più. Bere vino rosso e masturbarmi con la foto della tata dei miei figli è un comportamento inaccettabile.

Serro la mascella quando sento l'uccello indurirsi e provo subito una sensazione di disagio. È la tata.

Dacci un taglio.

Prima andrà via da casa mia, meglio sarà. «Salve, Agenzia Andersons,» risponde la receptionist.

«Salve, sono Julian Masters.»

«Oh, salve, signor Masters. Come posso aiutarla?»

«La nuova tata è arrivata ieri.»

«Sì.» La sento controllare alcuni documenti. «Brielle Johnston.»

Arriccio le labbra. «Non credo che funzionerà. Può organizzare qualche colloquio per cercare una sostituta, per favore?»

Esita per un momento. «Ma...»

«Niente ma. Non sono soddisfatto. Preferirei qualcun altro.»

«Signor Masters, Brielle è qui con un permesso di lavoro. Se non ne troverà un altro, dovrà tornare subito in Australia.»

Mi acciglio. «Che cosa?»

«Quando ha firmato il suo contratto, ha accettato di farle da sponsor durante il suo soggiorno nel Regno Unito per la durata di dodici mesi.»

«Non l'ho fatto. Ho firmato un contratto per assumere una tata.»

«Sì, l'ha fatto, signore. Il contratto funge anche da permesso di soggiorno per un'*au pair*, che è diversa da una tata classica. Lo trova nella sezione 6a del documento.»

Faccio una pausa e Marcy corruga la fronte mentre ascolta. Ci guardiamo negli occhi e scuoto la testa, disgustato. Come diavolo ho fatto a non vederlo? «Il suo permesso non è un mio problema. Voglio una sostituta il prima possibile.»

«Mi dispiace molto, signore. Pensiamo davvero che Brielle sia perfetta, se soltanto le darà una possibilità.»

«No. Organizzi i colloqui.»

«Leonie, il mio manager, non è qui adesso. Posso richiamarla quando tornerà?»

Sospiro. «D'accordo. Sarò reperibile dopo le cinque.»

«Grazie, signor Masters.» Attacca.

Mi appoggio sullo schienale e gioco con la penna mentre rifletto. «Che problema c'è? I ragazzi sono al sicuro?» Marcy fa una smorfia.

«Sì, certo.»

«Allora che succede? Le sembra troppo esigente?»

«Proprio il contrario.» Mi alzo e tolgo la giacca, indossando la toga da giudice prima di abbottonarla. «È giovane e non è la donna adatta per il lavoro, tutto qui. Lei e Willow sono troppo diverse. Non andranno d'accordo.»

Marcy mi guarda per un momento. «Spero di non essere scortese, signore, ma Willow non andrebbe d'accordo con nessuno.»

La guardo negli occhi e sospiro. «Lo so. Ultimamente non va d'accordo nemmeno con me.» Raccolgo i documenti per il processo e vado verso il tribunale, seguito da Marcy.

«Tutti in piedi,» esclama il segretario.

La corte si alza e annuisco mentre prendo il mio posto al centro. Mi guardo intorno. La corte è piena. A sinistra c'è la giuria. Davanti a me c'è uomo accusato di stupro e omicidio. Mi disgusta. Non è la prima volta che lo vedo nel mio tribunale, ma non ci sono mai state abbastanza prove per incriminarlo. Spero che oggi vada diversamente.

«Potete sedervi.»

Brielle

Sono in piedi davanti alla porta di ingresso mentre aspetto Willow con le chiavi in mano. Samuel è pronto. Sollevo lo sguardo sulle scale. Vorrei dirle di darsi una mossa, ma non voglio farla agitare.

Sembra avere problemi e, per qualche ragione, non credo che sia colpa mia. Finalmente comincia a scendere le scale. Ha sistemato i capelli scuri in due trecce e indossa un'uniforme altezzosa e grigia. La gonna si ferma sulle ginocchia e ha delle pieghe larghe. Le gambe sono ricoperte da un paio di collant spessi e grigi. A completare il look ci sono un paio di mocassini neri. È carina in modo scontroso.

Sorrido. «Stai bene.»

Alza gli occhi al cielo, disgustata.

Sorrido. «Andiamo. Spero di essere in grado di guidare il furgone.»

«Furgone?» Willow fa una smorfia. «Non prenderemo il furgone.»

La fisso per un momento. «Perché no?»

«Perché è imbarazzante. Non voglio essere vista in quell'auto terribile.»

«Oh, per favore,» sbotto. «Smettila di fare la snob.» Mi guarda negli occhi e vorrei prendermi a calci. L'ho davvero detto a voce alta?

«Una snob?» ripete, come se fosse sconvolta dalla mia audacia.

«Intendevo dire che non voglio rovinare il SUV di tuo padre. Quindi, quando sarete con me, prenderemo il furgone.»

«Be', io non andrò da nessuna parte con te,» sibila. «Non frequento le ragazzine idiote. Vaffanculo e torna nel buco da dove sei venuta.»

Faccio un respiro profondo e ci fissiamo in silenzio.

Samuel mi stringe la mano e non posso fare a meno di pensare che si tratti di un modo per scusarsi per la scortesia della sorella.

Qualcosa scatta dentro di me e sono infastidita perché l'ha messo a disagio. Che stronzetta egoista.

Sorrido a Samuel e gli passo le chiavi. «Tesoro, andresti ad aprire l'auto per me?»

Prende le chiavi e corre via. Willow solleva il mento in segno di sfida.

Inarco le sopracciglia. «Lascia che sia chiara, cara Willow,» ringhio e lei si porta le mani sui fianchi con espressione sprezzante. «Sono qui per occuparmi di Samuel, e non mi importa se io ti piaccio oppure no...»

«Non mi piaci,» mi interrompe.

Le rivolgo un sorriso sarcastico. «È questo il tuo gioco? Comportarti da stronza malefica per far scappare la tata? Rendi la loro vita un inferno, Willow?» I suoi occhi diventano due fessure. «Papino corre in tuo soccorso?» sussurro con una vocina ridicola.

«Fottiti,» ringhia. «Stai lontano da me.»

«Oh, ti resterò accanto, e non osare mai più parlarmi in quel modo davanti a Samuel. Non me ne frega un cazzo se non ti piaccio, ma non lo metterai a disagio. Mi hai capito?» Corruga la fronte, sorpresa. «È soltanto un bambino che vive con una sorella stronza che non lo aiuta nemmeno un po'. Non voglio che ti trattenga con me, ma farlo per lui, buon Dio.» Mi lancia un'occhiataccia «Adesso sali su furgone,» ruggisco.

Scappa via sbuffando e sento il sangue ribollirmi nelle vene.

Grandioso. Questa giornata va sempre meglio.

* * *

«Proprio Qui,» dice Sam, indicando di fermarmi nel parcheggio della scuola.

Sam è seduto davanti e Willow dietro. Non voleva sedersi accanto a me sul sedile del passeggero.

Osservo la scuola elegante davanti a me. Sembra Hogwarts di Harry Potter o qualcosa di simile. «Wow,» sussurro. «Questo posto è fantastico.»

Willow scende dall'auto e sbatte lo sportello.

Abbasso il finestrino. «Passa una buona giornata, cara,» urlo.

Mi alza il dito medio mentre va via e io ridacchio, guardando Samuel. Si morde il labbro per evitare di sorridere.

«Be', di sicuro non è una persona mattiniera, vero?» Spalanco gli occhi.

Lui scuote la testa e giocherella con le dita. «Dove si trova la tua scuola, bello?» chiedo.

«Vai sempre dritto e poi a sinistra.»

Continua a darmi indicazioni e arriviamo dopo dieci minuti. Mi guardo intorno. Il parco giochi è vuoto. «Dove sono tutti quanti?» domando.

«Oh.» Si rattrista. «Non sono ancora qui. Arrivano al suono della campanella.»

«Che cosa fai prima dell'arrivo dei tuoi amici?»

Si stringe nelle spalle. «Resto seduto nel parco giochi accanto alla mia classe.»

«Da solo?» Mi acciglio.

Si stringe nelle spalle.

«A che ora arrivi a scuola?» chiedo.

«Alle 7:50 circa.»

«A che ora suona la campanella?»

«9:15.»

«Allora resti tutto solo al freddo ogni mattina?»

Annuisce. Lo fisso per un momento e scuoto la testa prima di rimettere in moto.

«Che cosa fai?» domanda.

«Andiamo a prendere una cioccolata calda. Non resterai da solo al freddo finché ci sarò io.» Gli stringo la coscia e lui mi rivolge un sorriso enorme. «Potremmo persino prendere una fetta di torta al cioccolato.» Gli faccio il solletico e scoppia a ridere, provando ad allontanarsi. «Non dire a tuo padre che abbiamo mangiato la torta per colazione, d'accordo?»

Scuote la testa con un sorriso e poi mi stringe la mano sul grembo.

Questo ragazzino mi ha già conquistato.

* * *

Torno a casa alle 9:45 circa. Mi sono persa e ho dovuto usare Google Maps per ritrovare la strada di casa. Non appena entro, sento un aspirapolvere al piano di sopra. La badante deve essere arrivata. Come si chiamava? Dannazione, ho bisogno di dormire. Questo jet lag mi sta distruggendo. Guardo l'ufficio vicino alle scale e percorro la rampa prima di andare nel corridoio. La donna delle pulizie è nella stanza di Willow e apro la porta per presentarmi.

Una donna anziana sta passando l'aspirapolvere e ha proprio l'aspetto della governante perfetta. Solleva lo sguardo e mi rivolge un sorriso a trentadue denti. «Salve.»

«Salve.» Sorrido, felice di vedere un viso amichevole.

Spegne l'aspirapolvere e mi stringe la mano. «Io sono Janine. Tu devi essere la nuova tata?»

Annuisco, nervosa. «Sì, sono Brielle, ma puoi chiamarmi Brelly.»

Sorride e mi guarda dalla testa ai piedi. Ha un'aria affettuosa e mi sento subito a mio agio. «Come sta andando?»

Alzo gli occhi al cielo e mi siedo sul letto. «Molto male.»

Ridacchia e prende uno spolverino per pulire la cassettiera. «Come mai?»

Sospiro. «Willow mi odia, il signor Masters mi tollera a malapena e sembra che io non riesca a combinarne una giusta.»

Mi guarda negli occhi e sorride dolcemente. «Era ora.»

Corrugo la fronte. «Era ora?»

«Era ora che arrivasse una tata onesta.»

Sul mio volto compare un'espressione triste. «Vanno tutte via, non è vero?» Annuisce. «A causa di Willow?» chiedo.

«Tra le altre cose.» Spolvera mentre riflette. «Sono una famiglia adorabile, mia cara, soltanto un tantino disfunzionale.»

«Willow odia tutti quanti?»

«Sì.»

«Da quanto tempo lavori per loro?»

«Cinque anni. Ho cominciato una settimana dopo la morte di Alina.»

«Alina?»

«La madre dei bambini.»

«Oh.» Resto in silenzio, pensando bene alle mie prossime parole. «Penso che il signor Masters mi licenzierà questa sera.»

«Perché?»

«Questa mattina mi ha beccato nella sua stanza. Stavo annusando il suo dopobarba, poi ho dimenticato di svegliare i bambini e gli ho mentito. Alla fine ho avuto una discussione con Willow e ho persino detto la parola con la C.»

Janine scoppia a ridere. «Oddio... sei davvero onesta.»

Alzo gli occhi al cielo. «Già, è il mio peggior difetto.»

Sembra divertita. «Difetto? Io credo che sia un pregio.» Continua a spolverare. «Per sfortuna da queste parti non si vede spesso.»

Faccio una smorfia. «Che vuoi dire?»

Fa spallucce e continua a pulire. «Non sono affari miei, cara.»

La osservo per un po'. «Ma se voglio che questo lavoro funzioni, ogni informazione potrebbe tornarmi utile. Non voglio fallire.»

Si piega e pulisce il battiscopa, dandomi le spalle. «Be', per quel che vale, questo è ciò che penso.»

La ascolto con attenzione.

«Il signor Masters ha il cuore spezzato e Willow gli ricorda la moglie defunta. Parlano a malapena, salvo che non la rimproveri per qualcosa, e Samuel compensa con un atteggiamento troppo dolce la mancanza di relazione tra quei due e la freddezza di sua sorella.»

Non credo alle mie orecchie. «Il signor Masters la respinge?» sussurro.

«Sì e lei non gli permette più di entrare. Ha allontanato tutti. Il danno è stato fatto. Presto scoprirai quanto sia difficile andare d'accordo con lei.»

Oh, povera ragazza. All'improvviso sono triste. È soltanto una bambina. Mi sento subito in colpa per essere stata orribile con lei quella mattina. Non c'è da meravigliarsi che sia scortese. Suo padre deve essere un vero stronzo per averla allontanata dopo la morte della madre.

Faccio un respiro profondo e crollo sul letto. Dio, è come ritrovarsi in un brutto film di Nicholas Sparks.

Janine continua a pulire attorno a me. «Com'è morta la madre?» chiedo.

«Incidente stradale.»

«Lui com'era dopo la sua morte?»

«Chi? Il signor Masters?»

Annuisco. «Silenzioso.»

Aggrotto la fronte. «È sempre silenzioso?»

Scrolla le spalle. «Con me lo è. Al lavoro ricopre una posizione molto importante e penso che sia davvero faticoso per lui. Quando ho cominciato, proprio dopo la morte di Alina, l'ho cercata su Facebook. C'erano molte foto che li ritraevano insieme in città. Era bellissima.»

Inarco le sopracciglia mentre ascolto.

«Tuttavia, la sua pagina è stata chiusa poco dopo.»

«Mmm.» Non ho idea di che cosa fare con tutte queste informazioni. Janine continua a pulire e mi sento in colpa perché me ne sto a riposare mentre lei lavora. «Vuoi che ti aiuti?» chiedo. «Posso fare qualcosa?»

Mi rivolge un sorriso affettuoso. «No, cara, perché non vai a stenderti? Sono certa che tu sia esausta per il jet lag.»

«Sì, a essere onesta, sono esausta.» Mi alzo e vado verso la porta, voltandomi non appena la raggiungo. «Mi ha fatto piacere conoscerti.»

Mi sorride in modo affettuoso. «Anche a me, cara. Sogni d'oro.»

Vado nella mia stanza, metto la sveglia e crollo sul letto. Mi copro e provo a immaginare di essere a casa.

Julian

Entro al Rodger's bar alle quattro del pomeriggio per incontrare Sebastian e Spencer... una cosa che facciamo almeno una volta ogni settimana. Siamo amici da quando avevamo dieci anni. Non li vedo spesso quanto vorrei, ma ci sono sempre quando ho bisogno di loro.

«Ehi, Jules.» Seb sorride.

«Ehi. Dov'è Spence?»

«Al bancone.»

Mi siedo prima di voltarmi e vedo Spencer parlare con una donna al bancone.

«Com'è andata la settimana?» chiede Seb.

«Piuttosto bene, la tua?»

Fa una smorfia. «Questo nuovo edificio mi sta facendo impazzire.» Scrolla le spalle. «Prima o poi troverò una soluzione.»

Sebastian è un architetto, specializzato in grattacieli. Spencer possiede una società siderurgica. Guadagnano entrambi bene.

Spence torna al tavolo con tre birre in mano. «Ehi, Masters, che succede?» Mi passa un boccale mentre si siede.

«Non molto.» Bevo un sorso. «La mia nuova tata ha cominciato a lavorare.»

«Com'è?» chiede Seb.

«Fottutamente sexy,» rispondo con un sospiro.

I ragazzi si guardarono e sorridono prima di rivolgersi di nuovo a me. «Sul serio?» domanda Spence. «Quanto sexy?»

«Tanto da farmelo venire duro ogni volta che siamo nella stessa stanza,» dico.

«Te la sei scopata?» chiede Spence.

Sussulto. «Non si scopano le tate, Spence.»

«Perché no?» Si stringe nelle spalle e inarca un sopracciglio. «Io lo farei.»

Seb sogghigna.

Spencer spalanca gli occhi. «Oh cavolo, non vi ho detto di Marie.» Seb e io beviamo mentre lo ascoltiamo. «Okay, allora sapete che sono uscito con quell'assistente di volo, Marie?»

«Sì.»

«Ho cominciato ad andare più spesso a casa sua e scopro che ha una coinquilina di nome Ricky.»

«Oddio, non dirmelo.» Sorrido. Spencer è un vero Casanova. Non riesce a tenerlo nei pantaloni per più di cinque minuti.

Spencer sorride e io ammicco. «Ricky è sexy, cazzo.» Scuote la testa, come se il ricordo della ragazza gli avesse offuscato la mente. «Intendo dire... sexy da far paura.»

Seb e io alziamo gli occhi al cielo.

Sappiamo già come andrà a finire.

«L'altra sera ero a letto con Marie, completamente nudo. Lei è sopra di me e la lampada è ancora accesa...» Fa una pausa per bere un sorso. «Poi, all'improvviso si apre la porta ed entra Richy... e non indossa niente. È nuda.» Seb e io ci guardiamo e aggrottiamo la fronte.

«Ci chiede se può unirsi a noi.»

«Dove cazzo trovi queste donne?» chiede Seb, indignato.

«Lo so, vero?»

Ridacchio. «Che cos'ha detto Marie?»

Sogghigna e solleva le mani mentre racconta la storia. «Marie mi chiede se voglio che la sua amica si unisca a noi. A quanto pare, Ricky non fa sesso da un po' e Marie odia sapere che la sua amica si sente sola.»

Mi piego in avanti con espressione confusa. «Aspetta, allora loro due scopano quando tu non ci sei?»

Spence fa spallucce. «Non ne ho idea, cazzo.» Prende un sorso di birra. «So soltanto che un minuto dopo mi ritrovo Marie che cavalca il mio uccello e Ricky seduta sulla mia faccia.»

Seb e io ridiamo, perché è davvero un figlio di puttana fortunato.

Spence solleva le mani. «Sembra una cazzo di favola e io mi ritrovo a fare una cosa a tre senza preavviso. Non avevo nemmeno bevuto.»

Getto la testa indietro e scoppio a ridere.

«Le scopo entrambe e mi appisolo tra di loro. Marie è la prima ad addormentarsi.»

«Che cos'è successo dopo?» chiedo.

«Be', Ricky scivola sotto le coperte e comincia a farmi il pompino più bello della mia vita.»

Seb si colpisce la fronte, perché non riesce a credere alla fortuna del nostro amico. Spencer sgrana gli occhi. «Ma io non so che cosa fare, giusto? Marie sta dormendo accanto a noi.»

«Ma ti eri appena scopato Ricky davanti a Marie, no?»

«Lo so.» Fa spallucce. «Ma mi aveva dato il permesso. È stato strano farlo mentre lei dormiva accanto a noi. Allora, sono sdraiato mentre mi fa un pompino e penso a che cosa rischierei se Marie si svegliasse.»

Seb getta la testa indietro e scoppia a ridere, facendo segno alla cameriera di portare altra birra. «Certe cose succedono soltanto a te, cazzo.»

«Poi Ricky mi chiede di portarla nella sua stanza, quindi capisco che non voglia che svegliamo Marie.»

«Ci sei andato?» Seb corruga la fronte.

«Sì e, mentre ci dirigiamo nella sua stanza, prende una pillola blu dalla borsa e me la passa.»

Spalanco gli occhi. «Ti ha dato il Viagra?»

Annuisce e Seb e io scoppiamo a ridere. «Che cazzo, amico?» urla Seb. «Che cazzo di ragazza porta il Viagra nella borsa?»

Spencer scrolla le spalle. «Non lo so, ma l'ho presa. Il mio uccello è diventato un missile e io mi sono trasformato in una porno star per sei ore di fila.» Solleva le mani. «Di sicuro è stato il sesso migliore della mia vita. È pazzesca e sexy da morire. L'ho scopata in tutti i modi possibili.»

Sollevo il bicchiere e ammicco. «Al Viagra,» dico brindando. Sorridono e facciamo tintinnare il bicchiere. «Forse dovremmo provare anche noi,» mormoro a Seb e lui ridacchia.

«Poi torno nel letto di Marie proprio quando il sole sta sorgendo. Devo andare al lavoro tra due ore e ho un incontro importante con i nuovi investitori alle nove.» Sgrana gli occhi. «Non riesco nemmeno a camminare, ho le palle blu e mi fanno male.»

«Che cos'è successo dopo?» chiede Seb.

«Marie si sveglia.»

Seb scuote la testa. «Perché queste cose non succedono mai a me?»

«Vero?» Ridacchio. «Voglio che la nuova tata lo faccia anche a me.»

Seb mi indica con un dito. «Dovresti farlo. Quanto sarebbe sexy intrufolarsi nella sua stanza di notte?»

Annuisco e bevo un sorso mentre l'uccello si indurisce al solo pensiero. «Dio, lo vorrei davvero.»

Spence continua la storia. «Allora, sono qui, pronto a morire in pace e dormire per un paio d'ore. L'uccello mi fa male e all'improvviso Marie comincia a succhiarlo.»

«Certo, perché non sapeva dove fosse stato per tutta la notte,» dico.

Seb sussulta. «Oh, non voglio nemmeno pensarci.»

Rabbrividisco al pensiero.

«Che cos'hai fatto?» domanda Seb.

«Quello che farebbe ogni fidanzato che si rispetta.»

Mi sfugge una risata sarcastica. «Come se tu lo sapessi.»

Si volta verso di me con espressione infastidita. «Oh, e tu lo sai?»

Sorrido, faccio l'occhiolino e bevo un sorso di birra.

«Comunque, so che adesso dovrò scopare Marie. Giuro che sto per piangere.»

Seb e io scoppiamo a ridere e il mio amico sbatte la mano sul tavolo. «Cazzo, amico, è la storia migliore che abbia mai sentito.»

Spence spalanca gli occhi. «Non è ancora finita. Il Viagra torna a fare effetto e divento di nuovo un supereroe, ma non riesco a venire.»

Ci avviciniamo entrambi, curiosi di sapere come andrà.

«Continuo a scopare e scopare ma non vengo.» Prende un sorso di birra. «Il mio uccello non ha più pelle, letteralmente, e brucia da morire. Adesso sto davvero per scoppiare in lacrime.»

Seb e io non smettiamo di ridere mentre immaginiamo il nostro amico che scopa con un cazzo dolorante.

«Che cos'hai fatto?» Seb cerca di riprendere fiato.

«Quello che dovevo.»

Corrugo la fronte. «Cioè?»

«Ho finto.»

«Ha finto?» sussulto.

Annuisce e beve un sorso. «Sì.»

Cala il silenzio. Nessuno di noi aveva mai finto. Non saprei nemmeno come fare.

«Poi oggi ricevo una chiamata di Marie che mi dice che si è divertita e che dovremmo ripetere questa sera. Vuole che Ricky si unisca a noi.»

Ci avviciniamo, in attesa di scoprire che cosa abbia risposto. «Le ho detto che ero fuori città.»

Seb fa una smorfia di disgusto.

«Perché lo hai fatto?» corrugo la fronte.

«Perché mi hanno escoriato l'uccello, amico. Ho bisogno di un trapianto di pelle. Sembra che abbia subito un'ustione di terzo grado.» Scuote la testa e scoppiamo a ridere. «Se non fossi stato circonciso, lo sarei diventato.»

Sussulto. «Chi è questa ragazza con la presa di ferro?»

Seb ridacchia. «La mia nuova spacciatrice.»

Brielle

Sono le nove e mezzo di sera e sembra che ci voglia un'eternità per percorrere il corridoio verso la casa principale. Lo osservo dalla mia postazione in un angolo buio nella sala degli specchi da quindici minuti. Il signor Masters indossa ancora il completo, chiaramente incapace di rilassarsi finché la riunione non sarà finita.

Non è un buon segno.

Percorro i sei gradini e giro l'angolo finché non lo vedo. È in cucina, e sta riempiendo un bicchiere con del ghiaccio.

«Salve.» Sorrido appena.

Si gira verso di me. «Salve.» Indica lo sgabello dell'isola. «Per favore, si accomodi.»

Scivolo sulla sedia e lo osservo versare il whisky nel giaccio, e poi si siede davanti a me.

Arriccia le labbra e beve un sorso. «Signorina Brielle,» dice con un sospiro.

«Brelly,» lo correggo.

Inarca le sopracciglia. «Senza offesa, ma non la chiamerò Brelly. Non è un ombrellino.»

Mi mordo il labbro inferiore per trattenere il sorriso. Mi sento nell'ufficio del preside, sul punto di essere espulsa da scuola. Indossa un completo blu navy costoso con una camicia bianca. I capelli scuri sono più lunghi davanti, con un ricciolo in mezzo, e ha la mascella più squadrata che abbia mia visto. I suoi occhi sono grandi e castani, e...è davvero molto bello.

«Non penso che funzionerà,» dice con calma, intromettendosi tra i miei pensieri.

«Che cosa?» sussurro.

Scuote appena la testa. «Mi dispiace, sono solo...»

«È per questa mattina?» lo interrompo.

«Brielle, ho a che fare con bugiardi e ladri ogni giorno al lavoro. Non ho l'energia di ospitare in casa qualcuno di cui non mi fido.»

«Lei... lei può fidarsi di me,» balbetto. «Sono la persona più sincera che potrebbe mai conoscere. Troppo sincera, in effetti. Chieda a chiunque.»

Sorseggia il suo drink, gli occhi freddi fissi sui miei.

«Mi chieda quello che vuole. Chieda adesso e le dirò tutta la verità. Promesso.»

Sollevò il mento. «D'accordo, allora, che cosa ha detto a Willow questa mattina?»

Impallidisco. Oh, doveva chiedere quello, no?

Deglutisco il nodo in gola. Quella piccola spia. Se prima non rischiavo di essere licenziata, di sicuro adesso succederà.

«Credo che sia stato qualcosa tipo...» Mi metto più comoda e lui inarca un sopracciglio, in attesa. Il cuore inizia a battermi forte.

«Le ho chiesto se il suo gioco fosse comportarsi da strega finché la tata non sarebbe scappata. E poi le ho chiesto se provava a rendere la vita delle tate un vero inferno.»

I suoi occhi diventano due fessure.

«E poi le ho chiesto se il suo paparino veniva sempre a salvarla.»

Mi lancia un'occhiataccia e si morde il labbro inferiore, come se stesse cercando di non sbraitare o urlare.

Sussulto in modo evidente. «E poi lei ha detto qualcosa tipo "vaffanculo, torna in quel buco di merda". Così l'ho avvertita di non rivolgersi mai più a me in quel modo davanti a Samuel. Non me ne frega un cazzo se non le piaccio, ma non accetterò che lo turbi.» Mi stringo nelle spalle. «Se si insulta bisogna essere disposti ad accettare qualche offesa.»

Inclina la testa e manda giù tutto il whisky, chiaramente disgustato.

Il cuore mi martella così forte che ho la sensazione di sentire il sangue che pulsa nelle orecchie.

Mi fissa negli occhi. «E che cosa le dà il diritto di parlare in quel modo a mia figlia?»

«Non ho quel diritto, e mi dispiace, non succederà più. Mi ha soltanto fatto arrabbiare tanto rivolgendosi a me in quel modo davanti a Samuel. Ha bisogno di essere protetto da tutto il suo odio. È soltanto un bambino e so che lei ha problemi, ma deve capire che non va bene e che non lo accetterò.»

Sbuffa e si versa un altro bicchiere, sollevando lo sguardo quando è a metà, come se si fosse reso conto di essere scortese a non offrirmelo. Inclina la bottiglia verso di me.

«Sì, grazie,» rispondo, grata per l'offerta... proverei di tutto per calmare i nervi. È straziante.

Mi riempie il bicchiere di ghiaccio e poi versa il whisky. Diamine, dov'è il miscelatore? Lo beve liscio?

Me lo passa. «Grazie.» Ne bevo un sorso e sento il calore scendermi lungo la gola e scaldare con lentezza l'esofago. «Mmm.» Sollevo il bicchiere ed esamino il liquido ambrato. «È... forte.»

Un accenno di un sorrisino gli attraversa il volto quando si risiede sullo sgabello.

Mi osserva con attenzione e poi alla fine dice: «Willow non è facile da gestire, lo so.»

«Alla sua età anch'io ero un incubo. Posso gestirla.»

«Non ho dubbi.» Arriccia le labbra. «Ma non si tratta di Willow.»

Mi acciglio. «Allora di che cosa si tratta?»

«Del fatto che è entrata in camera mia questa mattina e che ha rovistato tra le mie cose.»

Mando giù il whisky e quasi mi strozzo. Questa roba è come combustibile per razzi. Tossisco in modo rumoroso, schiarendomi la gola. «Oh, quello.» Sussulto per il fuoco in gola. *Gesù, sto bevendo benzina?*

«Sì, quello,» risponde. «La prego, mi spieghi che cosa stava facendo in camera mia.»

Lancio un'occhiata alla porta. *Corri... corri e basta, cazzo.*

Deglutisco la sabbia in gola. «Ero andata a controllare Samuel perché ero preoccupata che camminasse di nuovo nel sonno e avevo pensato che lei fosse uscito per andare al lavoro.» Aggrotto la fronte mentre cerco di far sembrare ragionevole questa storia. «Tornando in camera mia, ho visto che la sua porta era aperta e ho solo...»

Mi guarda mentre beve un sorso.

«Volevo vedere che aspetto avesse la sua stanza.» Inarca un sopracciglio.

Gli offro un mezzo sorriso e cerco di addolcire la storia più che posso. «Sono entrata, mi sono guardata attorno e poi ho visto che l'armadietto del bagno era socchiuso.» Faccio spallucce. «Si può scoprire molto da una persona guardando il suo armadietto del bagno, sa?» Bevo un altro sorso abbondante di benzina.

Porca misera, questa merda è forte. Tossisco un po', l'esofago brucia in modo incredibile.

Mi immagino mentre cado dallo sgabello, ubriaca, e tremo per lo sgomento.

Grandioso, una tata incapace che non regge l'alcol, la storia continua a diventare sempre più interessante.

Solleva di nuovo il mento, in segno di sfida, e l'energia tra di noi inizia a cambiare. In qualche modo le sue domande si trasformano in una sfida silenziosa in cui mi sprona a dire la verità, osservandomi con attenzione. «Che cosa ha scoperto su di me, Brielle?»

Deglutisco il nodo in gola. «È molto ordinato,» sussurro in maniera nervosa.

Non reagisce.

«Mi piace molto il suo profumo.» Un sorrisino gli attraversa il viso, e mi dà la sicurezza per proseguire.

«E... lei è... sessualmente attivo.»

I suoi occhi si scuriscono e l'aria tra di noi all'improvviso scoppietta.

Beve un sorso lento e controllato di whisky, e osservo con attenzione la lingua che lecca il labbro inferiore. Il mio corpo si contrae.

Eh?

Si sporge in avanti sulla sedia. «Che cosa sta facendo qui, Brielle?» sussurra. L'elettricità tra di noi mi ha privato della capacità di pensare in maniera lucida.

«Bevo l'alcolico più forte che sia mai esistito?» chiedo.

Sorride in modo sexy e ridacchia. «Quello che intendevo è perché è venuta in Inghilterra.»

Mi mordo il labbro inferiore. «Per allontanarmi dal mio ex ragazzo. Abbiamo rotto l'anno scorso e avevo bisogno di un cambiamento... di andare avanti.»

Abbassa gli occhi sulle mie labbra. «E quanto tempo è passato da quando è stata con un uomo?»

Mi acciglio, ma dato che sono senza filtro verbale sussurro: «Troppo tempo. Fin troppo.»

3

Brielle

C<small>I FISSIAMO INTENSAMENTE</small> e sussulto quando si lecca di nuovo le labbra.

«Quanto tempo è passato dall'ultima volta in cui è stato con qualcuno?» chiedo. Che diavolo c'è in questo drink? Il siero della verità?

Mi rivolge un sorriso sarcastico. «Questa sera non siamo qui per discutere della mia vita sessuale.»

Inarco le sopracciglia, sorpresa. «Ma possiamo parlare della mia?»

«Stavo soltanto facendo un'analisi caratteriale.»

Sorrido contro il bicchiere. «Lo stesso vale per me.»

Nei suoi occhi vedo un luccichio malizioso. «Ha ragione, la sua sincerità è una ventata d'aria fresca, signorina Brielle.»

Sorrido.

«Anche se un po' sfacciata,» aggiunge.

«Potrei dire lo stesso di lei, ma non capisco come possa essere utile sapere quando sia stata l'ultima volta che ho fatto sesso con un uomo per fare un'analisi della mia personalità.»

«Mi aiuterebbe a capire che genere di vita conduce.»

Ci penso per un momento. «Be', se si tratta di questo, mi dispiace informarla che vivo una vita noiosa, perché non vado a letto con un uomo da più di un anno.»

«Capisco,» mormora, sembrando colpito dalla mia risposta.

«Signor Masters, so che posso essere un'impicciona, ma le assicuro che non sono qui per rubare o litigare con sua figlia. Mi trovo qui per fare un buon lavoro e spero di trovare me stessa durante questo periodo.»

I suoi occhi diventano due fessure e si appoggia allo schienale. «E come ha intenzione di riuscirci?»

Bevo un sorso mentre penso alla risposta. «Andrò a vedere la campagna, imparerò la sua storia, e trascorrerò i fine settimana con Emerson.» Scrollo le spalle. «Non si può mai sapere, potrei anche incontrare un uomo e divertirmi.»

«E di preciso che cosa comporterebbe?» chiede.

Quest'uomo è così intelligente che non ho idea se sia davvero interessato o se stia soltanto provando a essere condiscendente.

«Non ne sono certa. So soltanto che, se sapessi ciò di cui ho bisogno, sarei andata via e lo avrei trovato a casa.»

Mi guarda negli occhi.

Che diavolo sta pensando?

«Mmm.» Esita per un momento. «Mi parli del permesso di soggiorno.»

Sospiro e prendo un sorso del drink. È così forte che comincio a tossire. «Come fa a berlo?» chiedo mentre mi do una pacca sul petto.

«Smorza la tensione.» Sogghigna.

«Da cosa?» Continuo a tossire. «Quale tensione può essere tanto pesante?» Sussulto.

Ridacchia e la sua voce vellutata mi penetra in profondità, facendomi battere forte il cuore.

È così...

Inarca un sopracciglio e mi rendo conto che aspetta una risposta. «Oh, il permesso?» Corruga la fronte con impazienza. *Dio, pensa davvero che io sia stupida.* «La vuole smettere, per favore?» sbotto.

«Che cosa?»

«Di guardarmi con quell'aria di superiorità.»

Sul suo volto compare un sorriso. «Mi perdoni.»

Bevo il resto del drink e lo sollevo per un altro giro. Non so che cosa sto facendo, ma farlo addolcire mentre bevo mi sembra un piano perfetto.

Riempie di nuovo il bicchiere e bevo un altro sorso mentre lo osservo. «Lo fa sempre?»

«Vuole sapere se bevo sempre scotch con le tate e sono rimproverato per aver risposto alle loro domande? No.»

«Allora è un vergine dello scotch con le tate?»

Questa volta è lui ad affogarsi mentre beve, perché non trattiene una risata. «Assolutamente sì. Un vergine delle tate. Non tanto dello scotch.»

Sorrido. Mi piace la sua risposta. «Vede? Adesso stiamo andando più che d'accordo. Andrà tutto bene.»

«Non sta andando bene. Questa è soltanto una piacevole distrazione.»

Sul mio volto compare un'espressione triste. «Oh.»

Aggrotta la fronte. «Non la prenda sul personale, ma non è quello che mi aspettavo, Brielle.»

«Che cosa si aspettava?»

Fa spallucce. «Una persona più adulta, esperta e professionale.»

Ci penso per un momento. «Non è quello che diceva l'annuncio.»

Continua a sorseggiare mentre alza gli occhi al cielo. «Mia madre ha inserito l'annuncio con l'agenzia.»

«Sua madre?» corrugo la fronte.

Sogghigna attorno al bicchiere. «Sembra sorpresa.»

«Be', non pensavo che fosse un cocco di mamma.»

Di nuovo quella risata vellutata... la sento fino allo stomaco. «Non lo sono assolutamente, ma è preoccupata per Willow e ha voluto occuparsene lei per provare qualcosa di diverso.»

Gli rivolgo un sorriso goffo. «Be'... io sono diversa.»

«Già.»

«Mi dia soltanto un'altra opportunità, d'accordo?» lo supplico. «Certo, siamo partiti con il piede sbagliato, ma le prometto che le cose cambieranno.» Mi guarda intensamente. «Se fra tre settimane non sarà ancora soddisfatto, troverò un altro lavoro. Per favore, non mi faccia rimpatriare prima che abbia l'opportunità di cercarlo, però. Risparmio per questo viaggio da più di un anno.» Mi osserva. «Per favore...»

Fa un respiro profondo. «D'accordo. Ha ventuno giorni. La prossima volta che la licenzierò, non mi supplichi di restare.»

Scuoto la testa. «Non lo farò.»

«Perché la prossima volta non accetterò così facilmente.»

Annuisco. «D'accordo, ma deve promettermi che non mi ridarà mai più questo siero della verità.» Sollevo il bicchiere di scotch.

«Siero della verità?»

«Sono piuttosto certa che, se mi chiedesse qualcosa in questo momento, non esiterei a rispondere sinceramente.»

I suoi occhi si illuminano. «Mi chieda quello che vuole,» sussurra con tono malizioso.

«Che cosa?» Corrugo la fronte.

«Forza. Che cosa vuole sapere di me?» Inarca un sopracciglio. «Che rimanga tra noi, ovviamente.»

Mi mordo il labbro per nascondere il sorriso. Mi piace questo gioco. «Okay.» Faccio una pausa mentre penso. «Le piacciono le donne pure e con una forte integrità oppure spinte e un po' sgualdrine?»

Sul suo volto compare un'espressione soddisfatta e mi rendo conto di aver fatto proprio il suo gioco. Ha usato la tattica del siero della verità per scoprire quello che volevo sapere davvero... i suoi gusti in fatto di donne.

Merda, se vorrò stare al passo con questo maestro della manipolazione, dovrò trovare strategie migliori.

Beve un sorso di scotch e l'atmosfera attorno a noi cambia. «Mi piace che la prima si comporti come la seconda... soltanto con me»

Deglutisco il nodo alla gola. Dio, bella risposta. Come sarebbe andare a letto con lui, dato che è così dominante? «Oh,» mormoro. All'improvviso lo immagino nudo e non riesco a pensare a una risposta intelligente.

Pensa... pensa... di' qualcosa di intelligente.

«Le sgualdrine con una forte integrità devono essere difficili da trovare al giorno d'oggi,» è l'unica cosa che riesco a dire.

Getta la testa all'indietro e scoppia in una risata fragorosa. Non posso fare a meno di sorridere. Poi diventa improvvisamente serio. «Vada a letto, signorina Brielle, prima che questo gioco diventi pericoloso.»

Svuoto il bicchiere e mi alzo. «Sì, certo. La ringrazio, signor Masters. Apprezzo davvero che lei mi abbia dato un'altra possibilità. Non mi troverà mai più nella sua stanza.»

Si lecca il labbro mentre mi guarda intensamente. Seduto sullo sgabello con indosso il completo elegante e i capelli spettinati, sembra un vero sogno.

L'atmosfera diventa elettrica e ci guardiamo per un secondo di troppo.

Interrompere la trasmissione. È vecchio... ehm, è il tuo capo e tu sei troppo ubriaca.

Il siero della verità potrebbe trasformarsi in quello della scopata.

«Grazie, la lascio in pace. Si goda la serata, signore.»

Corro nella mia stanza senza guardarmi indietro. Una volta dentro, mi appoggio alla porta.

Il cuore batte forte. Grazie a Dio il mio lavoro è salvo.

Ho ventuno giorni per assicurarmelo. *Non mandare tutto all'aria, Brielle.*

* * *

Mi sveglio quando sento un tonfo provenire da fuori. La mia stanza è ancora buia, anche se il sole sta sorgendo.

Bump. Bump. Bump.

Che cos'è? Resto immobile finché non lo sento di nuovo.

Bump.

Bump.

Bump.

Mi alzo e vado alla finestra. Willow è di sotto e indossa un'uniforme sportiva blu e bianca. Sta calciando la palla dentro una rete. Oh, gioca a calcio. Mi chiedo perché si stia allenando così presto. Forse gioca a quest'ora ogni settimana? È sabato. Andrò a investigare.

Indosso la vestaglia ed entro in casa. Il signor Masters è seduto al tavolo e legge il giornale mentre Samuel mangia il porridge.

«Brelly,» urla Samuel prima di saltare giù dalla sedia e correre ad abbracciarmi.

«Ciao, tesoro.» Sorrido e ricambio l'abbraccio. Alla fine sposto lo sguardo sul padrone di casa e arrossisco. Non posso credere di avergli chiesto che genere di donna gli piaccia. Che cosa stavo pensando?

Devo ricordarmi di non bere mai più scotch liscio. Nemmeno i criminali bevono quella merda. Non c'è da meravigliarsi che mi faccia così male la testa. All'improvviso mi sento vestita in modo poco adeguato e in disordine. Faccio scorrere una mano tra il cespuglio che ho in testa, dato che il signor Master mi sta fissando. «Perché siete tutti in piedi e già pronti così presto?» chiedo.

«Willow gioca a calcio questa mattina,» risponde.

«A che ora dobbiamo uscire?»

Sul suo volto compare un'espressione strana. «Non lavora nei fine settimana, Brielle. Non è necessario.»

«Lo so.» Stringo la mano di Samuel. «Mi piacerebbe sostenere Willow, se non è un problema.»

Si acciglia proprio quando Willow entra in casa con la palla sotto un braccio.

«Willow, dammi un minuto e sarò pronta,» dico. «Cinque minuti al massimo.»

Fa una smorfia. «Per che cosa?»

«Voglio venire a vederti giocare a calcio.»

«Che cosa? Tu non verrai ed è football. Resta a casa a metterti lo smalto o qualcosa del genere.»

«Willow,» la rimprovera il padre. «Non essere maleducata.»

Inarco un sopracciglio. «A essere onesta, il football non fa per me, ma i venditori ambulanti di caffè e il sole sì, quindi vorrei venire.»

Mi lancia un'occhiataccia e le rivolgo un sorriso sarcastico. «Inoltre, ho già lo smalto alle unghie.» Sollevo una mano e agito le dita. Willow alza gli occhi al cielo, disgustata.

«Andiamo, Sammy, puoi aiutarmi a trovare qualcosa da mettere.» Sorrido al bambino adorabile che mi stringe la mano.

«Per favore, non chiamarlo Sammy,» mi interrompe il signor Masters. «Si chiama Samuel. Sammy è il nome di una foca.»

«Oh.» Guardo Samuel con espressione corrucciata. «*Sammy la Foca* esiste davvero?» Ci penso per un momento.

«Non lo so, non ho mai sentito parlare di una foca di nome Sammy.»

«Perché nemmeno alle foche piace il nome Sammy,» dice il signor Masters con tono piatto.

Samuel fa dondolare le nostre dita intrecciate e gli sorrido. «Come vorresti che ti chiamassi?» gli chiedo.

Guarda suo padre con espressione nervosa prima di rivolgersi di nuovo a me. «Mi piace quando mi chiami Sammy,» sussurra.

Guardo il signor Masters e inarco le sopracciglia.

Willow incrocia le braccia sul petto. «Non hai sentito che cos'ha detto papà? Non gli piace.»

«Allora non chiamerò tuo padre Sammy,» rispondo. «Problema risolto.»

Il signor Masters guarda in basso rassegnato e mi volto verso Willow. «Come vorresti che ti chiamassi?» le chiedo dolcemente.

Serra gli occhi con disprezzo. «Stupida,» sibila.

«Willow,» ringhia il padre. «Dacci un taglio, *subito*.»

Sorrido. «So per certo che tuo padre non vorrebbe che ti chiamassi stupida, ma se proprio insisti, ti chiamerò Queen B.»

Alza gli occhi al cielo. «Incredibile, cazzo,» mormora.

«Quando voi due avrete finito...» sbotta il signor Masters, interrompendoci. «Willow, sta' attenta a come parli e mostra alla signorina Brielle un po' di rispetto.»

«Ma non voglio che venga alla partita.» Mette il broncio.

«Peccato.» Sorrido. «Ci metterò cinque minuti. Andiamo Sammy, cerchiamo qualcosa da indossare.»

* * *

La passeggiata sul campo di calcio è imbarazzante per due ragioni. Prima di tutto Willow non mi parla da quando siamo usciti e sento di aver commesso un errore insistendo per venire. Secondo, le madri adesso mi stanno fissando. Porca miseria. Tutte le mammine milionarie del mondo devono essere presenti. Hanno l'aspetto di modelle che hanno appena finito un servizio fotografico, eppure fissano tutti me. Le donne smettono di parlare per osservarmi. Il signor Masters deve essere l'argomento di conversazione preferito da queste parti. Perché non dovrebbe? Probabilmente vogliono scoparselo tutte quante.

Non ci ho pensato abbastanza bene e di certo non ho pensato al mio outfit. Indosso jeans attillati, una maglietta bianca e una giacca militare. Ho raccolto i capelli scuri in una coda di cavallo e ho scelto scarpe da corsa bianche e Ray-Ban aviator dorati. Sembra che sia uscita dagli anni ottanta.

Il signor Masters e Willow sono davanti a me mentre stringo la mano a Sammy. Passiamo almeno davanti a una ventina di persone a bordocampo e riesco quasi a sentire le loro voci che mi giudicano.

«Le altre tate sono mai venute a vedere le partite di Willow?» chiedo a Sammy.

«No.»

«Tuo padre ha mai portato qualcuno?»

«Ad esempio?» Sam corruga la fronte.

«Magari una delle sue amiche?»

Si stringe nelle spalle. «Papà non ha amiche, soltanto amici maschi.»

«Non ha mai avuto un'amica?» chiedo sorpresa.

Scuote la testa. «No.»

«Oh.»

Willow saluta i suoi amici prima di andare negli spogliatoi.

Il signor Masters sceglie un posto e abbassa tre sedie. «Qui, signorina Brielle.» Indica la mia.

«Grazie.» Sorrido prima di sedermi, imbarazzata. Avrei dovuto restare a casa. Mi sento davvero a disagio.

«Papà, ti va di fare qualche passaggio?» chiede Sam prima di lanciare una palla al padre.

«Certo.» Porta Sam sul campo e cominciano a passarsi la palla. Li guardo e, se fossi una brava persona, direi che sto guardando Samuel giocare felicemente con il padre. Tuttavia, dato che sono una pervertita, ammetterò che sto osservando soltanto il signor Masters.

Indossa un maglione color crema con jeans chiari che stringono nei punti giusti. I capelli scuri sono un po' arricciati a causa dell'umidità.

Sam calcia la palla in alto e il padre prova ad afferrarla. Ha una bellissima risata e denti perfetti.

Non posso fare a meno di chiedermi quando sia stata l'ultima volta che ha avuto una ragazza.

Deve averne una adesso. Uomini affascinanti come lui, con quel carisma e il suo cervello, non sono mai single. Evidentemente non l'ha ancora presentata ai ragazzi.

Buon per lui. Spero che se lo scopi con violenza. Dio, io lo farei se fossi in lei.

Un attimo, da dove arriva questo pensiero? Da quando considero attraenti gli uomini di trentanove anni? In realtà non ne ho mai conosciuto uno.

Va bene pensare che lo sia. È la verità. Non significa che voglia scoparmelo. Anche se è normale chiedersi come sia a letto.

Scommetto che è ben messo. Sposto lo sguardo sui jeans mentre investigo.

«Mi scusi, ci conosciamo?» mi interrompe una voce femminile carica di sdegno. Guardo in alto e vedo una signora bionda e attraente. Mi alzo subito.

«Salve. Sono Brielle.» Le offro la mano e la stringe.

«Io sono Rebecca.» Sorride.

«Ciao, Rebecca.» Ricambio con imbarazzo.

Corruga la fronte, concentrandosi sul mio volto. «Ci siamo già conosciute?»

«No.» Faccio una pausa e guardo il signor Masters sul campo, ignaro di ciò che sta succedendo. «Sono la nuova ragazza alla pari del signor Masters. Vengo dall'Australia.»

Inarca le sopracciglia. «Oh, davvero?» Si volta verso il signor Masters. «Che... meraviglia.» Esita. «Anch'io al momento ho una ragazza alla pari in casa mia, ma viene dall'Italia. Si chiama Maria.»

«Davvero?» Sorrido.

«Sì, dovete conoscervi. Ha più o meno la tua età, direi, ed è qui da sei mesi.»

«Sarebbe fantastico, grazie.» Magari potrebbe darmi dei consigli di sopravvivenza.

«Oggi non è qui. Maria non lavora nei fine settimana.» Incrocia lo sguardo del signor Master e lo saluta con un gesto sensuale che lui ricambia mentre calcia la palla.

«Vado a prendere una sedia e mi accomoderò qui con voi.»

«Okay.» Sorrido. «Hai bisogno di aiuto?»

«No, non c'è bisogno, cara,» risponde prima di andare via.

Sembra gentile. Mi siedo e mi guardo intorno per un momento, notando Willow accanto agli spogliatoi. Tre ragazze della squadra avversaria la circondano e capisco dal suo linguaggio del corpo che non sono sue amiche. Sembra a disagio.

Una di loro le strappa via la palla che ha in mano. La stanno minacciando?

Le osservo, sentendomi a disagio. Mi guardo intorno ma nessun altro sembra aver notato quello che sta succedendo. Forse sono sue amiche e mi sto immaginando tutto.

Il signor Masters viene a sedersi accanto a me e Sam continua a giocare a calcio con un altro ragazzino.

«Chi sono quelle ragazze con Willow?» gli chiedo. Strizza gli occhi e prova a mettere a fuoco.

«Porta gli occhiali?» gli chiedo, osservandolo.

«Non ne ho bisogno,» sbuffa.

«Allora perché sta strizzando gli occhi?»

«Perché non ho la vista bionica.» Dio, è un po' permaloso. «Penso che vadano a scuola con lei, sì. Una di loro era una sua grande amica, ma non la vedo in giro da anni.»

«Oh,» rispondo distratta, voltandomi di nuovo verso le ragazze. Le compagne di squadra di Willow escono dagli spogliatoi e una di loro dice qualcosa alle tre ragazze che parlavano con Willow. Una di loro non reagisce bene. No, di sicuro non sono amiche. C'è ostilità nell'aria.

Gli allenatori vanno verso il campo.

Rebecca torna e fa fatica ad aprire la sedia prima di accomodarsi accanto al signor Masters. Lui arriccia le labbra, come se non fosse colpito. «Ciao, Rebecca,» la saluta.

«Ciao, Julian, come stai?» Gli dà un bacio sulla guancia. Devo mordermi il labbro per nascondere un sorriso e continuo a fissare il campo davanti a me.

Credo che Rebacca abbia un debole per il signor Masters. L'arbitro fischia e la partita comincia.

«Willow gioca come centrocampista?» gli chiedo con un sussurro.

«Sì.» Corruga la fronte, voltandosi verso di me. «Conosce il calcio?»

«Conosco molte cose,» mormoro, continuando a guardare la partita.

«Ne dubito.»

«Julian, ti avevo chiamato per parlarti della raccolta fondi. Hai ricevuto il mio messaggio?» chiede Rebecca con tono stridulo, cercando di sembrare disinvolta.

Esita. «No, mi dispiace.»

«Volevo sapere se ti andava di andare insieme. Potremmo prendere un'auto. Posso guidare io, così tu berrai qualche drink.»

«Ehm...» Esita di nuovo e mi mordo la guancia per non scoppiare a ridere. «Mi dispiace, andrò con un'altra persona. Magari un'altra volta?»

Imbarazzante.

«Oh,» dice con un sospiro, sconfitta. «Non sapevo che ti vedessi con qualcuno.»

«È una storia nuova,» risponde.

Dentro di me sorrido. Mi fa piacere che non sia interessato a uscire con Rebecca. È troppo rumorosa per qualcuno come lui.

Cala un silenzio imbarazzante finché non riesco più a sopportarlo.

«Vado a prendere un caffè.» Mi alzo in piedi.

«Le mostrerò dove andare,» dice il signor Masters, alzandosi.

Gli sorrido e spalanca gli occhi, supplicandomi in silenzio di salvarlo.

«Okay, faccia strada.»

Abbassa lo sguardo e le buone maniere hanno la meglio. «Vorresti un caffè, Rebecca?»

«Sì, per favore, caro. Con un po' di latte.»

«Niente zucchero?»

«Sono abbastanza dolce.» Ammicca e scrolla le spalle in modo sexy.

Oh, è davvero imbarazzante. Non riesco a fermarmi e mi sfugge una risatina.

Il signor Masters si acciglia e va verso l'ambulante del caffè. Io lo seguo.

«Ha davvero un appuntamento quella sera?» chiedo.

Finge di rabbrividire. «No, ma adesso sono motivato a trovarne uno.»

Rido. «Sembra carina.»

«Allora dovrebbe uscire con lei.»

«Julian,» lo chiama una donna di circa quarant'anni con i capelli castani. «Dove ti nascondevi, caro?» Lo saluta con la mano e gli sorride prima di avvicinarsi e dargli un bacio sulla guancia. Poi gli afferra le braccia e lo guarda dalla testa ai piedi. «Julian, diventi sempre più bello ogni volta che ti vedo.»

«Continua ad adularmi.» Ride e qualcosa mi dice che gli piace davvero questa signora. «Nadia, ti presento Brielle, la mia nuova tata,» mi presenta.

Guarda anche me dall'alto al basso. «Salve.» Il suo sorriso è finto.

«Salve,» rispondo con timidezza.

Cristo, questo posto è come Tinder.

Cominciano a parlare e mi sento il terzo in comodo. «Vi lascio da soli.» Sorrido. «Mi ha fatto piacere conoscerti, Nadia.»

«Anche a me, Brielle. Ci vediamo presto.»

Mr. Masters

Mi metto in fila per il caffè. Guardo il signor Masters sfuggire a una donna soltanto per essere avvicinato da un'altra.

È come una rock star da queste parti.

Torno a sedermi e guardo la partita. Poco dopo si siede di nuovo accanto a me.

«È davvero popolare da queste parti,» sussurro.

Sembra imbarazzato. «Attenzioni indesiderate, glielo assicuro.» Si guarda intorno. «Dov'è Rebecca? Ho il suo caffè.»

«Oh, è lì alla ricerca di un altro appuntamento per la raccolta fondi.»

Alza gli occhi al cielo. «Ne sono certo.»

Mi squilla il cellulare e vedo il nome di Emerson sullo schermo. «Ehi, tesoro.» Sorrido.

«Ciao!» urla e sposto il cellulare dall'orecchio con una risata. Il signor Masters aggrotta la fronte.

«Siamo ancora d'accordo per questa sera?» chiedo.

Il signor Masters continua a guardare la partita e finge di non essere interessato, ma so che sta ascoltando.

«Sì, indossa qualcosa di sexy. Ci saranno i ragazzi canadesi.»

«Davvero?» Guardo il mio capo mentre parlo con Emerson. «Li hai sentiti?» chiedo con un sussurro. Sul volo avevamo conosciuto due ragazzi dal Canada. Avevamo parlato di uscire insieme, ma questa è la prima volta che lo sento dire da quando ne avevamo discusso con loro.

«Sì. Oddio, quello davvero bello ha un debole per te.» Mi mordo il labbro e sorrido, stringendo forte il telefono contro l'orecchio. So che è infantile, ma non voglio che il signor Masters lo senta.

«Vedremo,» rispondo in modo vago.

«Ci vediamo alle otto a casa mia. Indossa il vestito più sexy che hai.»

Sono nervosa. «Okay, ci vediamo dopo.» Aggancio e sorseggio il caffè con imbarazzo. Il signor Masters guarda la partita. Tuttavia, per qualche ragione, sento di dovergli una spiegazione.

«Il pensiero di uscire questa sera mi rende un po' nervosa.»

Si volta verso di me con espressione indifferente. «Perché?»

Deglutisco il nodo alla gola. «Paese straniero, gente nuova.»

Inarca un sopracciglio e sembra divertito. Mi volto verso la partita. È strano. Un minuto prima mi sento a mio agio con lui e quello dopo mi sento una ragazzina stupida.

«È venuta qui per trovare se stessa, Brielle. Suppongo che metterà in atto il piano questa sera,» dice con voce impassibile.

Fa sul serio?

Sta facendo del sarcasmo sul mio appuntamento con gli escursionisti. Non si rende conto che nelle ultime due ore ho visto ogni donna di questo campo provare a portarselo a letto come se fosse il Re di Inghilterra?

Sorseggio il caffè e resto in silenzio. Fanculo.

Questa sera farò sesso. Sesso violento, selvaggio e spensierato con un giovane canadese che non mi fa sentire un'adolescente.

Un ragazzo che non ha un cervello o un riccio adorabile tra la folta chioma. Qualcuno che non si chiama signor Masters, cazzo.

4

Brielle

STENDO IL FAZZOLETTO, lo premo tra le labbra e mi guardo allo specchio. I capelli sono voluminosi e ho arricciato le punte. Il trucco smoky è sexy e le labbra adesso son lucide quanto basta.

Guardo il retro del vestito e mi sento un fascio di nervi.

Indosso un abito color crema attillato, senza spalline. L'ho abbinato a un paio di tacchi oro e una clutch dello stesso colore. Sto bene. Lo so. Volevo essere divertente e sensuale, e credo di esserci riuscita.

Questa è la grande serata.

Emerson e io pianifichiamo il nostro viaggio a Londra da un anno, convinte che saremmo diventate due persone nuove. Due ragazze che si divertono e vivono alla giornata. Ce la spassavamo anche a casa, ma eravamo arrivate a un punto morto. Non volevo uscire perché temevo di incontrare il mio ex con un'altra. Le nostre vite sociali dipendevano da altra gente ed eravamo state noi a permetterlo.

Odio aver concesso al mio stupido ex di determinare gli eventi della mia vita. Forse non ero pronta ad andare avanti e quella era l'unica scusa che avevo trovato per proteggere il mio cuore. Ero stata a molti appuntamenti, ma nessuno aveva suscitato il mio interesse e iniziare a rifiutare era diventato più sicuro che essere delusi.

Ecco perché Emerson e io avevamo guardato film e mangiato cibo da asporto per risparmiare. Quando le nostre relazioni erano crollate, eravamo tornate a casa dei nostri genitori ed era stata una vera sfida.

Entrambe eravamo andate via all'età di vent'anni, ma non volevamo pagare l'affitto prima del viaggio, quindi era stato come mettere la vita in pausa. E adesso eccoci qui... è arrivato il nostro momento.

Tuttavia, all'improvviso non mi sento più tanto sicura di me.

I canadesi che avevamo conosciuto sull'aereo erano carini. Uno di loro era bellissimo e c'era stata una scintilla tra di noi.

Sarà questa la serata giusta, però? Domani partirà per la Grecia. Sarà la nostra unica notte insieme e, molto probabilmente, non lo rivedrò mai più. Non mi lamento. Non è il tipo di uomo con cui mi vedrei a lungo termine, ma una notte di passione non mi sembra una cattiva idea. Farò davvero sesso con uno sconosciuto? Non vado a letto con qualcuno da dodici mesi ed è stato più che difficile. Non mi ero mai resa conto di quanto avessi bisogno del sesso.

Mi viene la nausea. So che è il nervosismo, ma al momento spiare il signor Masters mentre mangio il gelato mi sembra più allettante.

Ah, il signor Masters... l'uomo che mi fa sentire le farfalle allo stomaco, la cui voce mi fa immaginare cose che non dovrei.

Ho bisogno di un taxi. Gli dovrò chiedere chi chiamare, perché non ne ho la minima idea. Mi guardo un'ultima volta allo specchio prima di dirigermi all'abitazione principale.

Il signor Masters è stato scontroso con me per tutto il giorno e non so perché. Dopo il nostro scotch della tata dell'altra sera avevo pensato che cominciassimo ad andare d'accordo. Tuttavia, oggi, dopo avermi sentito parlare al telefono con Emerson, siamo tornati al punto di partenza.

Sam è disteso sul pavimento del salone e il padrone di casa sta leggendo un libro seduto sulla sua poltrona mentre Willow sta facendo i compiti in cucina.

«Oh mio Dio,» urla Sammy. «Sei bellissima.»

Stringo con forza la borsetta e deglutisco. Il signor Masters solleva lo sguardo dal libro e mi osserva dalla testa ai piedi.

«Potrebbe dirmi quale compagnia di taxi dovrei chiamare?» domando.

Mi rivolge un sorriso affettuoso. «È davvero carina, signorina Brielle.»

Sulle mie labbra compare un sorriso da imbecille e stringo così forte la borsa che temo di romperla. «Sul serio?»

«Sul serio.» Non smette di guardarmi negli occhi.

Mi volto verso Willow, che mi osserva. «Ti piace il mio vestito, Will?» chiedo.

Si stringe nelle spalle e torna a fare i compiti.

Sammy balza in piedi e mi gira attorno. «Sembri una stella del cinema.» Sussulta. «Una Barbie luccicante e dorata.»

Il signor Masters ridacchia e sento un'ondata di calore travolgermi. «Ha una bella risata,» dico senza riflettere.

Corruga la fronte e smette subito di ridere. «Chiederò al mio autista di passare a prenderla.»

Mi acciglio anch'io. «Non voglio disturbarla.» Mi attorciglio le mani. «Prenderò un taxi.»

«Non sia sciocca.» Prende il cellulare.

«Quanto dovrò pagare il suo autista?» chiedo. «Non ho molti soldi a disposizione.» Mi guarda negli occhi, scuote la testa e poi solleva un dito.

«Salve, sono Julian Masters. Potreste passare a prendere un'ospite a casa mia, per favore?»

Mi mordo il labbro mentre ascolto. Quanto costa un austista privato? Merda.

Annuisce. «Capisco, d'accordo, ma avrò bisogno che passiate a prenderla anche questa sera.»

Oh no. Scuoto la testa. «No, dormirò da Emerson,» sussurro. Si acciglia e abbassa lo sguardo per evitare il mio.

«Chiamerà lei quando sarà pronta per tornare a casa.» Ascolta per un minuto e poi sorride. «Sì, per favore, vorrei che la passasse a prendere Frank...»

«Signor Masters,» lo interrompo. «Questa sera non tornerò a casa.» Copre la cornetta con la mano.

«Sì, tornerà.»

«No, non lo farò,» sussurro.

«Sì, *tornerà*.» Distoglie lo sguardo e continua ad ascoltare. «Sì e accreditate tutto sul mio conto, per favore.»

Sbuffo e appoggio le mani sui fianchi. *Che coraggio. È il fine settimana.*

Quando parla, sul suo volto compare un sorriso divertito. «Grazie.» *Ma che cavolo?*

Mi volto e vedo Willow sorridere. «Non è divertente, Will,» le dico, e abbassa lo sguardo sui compiti senza smettere di ridere.

Finalmente, Julian mi guarda negli occhi.

«Signor Masters. Questa sera non tornerò. Dormirò da Emerson.»

«Mi dispiace, signorina Brielle, ho bisogno di lei domani mattina, perché giocherò a golf. Magari un'altra volta?»

Sul mio volto compare un'espressione triste. «Ma... avevo dei piani.»

Mi guarda negli occhi e inarca le sopracciglia in modo sarcastico. «Li cambi.» Si alza e prende le chiavi. «Andiamo.»

«Dove?» Sospiro. Dannazione, Emerson si incazzerà, perché voleva davvero che restassi da lei. Mi aveva già chiamato cinque volte in un solo giorno.

«La accompagno in città... salvo che non preferisca andare a piedi?»

Sorrido e sollevo il pollice. «Potrei sempre fare l'autostop.»

«Con quell'aspetto non durerebbe molto.»

«Quale aspetto?»

Mi guarda dall'alto al basso e corruga la fronte. «Quello di una Barbie luccicante e dorata.»

Sorrido. Oh, adesso fa il simpatico. «Sa, è faticoso essere così bella.» Sbatto le ciglia e metto le mani sui fianchi, agitando il sedere.

«Oddio,» sento Willow lamentarsi e Sammy ridacchiare in sottofondo.

Il signor Master sorride. «Non ne dubito. Adesso salga in auto prima che la lanci nel portabagagli.»

Mi mordo il labbro e sorrido quando sento la sua risposta scherzosa. Ha cambiato umore perché non passerò la notte fuori?

Interessante.

«Torno tra venti minuti,» dice ai ragazzi.

Sorrido quando sento il suo accento strano. Sembra un membro della Famiglia Reale. Non ho mai conosciuto qualcuno con un tono di voce tanto altezzoso.

«Okay,» rispondono i ragazzi, tornando alle loro faccende.

Lo seguo fino al garage. La saracinesca si alza lentamente e le luci della Porsche si accendono non appena la apre.

Spalanco gli occhi per l'entusiasmo. «Prendiamo l'auto del pappone?» Mi rivolge uno sguardo strano.

«Auto del pappone?» chiede mentre si siede.

Salto sul sedile del passeggero. «Sì, sa... sembra l'auto di un mafioso o qualcosa di simile.» Mi guardo intorno. Wow! È davvero l'auto di un pappone. È massiccia, sportiva, sexy... per niente ciò che avrei immaginato per lui.

Alza gli occhi al cielo e guarda nello specchietto retrovisore per fare inversione e uscire dal garage. «O forse quella di un uomo che ha studiato all'università per dodici anni,» risponde con tono secco.

«Anche.» Ridacchiai. «Tuttavia, definirla auto da pappone è più entusiasmante.»

Sorride e percorriamo il vialetto. Non so se sia perché sono felice all'idea che sto per passare la mia prima serata fuori a Londra, per il vestito sexy o perché un bellissimo uomo più grande mi sta accompagnando con la sua Porsche, ma sono eccitata, mi sento viva e non riesco a smettere di ridere come una stupida.

Ci immettiamo in strada e guidiamo per un po', finché non mi volto verso di lui. «Me lo mostri.»

Inarca un sopracciglio. «Che cosa?»

«Che cosa può fare questa piccola.»

Vedo un luccichio divertito nei suoi occhi e non impiega molto ad accettare la mia sfida.

Con espressione impassibile cambia marce e accelera. Il motore ruggisce come un felino e mi ritrovo schiacciata contro il sedile quando l'auto parte come un razzo.

Urlo eccitata e lui ride non appena vede la mia reazione. Qualche secondo dopo, rallenta e torniamo a una velocità normale, anche se adesso sembra quella di una lumaca.

Ho un sorriso enorme sulle labbra mentre guardo fuori dal finestrino. Il cuore mi batte forte e l'adrenalina mi scorre nelle vene.

Si gira verso di me.

«Quest'auto è eccitante, cazzo,» sussurro mentre accarezzo il cruscotto. «Spero che lo faccia a tutti i primi appuntamenti. Sarebbe un modo sicuro per chiudere l'affare, caro signore.»

Getta la testa all'indietro e scoppia a ridere. «Non ho bisogno di un'auto per chiudere gli affari, signorina Brielle.»

Sorrido quando sento le farfalle nello stomaco e mi soffermo a guardare il suo volto bellissimo. Una parte minuscola di me si chiede come sarebbe andare a un appuntamento con lui... e concludere l'affare. È così controllato e forte, ma ho visto un accenno del suo lato più malizioso.

Bollente è un eufemismo, cazzo.

Arriviamo in città e, per qualche ragione, adesso non voglio scendere dall'auto. Vorrei guidare con il signor Masters nella sua auto da pappone fino a superare ogni limite di velocità.

Si ferma in un parcheggio e si volta verso di me. «Il ristorante è dall'altro lato della strada.»

Sollevo lo sguardo e vedo il ristorante affollato e alla moda, e so che Emerson è già dentro. Mi ha inviato tre messaggi da quando sono uscita. «Grazie.» Sorrido.

Stringe il volante con la mano. «Si diverta e faccia attenzione.»

Resto seduta e lui inarca un sopracciglio, guardandomi con impazienza.

Oh, merda. Scendi, idiota.

Scendo dall'auto e mi avvicino al finestrino. «Sono felice che il taxi non sia passato a prendermi. Questo è stato molto più divertente.»

Sorride in modo sensuale e fa ruggire il motore.

Rido e scuoto la testa. «A domani mattina.» Lo guardo uscire dal parcheggio e andare via. Wow, è stato inaspettato. Chi poteva saperlo?

* * *

Entro nel ristorante affollato e vedo Emerson farmi segno dal tavolo. Rido e quasi corro verso di lei. «Oddio, è così bello vederti.» Sorrido e la abbraccio forte. Sembra che siano successe tante cose dall'ultima volta in cui l'ho vista.

«Guardaci, siamo due adulte sexy a Londra»

«Lo so.» Ridacchio e mi siedo di fronte a lei. «Riesci a credere che siamo davvero qui?»

«Sì.» Sorride quando il cameriere arriva con due margarita.

Mi stringo nelle spalle. «Berremo cocktail?»

«Perché no? È la nostra prima sera. Fanculo.»

Prendo il drink e bevo un sorso. È il paradiso in un bicchiere. «Ah, roba buona.» Lo guardo con sospetto. «Quanto costano questi piccolini?»

«Più di quanto possiamo permetterci, ma che importa?» Solleva il drink e facciamo tintinnare i bicchieri. «A Londra.» Sorride fiera.

«A Londra.» Ridacchio.

«Raccontami tutto.» Spalanca gli occhi.

Scuoto la testa e sollevo la mano. «Non crederesti mai ai tre giorni che ho passato.»

«Mettimi alla prova.»

«Be', il signor Masters è venuto a prendermi e hai visto com'era...»

«Scontroso. È migliorato?»

Mi stringo nelle spalle. «Non lo so, ma senti questa... credo che si sia masturbato con una mia foto.»

Emerson sputa il drink e rischia di affogarsi. «Che cazzo?» Poi comincia a tossire mentre cerca di espellere il margarita che le è finito nel naso.

«Mi ha mostrato la mia stanza ed è rimasto fuori. Poi, la stessa sera, mentre lo stavo spiando...»

Aggrotta la fronte. «Aspetta, che cosa? Lo spiavi?» mi interrompe.

Mi porto le mani sul viso. «Storia lunga, ma è piuttosto sexy.»

«È vecchio, Brell.»

«Ha trentotto anni... o trentanove. A dire il vero non ne sono certa,» rispondo.

«Resta comunque vecchio.»

Alzo gli occhi al cielo. «A ogni modo, lo stavo spiando e l'ho visto prendere la mia foto appena sul frigorifero. Poi si è infilato la mano nei boxer e ha cominciato a toccarsi.»

Spalanca gli occhi e la bocca.

«Poi è andato nella sua stanza al piano di sopra, con la foto.»

«Non ci credo.»

Mr. Masters

«Ci so ancora fare.» Ridacchio e brindiamo. Ci sorridiamo e continuiamo a bere. Mi sto divertendo da pazzi. «Oddio, dimmi di Mark.»

Arriccia le labbra. «Suppongo che sia un tipo a posto.» Sussulto. «Soltanto a posto?»

«A essere sincera, è un po' uno stronzo.» Riflette per un secondo. «Adesso che ci penso, negli ultimi giorni ho conosciuto molti coglioni.»

Scoppio a ridere e innalzo il calice. «Be', io sono stata licenziata. Prova a battermi.»

Emerson si affoga di nuovo. «Che cosa?» Svuota il bicchiere e continuo a ridere. «Che diamine, Brell?»

Scuoto la testa. «Il primo giorno di lavoro il figlio minore, Samuel, è entrato nella mia stanza mentre dormiva. È sonnambulo. Il signor Masters è venuto a riprenderlo.»

Si acciglia mentre ascolta. «Come sono i figli?»

«Sammy ha otto anni ed è adorabile.»

«Sarebbe il bambino?»

«Sì, e la ragazza, Willow, ha sedici anni ed è una stronza.»

«Lo eravamo tutte a quell'età.»

«Esatto,» rispondo. «Si affezionerà a me.» Bevo un sorso del drink. «Comunque, non appena il signor Masters è andato al lavoro, sono salita al piano superiore per controllare Sammy. Dormiva e stava bene, così ho deciso di tornare nella mia stanza ma sono passata davanti a quella del signor Master e mi sono chiesta... chissà com'è la sua stanza, capisci?»

«Certo, bella domanda. Tutti vorrebbero saperlo.»

«Così sono entrata, mi sono guardata intorno e ho visto l'armadietto del bagno.»

Solleva il bicchiere. «Si capiscono molte cose di una persona dal suo bagno.»

«Esatto.» Agito una mano.

«Che cos'hai scoperto?»

Bevo un sorso. «Che ha un buonissimo odore e cha fa tanto sesso.»

Ridacchia.

«Un secondo dopo me lo ritrovo dietro a urlare e sbraitare nel riflesso dello specchio.»

Sgrana gli occhi. «È tornato a casa?»

«Sì e mi ha colto alla sprovvista. Non l'ho nemmeno sentito arrivare.»

«Oh no.»

Scoppiamo a ridere.

«Poi ha scoperto che avevo mentito dicendogli di aver già svegliato i ragazzi quando in realtà erano ancora a letto. Dopo, Willow e io abbiamo avuto un discussione e ci siamo mandate a quel paese mentre li accompagnavo a scuola.»

Si copre la bocca con la mano.

«E poi ho bevuto una sorta di siero della verità con lui e mi ha licenziato.»

Si scola un altro drink. «Dici sul serio? È accaduto davvero?»

«Te lo giuro, ma gli ho parlato e adesso ho diciannove giorni per dimostrare le mie capacità, altrimenti mi licenzierà di nuovo.»

Mi guarda sconvolta.

«Tuttavia... ho scoperto che era un vergine dello scotch con le tate e che è sexy, come lo sarebbe un vecchio ricco. Ecco perché proverò a fare la brava e restare lì. Penso di potercela fare.»

Emerson solleva una mano. «Mi sono persa. Che diavolo è un vergine dello scotch con le tate?»

«Non aveva mai bevuto scotch con la sua tata prima.» Si acciglia. «E abbiamo fatto questo gioco perverso in cui gli potevo chiedere ciò che volevo.»

Si morde un'unghia mentre mi ascolta affascinata. «E?»

«E gli ho chiesto che donne gli piacessero.»

«Che cos'hai fatto?» urla, coprendosi gli occhi con la mano. «Oddio, perderai davvero il lavoro. Devi essere sempre così onesta?»

«Sì, ma volevo sapere la risposta.»

Ride. «Anch'io. Allora, che cos'ha detto?»

«Che gli piacciono le donne pure e con una forte integrità ma che siano anche spinte e un po' sgualdrine... soltanto con lui»

Si morde il labbro e mi guarda negli occhi. «È piuttosto sexy.»

«Lo so, vero?»

Beviamo perse tra i nostri pensieri. «Oh.» Sorride. «Ho conosciuto un maiale.»

«Hai incontrato un maiale che grugnisce?» Ridacchio.

«Quando ho comprato l'anello.»

«Oh, mostramelo.»

Allunga la mano e mi fa vedere un bellissimo smeraldo. «Lo adoro, sono felice che tu lo abbia preso.»

«Anch'io, ma senti questa... sto provando l'anello quando, all'improvviso, questo idiota arrogante fa un'offerta.»

«Che vuoi dire?»

«Avevo l'anello al dito e questo tipo strano e scortese comincia a fare delle offerte, come se fosse all'asta.»

«Mentre lo stavi ancora guardando?»

«Sì.»

«Scherzi?»

«No. Così poi sono stata costretta a comprarlo soltanto perché non volevo che lo avesse lui.» Sorride mentre si guarda la mano e agita le dita. «Prendi questo, signor Luccichio.»

«Luccichio?» Corrugo la fronte.

Alza gli occhi al cielo. «Si fa chiamare Star, come se fosse una stella.»

Rido e mi copro la bocca. «Dici sul serio?»

«Sì.» Si acciglia mentre ci pensa. «Sai... è stato strano. Era come se ci conoscessimo.»

«Lo conoscevi?»

«No. Non ci eravamo mai incontrati prima. Lui era irlandese e aveva un bell'accento. Peccato che fosse un maiale.»

Scoppiamo a ridere.

«Posso prendere le vostre ordinazioni, signorine?» chiede il cameriere.

«Che cosa prendiamo?» domando alla mia amica.

Apre il menù e sorride. «Quello che vogliamo.»

* * *

Tre ore dopo arriviamo da Club Alto, tenendoci per mano. Non riesco a contenere l'entusiasmo. Abbiamo appena ricevuto una telefonata dai canadesi che avevamo conosciuto sull'aereo. Ci hanno detto di trovarsi vicino al bancone, così ci dirigiamo lì. Ci guardiamo intorno per un po' ed Emerson si mette in fila per prendere da bere. Vedo uno dei ragazzi tra la folla e mi saluta subito. Poi si avvicina.

«Ciao.» Mi rivolge un sorriso sensuale.

«Ciao.» Prima che possa dire qualcosa, mi stringe tra le braccia e mi dà un bacio dolce e lungo sulle labbra. Sento i piedi sollevarsi da terra.

Oh merda. È così che stanno le cose?

Mi guarda con occhi famelici e si lecca le labbra. «Ho aspettato tutta la settimana per farlo.»

«Davvero?» Sorrido.

Mi bacia di nuovo e questa volta mi penetra la bocca con la lingua. Sento subito l'eccitazione travolgermi.

«Già,» sussurra. Fa scivolare la mano sul sedere e lo strizza con decisione. «Tu mi hai pensato?»

Questa serata sta prendendo una piega interessante. «Non proprio.» Sorrido. «Ma adesso sì.»

Julian

SENTO UN RONZIO INSISTENTE. Aggrotto la fronte e mi volto per prendere il cellulare... che si muove sul comodino. Non appena guardo lo schermo, leggo il nome "Signorina Brielle".

Controllo l'orologio. Sono le quattro del mattino.

Grandioso. È evidente che resterà a dormire fuori e che mi stia chiamando per avvertirmi. «Sì?» rispondo con tono brusco.

«*Ohh*,» esclama, biascicando.

«Che cosa sta facendo?» Dio, è ubriaca fradicia. Riesco a capirlo persino da qui.

«Be'...» fa una pausa. «Per favore, può passarmi Julian?»

«Signorina Brielle, sono le quattro del mattino e non sono dell'umore adatto per i suoi giochetti. Che cosa vuole?»

«Gliel'ho detto. Devo parlare con Julian, il mio coinquilino, e non il signor Masters, il mio capo.»

Mi sdraio e faccio un respiro profondo. «Perché hai bisogno di Julian?»

«Perché ho soltanto diciannove giorni per dimostrare che sono una brava tata e non voglio svegliare il signor Masters.» Esita. «Voglio parlare con Julian, per favore.»

«Signorina Brielle, basta scherzare.»

«Per favore,» mi supplica. «Mi passi Julian.»

Alzo gli occhi al cielo ed espiro. «Parla Julian.»

«Oddio, Julian, la chiave non funziona e sono rimasta bloccata fuori.»

Chiudo gli occhi. «Che cosa? Dove sei?»

«Alla porta di ingresso.»

«Perché la tua chiave non funziona?»

«Non lo so, ma puoi aprirmi prima che il signor Masters si svegli? Sto cercando di comportarmi bene, sai.»

Sorrido come un idiota. «D'accordo, ma domani mattina glielo dirò.»

«Come vuoi, ma non dirglielo adesso e corri ad aprirmi.»

Scendo dal letto e vado al piano di sotto per aprire la porta. La luce esterna è accesa, ma non la vedo. Mi guardo intorno. Dov'è? «Signorina Brielle?»

«Boo!» Sbuca fuori dall'angolo e salto in aria.

«Che cavolo?» urlo. Ha i capelli spettinati e il trucco sbavato. Stringe le scarpe dorate in mano e, a essere onesto, è ancora più bella di prima.

Scoppia a ridere e mi punta un dito contro. «Ah, ah. Ti ho beccato.» Mi guarda e indietreggia con gambe tremanti mentre mi indica lo stomaco. «*Oh*, hai tirato fuori gli addominali,» biascica le parole. «Sono un bel bonus.»

La guardo con espressione seria.

Poi indica i boxer che indosso. «Non sapevo che saresti venuto con il tuo pigiama da tesorino.»

«Cristo Santo,» mormoro. «Quanto hai bevuto?»

«Troppo. Ho quasi fatto un pisolino nel giardino.» Annuisce e poi le sfugge un singhiozzo. «Dico sul serio.»

«Entra.» Sospiro. Mi prende a braccetto e cammina in punta di piedi accanto a me. Sorrido perché si comporta come se ci conoscessimo da sempre. «Com'è andata la tua serata?» chiedo.

«Oddio, la mia serata,» sussurra. «Non crederesti a che cosa è successo.»

«Mettimi alla prova,» mormoro mentre andiamo in cucina.

«Oh.» All'improvviso diventa entusiasta. «Dobbiamo bere il tuo siero della verità per questa storia.»

Inarco le sopracciglia. «Signorina Brielle, non berrò scotch con lei alle quattro del mattino.» Sposto lo sguardo sul suo corpo sexy. «Non quando è in questo stato.»

«Okay, bene. Puoi guardarmi. Comunque ho bisogno di uno spuntino.»

Mi spinge su uno sgabello. «Siediti mentre io preparo da mangiare.»

«Non ho fame.»

Mi rivolge un sorriso sexy e si appoggia sulla panca accanto a me. Sposto lo guardo sul seno abbondante, pronto a strabordare dal vestito attillato.

«Tutti gli uomini dicono di non essere affamati, ma divorano sempre tutto quello che gli si offre.»

Non so se sia perché in pratica è nuda o perché mi immagino mentre la lecco fino all'ultima goccia, ma faccio un respiro profondo quando il mio uccello comincia a indurirsi.

Dacci un taglio.

«Signorina Brielle,» dico.

«Sì, Julian.»

Qualcosa nel modo in cui pronuncia il mio nome mi fa sorridere. Suppongo che non mi ucciderà stare con lei mentre mangia. «Faccia in fretta.»

«Che cosa vuoi mangiare?» chiede con tono innocente.

Mi vedo mentre le bacio l'interno coscia dopo averla fatta sdraiare sul ripiano della cucina, ma torno subito alla realtà. «Davvero, non ho fame.»

Comincia ad aprire e chiudere gli sportelli. «Dov'è il siero della verità?»

Indico la credenza, lei sorride e va ad aprirla.

Sposto lo sguardo sul suo didietro. Il vestito non lascia niente all'immaginazione. Cosce toniche e abbronzate.

Non va bene... per niente. *Torna a letto.*

Prende due bicchieri e li riempie di ghiaccio prima di posarli sul ripiano davanti a noi. Versa lo scotch nel primo e copro il secondo con la mano. «Non per me,» mormoro.

Solleva il bicchiere e beve un sorso prima di leccarsi le labbra. «Credo che la tata vergine dello scotch sia la cosa che preferisco al mondo.»

«Si chiama scotch e basta. La storia della tata vergine è irrilevante.»

Ride. «Davvero?»

L'aria diventa elettrica e mi guarda negli occhi, come se mi stesse sfidando a dire qualcosa.

Non cascarci. Va' di sopra e torna a letto.

Non riesco a trattenermi, così le chiedo: «Perché dovrebbe esserlo?»

Continua a bere e si lecca di nuovo le labbra. Sento l'uccello pulsare. *Cazzo.*

Torna a letto.

Si avvicina, appoggiandosi sui gomiti dall'altro lato del ripiano e sposto lo sguardo sulle tette enormi e perfette. «Mi piace sapere che nessun'altra tata abbia bevuto scotch con te.» Sorride con innocenza.

Vorrei bere whisky dal suo ombelico. *Smettila.*

«Io vado a letto, signorina Brielle.» Mi alzo.

«No. No. No.» Scuote la testa e mi afferra le spalle, spingendomi di nuovo sullo sgabello. «Abbiamo soltanto bisogno di un po' di musica. Preparerò un toast e poi andrò a letto, lo giuro.» Cerca nella credenza. «Hai *Vegemite*?»

«Non voglio la *Vegemite* sul toast.»

«Avrai tutto ciò che vuoi.» Mi sorride.

I nostri sguardi si incrociano e sento l'elettricità scorrere tra di noi.

Okay, che cazzo? Sta provando a eccitarmi?

Perché sta funzionando.

Otterrà ciò che cazzo vuole tra un minuto.

Prende il cellulare e cerca su Spotify. Preme play e parte una canzone movimentata, che le dà una buona scusa per ballare. «Ti piace questa canzone?»

«Non la conosco.»

«*Sexy Bitch* di David Guetta.»

Comincia a ballare liberamente, senza cercare di sembrare disinvolta, e muove i fianchi a tempo di musica quando si volta verso il frigo. Dato che mi dà le spalle, le fisso il sedere che agita a ritmo di musica. Ascolto le parole della canzone.

Oh, she's a sexy bitch.
A sexy bitch.

Trattengo il respiro.

Le si addice, dovrebbe essere la sua colonna sonora. La canzone continua e lei si impegna davvero, ridacchiando mentre balla. Fa cadere il drink sul braccio e lo solleva per leccarlo.

Mi irrigidisco quando sento una scarica di piacere arrivare all'uccello.

Cristo. Prendo lo scotch e mi verso un bicchiere, ma il liquido fuoriesce. Quanto può resistere un uomo prima di scoparsi la tata sul pavimento della cucina?

Bevo mentre la osservo ridere spensieratamente e ballare.

Il calore dell'alcol mi brucia la gola, ma non ha niente a che vedere con ciò che sento più in basso.

Smettila di ballare in quel modo, piccola, oppure sveglierai il signor Masters... e non tratta bene le ragazze monelle come te.

Abbassa lo sguardo e si accorge del drink. «Oh, adesso stai bevendo.» Sorride mentre segue il ritmo della musica. «Possiamo giocare a obbligo o verità?»

Mi lecco il labbro inferiore. «Se ti va.» Questa situazione è pericolosa, ma non riesco ad andare a letto... almeno non da solo.

«Comincia tu.» Mi rivolge un sorriso a trentadue denti.

Bevo un sorso mentre penso alla prima domanda. «Com'è andata la serata con il ragazzo che hai conosciuto sull'aereo?»

Arriccia il labbro. «È cominciata bene.» Fa spallucce. «Ci siamo baciati.»

«Com'è stato?»

Sposta lo sguardo sulla mia bocca e si lecca le labbra. L'uccello si irrigidisce in risposta.

«Il bacio?» chiede e annuisco. «Credo che sia stato okay.»

Non posso fare a meno di continuare a farle domande. «Sei andata a casa con lui?»

È davvero inappropriato.

Scuote la testa. «No.» Si stringe nelle spalle. «Mi ha chiesto di fare una cosa a tre con il suo amico.»

Inarco un sopracciglio. «Chi diavolo vorrebbe condividerti?»

I nostri sguardi si incrociano. Si avvicina sul ripiano e i nostri visi sono a pochi centimetri di distanza.

L'atmosfera è tesa.

«Sei tornata a casa perché ti ha fatto arrabbiare chiedendoti di fare un ménage à trois?» chiedo.

«No. Sono tornata perché mentre lo baciavo pensavo a qualcun altro.»

«Chi?»

«Penso che tu lo sappia.»

5

Julian

L'ombra di un sorriso mi attraversa il volto. «Non ho idea di che cosa lei stia dicendo.»

Si siede sullo sgabello e inclina il bicchiere verso di me. «Se questa sera avesse un appuntamento...» Si sistema e abbassa il vestito. «A chi penserebbe?»

Inarco le sopracciglia. Dove vuole andare a parare? «Penserei alla persona che mi accompagna.»

I suoi occhi diventano due fessure. «Sul serio?»

Mi mordo il labbro inferiore per non sorridere. «E perché la sorprende tanto che presterei completa attenzione ai miei appuntamenti?»

Porta la mano sotto il mento e mi sorride in maniera giocosa. «Non lo so,» sussurra con aria sognante. «Lo sono e basta.» Ci fissiamo un po' troppo negli occhi. Lei è delicata, bellissima e divertente, e so che farò qualcosa di cui dopo mi pentirò se non me ne andrò via. Qualcosa in cui lei si ritroverà nuda e piegata sul bancone della cucina mentre la scopo forte da dietro. Mi allaccerei attorno la sua gamba destra portandola sul bancone per avere un accesso migliore.

La immagino chinata, nuda e bagnata. A disposizione... totalmente a disposizione.

Le tette enormi e stupende libere per essere ammirate.

Non fa sesso da dodici mesi e immagino quanto sarà stretta. *Dacci un taglio, cazzo!*

Scuoto il capo e schiarisco la voce, disgustato dalla direzione dei miei pensieri. «Signorina Brielle.» Mi alzo bruscamente, sperando che non veda il rigonfiamento nei pantaloncini. «Vado a letto.»

Scatta in piedi e mi afferra la mano. «Forza, balliamo. La notte è giovane.»

«Vada a letto!» esigo.

«Oh... ma cadrò dalle scale e mi spezzerò una gamba.» Mette il broncio. «Sono troppo stanca per fare tutta quella strada. Non posso dormire sullo sgabello?»

«No. Non può.»

Le afferro la mano. «A letto, adesso. Per favore.» La guido per la casa in direzione di camera sua. A ogni passo verso la sua porta il cuore mi batte sempre più forte.

«Julian,» fa le fusa in modo giocoso dietro di me.

«Signor Masters per lei,» sbotto. Troppa confidenza per i miei gusti.

La sua mano è piccola e morbida in modo delizioso, proprio come immagino che sia il suo corpo. Porca puttana, *datti una calmata.*

«Signor Masters,» ripete con voce burbera, imitandomi.

Apro la porta del suo bagno e il suo profumo dolce mi accoglie, travolgendo le narici, e inizio a sentire il cuore pulsarmi nelle orecchie quando l'eccitazione prende il sopravvento.

Esci.

Esci subito da qui!

Il mio uccello ormai è eretto e gocciola. L'odore di Brielle mi circonda e sento il bisogno di scoparla.

La lancio sul letto e ride senza problemi quando crolla sul materasso. Mi fissa negli occhi e ridacchia, tenendo le braccia sopra la testa mentre i capelli scuri le ricadono sul cuscino.

«Così autoritario, signor Masters,» sussurra.

Stringo le mani in pugni mentre la sovrasto. «Non ne hai idea,» mormoro. *Dio, è così deliziosa, cazzo.*

Vattene...

Il cuore batte all'impazzata.

Esito mentre mi prendo un momento per assumere di nuovo il controllo della voce. «Buona notte, signorina Brielle.»

«Buona notte, signor Masters,» sussurra con voce roca e sexy.

Esco e corro lungo le scale. Spalanco l'armadietto del bagno e prendo l'olio per il corpo.

Un uomo deve fare ciò che è necessario.

Brielle

Che dolore.

Oddio, la testa mi sta esplodendo.

Che cazzo è successo ieri notte?

Mi acciglio mentre cerco di concentrarmi sulla stanza e poi abbasso lo sguardo. Indosso ancora i vestiti della sera prima.

Mi sento così male. Perché diavolo avevo bevuto tutti quei cocktail?

Ricordo a malapena qualcosa dal momento in cui ero salita in auto per tornare a casa.

È strano. Stavo bene quando ero uscita dal locale.

Mi alzo, vado in bagno e poi mi guardo allo specchio. Ho i capelli selvaggi. Con il trucco sbavato sembro un procione mezzo morto. Sono uno schifo.

Oh, Buon Dio, il mio alito.

Verso un po' di dentifricio sullo spazzolino e inizio a lavare i denti mentre mi piango addosso, fissando il mio riflesso. E oggi dovrò fare da babysitter mentre il signor Masters gioca a golf.

All'improvviso ricordo di aver ballato in cucina. *Un attimo, quando? L'ho fatto davvero?*

Chiudo gli occhi mentre cerco di ricordare che cosa è accaduto la sera prima. Lui era già sveglio? L'ho svegliato io?

Oh, no. Cazzo.

Sputo il dentifricio con forza e lavo in fretta il viso, poi corro in camera e inizio a spogliarmi.

Oddio. Oddio, cazzo. Che cosa ho fatto? Che cosa ho fatto?

Quasi strappo il vestito quando lo tolgo e indosso la vestaglia sulla biancheria intima prima di correre in corridoio. Percorro le scale fino alla casa principale e trovo Willow al tavolo per la colazione a mangiare il suo porridge.

«Ciao... ciao Willow,» balbetto.

Solleva lo sguardo e aggrotta la fronte. «Che cosa ti è successo?»

«Ottima domanda,» mormoro mentre mi guardo attorno in preda al panico. «Dov'è tuo padre?»

«Sta per andare a golf. Penso che sia in garage.»

Mi mordo il labbro inferiore. «Okay, grazie. Devo vederlo perché ho bisogno di parlargli.» Corro fuori e percorro le scale sul retro fino al garage, dove trovo il signor Masters che pulisce le mazze da golf con una pezza e quella che sembra una bottiglia di olio. Tiene lo sguardo basso ed è concentrato.

«Buon giorno.» Sorrido. *Per favore, fa' che si sia trattato soltanto della mia immaginazione.*

Sposta gli occhi su di me, e poi ritorna alle sue mazze. *Merda*. È incazzato.

Mi torturo le dita mentre lo osservo, non sapendo che cosa dire. «Va tutto bene?» sussurro.

I suoi occhi freddi incrociano i miei. «No, non va tutto bene,» dice con tono gelido.

Spalanco gli occhi. «Che succede?»

«Non può essere così ottusa, signorina Brielle.» Il cuore inizia a battermi più forte.

Riprende a pulire le mazze. «L'ho svegliata ieri notte?» sussurro.

Mi guarda con occhi furiosi. «Tra le tante cose.»

Mi gratto la tesa, confusa. «Che cosa significa?»

«Significa che le sue avances sono inutili,» risponde con tono di scherno.

Spalanco gli occhi sconvolta. *Che cazzo?* «Ava... avances?» balbetto. «Perché... che cosa? Che intende, signore?»

Sbatte le mazze sul pavimento con un rumore sordo. «Sai perfettamente che cazzo intendo.»

Avvicino le mani al petto. «Mi dispiace tanto, signor Masters, ma non ricordo nemmeno di essere tornata a casa ieri sera. Per favore, mi dica che cosa è successo.»

Scuote il capo disgustato, apre l'auto e fa il giro mentre io gli corro dietro come un cucciolo. «Che cosa è successo? Che cosa ho fatto?» lo supplico.

Oddio. Che cosa ho fatto?

Lancia le mazze nel cofano e lo chiude con forza. «E questo comportamento contraddittorio è inaccettabile,» ringhia.

«Non capisco.»

«Questo...» Indica la mia vestaglia. «Deve finire.»

«Che cosa?»

«Deve smetterla di andarsene in giro così per casa. Tornare nel cuore della notte e ballare mezza nuda sul tavolo della cucina mentre fa la sfacciata.» Si avvicina e mi guarda a occhi stretti. «Posso assicurarle che non sono il genere di uomo che ha relazioni sessuali con il personale, signorina Brielle.»

Impallidisco.

«Che cosa?» sussurro. «Non so di che cosa sta parlando. Che cosa è successo ieri notte?»

«È arrivata a casa, mi ha chiamato e, quando sono sceso al piano di sotto, si è eccitata vedendomi con indosso il mio...» usa le virgolette per enfatizzare «... pigiama da tesorino.»

Spalanco gli occhi. *Oh cazzo.* Non l'ho detto davvero. No?

È tutto tranne che un pigiama da tesorino. È sexy. «Poi ha iniziato a strusciarsi contro il frigorifero, praticamente nuda.»

Deglutisco il nodo in gola. La situazione non fa che peggiorare.

Uccidetemi adesso.

«Ha mandato giù un bicchiere di scotch prima di iniziare a leccarsi il braccio come in un porno e poi ha continuato a chiamarmi un vergine dello scotch con le tate.»

Avvicino le mani alla bocca perché sono incredula. «Ci ho provato con lei?» sussurro.

Sale in auto, chiude lo sportello e abbassa il finestrino. «Il suo atteggiamento inappropriato è preoccupante e non sarà tollerato in questa casa.»

Abbasso la testa per la vergogna. «Sì, signore.»

«Adesso, se non è di troppo disturbo, signorina Brielle... faccia il suo lavoro e si occupi dei miei figli. Se non le interessa ricoprire il ruolo per cui ha fatto domanda, trovi qualcos'altro, perché posso assicurarle che la posizione di prostituta nel mio letto non è disponibile.»

Mi si riempiono gli occhi di lacrime.

Avvia l'auto e mi allontano. Mi asciugo velocemente una lacrima che cerca di sfuggire, ma lui non se la lascia scappare ed esita mentre mi guarda, come se volesse aggiungere qualcosa.

Alla fine, senza altre parole crudeli, sceglie di andare via.

Resto da sola in garage e guardo quello spazio vuoto mentre sento ruggire la sua auto sportiva lungo il vialetto. Il cuore mi martella nel petto e ho il viso in fiamme per l'imbarazzo.

Mi sento così in colpa e mi vergogno. Sono pudica e non ci provo con gli altri. La gente che lo fa con me mi infastidisce e mi disgusta.

E poi lui è il mio capo.

Mi stringo la testa quando scoppio a piangere e le lacrime mi rigano il viso. Che cosa deve pensare di me?

Cazzo, è la sbronza peggiore di sempre.

* * *

Mezz'ora dopo, sono sdraiata sul letto, completamente sconfitta.

Questo lavoro è più difficile di quanto pensassi, ma non ho mai immaginato che avrebbero messo in discussione la mia personalità.

Perché diavolo non ero rimasta da Emerson ieri notte? Non sarebbe successo niente di tutto questo. È un vero disastro e non penso di riuscire a risolverlo. Ammesso che lui mi voglia ancora in casa.

Sono mortificata per il mio comportamento e voglio correre da lui per dirgli che si sbaglia, ma chi sto prendendo in giro? L'ha visto con i suoi occhi e di certo non è una trovata divertente della domenica mattina.

La sua voce delusa mi riecheggia nella mente. "Ti stavi strusciando sul frigorifero."

Oh, davvero terribile.

Mi stringo il ponte del naso, disgustata da me stessa. Me ne andrò. Pensa che io sia una sgualdrina. Perché non dovrebbe? Lo sono. Non riesco a credere di essermi comportata in quel modo. Non ho idea di che cosa mi sia preso. Perché mai mi sono messa a ballare in cucina e a strusciarmi sul frigorifero?

Basta... questa decisione è stata già presa al mio posto. Devo andarmene. Voglio che Emerson mi passi a prendere questa sera. Non posso fare i bagagli da sola, così compongo il suo numero.

«Oh, diamine, sto morendo,» risponde con voce roca.

«Già, be', siamo in due. Grande idea bere cocktail, Einstein. Ho bisogno che questa sera passi da me e che mi aiuti a spostare le mie cose. Darò le dimissioni.»

Sospira. «E adesso che succede? Oggi sto troppo male per sopportare certi drammi.»

«A quanto pare mi sono strusciata sul cazzo di frigorifero del signor Masters ieri notte quando sono tornata a casa, e ho ballato come una poco di buono, provandoci con lui. La parte peggiore è che nemmeno lo ricordo.»

«Che cosa?»

«Mi hai sentito. Ho avuto uno scatto da puttanella e...» Sollevai le mani in aria per l'esasperazione. «Non so che diavolo mi stava passando per questa zucca dura.»

Ridacchia sconvolta. «Mi stai prendendo in giro?»

«Magari.»

«Oddio.» Fa un attimo di pausa. «Che diavolo hai fatto?»

Chiudo gli occhi, perché è mortificante dirlo ad alta voce. «Gli ho detto che indossava un pigiama da tesorino.»

Scoppia a ridere. «Che cosa? Chi dice una cosa del genere?»

Sorrido perché ha ragione. È assurdo. «E poi mi sono strusciata sul frigorifero e ho iniziato a leccare il whisky dalle dita o qualcosa del genere. Poi ci ho provato con lui.»

«Gesù. Ti aspetterà una pena atroce.» Riflette per un attimo. «Avete fatto sesso?»

Sussulto. «No, idiota! Lui mi odia.»

«Oh, stronzate. Probabilmente ne ha adorato ogni istante. Non esiste un uomo che non si ecciterebbe in una situazione simile.»

«Non mi stai aiutando!»

«Gli hai chiesto di fare sesso?»

Mi acciglio e arriccio il naso. E se lo avessi fatto? «Non posso restare qui. Non hai idea di quanto sia in imbarazzo.»

«Be', che cosa ti ha detto?»

«Mi ha mandato al diavolo usando tante parole intelligenti che a malapena ho capito, e poi ha detto che dovrei limitarmi a svolgere la mansione per cui ho fatto domanda, perché non è disponibile una posizione da prostituta nel suo letto.»

Resta in silenzio.

«Ci sei ancora?» sbotto.

«Sì, mi ha sconvolto la frase sulla prostituta. Direi che è sexy, non credi? Pensi che porti davvero prostitute nel suo letto?»

«No!» urlo. «Probabilmente è gay, cazzo. Fammi uscire da qui!»

«Calmati. Ti troveremo un altro lavoro. Resisti per un'altra settimana o due. Comunque, non parte questa settimana?»

«Sì, mercoledì.»

«Bene, allora non lo vedrai nemmeno.»

«Avrei preferito tornare a casa con quei due ieri notte. Scommetto che adesso mi sentirei meno troia.» Sospiro.

«Se lo avessi fatto, quei due si sarebbero messi a turno per scoparti il sedere tutta la notte, e adesso saremmo al pronto soccorso per ricucirlo.»

Faccio una smorfia a quel pensiero. «Oddio. Riesci a immaginarlo?»

«Resisti per qualche settimana finché non troveremo un altro lavoro. Porta i ragazzi fuori oggi, fate qualcosa di divertente e all'aperto, così lui non penserà che te ne stai rinchiusa in casa con i postumi di una sbronza.»

«Già, buona idea.» Chissà dove potrei portarli.

«Ascolta, di sicuro anche lui si è ubriacato qualche volta. Nessuno è così perfetto.»

«Ne dubito. Resta in casa e studia i suoi dizionari dei sinonimi.»

Ridacchia. «Comportati bene finché non ti troveremo un altro lavoro.»

Alzo gli occhi al cielo. «D'accordo.» Scuoto il capo. «Ma se mai mi offrirai un altro cocktail, te lo verserò sulla testa.»

Ride e riaggancio.

Mi siedo per un attimo mentre rifletto sulle sue parole, sapendo che ha ragione. Non posso mandare tutto a puttane prima di avere un altro lavoro. Cosa che mi porta al prossimo problema: i ragazzi. Torno in casa con determinazione ritrovata e li vedo entrambi sul divano con i cellulari in mano. «Usciamo.»

«Passo,» risponde Willow senza sollevare lo sguardo.

Osservo il soffitto e faccio un respiro. *Ti prego, Dio, dammi la forza di affrontarla.* Non voglio aggiungere omicidio alla lista dei miei crimini.

«È una giornata stupenda, quindi usciremo. Potete scegliere che cosa fare,» esclamo.

Sammy aggrotta la fronte mentre pensa. «Potremmo giocare a golf con papà?»

«Mmm... non penso che vostro padre vorrebbe essere importunato.»

«No, papà è andato lontano a giocare. Me lo ha detto lui. Potremmo andare al country club in fondo alla strada.»

«Non abbiamo le mazze. Che altro potremmo fare?» domando.

«Le abbiamo. Possiamo usare quelle vecchie che papà tiene in garage,» replica Sam.

Mmm, non sono in vena di girare in auto. A meno che...

Osservo il telefono sempre incollato sulla mano di Willow. «Willow, sapresti guidare un'auto da golf?»

Incrocia i miei occhi. «Sul serio? Mi lasceresti guidare?»

«Certo, perché no?»

Si solleva euforica.

«Potrei preparare un picnic, così ci godremmo un pomeriggio al sole mentre ascoltiamo un po' di musica.»

Willow si morde il labbro inferiore. Non può mostrarmi quanto è eccitata perché rovinerebbe il suo piano. «Immagino di poterlo fare... per Sammy,» aggiunge. *Ovviamente.*

Sorrido e porto le mani sui fianchi. «Be', dobbiamo aspettare soltanto qualche ora.» Non posso dirgli che devo attendere che l'effetto dell'alcol svanisca. «Tuttavia, quando saremo pronti, ci divertiremo tanto.»

«Sì!» esclama Sammy saltellando.

Mi acciglio. «Che cosa si indossa per giocare a golf a Londra?»

«Camicie con il colletto,» risponde Willow correndo al piano di sopra. Sorrido perché credo che sia davvero eccitata. Potrebbe essere divertente.

Julian

Colpisco la palla fuori dal *tee* e la osserviamo volare verso il *fairway*. «Come sta il tuo uccello?» domando a Spence.

Alza gli occhi al cielo quando si posiziona accanto a me con la borsa del golf. «Mi sono ripreso. Questa sera tornerò a divertirmi.» Guarda il *fairway*. «Dovevo prepararmi psicologicamente.» Mastica la gomma mentre si concentra sul colpo. Si prepara e la palla finisce in aria.

Lancio un'occhiata a Seb e mi acciglio prima di tornare a guardare Spence. «Fanculo. Chi deve prepararsi psicologicamente per scopare due donne belle e perverse?» lo prendo in giro quando spingo la seconda palla verso il *tee* con il retro della mazza.

Inarca le sopracciglia e inclina la testa. «Come sta la tua tata sexy?» Mastica la gomma mentre aspetta.

Sospiro. «È un problema. L'ho quasi scopata sul pavimento della cucina ieri sera.»

Sogghignano entrambi. «Che cosa è successo?» chiede Seb.

«Mi ha svegliato rincasando ubriaca e arrapata.»

Seb si acciglia. «E?»

«E niente.» Tocca a me e osserviamo la palla che attraversa l'aria. «Non posso, è troppo giovane.»

Seb allinea la pallina. «Quanti anni ha?»

«Venticinque.»

«Età perfetta. Abbastanza grande da sapere come si scopa, pronta a darci dentro, ma così stretta da farti impazzire.»

Alzo gli occhi al cielo. «Già, be', mi farebbe impazzire, cazzo. Lo so già. Nessuno mi ha mai provocato lo stesso effetto.» Salgo sul golf cart. «Per non avere un'erezione dolorosa devo stringere i denti ogni volta che le parlo.»

Sorridono mentre guidiamo verso il *fairway*. «Dovresti farlo e basta.»

Scuoto il capo. «Non posso. Ai bambini sembra piacere. Devo comportarmi bene.»

«Fanculo i bambini,» dice Spence con un sospiro. «Si tratta di te. Non sono i ragazzi a pagarla, no?» Accostiamo al *green*. «Direi che dovresti vedere i profitti dei soldi che spendi.» Sorride e fa esplodere la gomma.

«Tu preoccupati soltanto di quello che succederà questa sera al tuo uccello.» Faccio un sorrisino mentre tiro fuori la mazza. «Lascia che pensi io alla mia tata.»

Brielle

Tre ore dopo, arriviamo in un golf club dall'aria chic ed entro nel parcheggio.

Il sole splende, gli uccellini cinguettano ed è una giornata perfetta. È un posto davvero di lusso e pieno di colline verdi. Un gruppo di persone dall'aria distinta sta giocando a golf.

Ci sediamo un attimo in auto mentre ci guardiamo attorno. «Dio, questa gente sembra così annoiata, non è vero?» chiedo.

«Vero,» concorda Willow mentre si guarda attorno.

«Possiamo entrare?» mi prega Sammy. «Lo hai promesso.»

Espiro. «Sì, siamo qui adesso. Facciamolo.» Scendo dall'auto e mi guardo intorno. Indosso un paio di pantaloni blu navy e una camicia di cotone bianca, ho raccolto i capelli in una coda e ho i miei occhiali da sole stile aviator. Non sembro appartenere a questo mondo, ma i ragazzi mi seguono mentre ci dirigiamo alla reception, dove troviamo un giovanotto di bell'aspetto e una ragazza bellissima dietro il bancone. Sembrano avere all'incirca l'età di Willow. Il ragazzo guarda due volte Will, che abbassa subito la testa e si morde il labbro.

È adorabile quando diventa timida... è un aspetto che le dona molto di più rispetto a quella da cattiva.

La ragazza mi sorride. «Salve, posso aiutarvi?»

«Sì, vorremmo giocare a golf, per favore.»

Sposta lo sguardo su Willow. «Okay.» Le sorride e Willow abbassa la testa... di nuovo. Oh, è davvero timida. Dobbiamo lavorarci.

«Possiamo anche affittare un golf cart?» chiedo.

«Certo.» Fa una copia della mia patente e mi dà le chiavi quando pago.

«Ci sono alcune regole da seguire.»

«Cioè?» *Altre regole, maledizione.*

Il giovanotto interrompe la ragazza e dice: «Non dovete passare davanti agli altri giocatori, dovete stare lontani dall'*hazard* e rispettare le zone verdi.»

«Certo.» Noto Willow che si tormenta le mani. È evidente che le piaccia questo ragazzo. Che cosa carina.

«È la nostra prima volta, ma vorremmo imparare per come si deve,» aggiungo.

«Oh.» La ragazza si rivolge a Willow. «Se sei interessata, ogni mercoledì pomeriggio alle 17:00, ci sono lezioni per ragazze.»

Willow sorride imbarazzata.

Gesù. Non avrà mai un ragazzo di questo passo.

«Il vostro golf cart è quello parcheggiato a destra. Consiglio di andarci piano se non lo ha mai guidato.»

Afferro le chiavi che tiene in mano il ragazzo. «Grazie, ce lo ricorderemo.» Sorrido ai bambini. «Colpiamo qualche palla.»

Prendiamo le mazze in auto e le mettiamo sul retro del golf cart. «Sammy, tu siediti sul retro, e guiderò finché non ci vedranno. Poi prenderai il mio posto, Will.»

«Okay.» Saltella eccitata.

Saliamo a bordo e avvio il veicolo. Osservo i ragazzi e Sammy ride di gusto. «Sì. Stiamo guidando.»

Inizio a percorrere il sentiero circondato da alberi verdi e imponenti, e superiamo un gruppo di giocatori che ci salutano suonando il clacson.

Willow sorride e agita la testa. Penso che finalmente si stia lasciando andare, anche se ancora non lo sa. «Allora, dove andiamo?» chiedo.

«Non lo so,» esclama Sammy dal retro.

«C'era una mappa tra le brochure che ci hanno consegnato, Will?» Willow controlla e io la osservo. «Il personale qui è molto attraente, non pensi?»

Fa un sorrisino e alza gli occhi al cielo.

Guidiamo un altro po' e vedo uno stand per le bibite. «Oh, abbiamo bisogno di rifornimenti,» dico accostando.

«Rifornimenti?» domanda Will.

«Sì, sai... bibite per il viaggio.»

«Oh.»

Do a Sam un po' di soldi. «Puoi andare a prendere tre lattine di Coca, patatine e cioccolata, Sammy?»

Tiene i soldi e mi fissa. «Che c'è?» domando.

«Non abbiamo il permesso di bere la Coca.»

«Chi lo dice?»

«Papà.»

Alzo gli occhi al cielo. «Be', io non glielo dirò e voi?» Sam mi fa un sorrisone e corre a prendere da bere.

«Dio, non dire a tuo padre che ti sto permettendo di guidare. Gli verrà un colpo.»

«Sai che novità.»

La osservo per un momento mentre guarda oltre il *green*. Ha raccolto i capelli scuri in due trecce, indossa un berretto nero e ha il suo solito stile trasandato. Ha la pelle di porcellana e occhi stupendi. Sotto quell'aspetto da strega è davvero bella. Poverina. Ha un padre così severo e sono sicura che tutte le sue tate siano state una noia mortale.

Ha mai avuto una persona con cui divertirsi? Sammy ritorna, salta sul retro e apriamo le lattine di Coca. Sollevo la mia e dico: «Salute. Un brindisi con tanto di Coca Cola.»

Fanno scontrare le lattine con la mia.

«A una giornata divertente al golf.» Spalanco gli occhi. «Senza regole.»

Sammy ride e noto l'espressione euforica di Willow.

«Sapete dove si trova la prima buca?» chiedo non appena esco dal sentiero.

Willow indica a sinistra. «Sulla collina.»

Faccio un sorrisino. «Reggetevi forte.» Accelero e voliamo. Sammy urla dalla gioia e anche Willow sembra divertita. «Mostriamo a questi giocatori noiosi come si fa.» Guido come una folle e inizio a fare zig zag dopo essermi allontanata abbastanza dalla sede del club. I ragazzi sono felicissimi.

«Abbiamo bisogno di un po' di musica.» Guardo Will. «Puoi prendere il mio telefono e cliccare su *Spotify*, per favore?»

Si acciglia e controlla le varie opzioni sullo schermo. «Credo che sia la giornata giusta per Kanye,» dico dopo aver riflettuto.

Willow inarca un sopracciglio. «Kanye?»

«Sì. Kanye. Clicca sulla playlist di Kanye West.»

«Chi è Kanye West?» domanda.

«Mi prendi in giro?»

Scuote il capo. «No.»

«Oddio, ma dove vivi? Non rispondere. È un rapper. Preferisco i testi più vecchi a quelli recenti.»

Arriviamo alla prima buca. Parcheggio e scendiamo. Il *tee* è su una collina e il *Green* è molto, molto più sotto. Metto le mani sui fianchi mentre guardo la distanza.

Willow prende una mazza e una pallina, e poi me le porge.

«Dovrei colpire questa pallina e farla finire in quella buca minuscola là in fondo?» Indico il *green*.

«Sì.»

Sammy e Willow restano accanto a me con le mani sui fianchi mentre riflettiamo su come portare a termine un compito impossibile. Mi piego, metto giù la palla, e poi agito il sedere. «Pallina bianca nella buca di sabbia,» annuncio.

«Oddio,» geme Willow.

Colpisco e manco del tutto la pallina, cosa che li fa ridere. Continua in quel modo finché non riesco a colpirla facendola rotolare sul terreno.

Sbatto la mazza per terra. «Sono una schiappa.»

«Già, lo sei,» dice Sammy ridacchiando.

«Tocca a te, Will,» dico.

Si mette in posizione, agita la mazza e manca completamente la pallina.

«Anche tu sei una schiappa.»

Sorride mentre si concentra sul colpo seguente. Questa volta tocca la pallina che finisce per aria.

«Wow!» esclama Sammy.

«Sì, piccola!» urlo. «Lo hai mai fatto?»

Scuote il capo. «No.»

«Porca miseria. Potresti essere il prossimo Tiger Woods.»

«Chi è Tiger Woods?»

Alzo gli occhi al cielo. «Devi leggere le riviste scandalistiche, bella.» Sorride con orgoglio mentre la sua palla rimbalza lungo il *green*. «Forse dovresti seguire quelle lezioni di golf, Will. Potrei accompagnarti io.»

Fa spallucce e osserviamo Sammy quando arriva il suo turno. Anche lui inizia in modo terribile, ma alla fine mi batte.

«Adesso guidi tu, Will.»

«Sul serio?»

«Sì, perché no?» Mi stringo nelle spalle. «Che può succedere.» La osservo posizionarsi dietro il volante e le dico che cosa fare. Scoppia a ridere quando partiamo lentamente.

«Guardatemi! Sto guidando.»

Ridacchio e clicco sulla playlist. Aumento il volume non appena parte la canzone *Gold Digger*.

«Non stai soltanto guidando, ma lo stai facendo con le note di *Gold Digger*.» Mi metto a ridere. «Ecco il nostro scopo. Oggi impareremo il testo di questa canzone e anche di *Black Skinhead*.»

Si gira verso di me con espressione incredula. «Vuoi che impariamo canzoni rap mentre giochiamo a golf?»

«Certo,» le rispondo ballando e allungo un braccio sul sedile. «Passami il cioccolato, Sammy. Ho bisogno di nutrimento.»

«Sì!» urla elettrizzato. «È il giorno migliore di sempre!»

* * *

Sono le 16:00 e abbiamo riso per tutto il tempo per ogni buca.

Ormai abbiamo imparato quasi tutti i testi di Kanye, e Willow ha fatto del suo meglio per colpire ogni buca lungo il sentiero. Sammy è al settimo cielo e, se ci penso, lo stesso vale per me.

Alcuni golfisti noiosi ci avevano rimproverato due volte dicendoci di abbassare la musica, cosa che avevamo fatto ogni volta per circa sette minuti.

Avevamo sorpassato qualche giocatore lento e saltato del tutto una buca.

C'eravamo fermati al negozio per comprare il pranzo, dato che non mi andava di mangiare i tramezzini disgustosi che avevo preparato.

Era stata una giornata perfetta.

Abbiamo appena raggiunto l'ultima buca e Willow ha vinto. «Dovrò guidare io fino alla reception, Will, così non ti vedranno.»

Accosta e salto al posto del conducente, e percorro lentamente le colline fino alla reception.

«Mi sono divertita molto.» Sorrido ai ragazzi. «Grazie. Non passavo una giornata così spassosa da secoli.»

«Anch'io!» esclama Sammy dal retro.

Willow sorride e la indico. «Ah ah, ti ho fatto sorridere. Ammettilo. Ti sei divertita,» la stuzzico e alza gli occhi al cielo.

Guidiamo senza fretta, con la musica spenta, quando dal retro Sam dice: «Quello è papà?»

«Che cosa? Dove?»

«Da quella parte, dietro l'albero.»

Vedo un uomo con una polo blu che gli somiglia. Sta per eseguire un tiro.

«Merda, quello è lui, Will?»

Si mette seduta e stringe gli occhi mentre osserva l'uomo.

«Attenzione!» urla Sammy.

Torno a concentrarmi sulla strada e vedo il signor Masters proprio davanti al golf cart. Sterzo, cercando di fare del mio meglio per scansarlo, ma è troppo tardi e lo colpisco in pieno.

Il cart sobbalza due volte sotto la ruota e mi fermo.

Porca puttana.

6

Brielle

Saltiamo tutti giù dal golf cart e corriamo dal signor Masters, che è disteso per terra. «Oddio, signor Masters. Sta... sta bene?» balbetto, abbassandomi accanto a lui.

«Sto bene.» Si alza lentamente con un lamento. «Perché non stava guardando dove andava?»

«Perché è saltato davanti al golf cart?» sbotto.

«Stavo provando ad attirare la sua attenzione.» Si alza e rimuove la terra dalla polo.

Che idiota! Chi salta davanti a un veicolo in movimento? Avrei potuto ucciderlo.

«Papà.» Sam lo abbraccia.

«Papà, è stato un incidente,» mormora Willow. «Brielle non voleva farlo.» Si volta verso di me con espressione agitata. «Vero?»

Scuoto la testa. «No, no, certo che no. Mi dispiace tanto. Sta bene?» chiedo. Non riesco a credere di averlo investito. «Dobbiamo portarla in ospedale.»

«Non mi sono fatto male.» Prova a muovere il piede e sussulta.

Spalanco gli occhi. «È ferito. Dove l'ho colpita?»

«Il golf cart mi ha calpestato il piede, ma sto bene.» Sembra imbarazzato o forse è soltanto furioso. Chi può dirlo?

Un golf cart si avvicina e sopra ci sono due uomini. Non appena ci raggiungono, mi accorgo che stanno ridendo. Si fermano accanto a noi. «Masters, è stata la cosa più divertente che abbia mai visto. Avrei voluto riprenderti.» Uno dei due ride mentre si afferra lo stomaco.

Il signor Masters guarda i suoi amici. «Esilarante,» mormora. Non appena prova a camminare, sussulta di nuovo.

Gli afferro il braccio per sostenerlo. «Per favore, non si sforzi finché non avrà visto un medico.»

«Torno a casa con la mia famiglia.» Cerca in tasca e passa un mazzo di chiavi a uno degli amici. «Qualcuno può riportare la mia auto a casa, per favore?»

Guardo i ragazzi che ci fissano sconvolti.

Fantastico. Stavamo passando una giornata bellissima. Non avevo mai commesso così tanti errori in una sola settimana.

Londra sta provando a distruggermi. Ogni giorno i miei errori diventano sempre più enormi.

Il signor Masters saluta gli amici, si volta verso di me e io deglutisco un nodo alla gola. «Andiamo da un dottore.» Sospiro.

Annuisce e Willow prende un braccio per aiutarmi a portarlo all'auto mentre zoppica. Salgo sul sedile del conducente e lo vedo guardare fuori con sguardo furioso.

Stringo il volante e abbasso gli occhi. «Mi dispiace tanto,» ripeto.

Mi sento in colpa. L'unica cosa che riesco a fare è scusarmi. So che è finita, che mi licenzierà, e mi sta bene così. Alcune cose sono destinate ad andare in un modo preciso.

«Non l'hai fatto apposta,» mi interrompe Willow. «Papà, è stato un incidente.»

Il signor Masters serra la mascella e continua a guardare fuori. È evidente che sia arrabbiato.

«Di' a Brielle che sai che non è colpa sua,» gli ordina Willow.

«Ho detto che sto bene,» ringhia. «Adesso vorrei andare a casa.»

In auto cala il silenzio. Esco dal parcheggio e mi immetto nel traffico. «Possiamo andare in ospedale e fare una radiografia, per favore?»

«Non è rotto,» dice.

«D'accordo.» Sospiro e svolto nella strada che ci porterà a casa. «Faccia come preferisce.»

* * *

Sono le nove di sera e sto finendo di lavare i piatti. Dato che il signor Masters è sdraiato sul divano con un impacco di ghiaccio sul piede, ho cucinato italiano e ho sorpreso tutti con le mie doti culinarie. So cucinare bene. Hanno mangiato fino all'ultimo boccone e i ragazzi hanno chiesto al padre se d'ora in poi posso cucinare per loro.

Il silenzio è assordante, però. Non mi ha rivolto la parola per tutto il pomeriggio, se non per dirmi che il piede era a posto. Ho cucinato, chiacchierato e aiutato i ragazzi con i compiti e lui è rimasto a fissare la televisione. Mi sento in colpa per i bambini. È di pessimo umore e sta influenzando tutti gli altri. Willow aveva ragione. Comunica soltanto quando rimprovera. È come se gli piacesse avere il potere di farlo. So di essermi meritata una ramanzina per la notte precedente, ma adesso si sta comportando con troppa indifferenza ed è ingiusto, perché sa che mi sento davvero in colpa. A essere onesta, non voglio nemmeno che mi parli in questo momento. Il desiderio di avere un capo amichevole si è infranto.

Non è il genere di persona con cui vorrei essere amica. È cattivo. Posso aver commesso molti errori da quando sono arrivata, ma il modo in cui mi tratta mi fa sentire a disagio.

Alla fine i ragazzi ci danno la buonanotte e vanno al piano di sopra.

Finisco di pulire la cucina e mi brontola lo stomaco. Non ho mai vissuto in una casa in cui non mi sento a mio agio. Non mi piace... nemmeno un po'.

Mi fa sentire inadeguata. Soltanto perché non sono un giudice non significa che io sia stupida, ma ama insinuarlo e mi fa sentire inferiore.

Girovago per la cucina per un quarto d'ora, cercando di prepararmi mentalmente alla conversazione.

Fallo e basta.

«Signor Masters, posso parlarle per un momento, per favore?» chiedo.

Mi guarda negli occhi. «Certo.» Indica il divano accanto a lui. «Si sieda.»

Obbedisco e lo guardo negli occhi con espressione nervosa. «Mi dispiace per oggi, signore.»

Annuisce.

«Infatti, mi dispiace per tutto, e mi dispiace di aver sprecato il suo tempo quando mi sono proposta per questo lavoro.» Resta impassibile. «Vorrei darle il mio preavviso di tre settimane.»

Inarca le sopracciglia e mi guarda sorpreso. «Si sta licenziando?»

«Penso che sia la cosa migliore.»

«Perché?»

«Non è evidente?»

«Non per me.»

Lo fisso per un momento. *A che gioco sta giocando?*

«Quando l'ho assunta, le ho chiesto di farmi sapere se ci fossero problemi prima di licenziarsi. Se si tratta dei ragazzi...» dice.

«I ragazzi non c'entrano. Sono degli angeli.» Aggrotto la fronte. «Aspetti, di che cosa sta parlando? Da quando sono arrivata ci sono stati soltanto problemi,» sbotto.

«Sono trascorsi soltanto quattro giorni.»

«Mi ha licenziato il *primo* giorno!»

«Perché stava frugando tra le mie cose.»

Guardo per terra. «Lo so e non la biasimo. Ascolti, ha detto che avevo diciotto giorni per trovare un altro lavoro e voglio soltanto che sappia che è proprio ciò che farò.»

Mi fissa per un momento. «Si tratta di ieri sera?»

Il rimpianto mi travolge come un uragano. «Sì,» rispondo con un sospiro. «Sono mortificata per esserle saltata addosso. Non sono fatta così e, ogni volta che la guardo, provo soltanto imbarazzo.»

Mi fissa.

«Non sono una persona semplice,» dice accigliandosi.

«Ma...» Faccio una pausa. «Mi fa davvero sentire come se non fossi all'altezza.»

Mi guarda sconvolto. «Di che cosa?»

«Di questo lavoro. Ogni volta che mi guarda, ho la sensazione che mi stia rimproverando perché sono allegra.» Mi fissa negli occhi e ho la sensazione che voglia dire qualcosa, ma non lo fa. «È soltanto che...» Mi stringo nelle spalle. «Per la prima volta dopo tanto tempo mi sento... stupida e banale.»

Abbassa lo sguardo e serra la mascella.

So che non vorrà sentirsi dire quello che sto per chiedergli, ma devo farlo. «Signore, posso dirle una cosa, anche se non ho il diritto di farlo, per favore?»

«L'ha fatto sin dall'inizio, non ha senso chiedere il permesso adesso,» risponde.

«Willow ha bisogno di lei.»

Deglutisce e i nostri sguardi si incrociano.

«Temo che cadrà in depressione... se non è già successo.»

«Willow sta bene.»

«No. Non sta bene. Deve aprire gli occhi e accettare che ha una figlia adolescente con problemi seri.»

Si solleva, mettendosi sulla difensiva. «In soli quattro giorni ha capito che genere di problemi ha mia figlia?»

«No.» Mi alzo, perché è ovvio che abbia commesso un errore a parlargliene. «In quattro giorni ho assistito a tutto ciò che lei non dice. Non ha parlato con lei nemmeno una volta se non per rimproverarla. Mi rattrista vederla così.»

Mi fissa e non ho idea di che cosa stia pensando. Forse ho superato il limite, ma dovevo dirglielo.

Non risponde.

«Comunque, lavorerò fino alla fine del mese.» Gli rivolgo un sorriso triste. «Grazie per l'opportunità. Farò del mio meglio finché sarò qui. So che questa settimana deve partire. I ragazzi saranno al sicuro e mi prenderò cura di loro come se fossero miei.»

Serra la mascella e si alza di scatto. «Aveva giurato che prima di licenziarsi mi avrebbe avvertito se ci fossero stati problemi con i ragazzi.»

Aggrotto la fronte e lo fisso. Mi ha ascoltato?

«Non si tratta dei ragazzi. Loro sono perfetti.» Si acciglia ancora di più e faccio un respiro profondo. «Gliel'ho detto. Non mi piace il modo in cui mi fa sentire.»

Per qualche stupida ragione, mi si riempiono gli occhi di lacrime. Sono stanca e sensibile. Diamine, è stato un pomeriggio difficile. Mi sento troppo vulnerabile. «Mi dispiace tanto di averla investita oggi e mi scuso per ieri sera. Per favore, mi perdoni.» Riesco a dire tra le lacrime.

Abbassa lo sguardo.

«Buonanotte, signor Masters,» sussurro prima di voltarmi e andare nella mia stanza.

* * *

Mezz'ora dopo, sono a letto e guardo la parete. La televisione è accesa ma non sto prestando attenzione. Ripenso a quanto ero entusiasta all'idea di andare a Londra e di cominciare questo lavoro. Era diverso dall'altro e mi ero detta "quanto può essere difficile?".

Non tutti sono nati per fare la tata.

Sono delusa da me stessa per essermi licenziata soltanto perché mi vergognavo troppo, ma mi sento una puttana ogni volta che guardo il mio capo. Non so che diavolo mi sia preso la notte precedente e, quando penso alla conversazione che avevamo avuto quella mattina in garage, mi vengono i brividi. Odio l'attrazione che provo per lui.

Qualcuno bussa alla porta e corrugo la fronte. «Avanti.»

Il signor Masters entra e mi guarda dritto negli occhi. «Posso parlarle per un minuto, per favore?» chiede e annuisco. Serra i pugni e resta in piedi davanti al letto.

«Si accomodi.» Si guarda intorno e si rende conto che può soltanto sedersi sul materasso. «Che succede?» chiedo.

«A proposito di ieri sera...»

Serro gli occhi. «Non voglio parlarne. Sono troppo imbarazzata.»

«Non lo sia.»

Apro gli occhi e lo guardo intensamente.

«Devo farle una domanda. Perché mi ha chiamato Julian ieri sera?»

Aggrotto la fronte e mi gratto la testa. Poi faccio spallucce. «Forse speravo che diventassimo amici.»

«Voleva essere mia amica?»

Scuoto la testa. «No.» Ci penso per un secondo. «Voglio essere amica del ragazzo divertente che mi ha accompagnato in città con la Porsche. Volevo essere amica di Julian.» Mi ascolta e gioca con la coperta. Mi sfugge un sorriso triste. «Ero convinta che avrei lavorato per una donna, che l'avrei sostenuta per dodici mesi e che saremmo diventate amiche.»

«L'ha delusa scoprire che fossi io il padrone di casa?»

«No,» rispondo con un sospiro. «Penso soltanto che ieri sera io mi sia comportata come se ci conoscessimo troppo bene, dando per scontato che fossimo amici.»

«Non ero offeso, soltanto tentato,» sussurra.

Mi acciglio. «Che... che intende?»

Deglutisce. «Ero tentato di essere Julian... soltanto per una notte.»

L'atmosfera tra di noi cambia. *Che cosa?*

«Non sono mai...» Smetto di parlare. «Non sono quel tipo di ragazza. Non doveva essere tentato. Posso assicurarle che non sarebbe successo niente.»

Abbassa lo sguardo. «Lo so, non volevo sminuirla questa mattina. Non era nelle mie intenzioni.» Restiamo in silenzio per qualche secondo. «L'ho rimproverata perché ero in imbarazzo.»

«Lei?» sussurro. «Perché avrebbe dovuto esserlo?»

«Perché sono molto più grande di lei e io... sono il suo capo.»

Alzo gli occhi al cielo. «Voglio soltanto un amico con cui parlare ogni tanto. Ci si sente soli a vivere senza un viso familiare in un paese che non si conosce. Emerson abita in un'altra casa e la vedo soltanto una volta ogni settimana. Non voglio saltarle addosso. Sul serio, lo prometto,» mormoro. Mi sorride e ho l'impressione di aver detto la cosa giusta. All'improvviso mi sembra a suo agio. «Perché è sempre così?» chiedo.

«Così come?»

«Rigido.»

Sorride. «Non lo so. Sono così e basta.»

«Deve sentirsi solo.»

Mi guarda negli occhi e percepisco uno scambio di potere tra di noi. All'improvviso lo vedo per chi è davvero... un uomo incompreso seduto sul mio letto.

È spezzato.

«Non voglio che vada via,» dice.

Corrugo la fronte. «Ma...»

«Willow non aveva mai preso le difese di qualcuno mettendosi contro di me. Lei è la prima.»

«Che cosa?»

«Oggi vi ho visto. Vi stavo guardando guidare come dei folli con la musica a tutto volume.»

Immagino che cosa dovesse aver pensato. «Dio,» mormoro.

«Sembravate così spensierati.» Resto in silenzio. «Non li vedevo tanto felici da tempo.» Mi viene da piangere. Non per me, ma per lui. Che cosa si prova a non vedere mai felici i propri figli? «Hanno avuto nove tate in due anni.» Si morde il labbro. «Nonostante il suo approccio al lavoro sia... poco ortodosso...» inarca un sopracciglio, facendomi sorridere, «devo ammettere che nessuno è mai riuscito ad avvicinare Willow in questo modo.»

«È soltanto incompresa,» dico con calma. «Willow è una brava ragazza.»

Mi fissa come se fosse sconvolto dalle mie parole. «Non vada via,» dice. «Possiamo trovare una soluzione.»

«Ma non sarò mai la tata rigida che desidera. Non sono abituata a questo lavoro. È troppo diverso da ciò che faccio a casa.»

«Di che cosa si occupa?»

«Sono un ingegnere.» Mi osserva sconvolto.

«Cosa?» Scuote la testa. «Lei è un ingegnere?»

Sorrido. «Perché è così sorpreso?»

«Perché pensavo che fosse...» Si interrompe.

«Soltanto una tata folle?» chiedo e lui serra le labbra. «Non direi proprio. Volevo un lavoro che fosse del tutto diverso dal mio. Amo i bambini e ho pensato che sarebbe stato perfetto per me, ma non voglio sentirmi come se stessi commettendo sempre un errore. Mi capisce?»

Mi rivolge un sorriso. «Anche lei deve ammettere di aver sbagliato spesso nel mondo delle tate.»

Ridacchio. «Dio, lo so. Sono un disastro.»

«Facciamo così, d'ora in poi, quando mi chiamerà Julian capirò che ha bisogno di un amico e che non ci sta provando con me. Io farò del mio meglio per togliermi il cappello da capo.»

Sorrido. «Ma io come farò a capire quando lei avrà bisogno di un'amica?»

«Le assicuro che non accadrà.»

«Tutti hanno bisogno di un amico a volte.»

Mi rivolge un sorriso sexy. «Non io.»

Ci guardiamo negli occhi e ho l'impressione di essermi persa una parte importante della conversazione.

Scuote la testa. «Un ingegnere?»

Rido. «Sì, perché sembra così sconvolto?»

«Perché lo sono. Dove lavora?»

«In un'azienda che si chiama *Biotech*. Progetto macchinari, ma una volta tornata a casa voglio passare all'estrazione mineraria.»

Mi osserva. «Non sono molte le persone che mi sorprendono, signorina Brielle.»

«Sembra che io sia brava a essere una tata sconvolgente.»

Sorride. «Già, ma investirmi con il golf cart è stato il massimo.»

Rido e nei suoi occhi compare un luccichio speciale. «Come mi chiamerebbe se fossimo amici?» domando.

Si morde il labbro. «Bree.»

Una strana sensazione mi avvolge. «Nessuno mi hai mai chiamato Bree,» sussurro.

«Non è vero, l'ho appena fatto.» Sorrido e lui mi chiede: «Allora abbiamo un accordo? Non andrà via? Proveremo a trovare una soluzione?» Mi guarda speranzoso.

Annuisco. «Credo di sì.»

Si alza e si guarda intorno, come se volesse scappare.

«Perché odia tanto questa stanza?» Mi acciglio. «Il giorno in cui me l'ha mostrata non è nemmeno entrato.»

Scrolla le spalle. «Non lo so. Trovarmi nella sua stanza mi sembra troppo intimo e mi sento a disagio.»

«Lei è davvero strano.» Sorrido. «Buonanotte, signor Masters.»

Ride, felice di essere riuscito a convincermi a restare. «Buonanotte, signorina Brielle.» Zoppica verso la porta e si gira prima di andare via. «Per favore, non mi investa mai più.»

«Se non si metterà più davanti al mio golf cart, non lo farò.»

Scuote la testa con aria divertita e va via. Sorrido, continuando a guardare la porta.

Be', non me lo aspettavo.

* * *

Aspetto ai piedi delle scale. «Andiamo ragazzi o faremo tardi.»

Il sole risplende in cielo e la sera precedente avevo dormito bene per la prima volta da quando ero arrivata. Mi sento un po' meglio dopo la conversazione che avevo avuto con il signor Masters. Forse questo lavoro andrà bene, dopotutto. Sammy corre giù per le scale. Indossa la sua uniforme e mi passa lo zaino non appena mi raggiunge. «Willow, andiamo!» urlo.

«Non mettermi fretta,» ringhia mentre scende. Ci supera con lo zaino in spalla e Sammy e io ci guardiamo.

Mmm... è di pessimo umore questa mattina. Saliamo in auto e si siede sul sedile posteriore, guardando fuori dal finestrino con aria corrucciata. La guardo dallo specchietto retrovisore.

Che problema ha? Ieri stava bene. Dio, gli adolescenti. «Ragazzi, che programmi avete per oggi?» domando.

«Io devo andare in biblioteca e dopo pranzo faremo sport,» risponde Sammy.

«Ho messo il pranzo negli zaini. Vostro padre l'ha lasciato in frigorifero ieri sera dopo averlo preparato,» dico.

«Io non lo mangio.» Willow mette il broncio. «Odio quello che prepara lui. Sa di merda.»

Mi mordo il labbro per non ridere. È bello sapere che oggi non odi soltanto me.

Arriviamo a scuola e mi fermo. Willow scende senza dire una parola, così abbasso il finestrino e urlo: «Passa una buona giornata, cara.»

Mi alza il dito medio e continua a camminare, facendomi ridacchiare. Sammy sorride e mi stringe la mano, felice che la sorella non mi abbia fatto arrabbiare.

«Andiamo a prendere la cioccolata e la nostra torta, piccoletto?»

Annuisce con un sorriso enorme. «Sì.»

Metto in moto. «Credo di essere la tata più fortunata al mondo perché posso bere cioccolata calda ogni mattina con te.»

Il suo viso adorabile si illumina e sento una fitta al cuore. Non scherzo. Sono davvero la tata più fortunata al mondo.

* * *

«Sputa il rospo,» dico a Emerson.

È lunedì sera e siamo al campo di calcio di Willow. È buio e fa freddo. Fari enormi illuminano il campo e Sammy sta calciando la palla con alcuni bambini nel campo accanto a noi. Emerson è venuta con me, così potremo aggiornarci e parlare di Mark, il ragazzo che era andato a prenderla in aeroporto. In Australia lavorava per un commerciante d'arte e aveva inviato un'email all'azienda di Mark per chiedere loro di un'opera che doveva essere spedita. Avevano cominciato a parlare ed erano diventati amici. Era certa che fosse quello giusto. Alla fine le aveva trovato un lavoro per permetterci di imbarcarci in quest'avventura. Non so se saremmo qui se non fosse stato per la sua ricerca.

«Dio, non lo so.» Sospira. «Sembra che non ci sia la scintilla.»

«Che vuoi dire?»

«Sai, non mi fa venire le farfalle allo stomaco. È basso e, a essere onesta, mi infastidisce.»

Ridacchio mentre bevo il caffè. Siamo sedute in auto e guardiamo Willow allenarsi. Ogni volta che qualcuno parla, si forma una piccola nube di fumo.

«Qui si congela, cazzo,» mormora.

«Lo so, vero? Le tette mi stanno diventando due ghiaccioli.»

Mi volto e vedo il signor Masters attraversare il campo. Indossa un completo blu navy e il cappotto nero. Ha i capelli corti e la mascella scolpita.

Sento uno sfarfallio allo stomaco. È cambiato qualcosa in me e adesso penso sempre a lui.

Quando mi parla, devo concentrarmi per non fissare le sue labbra carnose e rosse.

Mi distrae, perché è davvero bellissimo.

«Il signor Masters è arrivato.» Sorrido. «Torno tra un secondo.» Scendo dall'auto e vado da lui.

«Be', salve, signorina Brielle.» Questa sera ha un sorriso sornione.

«Salve.» Mi sollevo sulle punte dei piedi.

«Com'è andata la sua giornata?» chiede prima di leccarsi la lingua, e sento una fitta al basso ventre.

«Alla grande. La sua?»

Sorride. «Bene. Oggi ha investito qualche povero golfista?»

Ridacchio mentre mi passo le mani tra i capelli raccolti in una coda di cavallo. «No, riservo le mie capacità alla guida soltanto per lei.» Abbasso lo sguardo. «Come sta il piede?»

«A malapena attaccato,» risponde.

«Se vuole, posso tagliarlo e risparmiarle una visita in ospedale.»

Ridacchia. «Non so se stia scherzando oppure no e comincio ad avere paura.»

Scoppiamo a ridere. Willow solleva lo sguardo e lui la saluta con la mano, un gesto che la figlia ricambia.

«Non sapevo che sarebbe venuto questa sera,» dico.

«Ho pensato di fare uno sforzo.» Mi guarda negli occhi e sorrido.

Deve averlo fatto per ciò che gli avevo detto l'altra sera. «Partirà mercoledì, giusto?» chiedo.

«Sì, partirò presto. È certa che starete bene?»

«Sì.»

«Anche Janine farà delle ore extra. Sarà sempre disponibile a darle una mano. Lei e il marito possono venire a dormire da noi, se preferisce.»

«Staremo bene,» ripeto, prima di indicare l'auto con il pollice. «Emerson è venuta con noi questa sera. È seduta in auto.»

Abbassa lo sguardo e sorride. Poi la saluta con la mano e lei ricambia. «Dovrei lasciarla tornare da lei,» dice.

«Okay.»

«Vado a sedermi dall'altro lato del campo. Ci vediamo a casa?»

L'atmosfera tra di noi è elettrica. Che cos'è successo?

«Certo.»

Ci fissiamo per qualche secondo di troppo e la prima a distogliere lo sguardo sono io. «Ci vediamo a casa.»

Mi volto e torno in auto con il cuore che mi batte forte.

«Mi prendi in giro, cazzo?» sbotta Emerson.

«Che cosa?»

«Flirtate?»

«No. Che vuoi dire?»

«Ti ha appena guardato il sedere mentre tornavi qui.» Sgrano gli occhi e non riesco a contenere l'entusiasmo.

«Davvero?»

Alza gli occhi al cielo. «Cazzo, è vecchio, Brell.»

Sorrido mentre lo guardo allontanarsi. «Non è tanto vecchio. Ha trentanove anni.»

«Quindi è vecchio.»

«Devi ammettere che è piuttosto sexy per un uomo adulto.»

Sorride mentre lo guarda. «Suppongo che lo sia... per un uomo vecchio e ricco.»

* * *

Sono seduta al tavolo e sto aiutando Willow con i compiti. Deve consegnarli domani e sta impazzendo.

Il signor Masters è nel suo ufficio. Lo sento parlare al telefono con qualcuno. Non ha fatto altro per tutta la sera.

«Ho bisogno del compasso.» Willow sospira.

«Dov'è?»

«Nel cassetto della mia scrivania.»

«Lo prendo io.» Vado nell'ingresso e salgo sul primo gradino proprio quando sento il signor Masters parlare al telefono.

«Stanno per salire,» dice poi resta in silenzio e ascolta per un momento. «Comprane cinquecento, adesso.»

Mi fermo sul secondo gradino per origliare. Fa un'altra pausa. «Sto pensando di offrire un milione.»

Di che cazzo sta parlando?

«Okay, sì.» Segue un altro momento di silenzio. «Trasferirò subito cinquecentomila. È una cosa certa. Si duplicheranno in un mese.»

Porca miseria!

Il signor Masters investe nel mercato azionario. Ecco da dove vengono i soldi.

Continuo a salire e mi sento un'incapace. Per guadagnare denaro ci vuole altro denaro.

Ecco perché io non ne ho.

7

Brielle

Toc, toc.

Sollevo lo sguardo. «Avanti.»

Il signor Masters fa capolino con la testa. «Un cicchetto, Bree?» Sorrido. *Bree. Mi ha chiamato Bree.*

«Ehm...» Mi gratto la testa, guardo il libro e poi di nuovo lui. Dio, sono arrivata a un momento stupendo della storia.

«Se preferisci leggere, non c'è problema,» dice con aria stizzita.

«Guardati, sei tutto infastidito.»

«Non lo sono.»

Sollevo le dita e le stringo. «Un pizzico?»

Mi guarda impassibile. «Bicchiere della staffa o no?»

«Sì. Sarebbe fantastico, grazie.» Si gira per tornare in cucina e lo seguo. Lo stomaco fa le capriole per il nervosismo quando mi siedo al bancone della cucina.

Versa un bicchiere di vino rosso a entrambi e mi porge il mio. Facciamo scontrare i bicchieri e sorrido. «Non posso restare per molto. Soltanto uno.»

Inarca un sopracciglio. «Mi stai mollando per un libro?»

«Assolutamente. Non offenderti. Pianterei Superman per questo libro.»

Sorride e si siede davanti a me, ma restiamo entrambi in silenzio, non sapendo che cosa dire.

«Dove andrai domani?» chiedo.

«Nel Kent.»

«Ah.» Sorseggio il vino e lo fisso dal bicchiere di cristallo. «Mmm... è delizioso.»

«Ho ottimo gusto.»

«Ovviamente.» Gli faccio l'occhiolino. «Hai assunto me.»

«A scatola chiusa.» Fa un sorrisino e io ridacchio.

«Nel Kent si trova il castello di Dover.»

«Sì, ci sei stata?» domanda, sembrando sorpreso che lo sappia.

«No, ma voglio. È nella mia lista di cosa da fare durante la mia permanenza. La sua storia mi affascina.»

«Come mai?»

«L'arcivescovo fu assassinato davanti al suo altare dai cavalieri di Re Enrico.»

Si acciglia. «Una fanatica della storia?»

Sorrido. «Forse. Era una delle ragioni che hanno spinto Emerson e me a venire qui. Amiamo gli edifici antichi e la storia. Non abbiamo niente di simile in Australia. Il nostro paese ha soltanto trecento anni circa. Le uniche cose vecchie sono le lapidi.»

Sorseggia il vino e si lecca il labbro inferiore. «Ci sono tante cose vecchie nel Regno Unito.» Agita le sopracciglia in maniera provocante, come se volesse dire che lui è una di quelle cose. È così...

«Viaggi molto per lavoro?» chiedo cercando di apparire disinvolta e di non sbavare sul tavolo come un'idiota.

«Non proprio. Sono un ospite che parlerà a una conferenza,» spiega continuando a bere.

«Wow.» Sorrido. «Notevole.»

Abbassa il capo con un sorriso timido. «Non direi. Parlerò degli effetti della prigione sui tossici.»

«Oh, sembra un argomento pesante.»

Annuisce. «Puoi dirlo forte.»

Restiamo in silenzio per un momento mentre l'aria vibra tra di noi e, se non mi sbaglio, anche lui sembra un po' nervoso... o magari io lo sono abbastanza per entrambi.

«Che piani hai per il fine settimana? Niente di divertente?» chiedo e lui sospira.

«No. Non ancora. Tu?»

«Uscirò con Emerson sabato sera.» Sorseggio il vino e sollevo il bicchiere verso di lui. «E non devi preoccuparti, non tornerò ubriaca mettendomi di nuovo in imbarazzo.»

Alza gli occhi al cielo. «Perché continui a parlarne?»

«Perché è troppo umiliante. Lo farò incidere sulla mia lapide.» Feci un arcobaleno con la mano. «Qui giace Brielle, campionessa di sbatti frigorifero.»

Ridacchia e io chiudo gli occhi, fingendo di rabbrividire.

«Uscirai di nuovo con il tuo amico canadese?» domanda improvvisamente serio.

Faccio una smorfia. «Dio, no. È un idiota e per niente il mio tipo.»

Mi fissa con i suoi occhi sexy. «Tu hai un tipo ideale?»

Sento le farfalle allo stomaco.

Tu... tu sei il mio tipo.

«Tutti ne hanno uno... no?» Sorrido timidamente.

Si stringe nelle spalle e dice: «Non saprei.»

«Tu ce l'hai?» chiedo.

Riempie di nuovo i bicchieri mentre riflette sulla mia domanda. *Gesù, vacci piano.* Questo vino va giù che è una meraviglia e non vogliamo ripetere lo spettacolo dell'ultima volta.

«Suppongo che le donne che ho frequentato nell'ultimo periodo rientrino in un certo tipo,» risponde arricciando le labbra.

«Tu frequenti qualcuno?» chiedo come se fossi sorpresa. Per fortuna sa che questa settimana non mi sono intrufolata in camera sua. Nei suoi occhi compare un luccichio compiaciuto... o forse perverso. Non lo so.

«Esco con le donne.» Sorride contro il bicchiere. «Non sono così vecchio e non sono morto... ancora.»

Mi mordo il labbro per nascondere il sorrisino idiota. «Non ho mai detto che eri vecchio.»

«Sembri sorpresa che esca con qualcuno.» Inarca un sopracciglio, e questa volta so che è incuriosito.

«Non sono sorpresa.» Agito la testa da un lato all'altro. «Okay, forse un po'. Pensavo che avessi una ragazza fissa.»

Tocca a lui fingere di rabbrividire. «Non ne desidero una.»

«Allora una moglie?» chiedo ridendo.

«Oh, cavolo, non augurarmelo.»

Ridiamo e ci fissiamo a lungo. Inizia a essere strano e sono davvero attratta da lui. «Niente fidanzata. Niente moglie. Che cosa hai?» domando.

I suoi occhi tenebrosi fissano i miei. «Amiche che mi compiacciono.»

Il cuore inizia a martellarmi nel petto. «In che modo?» sussurro.

Sorride in modo sexy e beve, regalandomi la migliore espressione da "vieni a scoparmi". «Appagamento sessuale.»

Deglutisco il nodo in gola mentre lo immagino nudo. Ho davvero bisogno di fare sesso. Potrebbe dire la parola "latte" e la troverei sexy in modo ridicolo.

«Dovrei tornare al mio libro,» sussurro.

Annuisce e arriccia le labbra, come se stesse cercando di non parlare.

«Grazie per la chiacchierata, Julian.»

Mi fissa con il suo sguardo sexy, togliendomi il fiato. «Ma figurati, Bree.»

Il modo in cui dice il mio nome è... perfetto. «C'è niente che posso fare per te prima che te ne vada?» domando.

Il suo sguardo si scurisce. «Ad esempio?»

«Mmm.» Mi immagino sopra di lui, nuda nel suo letto e sento subito le mutandine bagnarsi. *Okay, torna in camera, sgualdrinella.*

«Il tuo itinerario o qualcosa di simile,» balbetto, distratta dai miei pensieri spinti.

Sorride come se mi leggesse nel pensiero. «Il mio itinerario è stato stabilito, ma grazie lo stesso.»

Mi alzo e lavo il bicchiere prima di girarmi verso di lui. «Fa' buon viaggio.»

«Lo farò. Ti chiamerò ogni giorno per avere novità sui bambini.»

Ci fissiamo ancora negli occhi e sento le farfalle allo stomaco al pensiero che mi chiamerà. *Soltanto per i bambini, sciocca,* rammento a me stessa.

Sorrido in modo impacciato, in imbarazzo perché mi fa sentire come una ragazzina euforica. Nessun uomo mi ha mai provocato reazioni simili. Sta succedendo qualcosa oppure mi sto illudendo?

«Buona notte, signor Masters.»

Si alza e, all'improvviso, siamo vicinissimi. «Julian,» mi corregge.

Il mio cuore salta un battito per quella vicinanza e sollevo lo sguardo, perdendomi nei suoi occhi sensuali. Il potere che emana è palpabile. Sarebbe così autoritario a letto. «Julian,» sussurro.

Abbassa lo sguardo sulle mie labbra.

Oddio, mi bacerà? *Fallo. Fallo.*

Dopo un attimo sembra ricordare dove si trova e fa un passo indietro, annuendo come un gentiluomo. «Buonanotte, Bree.»

Mr. Masters

* * *

«Che libro vuoi leggere, Sammy?» chiedo mentre guardo la sua libreria. Sono le otto e trenta di sera e sono seduta sul bordo del letto mentre lui si asciuga dopo il bagno. Il signor Masters era partito quella mattina e non aveva ancora chiamato. Janine se n'era andata un'ora prima, dopo aver preparato la cena.

«Non lo so. Dobbiamo leggere? Non possiamo fare qualcos'altro?» chiede indossando il pigiama di flanella.

«Perché? Che cosa vorresti fare?»

Fa spallucce. «Magari guardare YouTube.»

«Non si impara molto da YouTube, Sam.»

«Non è vero,» esclama Willow dalla sua stanza. «Ho imparato tutto quello che so da YouTube.»

«Hai imparato anche a origliare?» chiedo.

«Divertente,» risponde.

Faccio l'occhiolino a Sammy. «Ha ragione, no? Sono uno spasso e l'ho imparato su YouTube,» urlo.

«Oddio,» borbotta.

Rifletto un attimo su che cosa potremmo guardare noi tre insieme. «Ci sono. Potremmo guardare video di gatti,» propongo.

Sam si acciglia. «Per quale motivo?»

«Su YouTube non hai mai visto video in cui i protagonisti sono i gatti?» chiedo sconvolta.

«No,» risponde.

«E tu, Will?» chiedo, sapendo che sta origliando.

«Lo fanno soltanto i perdenti,» ribatte.

«Che fortuna che io sia una perdente allora,» dico ridacchiando.

Apro il computer di Sam e accedo a YouTube, cercando "gatti divertenti".

Sam e io ci sediamo alla scrivania e attendiamo che il video parta. Un bambino sta camminando per strada quando un gatto sbuca fuori e il bambino è quasi investito. Cade nel giardino e ridiamo entrambi. Nel prossimo un gatto attacca una stampante accesa, spaventato dal rumore che emette mentre stampa. Poi un gatto resta intrappolato in una scatola di cereali e impazzisce. Un altro scivola dal bordo della vasca da bagno e cade dentro.

Buffi, buffissimi gatti. Non ne fanno mai una giusta.

Poco dopo Willow appare alla porta, aggirandosi per capire che cosa ci sia di così divertente. Un gatto monello dopo l'altro, guardiamo i felini saltare, attaccare cani, cadere e, in generale, comportarsi in modo buffo come me, cosa che ci fa sbellicare dalle risate. Non mi divertivo così da secoli.

Prendo il cellulare che squilla in tasca e sullo schermo appare "Signor Masters".

«Pronto,» rispondo, cercando di comportarmi in modo serio.

«Salve, signorina Brielle,» sussurra con la sua voce sensuale.

Il cuore si ferma un attimo e mormoro: «Salve.»

«Va tutto bene?» domanda.

Vedo un gatto che cade in piscina dopo aver aggredito il padrone e ridacchio. «Va tutto alla grande. E lei?» domando.

«Sì, tutto bene. I bambini?»

Sullo schermo appare un gatto che insegue un orso e i bambini scoppiano a ridere. Nemmeno io riesco a trattenermi.

«Che sta succedendo?» chiede. «Dove siete?»

«Stiamo guardando un video su YouTube sulle papere commesse da gatti.»

«Papere commesse da gatti? Sono le nove di sera. Il momento di andare a letto è passato da mezz'ora.»

Nella scena successiva un uomo riposa sul divano e un gatto gli aggredisce l'uccello. L'uomo salta in aria e cade dal divano, facendoci ridere.

«Che cosa c'è di così divertente?» sbotta.

«Un gatto ha appena assalito il pene di un uomo.» Rido. «È caduto dal divano,» riesco a malapena a dire.

«Che diamine? Mi passi i bambini.»

Do il cellulare a Sammy. «Ciao, papà,» risponde con gli occhi incollati sullo schermo.

«Ciao, Samuel. Va tutto bene?»

«Il gatto ha attaccato le parti intime di un uomo,» esclama.

«Smettetela di guardare certa robaccia.» Sento dire al signor Masters.

Un gatto salta dal bancone della cucina e finisce nel secchio della spazzatura, che cade e spaventa il cane. Sammy non riesce più a parlare per le risate.

«Il gatto è caduto nel cestino,» esclama.

«Santo cielo,» si lamenta Masters. «Passami tua sorella.»

Sam dà il telefono a Willow che dice: «Pronto, papà.»

«Va tutto bene, Will?»

Un gatto cade in un acquario e non ce la facciamo più.

«Sì, papà, va tutto bene. Devo andare.» Mi passa di nuovo il telefono mentre ride.

«Possiamo prendere un gatto?» chiedo.

«Assolutamente no. Non credo che sia molto divertente un gatto che attacca un uomo addormentato.»

«Lo addestrerò perché lo faccia a lei.»

«Cristo, Brielle.»

«Qui va tutto bene, non c'è motivo di preoccuparsi.» Sorrido.

«Signorina Brielle,» dice con un sospiro. «Metta i bambini a letto. Subito. Basta con quei gatti idioti.»

Alzo gli occhi al cielo e i ragazzi sogghignano. «Okay, poliziotto buono. Ricevuto. Salutate papà, bambini,» esclamo.

«Ciao, papà,» dicono all'unisono, proprio quando un gatto salta sulla schiena di un cane, che inizia a correre mentre il felino si regge su di lui. I ragazzi sono piegati in due dalle risate e riaggancio. Prenderemo di sicuro un gatto.

* * *

È sabato pomeriggio e Sam e io stiano aspettando Willow fuori dalla scuola. Ho una sorpresa e non vedo l'ora di condividerla con lei.

«Ciao,» le dico con un sorriso non appena sale in auto.

«Ehi,» mormora allacciandosi la cintura.

Mi immetto nel traffico e la guardo dallo specchietto retrovisore.

«Ho una sorpresa per te.»

«Non dirmelo. In realtà sei un gatto di YouTube e non una tata?» chiede con sarcasmo.

«*Miao*,» scherzo.

«Oddio.» Trasalisce. «Ti prego, smettila.»

Sorrido mentre guido e Sammy ridacchia. «In realtà ho due sorprese per te.»

«Davvero? Quali?» Sospira, per niente interessata.

«Pensavo che questa sera voi due potevate aiutarmi a cucinare.»

Si acciglia. «Per quale motivo?»

«Ho dato a Janine la sera libera.»

«Perché?»

«Così posso insegnarvi come si prepara la pasta.»

Fa una smorfia. «Sarebbe una sorpresa? Mi sembra più una punizione.»

«Be', pensavo che poteste imparare a fare la pasta fresca e cucinare per vostro padre domenica sera.» La osservo dallo specchietto e noto un luccichio di interesse nei suoi occhi. «Vostro padre ha apprezzato molto la pasta l'altra sera, e immaginate quanto resterebbe sorpreso nello scoprire che l'avete preparata voi.»

Si morde il labbro mentre riflette. «E la seconda sorpresa?»

«Ci ho iscritto entrambe alle lezioni di golf.»

«Che cosa?» urla. «Non andrò a lezione con te. Sei così imbarazzante.» Resta in silenzio per un istante. «Probabilmente travolgeresti qualcuno,» borbotta a bassa voce.

Sorrido perché sapevo che lo avrebbe detto. «Okay, non verrò, ma inizi mercoledì.» E poi non mi ero nemmeno iscritta.

Arriccia le labbra mentre guarda fuori dal finestrino e so che, anche se non lo ammetterà mai, ne è felice. Afferro il volante e fingo di guidare davvero veloce. «Andiamo a casa e iniziamo a cucinare, *ma cherie*,» dico con accento francese.

Lei alza gli occhi al cielo disgustata. «Oddio, falla smettere.»

* * *

«Lo vedete?» Spingo la palla di impasto indietro e poi di nuovo avanti. «Si impasta sul bancone.» I bambini si concentrano mentre mi guardano, impastando entrambi. Quello di Willow si sta attaccando al bancone. «Hai bisogno di più farina,» le dico.

Affonda la mano nel barattolo e ne versa una quantità ridicola sul bancone.

«Non così. Molta di più. Avanti, bella. Non siamo a corto di farina.»

Infilo la mano nel barattolo e prendo una manciata abbondante di farina che spargo sul bancone, facendone cadere un po' sul pavimento.

«Sta finendo ovunque,» sbotta.

Sorrido, sollevo una mano e soffio spargendo la farina in aria.

«Finiscila,» si lamenta Will mentre è concentrata sul suo impasto.

Quello di Sammy inizia ad appiccicarsi, così Willow prende un bel po' di farina e la lancia sul bancone, facendola finire su di me. Resto a bocca aperta e lei mi osserva con un sorriso idiota quando dice: «Ops.»

«Rifallo e ti spaccherò un uovo sulla testa.» Faccio un sorrisino mentre continuo a impastare.

Un luccichio appare nei suoi occhi. Infila una mano nel barattolo, lancia la farina sul bancone e la osserva ricadere su di me.

«Adesso basta.» Prendo un uovo e Sammy ridacchia.

«Non oseresti,» ansima lei.

«Oh... penso di sì.» Glielo spacco sulla testa e le cola sulla faccia.

«Ah!» gracchia. «Non riesco a credere che tu lo abbia fatto.»

«Credici, sorella.»

Prende un uovo e me lo schiaccia sul petto.

«No,» esclama Sammy euforico e ci giriamo verso di lui.

«Prendilo,» dico.

«Oh!» urla Sammy, ma Willow gli rompe un uovo sulla testa prima che il fratellino possa scappare, poi prende una manciata di farina e me la lancia addosso. Una parte resta appiccicata al petto per via dell'uovo mentre l'altra piove sul pavimento.

«Ecco,» urlo. «Che guerra sia.» Prendo un altro uovo e mi preparo a lanciarlo a Willow, ma suonano alla porta.

Restiamo paralizzati e ci giriamo verso l'ingresso. «Chi è?» sussurro.

Sammy corre alla finestra per controllare. «La nonna!»

«Che cosa?»

«La nonna è qui.»

«Merda,» urla Willow.

«Oh no.» Mi sento agitata e suonano di nuovo il campanello, ma la porta di ingresso si apre.

«Salve?» esclama loro nonna.

Ci diamo subito una mossa per ripulire quel disastro, ma la nonna arriva prima che possiamo cancellare le prove. Impallidisce non appena nota le condizioni della stanza.

«Perché...?» si interrompe guardandosi attorno. «Che diavolo sta succedendo qui?»

Guardo quel casino e sussulto. «Stiamo cucinando.»

È una donna molto alla moda e affascinante, al massimo ha sessant'anni. Indossa un abito aderente di lana nero e scarpe dello stesso colore dal tacco basso. I capelli sono acconciati in un bob biondo perfetto e sulle labbra ha un rossetto corallo che completa l'outfit.

È ricca ed è ovvio.

L'espressione sconvolta sul suo viso è senza prezzo, e mi mordo il labbro per il nervosismo. «Sono Brielle,» mi presento con un sorriso e le porgo la mano, ma mi rendo conto che è sporca di farina e impasto. «Le stringerei la mano, ma...» Le mostro il palmo.

«Sono Frances.» Si acciglia e poi sposta l'attenzione sui nipoti. «Salve, cari. Ho pensato di passare a trovarvi, dato che vostro padre non c'è.»

I bambini fanno un sorrisone.

La donna si guarda attorno e raccoglie un guscio di uovo dai capelli di Sammy.

Oh, diamine, chissà che aspetto dobbiamo avere. Abbiamo uova sulla testa e sul petto, e io ho il viso sporco di farina.

«C'era da aspettarselo,» mormora quasi tra sé.

«Stiamo cucinando.» Willow prova a trovare una giustificazione. «E...» fa una pausa mentre cerca una scusa. «Le uova ci sono scivolate dalle mani.»

«Stronzette scivolose,» aggiunge Sammy.

Scoppio a ridere perché è una storia davvero ridicola. «Mi dispiace, ma ci ha beccato nel bel mezzo di un buon vecchio combattimento di cibo.»

Frances sorride in imbarazzo. «Vedo.» Mi squadra dalla testa ai piedi. «Allora lei è la signorina Brielle?»

«Sì.» Sorrido mentre ripulisco la camicia. «Piacere di conoscerla.»

Un luccichio divertito le attraversa gli occhi. «Julian l'ha descritta come una donna molto diversa. Adesso capisco perché.»

Rido e scuoto il capo. «Oh, è stata una settimana orribile. Ho commesso ogni errore immaginabile.»

I bambini annuiscono con entusiasmo.

«Ha anche investito papà con un golf cart,» esclama Sammy.

«Buon Dio.» Avvicina una mano al petto. «Sta bene?»

«Sì,» risponde Willow. «Si è lamentato tutta la notte.»

Frances ride e ho la sensazione che questa donna mi piacerà.

«Ci stavamo esercitando a fare la pasta fresca, così Willow potrà cucinare la cena al padre domenica,» spiego.

«Sul serio?» Guarda colpita i ragazzi.

«Dovrebbe venire. Più siamo, meglio è. Willow è una cuoca fantastica,» dico.

«Non ho ancora cucinato niente,» interviene Willow.

«Lo so, ma sarai una cuoca fantastica quando avrò finito con te.»

Frances si illumina. «Grazie per l'invito. Mi farebbe molto piacere.» Guarda verso la porta e dice: «Non voglio che smettiate di divertirvi per colpa mia. Adesso vado.» La seguiamo tutti e poi si gira per chiedere: «A che ora sarà la cena domenica, Will?»

Willow mi guarda alla ricerca di aiuto. «A che ora, dolcezza?» sussurro. «Scegli tu.»

«Alle sei circa?» Willow si stringe nelle spalle.

Frances sorride e le accarezza un braccio. «Perfetto. Ci vediamo alle sei, tesoro.» Va verso la porta e poi esclama: «Divertitevi. Per fortuna non devo ripulire io il pavimento.»

Mettiamo il broncio perché sappiamo che quel compito spetta a noi. «Ripuliamo e rimettiamoci al lavoro,» dico sospirando.

Alzano tutti gli occhi al cielo e mi seguono nella zona di guerra.

Questo posto è un disastro.

* * *

Sono le undici di sera e sono di nuovo a letto, a leggere. La stanza è al buio, illuminata dalla luce della lampada del comodino. Oggi il signor Masters non ha chiamato, ma so che ha parlato con i bambini. Prima lo avevo sentito al telefono con Willow. Una parte di me era delusa che non mi avesse chiamato. Chissà perché. Sospiro e mi rigiro sul letto, delusa da me stessa.

Giro la pagina in modo troppo aggressivo e continuo a leggere. All'improvviso, il mio cellulare vibra sul comodino e il nome di Masters compare sullo schermo.

Il cuore mi batte subito forte. È lui... come sempre.

«Pronto?»

«Pronto, Bree,» dice con voce sensuale. *Bree, porca miseria!*

È una telefonata personale. Trattengo un sorrisino e dico: «Ciao.» C'è parecchio rumore e sembra in un bar.

«Allora... ho saputo che hai incontrato mia madre.» *Dio, l'ha chiamato lei.*

«Sì.» Chiudo gli occhi. «Sembra simpatica.» Resta in silenzio. «Che cosa ti ha detto su di me?» chiedo.

Esita per un momento. «Diciamo che il tuo fan club ha un altro membro.»

Sorrido come un'idiota. Un altro? Anche lui lo è? «Va tutto bene? Hai chiamato per sapere come stanno i bambini?»

Ridacchia ed è chiaro che ha bevuto. «Ho chiamato per controllare quella sporcacciona della mia tata.»

La sua voce mi fa impazzire. «La tua tata sta bene, anche se dal tono della tua voce non so se sei ironico o vuoi fare lo sconcio,» sussurro.

Scoppia a ridere e sento il sangue ribollirmi nelle vene, così sorrido.

«Diciamo soltanto che è parecchio dell'uno e po' dell'altro,» replica. Tipico di lui dare una risposta enigmatica. «Quanto bene?» chiede con voce sexy. «Quanto bene sta la mia tata?»

Mando giù il nodo in gola. «Bene per quanto possibile quando l'uomo di casa non c'è.»

Ansima, quindi la mia risposta gli piace. Che diavolo sto facendo? È un gioco pericoloso.

«Dove sei?» chiedo.

«In un locale.»

«Con chi?»

«Non con te.»

Il cuore si ferma. Che cazzo sta succedendo? «Ci stai provando con me, Julian?»

«Ti dispiacerebbe se così fosse?» Sembra essersi spostato in un luogo più tranquillo perché i rumori in sottofondo diminuiscono.

«No.» Mi zittisco per un secondo e poi dico: «Proprio l'opposto.»

Riesco quasi a vedere il suo sorriso. «Vorrei che ci fossimo conosciuti in circostanze diverse.»

«Perché?» sussurrò.

«Perché sono attratto da te,» risponde con voce roca.

Il cuore mi martella con forza e chiudo gli occhi, concentrandomi sulla respirazione. Che diavolo sta succedendo?

«Lo stesso vale per me,» confesso.

«Non sono alla ricerca di una relazione,» mormora, facendo contrarre il mio sesso con quella voce autoritaria.

«Nemmeno io.»

«Che cosa vuoi?»

«Un po' di quella soddisfazione di cui mi hai parlato.» Mi mordo il labbro e sussulto. *L'ho appena detto.*

Inspira e nessuno parla per un minuto o due.

«Non posso mischiare lavoro e piacere in casa,» dice alla fine.

«Se non accade in casa, non sono una tua impiegata. Sono soltanto una donna,» sussurro. *Okay, e questo da dove salta fuori? Chi sono?*

Dal modo in cui ansima, capisco che ha apprezzato la risposta. «Un pensiero interessante,» sussurra. *Dio, quest'uomo mi fa eccitare troppo.* «Sei a letto?»

«Sì.»

«Toccati.» Spalanco gli occhi. *Che diavolo...?*

«Infila quella mano deliziosa in quella fica stupenda e dimmi come ti senti.»

Porca puttana. Porca puttanissima. È sconcio.

Infilo una mano tra le gambe e mi accarezzo. «Sono bagnata,» sussurro.

«Gonfia?» Sento l'eccitazione nella sua voce.

«Sì,» rispondo con voce roca.

«Cazzo.»

È una follia, ma è anche così sexy.

Sento un rumore in sottofondo e alcuni uomini che parlano con lui. «Devo andare,» si lamenta. «Finiremo dopo questa conversazione.»

Annuisco. «Okay.»

«Buona notte, tata sporcacciona.»

Sorrido e riaggancio, fissando la parete con sguardo assente. *È appena successo?*

* * *

Sammy e io siamo in auto ad aspettare che Willow finisca la lezione di golf. Sembra l'unica attività che attende con ansia. Aveva anche messo un po' di lucidalabbra quel giorno. Se i miei sospetti erano fondati, aveva una cotta per il ragazzo della reception.

Spero che lo stesso valga per lui. È carino.

Willow è con i due ragazzi dell'ufficio e parla con loro per qualche minuto. Non posso evitare di guardarli e sorridere. Dal modo in cui Will si arriccia i capelli tra le dita, è chiaro che sia interessata.

Davvero dolce. Ecco di che cosa ha bisogno... una storia d'amore tra liceali. Torna in auto dopo averli salutati e ha un sorriso enorme stampato in faccia che mi scioglie il cuore.

Le metto una mano sulla gamba. «Che bel sorriso.»

Guarda fuori dal finestrino, compiaciuta con se stessa, e usciamo dal parcheggio. Per tutto il tragitto sorrido anch'io, contagiata dalla sua felicità.

* * *

Sono l'una di notte e sono a letto, a leggere di nuovo. Indosso una camicia da notte nera e di seta, e rifaccio il giro della casa per controllare che le porte siano tutte chiuse. Il signor Masters tornerà il giorno dopo. I bambini mi hanno tenuto davvero impegnata da quando lui non c'è. Avevo già controllato le porte, ma non si può mai essere troppo sicuri, soprattutto perché sono da sola con i bambini e Sammy è sonnambulo. La mia più grande paura è svegliarmi al mattino e non trovarlo. Non accadeva più da quel primo episodio quando ero arrivata. A quanto pare succede soltanto quando c'è un cambiamento in casa. Il mio arrivo lo aveva scosso, ma ormai sembra essersi tranquillizzato. Guardo verso le scale. Il poverino aveva avuto un incubo un'ora prima, quindi forse era il caso di andare da lui.

Salgo le scale della casa a malapena illuminata, percorrendo lentamente il corridoio. Prima apro senza fare rumore la porta della stanza di Willow. Dorme, così la chiudo e vado da Sammy, e sono contenta di vedere che dorme beato. Il suo respiro rilassato mi fa sorridere. Questo piccolino mi ha conquistato. Mi giro per tornare al piano di sotto quando sento un rumore provenire dalla camera del signor Masters. Resto paralizzata. *Che diavolo è stato?*

Merda. Resto in ascolto e sento un fruscio. *Oddio, c'è qualcuno in camera sua? Un ladro?*

Il cuore mi batte all'impazzata. *Che cosa faccio?* Avanzo lentamente verso camera sua e sbircio dentro, notando la luce accesa del bagno e la porta socchiusa.

C'è qualcuno in bagno.

Cammino in punta di piedi e guardo dentro.

Oh buon Dio!

Il signor Masters è tornato ed è nudo. Preso dal momento mentre si massaggia l'uccello e si fissa.

Un cazzo di sogno a luci rosse.

Spalanco le labbra in estasi. Vedo ogni muscolo delle spalle e della schiena riflesse sullo specchio dietro di lui mentre si masturba con vigore. Lo stomaco si contrae a ogni carezza.

Diventa sempre più duro e resta a bocca aperta con il viso concentrato.

È così sexy, cazzo.

Inizio subito a fremere per l'eccitazione e mi si bagnano le mutandine.

Allarga le gambe e appoggia la schiena sul lavabo quando ci dà davvero dentro. I peli pubici sono curati, l'uccello è enorme e mi sento in paradiso guardando questo spettacolo proibito.

Voglio inginocchiarmi davanti a lui e aiutarlo a ultimare il lavoro.

Si massaggia sempre con più insistenza e anch'io mi sento sul punto di venire.

Sento quanto è eccitato, percepisco il suo uccello come se fosse dentro di me. Geme e inarca la testa, e io resto con il fiato sospeso.

Che cosa stai facendo? Vattene! Vattene prima che ti veda. Solleva gli occhi e si ferma non appena si accorge di me. I nostri sguardi si incrociano, ma succede qualcosa e, come se sapesse quanto abbia bisogno di assistere, riprende a massaggiarsi lentamente.

Deglutisco il nodo in gola. *Cazzo sì.*

Inizio ad ansimare e lui continua a masturbarsi con forza. Riesco a malapena a stare in piedi, ma non ho le energie per andarmene.

Il suo membro è sempre più duro e resto a bocca aperta, bramandolo con tutta me stessa. Mi fissa con i suoi occhi scuri quando trema e viene schizzando sullo stomaco. Il gemito che gli sfugge riecheggia attorno a me, e inizio ad ansimare perché mi manca l'aria. Il suo seme è denso e bianco... perfetto... e in più osserva la mia reazione mentre lo distribuisce su petto e stomaco.

Sono senza parole. *Che cazzo?*

Ho il respiro affannoso e lo guardo di nuovo negli occhi, notando la soddisfazione sul suo viso. «Buonasera, signorina Brielle,» sussurra con voce sexy mentre continua a massaggiare il seme luccicante sullo stomaco. Dentro di me fremo. «Ci incontriamo di nuovo nel mio bagno.»

Spalanco gli occhi. Non so che cosa dire. Che cosa può spiegare quello che ho appena visto?

Che cosa ho fatto... che cosa ha fatto lui.

Mi giro e corro.

8

Brielle

Sono seduta al tavolo della caffetteria con un caffè in mano mentre fisso le persone fare avanti e indietro dall'altro lato della finestra.

Come cazzo mi sono cacciata in questa situazione?

Ho guardato il mio capo masturbarsi e poi sono scappata come una ragazzina impaurita dopo aver flirtato con lui e avergli chiesto di darmi piacere.

È imbarazzante ma, in mia difesa, il suo uccello sembrava davvero arrabbiato e non sono certa che avrei potuto gestirlo.

Ripenso al suo volto quando era venuto e il mio sesso si contrae. È così sexy da essere ridicolo.

Dio, immagina se te lo scopassi.

Mi si arricciano le dita dei piedi e mi sposto sulla sedia, cercando di alleviare la pressione tra le gambe. Sono bagnata fradicia dall'una del mattino.

Che cosa non darei per scoprire ciò che ha da offrire...

Sento la notifica che segnala l'arrivo di un'email e prendo il cellulare, sorridendo non appena vedo il suo nome.

Da: Signor Masters
Per: Signorina Brielle

Signorina Brielle,

A quanto pare, la scorsa notte c'è stata una violazione della privacy nella stanza da letto padronale. Poiché lei è una dei miei impiegati, vorrei concederle l'opportunità di darmi una spiegazione.

Cordialmente,
Signor Masters

Che diavolo dovrei dirgli?

Mi porto una mano alla bocca e fisso fuori dalla finestra, riflettendo. Okay, cercherò di rispondere tramite il mio alter ego Bree e non come sua impiegata.

Mi stringo nelle spalle e clicco su "rispondi", sorridendo mentre comincio a scrivere.

Da: Signorina Brielle
A: Signor Masters

Signor Masters,

Mi scuso a nome del mio alter ego, Bree, e per il suo atteggiamento. Non aveva ancora cominciato a lavorare e non ho potuto parlare con lei dell'incidente cui si riferisce. È una persona molto riservata e si assicura di separare sempre la vita privata da quella lavorativa. Se vuole parlare con lei dell'incidente, le consiglierei di chiedere a Julian di inviarle un'email durante il tempo libero.

Cordialmente,
Signorina Brielle

Premo invio e trattengo il respiro, tamburellando con le dita sul tavolo mente aspetto una risposta. Finalmente, cinque minuti dopo, ricevo una notifica.

Da: Julian
A: Bree

Spalanco gli occhi e deglutisco quando vedo che ha utilizzato i nostri nomi.

Cara Bree,

Capisco che tu voglia mantenere separata la vita privata da quella professionale e lo stesso vale per me e il signor Masters. Per favore, assicuraci che, d'ora in poi, le tue tendenze da voyeur non influiranno in nessun modo sul tuo impiego. Il signor Masters non vuole discutere di questa questione sul posto di lavoro. Tuttavia, io sono davvero intrigato da ciò che pensi.
Non vedo l'ora di ricevere una tua risposta.

Cordiali saluti,
Julian

Sorrido e, prima di rispondere, mi guardo intorno per controllare che nessuno mi stia guardando mentre faccio la stupida.

Da: Bree
A: Julian

Caro Julian,

Per favore, rassicura il signor Masters. Non ho intenzione di raccontare alla signorina Brielle i dettagli della visita inaspettata che ti ho fatto ieri sera. Ciò che è successo resterà tra di noi. Quello che faccio nel tempo libero non ha niente a che vedere con la mia vita professionale e vorrei che restasse così. Tuttavia, prima di darti la mia opinione sincera, avrei bisogno di indagare un po' di più.

Cordiali saluti,
Bree

Chiudo gli occhi e premo "invio". *Oh, porca puttana.* Mi copro gli occhi con la mano.
Aspetto la risposta ma non arriva. Controllo l'orologio. Passa mezz'ora e comincio ad avere la nausea. Ordino un altro caffè, perché non posso tornare a casa se sono così nervosa.
Perché l'ho detto?
Pensa che ci stia provando con lui. Ho frainteso tutto quanto?
Finalmente ricevo un'email e mi affretto a leggerla.

Da: Julian
A: Bree

Cara Bree,

La tua offerta è davvero allettante.
Tuttavia, non posso permettere che la "faccenda" abbia luogo a casa del signor Masters. Mai più. Il signor Masters si impegna

affinché i suoi impiegati lavorino in un ambiente sicuro.

Qualsiasi altra indagine utile per determinare un'opinione decisiva dovrà avvenire al di fuori del posto di lavoro.

Cordiali saluti,
Julian

* * *

Metto tutto in borsa e lascio subito la caffetteria. Dovrò pensare alla mia risposta e anche a quello che sto facendo. Dovrei chiamare Emerson e chiederle che ne pensa.

No.

Non le dirò niente. Proverebbe a convincermi di non farlo e non sono dell'umore adatto.

Guardo di nuovo la caffetteria. Oh, merda, ho dimenticato di aspettare il secondo caffè. Resto seduta in auto e fisso il cellulare per qualche secondo.

Che cosa gli rispondo? Okay, scriviamo.

Da: Bree
A: Julian

Julian,

sarei disposta ad accontentare la tua richiesta.
Inviami i dettagli dell'incontro.

Cordiali saluti,
Bree

* * *

Metto in moto e vado a casa con un sorriso idiota stampato sulle labbra.

Non riesco a credere di aver avuto il coraggio di scrivere quel messaggio. Devo parlare con Emerson. No, non posso dirle ancora niente. In realtà non c'è molto da raccontare e non sono dell'umore per una predica. Voglio essere frivola e divertirmi.

Parcheggio l'auto e sento la notifica che segnala l'arrivo di un'email. Cerco il cellulare nella borsa e lo prendo. Non appena apro l'email, mi accorgo che si tratta di un invito.

> *Julian Masters richiede la compagnia di Bree Johnston*
> *Occasione: Indagine*
> *Data: 28 Maggio*
> *Ore: 20:00*
> *Luogo: Scarfes Bar, Rosewood, Londra*
> *Dress code: Troieggiante*

* * *

Spalanco la bocca non appena leggo l'ultima parte. *Dress code troieggiante! Che cazzo?*

Scoppio a ridere. Che cosa dovrei indossare?

Rileggo l'invito finché non mi accorgo della data.

Un attimo... è questa sera.

Mi squilla il cellulare e appare un numero sconosciuto sullo schermo. «Pronto.»

«Oh, ciao, tesoro, sono io, Frances.» È la madre di Julian.

«Salve.» Sorrido.

«Julian questa sera non potrà tornare a casa dopo la conferenza, mi ha appena telefonato. Passerò a prendere i ragazzi alle sei e dormiranno a casa mia, se per te va bene.»

«No, non è necessario,» rispondo senza pensare.

«No, va tutto bene. So che hai impegni per questa sera.»

Mi mordo il labbro per trattenere una risata. Giusto. Devo fare un'*indagine*. Ripenso a Julian che si masturba e sorrido.

Sta succedendo davvero?

«Sarebbe grandioso, grazie,» le dico.

«Ci vediamo dopo, cara.»

«Grazie.» Aggancio e risalgo in auto con determinazione.

Ho bisogno di una ceretta al laser, un pedicure e di trovare un outfit da troia.

* * *

Il taxi si ferma davanti al parcheggio circolare del lussuoso Rosewood hotel. Mi batte il cuore così forte che temo di finire in ospedale. Non appena i ragazzi erano usciti, ero andata a prepararmi.

Mi guardo e scuoto la testa. Indosso un trench che sembra davvero serio e professionale, ma quello che nascondo sotto è tutta un'altra storia.

Voleva un abbigliamento troieggiante... e ne avrà uno *super troieggiante*.

Indosso un vestito bianco, corto e attillato e si intravede il reggiseno rosso di pizzo sotto. Ho scelto un paio di scarpe con il tacco abbinate e lo stesso vale per la borsetta. Sono certa che si veda persino il perizoma. Sussulto al solo pensiero. Avevo anche fatto una lampada per completare il look.

Sembro una prostituta... una lurida prostituta da quattro soldi.

Ho arricciato i capelli e li ho sistemati su una spalla. Il rossetto si abbina alle scarpe e lo sistemo prima di sorridere. Ho speso una fortuna per avere quest'aspetto.

Sarà meglio che lo apprezzi.

L'autista scende dall'auto e mi apre lo sportello con un sorriso. Probabilmente spera che lo ripaghi con un pompino.

«Grazie,» gli dico.

Ho il voltastomaco quando entro e seguo le indicazioni per lo Scarfes Bar. Resto davanti alla porta e mi chiedo se dovrei togliermi il cappotto.

Sì, sei arrivata fin qui. Sei venuta a Londra per liberarti dalle catene. Fallo e basta.

Mi tolgo il cappotto e lo do all'addetto al guardaroba, che inarca le sopracciglia con entusiasmo. Lo guardo con espressione impassibile. *Non credo proprio.*

Faccio un respiro profondo, raddrizzo le spalle ed entro nel bar, alla ricerca del mio appuntamento.

Wow, questo posto è magnifico. Mi guardo intorno e osservo il luogo esotico. C'è un bar che è grande quanto tutta la stanza e ha degli sgabelli di velluto di colori diversi. Dietro il bancone specchiato ci sono scaffali pieni di tutti gli alcolici costosi esistenti al mondo. C'è persino un camino enorme e anche divani belli e giganti degli stessi colori degli sgabelli. Le note di un pianoforte riecheggiano in sottofondo e la sala è piena di gente che si diverte. Le loro chiacchiere e le risate risuonano nell'ambiente circostante.

Oh, Cristo Santo. Indosso un vestito bianco e mutandine rosse. *Aiutatemi!* Guado il camino, poi il bar e tutti gli sgabelli. Dove si trova?

Poso lo sguardo sui tavoli davanti a me e lo vedo seduto. Indossa un completo scuro e i suoi bellissimi occhi marroni mi fissano. Sulle labbra ha un sorrisino sexy.

Si alza e viene a salutarmi. «Salve,» dice con tono suadente.

Mi dà un bacio sulla guancia e mi viene la pelle d'oca. «Ciao,» sussurro.

Fa un passo indietro e mi mangia con gli occhi. «Per favore, vieni a sederti.»

Mi afferra la mano e mi porta al tavolo cui era seduto, che si trova in un angolo buio. Ho l'impressione che il cuore stia per uscire dal petto. Mi siedo e lui si accomoda davanti a me. Si appoggia allo schienale e si porta il bicchiere alle labbra mentre sorride. «Sei sexy da morire,» sussurra.

Oh, cavolo, forse non sopravvivrò a questa serata. Sembra strano vederlo in questo contesto e sorrido in imbarazzo. Provo ad abbassare il vestito ma lui solleva le mani. «Non farlo, voglio vedere.»

Spalanco gli occhi e mi siedo di nuovo.

Un barista passa accanto a noi. «Posso avere un Blue Label Scotch con ghiaccio, per favore? E tu che cosa vorresti, Bree?»

«Prendo un margarita, grazie.»

Il barista scompare dietro il bancone e torno a guardare Julian. «Questo posto è bellissimo.» Sorrido.

«Come te.»

«Mi rendi nervosa,» sussurro.

Il suo sorriso si allarga. «Dovresti esserlo. Non sono mai stato tanto attratto da una donna prima.»

Il barista ritorna con i nostri drink e ricevo una bella dose di coraggio.

«Grazie.» Sorrido, prendendo il mio e poi ne bevo un sorso. «Oh, è davvero delizioso.»

Julian si avvicina, mi afferra il viso e smetto di respirare. Mi penetra con lo sguardo prima di sfiorarmi le labbra con le sue e leccarle dopo aver finito. «Hai proprio ragione,» sussurra.

Sussulto. Non ho parole per quest'uomo.

Mi bacia di nuovo con dolcezza. «Ho un'offerta per te.»

«Un'offerta?» chiedo.

«Durante queste serate fuori puoi avere il mio corpo, ma devi sapere che il mio cuore o la mia vita privata non sono negoziabili. Non parlerò mai con te di questi incontri quando saremo a casa. Quando lavori per me, devi essere una persona diversa.» Mi bacia un'altra volta e chiudo gli occhi.

Oddio, è il bacio perfetto. Succhia con dolcezza, dandomi un anticipo di quello che mi aspetta.

«Lo so,» sussurro.

«Devi pensare bene a quello che stai accettando,» mormora contro le mie labbra. «Non mi comporto come la maggior parte degli uomini.» Mi sfiora il labbro con il pollice mentre mi osserva.

È così intenso, cazzo.

Mi attira a lui, baciandomi il collo, e piego la testa mentre chiudo gli occhi e mi godo quella sensazione piacevole.

Oh, Cristo Santo.

Sono in un bar con indosso lingerie rossa che fuoriesce dal vestito e sto pomiciando come un'adolescente.

«Vuoi giocare con il diavolo?» Mi morde il collo, facendomi sussultare, poi continua a sfiorarlo con le labbra. «Devi proteggerti, perché non potrò salvarti da me stesso,» mormora.

Mi allontano e lo guardo negli occhi. «Mi stai dando un avvertimento, Julian?»

«Sì.»

«Perché?»

«Non voglio ferirti.»

Sorrido debolmente. «Magari sarai tu a farti male.»

Mi bacia di nuovo e sorride mentre mi afferra il viso tra le mani. Nel suo sguardo c'è un luccichio affettuoso. «La bella Bree e il suo magico ottimismo.»

Sento una sensazione strana allo stomaco. Mi sta dicendo che mi farà del male... mi sta incitando a scappare prima che sia troppo tardi.

So che dovrei farlo.

Sento gli allarmi scattare in lontananza. Chi voglio prendere in giro? Sono attorno a me, li sento forte e chiaro. Sono certa che questo sia un territorio pericoloso, ma giocare con il diavolo mi sembra più divertente che andare a letto con un dio bugiardo.

Mi bacia ancora una volta e poi si lecca le labbra. «Adesso vorrei andare di sopra nella nostra stanza.»

Sono di nuovo nervosa e lo guardo negli occhi. «Che fretta c'è?»

«Ho bisogno di metterti la lingua tra le gambe.»

Che cazzo?

Mi rivolge un sorriso malizioso. «Ho sentito il bisogno di sapere che sapore avessi sin dal primo momento in cui ti ho visto. Ho l'acquolina in bocca e non posso aspettare un secondo di più.»

Deglutisco. «Allora non perdiamo altro tempo,» dico con voce roca.

Ridacchia ed è un suono sexy e profondo. «Non sono qui per corteggiarti, Bree. Voglio prendere tutto il piacere che il tuo corpo è disposto a concedermi.» Si avvicina e mi stringe il viso tra le mani. «E ti scoperò così bene che nessun uomo potrà mai reggere il paragone.»

Mi viene la pelle d'oca. *Scappa... scappa subito!*

Nessun uomo potrà mai reggere il paragone e non mi ha nemmeno toccato.

Si alza e mi offre la mano. Bevo il resto del drink e intreccio le dita con le sue prima di andare verso l'ascensore.

Una volta dentro, comincia ad accarezzarmi il palmo con il pollice.

Ho i nervi a fior di pelle. *E se gli piacesse la roba perversa?*

Il sesso anale.

Se volesse farlo questa sera?

Oddio, non ci ho riflettuto bene.

Mi osserva e sulle sue labbra compare un sorrisetto, come se sapesse ciò che penso. *Bastardo.*

Forse sarò la decima tata a licenziarsi perché finirò in ospedale con una vagina rotta.

Che bel modo di andare via, però.

Nessuno sa che sono qui questa sera. Non l'ho detto a Emerson. Potrebbe anche essere un serial killer.

L'ascensore arriva all'ultimo piano. Non appena le porte si aprono, mi solleva la mano e la bacia. Poi percorriamo il corridoio.

Questo hotel è davvero lussuoso.

Prende la chiave dalla tasca, apre la porta e sgrano gli occhi.

Mi ritrovo ad ammirare un salone enorme con un divano bellissimo e due poltrone davanti a un camino. Sul tavolo c'è un secchiello pieno di ghiaccio, una bottiglia di champagne e una ciotola di fragole ricoperte di cioccolato. Ci sono anche due calici di cristallo che aspettano di essere riempiti.

A sinistra si trova un letto matrimoniale con coperte di velluto, e uno specchio con una cornice dorata è stato sistemato davanti alla finestra, proprio di fronte al letto. Riesco a intravedere il bagno di marmo in fondo al corridoio.

«Wow,» sussurro, guardandomi intorno.

Julian va al tavolo e versa due bicchieri di champagne prima di passarmene uno. Ne bevo un sorso e poi mi afferra il viso, succhiando le goccioline che erano rimaste sulle labbra.

Mi esplora la bocca con la lingua e comincio a sciogliermi.

Mi allontano ber prendere un altro sorso e ho il respiro affannoso.

«Non essere nervosa, non ti farò del male.»

«È soltanto che non ho...» Smetto di parlare.

«Che cosa?» Solleva il bicchiere che ho in mano, incitandomi a bere ancora.

«Non faccio sesso da più di un anno.»

Sorride e mi fa scorrere le mani sulla schiena. «Ti rendi conto di che afrodisiaco sia?»

Poggia le labbra sul collo e ne approfitto per finire il calice.

Ho bisogno di tutta la bottiglia, cazzo.

Mi accarezza attraverso il vestito, soffermandosi sul seno e strizzandolo.

«Ho bisogno di vederti nuda... adesso.» M toglie il vestito in una sola mossa finché non rimango davanti a lui con indosso soltanto la lingerie rossa.

Sorride mentre fa scorrere un dito sul seno, sullo stomaco e infine sulla mia femminilità. «Ho sognato questo momento,» sussurra.

«Davvero?»

«Non hai idea di quanto tu sia bella, non è vero?»

Mi manca il respiro e divento sempre più nervosa. Cerco di controllarmi, ma non serve a niente.

Julian allunga un braccio dietro di me e mi sgancia il reggiseno, togliendolo con movimenti lenti. I suoi occhi luccicano eccitati quando si allontana e mi osserva, afferrando di nuovo il seno.

«Sono più grandi di quanto pensassi.» Si abbassa e comincia a succhiarne uno.

Chiudo gli occhi e getto la testa all'indietro. *Porca miseria.*

Fa scivolare le mutandine lungo le gambe, togliendole finché non sono del tutto nuda.

Gli brillano gli occhi e perde il controllo non appena si avvicina e mi bacia con violenza. Mi afferra i capelli e sento la barba incolta sulla pelle mentre la lingua sprofonda nella bocca.

Il mio centro pulsa quando mi guida verso lo specchio alla fine del letto, facendomi voltare.

Si allontana e va verso una grande ottomana verde che si trova davanti al camino. La solleva e la avvicina, portandola davanti a me. «Metti la gamba sopra.»

Corrugo la fronte e lui mi solleva una gamba, appoggiandola sull'ottomana. Poi si inginocchia davanti a me.

Buon Dio.

Non appena si avvicina e preme il viso contro il mio sesso, chiudo gli occhi e lo sento fare un respiro profondo.

Porca puttana.

Abbassa sempre di più la lingua finché non mi allarga per leccarmi.

«Guarda,» geme.

Sposto lo sguardo sullo specchio e lo vedo ancora con indosso il completo elegante, in ginocchio davanti a me mentre succhia la mia femminilità. La sua testa fa su e giù e ha gli occhi chiusi, come se stesse provando piacere proprio quanto me. È un'esperienza assurda e resto a guardarlo dall'alto.

È un dio.

All'improvviso, sembra perdere il controllo e mi solleva la gamba più in alto per muoversi meglio. Sussulto e premo la sua faccia contro di me.

Spalanco la bocca, cercando di fare respiri profondi, quando Julian si alza e si toglie le scarpe. «Spogliami,» mi ordina.

Gli tolgo la giacca e poi gli sbottono lentamente la camicia. Ha il petto largo e una leggera peluria.

Comincio a rabbrividire di piacere.

Apro la camicia e la tolgo, guardandolo dalla testa ai piedi. È perfetto. Gli sbottono i pantaloni e glieli faccio scivolare lungo le gambe tirando giù anche le mutande.

Gli libero l'uccello e spalanco ancora di più la bocca. *Che cazzo?*

È enorme e spesso. Oddio, sembra appartenere a un'altra specie. Resto in piedi e lo guardo sconvolta.

«Non ti farò del male,» mormora e inarco le sopracciglia. «Questa sera ci andremo piano,» promette, trovando quel punto speciale tra le mie gambe. Poi fa una pausa e mi penetra con tre dita.

Urlo senza controllarmi. *Questo non è andarci piano.*

«Sdraiati sulla schiena,» ordina, perdendo del tutto il controllo. Mi bacia mentre mi spinge verso il materasso e mi fa sdraiare con delicatezza.

Mi allarga le gambe e si posiziona al centro, rivelando la mia parte più intima e facendomi inarcare la schiena.

Poi mi assale, leccando, succhiando, tormentandomi. Mi penetra con tre dita, dopo quattro, e inarco di nuovo la schiena.

Le spinte diventano sempre più forti e il letto comincia a muoversi.

Si allontana e mi rivolge un sorrisetto. «Ti piace, non è vero, bambolina?» sussurra.

Annuisco, perché non riesco a parlare, e lui indossa un preservativo.

Oh, cazzo... mi piace eccome.

Gli afferro le spalle e rabbrividisco. Sono davvero vicina all'orgasmo. «Jules,» ansimo.

«Lasciati andare. Ho bisogno che tu sia bagnata e pronta.» Comincio a gemere e lui sorride. «Così, vieni per me.»

Urlo e mi dimeno, spingendo il corpo in avanti. Senza avvertirmi, mi costringe a sdraiarmi di nuovo, coprendomi con il suo peso e spingendo dentro di me.

Spalanco gli occhi. *Oh... è grosso.*

Resta immobile per permettermi di abituarmi. «Stai bene?» sussurra, baciandomi dolcemente.

Annuisco e comincia a muoversi, estraendo l'erezione per un secondo prima di penetrarmi di nuovo.

Continua a baciarmi senza smettere di farmi sua. All'improvviso, mi rendo conto che abbiamo cominciato a scopare con forza.

Il suo uccello mi porta sempre più in alto e lui usa il mio corpo mentre io non posso fare altro che reggermi forte.

Il suono della nostra pelle che si scontra riecheggia nella stanza. Ha la pelle imperlata di sudore e mi aggrappo a lui mentre si muove con maestria.

«Cazzo,» geme. «Porca puttana. È così...» La sua voce è irriconoscibile e sorrido. Amo vederlo così. «Sapevo che saresti stata magnifica.» Mi colpisce con forza. «Sapevo che mi avresti fatto perdere la testa, cazzo.»

Perde davvero il controllo e mi scopa con forza. Il mio corpo è attraversato dagli spasmi e Julian viene improvvisamente con me. Mi stringe a sé e mi bacia in modo aggressivo. Non riesco a respirare e si muove lentamente, ancora dentro di me, prima di estrarre l'erezione e alzarsi per togliere il preservativo. Fa un nodo e lo getta via.

Mi sorride quando mi sposta i capelli dalla fronte. Mi sento così vulnerabile sdraiata qui, completamente nuda ed esausta dopo l'orgasmo. Sistema i cuscini dietro di me finché non mi fa sollevare.

«Che cosa stai facendo?» chiedo.

«Voglio che guardi.»

«Che cosa?»

Si sdraia tra le gambe e appoggia la bocca contro il mio sesso.

Oddio.

Mi guarda negli occhi mentre mi esplora con la lingua, senza fermarsi.

Il cuore mi batte forte. Nessun uomo l'ha mai fatto, nessuno mi ha mai leccato dopo il sesso.

È così sexy, cazzo.

Ha le labbra umide e mi siedo con le gambe spalancate mentre lo guardo divorarmi come se fossi l'ultimo pasto della sua vita.

Mi appoggia le mani sulle cosce e ogni tanto sorride, come se nemmeno lui riuscisse a credere che sta succedendo davvero.

Corrugo la fronte mentre lo osservo, stranamente distaccata ma allo stesso tempo del tutto coinvolta.

Lo adora, gli piace da morire. Non è per me, ma per lui.

Non si ferma, continua la sua esplorazione per più di quindici minuti finché non mi dimeno di nuovo sul letto.

Ho bisogno che sprofondi dentro di me. Ancora. «Jules,» gemo.

Sorride e mi morde il clitoride, facendomi sobbalzare. Poi mi fa sedere e mi bacia. Sento il mio sapore sulle sue labbra. È gentile soltanto per un secondo prima di voltarmi e sistemarmi carponi, allargando le gambe il più possibile.

Sollevo lo sguardo e osservo il nostro riflesso allo specchio.

Indossa un altro preservativo e poi fa scorrere le mani sulla mia schiena mentre mi studia. L'uccello duro pende tra le gambe e mi stuzzica l'entrata, e Julian spalanca la bocca meravigliato mentre mi massaggia l'ano con il pollice.

Oh, merda. Trattengo il respiro. «No, Jules,» dico con un sussulto. «Non ancora.»

Serra la mascella e si sposta di nuovo verso la mia femminilità prima di penetrarmi. Gemiamo all'unisono. È davvero bravo.

Esce lentamente e poi mi penetra di nuovo con forza, mozzandomi il respiro e costringendomi a urlare. *Merda.* Poi mi scopa con violenza.

Mi stringe i fianchi mentre mi attira a lui. Lo guardo allo specchio e ripenso alle parole di prima.

Prenderò tutto il piacere che il tuo corpo è disposto a concedermi.

È proprio ciò che sta facendo. Sa quello che vuole, quello di cui ha bisogno, e se lo sta prendendo. C'è qualcosa di primordiale nel modo in cui mi scopa che mi fa perdere la testa.

Rabbrividisco mentre vengo e gemo.

I nostri corpi continuano a sbattere l'uno sull'altro e il rumore che producono rimbomba nella stanza. Julian è perso tra i suoi pensieri e getta la testa all'indietro quando l'estasi prende il sopravvento. Aumenta il ritmo, penetrandomi con più forza, e io afferro le lenzuola per proteggermi dalla violenza con cui mi sta prendendo.

Mi guardo allo specchio... ho i capelli spettinati, il rossetto rosso, sono sudata e il seno rimbalza mentre un dio mi scopa senza sosta. Osserva a bocca aperta il punto in cui i nostri corpi diventano una cosa sola. Mi sfiora l'altra entrata con il pollice ed è chiaro che sia in un altro mondo, ignaro di ciò che gli succede attorno.

Di sicuro questo non è un giovedì sera come gli altri.

Ringhia, perdendo del tutto il controllo e i suoi lineamenti si deformano mentre mi scopa con forza, così tanta che faccio il possibile per resistere.

Non appena viene, diventa immobile e crolla in avanti.

La sua espressione... Dio, il suo viso. Non ci sono parole per descrivere quanto sia bello quando viene.

Crolla su di me e ridacchio.

«Se per te questo è andarci piano, che cavolo succede quando non lo fai?» chiedo ansimando.

Ridacchia e si sdraia sul letto, trascinandomi sopra di lui. «Mmm, c'è stata una piccola modifica nel piano,» mormora mentre mi bacia.

Proviamo a riprendere fiato e appoggio la testa sul suo petto, ascoltando il battito del cuore.

Mi allontano e mi sdraio su un fianco, sollevando il capo sul gomito per guardarlo.

«Che c'è?» chiede.

«Sei un vero Jekyll e Hyde, mi sbaglio?»

Mi rivolge un sorrisetto. «Potrei dire lo stesso di te.»

Fingo di essere offesa. «Non so di che cosa parli. Sono nata per essere una tata dolcissima.»

Sorride e fa scivolare la mano tra le mie gambe prima di penetrarmi di nuovo con un dito. «Sei nata per scopare.» Comincia a muoverlo, facendomi sussultare. *Ahi, fa male.* «Il tuo corpo bellissimo è stato creato per peccare.»

Sorrido ed estraggo la sua mano. «Sì, be', questo corpo bellissimo al momento non può sopportare altro. Mettilo a cuccia.»

Sorride debolmente. «Alla prossima.»

Lo bacio con dolcezza. «Alla prossima,» sussurro.

Mi bacia ancora e ancora, e sento l'uccello indurirsi contro lo stomaco. *Cristo, per quanto sarebbe capace di andare avanti?*

Pensavo che la resistenza degli uomini diminuisse con gli anni, ma non è il suo caso. La mia femminilità pulsa ed è sensibile. «Non posso proprio, Jules,» mormoro contro le sue labbra.

Si allontana subito. «Scusa.» Si acciglia quando si alza. «Posso essere molto da digerire.»

Mi afferra la mano, mi aiuta ad alzarmi e mi porta in bagno prima di aprire l'acqua della doccia. Si volta verso di me e mi osserva, passandomi una mano tra i capelli. «Hai un elastico?»

Annuisco.

«Dove? Lo prendo io.»

«Nella borsa.»

Scompare e ritorna qualche secondo dopo con l'elastico. Mi sistema i capelli in una crocchia spettinata. Gli appoggio le mani sui fianchi mentre si concentra. È gentile e premuroso... talmente diverso dall'animale che mi aveva scopato dieci minuti prima.

È davvero Dottor Jekyll e Mr Hyde.

Mi fa entrare nella doccia e mi lava con un sapone dall'odore delicato. Lo passa sulle braccia, il seno, lo stomaco, la mia femminilità e lungo le gambe. Mi sento una bambina ed è un momento sorprendentemente intimo. Si concentra di nuovo sul mio volto e mi afferra le guance.

«Sei silenziosa,» sussurra con le labbra contro le mie. Poi mi bacia dolcemente.

«A essere onesta, sono un po' sconvolta,» rispondo.

«Perché?»

«Quello che abbiamo appena fatto è stato il sesso migliore della mia vita.»

Sorride compiaciuto. «Abbiamo appena cominciato, bambolina.»

«Ne sei certo?»

Mi penetra le labbra con la lingua. *Dio, mi apro totalmente per lui.* «Questo è l'inizio di un magnifico accordo.»

Accordo. Non mi piace questa parola. Restiamo un altro po' in silenzio l'uno tra le braccia dell'altra e, alla fine, esce dalla doccia e mi avvolge in un asciugamano. Mi asciuga, prendendosi cura di ogni centimetro della mia pelle con tocco delicato. Infine trova i miei vestiti e mi aiuta a indossarli.

È come se facesse parte del suo gioco, prendersi cura di me dopo aver fatto a pezzi il mio corpo. O magari si sente in colpa per essere stato tanto violento.

Non ne sono certa, ma sono confusa, anche se mi sento soddisfatta e contenta.

Lo osservo indossare di nuovo il completo e poi guardarsi intorno. «Hai preso tutto?» chiede.

Adesso torniamo a casa? «Sì,» rispondo.

«Andiamo.» Va verso la porta e poi torna indietro per prendere il portafoglio. «Ho preso questa per te.» Mi passa una carta dorata e la fisso.

È una carta di credito. *Che cosa?*

«Non sono una prostituta, Julian.»

Si acciglia. «Lo so, l'ho presa per le spese extra.»

«Ad esempio?» Aggrotto la fronte.

«Cose di cui potresti aver bisogno per i nostri incontri.»

Lo fisso con espressione impassibile. «Come cosa?»

«I vestiti che voglio che indossi. La cura personale. Il laser. Cose del genere. Usala come vuoi. Non ha limiti.»

Abbasso lo sguardo sulla carta. «Quando l'hai ordinata?»

«La scorsa settimana,» risponde con disinvoltura, guardando la stanza.

Metto una mano sul fianco. «Allora sapevi che prima o poi sarebbe successo.»

Sorride e mi dà un bacio sulle labbra. «Era nei miei piani, sì.» *Mi prendi in giro?* «Forza, andiamo.»

Guardo l'orologio. Sono le dieci e mezzo di sera. Abbiamo scopato letteralmente per due ore e adesso l'appuntamento è finito. Mi afferra la mano e mi guida fuori dalla stanza, in ascensore e giù fino al parcheggio.

Resto in silenzio perché... che cosa c'è da dire?

Mi aveva detto che mi avrebbe scopato senza instaurare alcun rapporto serio ed è quello che ha appena fatto. Tuttavia, adesso c'è anche una carta di credito illimitata nel nostro accordo.

Smettila di rimuginarci sopra.

Arriviamo all'auto e mi stringe il volto tra le mani per baciarmi. Lo fa con intensità e sensualità. Sollevo i piedi da terra per raggiungerlo.

«Sei stata fantastica,» sussurra.

Mi sforzo di sorridere ma resto in silenzio.

«Va tutto bene?» chiede, osservandomi.

Annuisco. «Sì.» Eppure non sono certa che sia la verità. Mi sento strana e non riesco a capire quale parte della serata abbia causato questo cambio d'umore.

Il tragitto verso casa è silenzioso e non diciamo una parola nemmeno quando arriviamo davanti alla porta di casa sua.

«Buonanotte, signorina Brielle,» dice con tono freddo prima di andare via e salire le scale verso la sua stanza. Non si guarda indietro e non aspetta che risponda.

Rimango nell'ingresso e lo guardo scomparire con espressione sconvolta.

Che cazzo è appena successo?

9

Brielle

Finisco di asciugare i capelli e mi controllo allo specchio.

È sabato mattina e ci aspetta la partita di football di Will. Indosso jeans neri, un paio di ballerine dello stesso colore, una canottiera nera e una camicia di lino bianca che ho lasciato sbottonata. Ho i capelli sciolti e un trucco naturale.

Sono nervosa e ho dormito poco perché mille pensieri mi avevano tormentato per tutta la notte. Non riesco a credere a quello che è successo ieri. Mi ero ritrovata in una sorta di film erotico cui non avevo alcun diritto di partecipare. Era stato grandioso.

La carta di credito mi mette a disagio, ma suppongo di aver speso centocinquanta sterline per il mio abbigliamento da troia.

Se devo essere sincera, non so che cosa pensare. Dovrò rifletterci per un po'.

Dopo un'ultima occhiata allo specchio, esco dalla stanza e mi dirigo nella casa principale, dove trovo Willow e Sam che fanno colazione.

«Ciao,» li saluto sorridente.

«Ciao,» mi rispondo all'unisono con aria distratta.

«Buongiorno, signorina Brielle,» sussurra una voce suadente.

Salto in aria. «Oh... ehi, non l'avevo vista.» Il signor Masters è in cucina, appoggiato al bancone con il suo solito sorriso sexy.

«Non volevo spaventarla. Mi scusi.» Indossa un paio di jeans neri e una polo bianca. I capelli scuri sono liberi, una chioma di ricci spettinati. Il suo sguardo è intenso e con quella mascella potrebbe ingravidare chiunque. È delizioso, cazzo.

Mi si contorce lo stomaco per il nervosismo. «Com'è andato il viaggio?» chiedo, restando al gioco davanti ai bambini.

Mi fissa negli occhi. «È stato inaspettato.»

Sorrido come un'idiota, anche se non so perché. È così stupendo quando dice "inaspettato".

Oh, finiscila, scema. Non è una parola sexy. «Come si è trovata a stare qui...» fa una pausa e sorride, «senza l'uomo di casa?» *Sta giocando, non è vero?*

Mi mordo il labbro per non sorridere. «Bene, grazie.» Lancio un'occhiata ai bambini, sperando che mi aiutino a riprendermi, soprattutto perché non voglio sbavare sul padre. «Non è vero, ragazzi? Ci siamo divertiti tanto insieme.»

Annuiscono e continuano a mangiare, per niente interessati alla conversazione.

«A che ora sarà la partita domani mattina?» domando.

«Non deve venire per forza, signorina Brielle. So benissimo che non lavora nei fine settimana,» risponde sorseggiando il caffè.

«Voglio vedere giocare Will. Aspetto con ansia da una settimana.» Willow sorride con la bocca piena di cereali.

Il signor Masters mi fissa negli occhi e, se non mi sbaglio, oggi sono più intensi. Ha un'aria diversa questa mattina. Sta giocando con me, come se mi stesse sfidando a provarci con lui, soltanto per avere una scusa per rimproverarmi.

Sono fottuta se lo farò e lo sono anche in caso contrario. Chi voglio prendere in giro? Essere fottuta da lui sarebbe comunque fantastico. *Maledizione a lui e alla sua faccia sexy che mi confonde.*

Inarco un sopracciglio. «Mi piacerebbe venire, per favore.»

«Molto bene, come desidera. Usciremo tra mezz'ora,» mi informa con calma.

«Okay, mi chiami quando sarà ora.» Torno di corsa in camera mia per tenere a bada gli ormoni. Devo davvero darmi una calmata.

* * *

Sono seduta su una sedia pieghevole alla partita con il sole che mi accarezza il viso e il mio capo seduto accanto.

Julian Masters.

Conosciuto anche come Hugh Hefner.

Grosso uccello. *Confermato.* Stronzo arrogante. *Confermato.* Altamente scopabile. *Doppiamente confermato.*

Quelle cazzo di *milf* del football mi stanno facendo incazzare. Ci provano tutte con lui. Julian è sempre educato e flirta con disinvoltura mentre loro pendono dalle sue labbra.

Se ne rende conto?

«Oh, ho sentito dire che hai vinto la semifinale di tennis ieri sera,» esclama Julian. La donna attraente con i capelli scuri si illumina di orgoglio.

«Sì, è stata una vittoria grandiosa.» Fa una risata finta. «Dobbiamo ancora finire quella partita, Julian.»

«Lo so, non appena avremo il tempo. Comunque, non vedo l'ora. Spero che tu sia pronta a perdere.»

Porta la testa indietro e ride. «Oh, Julian, mi fai morire.»

Piego le braccia e alzo gli occhi al cielo. Sono qui, sapete. Porca miseria... è un idiota.

«Chiamami,» dice la donna prima di andare via. La osserviamo entrambi mentre si allontana e poi lo sguardo di Julian incrocia il mio.

«Non vedo l'ora,» la scimmiotto alzando gli occhi al cielo.

«Perché questo tono sarcastico?» scherza. «Non vedo l'ora di trascorrere un po' di tempo anche con lei, signorina Brielle. Non si senta esclusa.»

«Oh, per favore,» borbotto. «Non sono in fila con queste... queste... vecchie megere disperate.»

Un luccichio compiaciuto compare nei suoi occhi. *Maledizione, è chiaro che sono gelosa.*

Incrocio le braccia sul petto. Quest'attrazione fatale mi fa incazzare. Non ho bisogno di certe stronzate. Chi sapeva che una partita di calcio poteva essere il momento perfetto per abbordare?

La prossima è la bionda della settimana prima. «Julian, dove ti sei nascosto, caro? Ti ho cercato ovunque.»

Oddio, continua a peggiorare. Mantengo un'espressione indifferente mentre guardo la partita. Quando finisce, la folla applaude per il risultato. Non ho idea di chi abbia vinto. Ero troppo distratta dal qui presente Hugh Hefner. Scuoto il capo e mi riprendo.

Mantieni la calma. Non dovrebbe disturbarti, Brielle. È una cosa informale.

Informale.

Non c'è da stupirsi che queste donne lo vogliano. Lo sto usando per il sesso.

Julian sorride mentre la bionda gli bacia le guance. «Come stai?»

Ah, smettila di essere così fottutamente adorabile o ti farò del male. «Volevo parlarti.» Lei sorride.

«A che proposito?»

La donna mi lancia un'occhiata e poi mi dà una banconota da venti dollari, che fisso confusa.

«Puoi andare in caffetteria e prendermi un caffè, tesoro? Solo panna. Niente zucchero.»

Che diamine? Chi si crede di essere?

Le ridò i soldi. «No. Non sono la tua addetta al caffè e non chiamarmi "tesoro".» Mi alzo e guardo Julian in cagnesco. «Me ne andrò, così non dovrò più vederti mentre ti metti in ridicolo,» sbotto.

La donna resta a bocca aperta e Julian cerca di nascondere un sorrisino mentre io mi dirigo agli spogliatoi. Queste donne sono fameliche. *Che sfacciataggine! Prenderle il caffè. Come osa?*

Giro l'angolo e vedo quattro ragazze della squadra avversaria che circondano Willow. Sono le stesse della settimana prima, quando l'avevo vista a disagio.

Mi avvicino camminando alle loro spalle.

«Sei patetica.» Sento la bionda dire a Willow. Quest'ultima prova a superarle, ma la ragazza le afferra il braccio. «Non vorrei mai essere te. La tua povera famiglia deve soffrire.» Ho un tuffo al cuore.

Oh no...

«Probabilmente tua madre si è uccisa per sbarazzarsi di te,» sibila la bionda e le altre ridono in modo crudele. «Anche la morte sarebbe meglio che vivere con te.»

Willow impallidisce.

Qualcosa di selvaggio esplode dentro di me... qualcosa che non dovrebbe succedere quando dall'altra parte ci sono delle sedicenni.

Corro verso di loro. «Che cazzo hai detto?» ringhio e le ragazzine impallidiscono.

Willow scuote la testa e mi afferra il braccio. «Lascia stare, Brell.»

«No. Non lo farò,» sbotto liberandomi dalla sua presa. Punto il dito contro la bionda e ringhio: «Ti consiglio di darmi retta. Se oserai di nuovo avvicinarti a Willow o anche solo guardarla, verrò a bussare alla tua porta, signorina. Sta' attenta, perché non sarà per niente piacevole, cazzo. Ci siamo capite?»

Le ragazze indietreggiano, scosse e spaventate.

«Adesso non fate più le dure, eh?» Le guardo disgustata. «Come osate sputare tanto odio? Siete patetiche.»

Afferro la mano di Will e la porto via mentre le ragazze corrono negli spogliatoi.

Willow è chiaramente scossa ed è in lacrime, così la porto dietro un angolo per avere un po' di privacy.

«Che succede, zuccherino?» Le chiedo scostandole i capelli dalla fronte. Scuote il capo e asciuga le lacrime con energia. «Se la prendono sempre con te?» sussurro e lei annuisce.

Vado su tutte le furie. Questa povera ragazza è così arrabbiata. Sta soffrendo.

Le sistemo i capelli. «Non badare a loro. Sono soltanto delle stronzette viziate come le loro madri disperate.» Tiene lo sguardo basso. «Will,» sussurro quando le stringo le mani. «Guardami, per favore.» Solleva gli occhi e incrocia i miei. «Promettimi che dopo me ne parlerai. Voglio sapere che cosa sta succedendo, così potrò prendere a calci i loro culi dall'abbronzatura finta.»

Sorride tristemente e poi mi guarda. «Tu hai un'abbronzatura finta.»

Ridacchio. «Lo so, fa schifo, vero?» Mi regala un sorriso sghembo e la abbraccio, grata che me lo stia permettendo. Resta tra le mie braccia e scoppio quasi a piangere perché sento quanto ne ha bisogno. *Dio, poverina.* Non ha nessuno con cui parlarne perché suo padre è troppo preso da se stesso. La prendo a braccetto e dico: «Andiamo a riprendere il tuo borsone nello spogliatoio, così ce ne andremo via.»

Annuisce e ci avviamo per riprendere la sua roba.

Quindici minuti dopo torniamo da Julian e Samuel, ma la bionda è ancora con loro. L'unica differenza è che dietro di lei si trova la bulletta bionda di prima.

Dalla postura del signor Masters è chiaro che sia furioso. «Torna in auto e aspettami, Will,» le dico, e lei si ferma come se fosse pietrificata dalla paura. «Will, torna in auto... adesso,» le sussurro.

Fa come le dico e io raggiungo gli altri.

«Signorina Brielle,» sbraita Julian. «Dov'è Willow?»

«Perché?» domando.

«Perché è in grossi guai.» La donna sorride compiaciuta.

«Va' in auto, Sammy,» dico e lui si acciglia. «Adesso,» sbotto, facendolo correre, e poi lancio un'occhiataccia a quella stronzetta bionda. «Perché Willow sarebbe nei guai?»

«Fa la prepotente con le compagne di squadra,» ringhia Julian. «È in punizione a tempo indeterminato.»

«No, non è vero. È una menzogna.» I miei occhi diventano due fessure. «Non è lei la bulla, è proprio il contrario.»

«Signorina Brielle, vada a prendere Willow, così si scuserà subito.» È palese che sia furioso.

Qualcosa esplode di nuovo in me e faccio un passo avanti.

«Non farò niente del genere.» Indico la madre. «Ma ecco che cosa farò. Se quel demonio di tua figlia si avvicinerà di nuovo a Will, la denuncerò per maltrattamento e aggressione.»

La madre resta a bocca aperta e tutti i genitori ascoltano quello che sta succedendo.

«Ma è ridicolo,» urla.

Mi rivolgo alla bulletta. «Ti sfido a riavvicinarti a Willow, dolcezza,» sibilo e lei spalanca gli occhi per la paura.

«Signorina Brielle!» sbotta il signor Masters.

«E tu chi diavolo sei?» chiede la madre con aria altezzosa.

«Sono il tuo peggior incubo. Adesso metti il guinzaglio a tua figlia prima che coinvolga la polizia.»

Mette un braccio attorno alla figlia. «Torniamo a casa, cara. È stata una giornata pesante... questa donna è una teppista.» Mi guarda in cagnesco e va via.

Mi giro verso il signor Masters e dico: «Mi stai prendendo in giro?»

«*Tu* mi stai prendendo in giro,» ringhia.

«Come osi!» sbotta e vado verso l'auto.

«Io?» esclama mentre mi segue. «Come osi *tu*?»

«Oh. Ne ho tutto il diritto,» urlo quando arrivo in auto. Willow e Sammy aspettano con occhi spalancati di salire perché l'auto è chiusa. Non penso che abbiano mai visto qualcuno così arrabbiato come me in questo momento. Il signor Masters lascia cadere le sedie per terra e apre il cofano, mentre i ragazzi si fiondano sui sedili posteriori per sfuggire alla sua furia. Salto su e chiudo lo sportello con forza.

Lui lo riapre. «Non sbattere lo sportello!» urla e io lo rifaccio... con più forza.

I ragazzi sono paralizzati, intimoriti di parlare per non diventare vittime di quell'ira. Il padre sale nella sua preziosa auto e avvia il motore, partendo come una furia.

Non dirlo. Non dirlo. Devo farlo.

«Come osi?» urlo.

«A che cosa ti riferisci?» Sposta gli occhi furiosi tra la strada e me.

«Come osi incolpare Willow quando la responsabile è quella stronza?» Scuoto il capo. «Devi scusarti subito con lei.»

«Non ho fatto niente di sbagliato.»

«Incredibile, cazzo. Hai l'intelligenza emotiva di un pesce. È così ovvio che quelle ragazzine tormentano tua figlia da parecchio, ma eri troppo impegnato a chiacchierare con le loro madri per rendertene conto, porca miseria.»

«Che cosa?» urla incredulo.

«Mi hai sentito.»

«Non alzare la voce con me e non imprecare davanti ai miei figli.»

«I tuoi figli non sono dei robot. Alzare la voce è normale in tutte le famiglie. Smettila di essere sempre così rigido.»

«Preferisco essere rigido piuttosto che un pazzo completo.»

Strizzo gli occhi. «Ascolta, grosso babbuino, non ho paura delle tue troiette mondane, e non tollererò che bullizzino Willow. Non mi importa quanto sono ricche.» Mi guarda in cagnesco. «E non ho intenzione di comprare il loro cazzo di caffè! Non le hai detto niente! Ti sembro una serva?»

Serra la mascella mentre continua a guidare. «A differenza di te, non mi piace fare scenate.»

«Perché sei un rammollito!» urlo. «Hai troppa paura di quello che gli altri penseranno se difenderai tua figlia o la tua tata.»

Guarda la strada e stringe il volante così forte che gli diventano le nocche bianche. Il cielo sembra essere velato da una sfumatura di rosso e non ricordo di essere mai stata così arrabbiata. Trascorrono venti minuti di silenzio e arriviamo a casa.

Scendo dall'auto e dico: «Andate a cambiarvi, ragazzi. Usciamo.»

Non perdono tempo e corrono dentro. Il signor Masters scende dall'auto e sbatte lo sportello. «Spero che tu sia contenta dello spettacolino che hai messo in scena,» dice superandomi.

«Sai che cosa le ha detto quella bulla?» esclamo. «L'ho sentito con le mie orecchie.»

Si gira verso di me.

Mi si riempiono gli occhi di lacrime soltanto pensandoci. Povera Willow. «Ha detto che la mamma di Willow probabilmente si è uccisa per sbarazzarsi di lei. Hai idea di che cosa si prova a sentirsi dire una cosa del genere?» Si acciglia, chiaramente combattuto tra l'incredulità e il dolore. «Sei suo padre, porca miseria.» Ogni traccia di colore scompare dal suo volto. «Stavi per punirla senza pensarci due volte,» sussurro disgustata. I suoi occhi tormentati fissano i miei mentre assorbe quello che è successo. «Se la prendono con lei e tu non ti disturbi nemmeno a chiederle la sua versione dei fatti. Hai creduto a loro senza fare domande. Che razza di padre fa una cosa simile alla figlia?»

Abbassa il capo per la vergogna proprio quando i ragazzi tornano, pronti per uscire.

«Salite in auto, ragazzi. Andiamo al McDonald.» Sospiro.

Julian guarda Willow e me. «Posso venire?» chiede con calma.

Scuoto il capo. «Non sei invitato.»

I ragazzi salgono a bordo e partiamo mentre guardo loro padre scomparire dallo specchietto retrovisore. Oggi mi ha deluso. Non penso che mi piaccia più.

* * *

Aspetto sul portico che il mio Uber mi passi a prendere. Sono le otto di sabato sera e uscirò con Emerson. Indosso un vestito rosa pallido e ho un cardigan che tengo piegato sul braccio.

Non parlo con Julian dalla nostra lite di questa mattina, ma i ragazzi hanno trascorso il pomeriggio sul mio letto a guardare film.

Sembra che entrambi non vogliano parlargli. *Bene.*

La porta si apre e Julian si posiziona accanto a me. Infila le mani in tasca e fissiamo entrambi l'oscurità davanti a noi.

«Non lo sapevo,» sussurra. Inspiro profondamente, ma non rispondo. «Mi dispiace.»

«Non dovresti scusarti con me,» gli dico con tono brusco e restiamo in silenzio ancora per un po'.

«Quando tornerai?» chiede.

«Domani pomeriggio per la cena di Willow.»

Annuisce e arriccia le labbra, non sapendo se parlare oppure andare via.

Il silenzio diventa insopportabile e voglio che rientri in casa. Non ho davvero niente da dirgli.

«Avrei potuto accompagnarti.»

«No, grazie,» sussurro. «Non voglio crearti problemi.»

In fondo al vialetto compaiono i fari e osservo l'auto che accosta davanti casa.

«Arrivederci, signor Masters,» dico con voce piatta e lui resta in silenzio quando salgo in auto e lo guardo dal finestrino. È ancora immobile e ha le mani in tasca mentre osserva l'auto che mi porta via.

Sembra così smarrito e alzo gli occhi al cielo perché so che dovrebbe esserlo.

Lo è.

Julian

«Brelly è a casa!» urla Samuel dalla finestra.

Fingo di continuare a leggere un libro sul divano, ma non importa quante volte rilegga la stessa frase, riesco soltanto a pensare alle parole di Brielle. *Tua madre si è uccisa per sbarazzarsi di te.*

Sto davvero fallendo come genitore, e ho la sensazione che il peso del mondo ricada sulle mie spalle. Willow non mi aveva rivolto nemmeno una parola da quando Brielle era andata via la sera prima. Scende di corsa le scale e si dirige alla porta di ingresso con Samuel per andare incontro alla loro tata.

Serro la mascella e giro pagina.

Odio che preferiscano la sua compagnia alla mia, dato che lei è qui soltanto da dieci giorni. So che dice molto su di me.

Sfoglio le pagine infastidito mentre li sento salire le scale.

«Ops, lo hai preso?» Brielle ride.

Sento un fruscio di buste di plastica e poi un colpo.

«Attenzione,» sbotta Willow.

«Oh, è andato così vicino alle dita dei tuoi piedi.» Brielle ridacchia.

«Lo so, l'ho mancato per un soffio,» risponde Samuel con entusiasmo.

«Attento, va bene? Non voglio essere costretta a portarvi al pronto soccorso,» dice ai ragazzi. Poi scoppiano a ridere tutti e tre e non posso evitare di alzare gli occhi al cielo mentre ascolto.

Attraversano la porta e sono pieni di buste per la spesa. Mi metto seduto ed esclamo: «Che sta succedendo?»

«Buon pomeriggio, signor Masters.» Brielle sorride calorosamente mentre è in difficoltà con le buste. «Come sta oggi l'uomo di casa?»

Inarco un sopracciglio, sorpreso che mi stia rivolgendo la parola. Mi alzo e le do una mano, portando le buste sul ripiano della cucina. «Sto bene. E lei?» chiedo.

«Sono contenta di essere tornata per la cena di Willow. Sono così eccitata. Siamo pronte per cucinare, zuccherino?»

Willow sorride e annuisce. «Sì.»

Metto le mani sui fianchi mentre le osservo sistemare la spesa. *Chi è questa donna e che ne ha fatto di quella scontrosa di mia figlia?*

«Allora, che sta succedendo da queste parti, signor Masters?» domanda.

Mi stringo nelle spalle. «Sinceramente mi sorprende che lei mi stia rivolgendo la parola,» ammetto.

Mi guarda negli occhi. «Ieri era ieri, non portiamo rancore in questa casa, no?»

«No, dato che lui non l'ha fatto quando tu l'hai investito,» fa notare Samuel.

«Esatto,» concorda lei.

Sono contento che non sia tornata pronta a scatenare le Terza Guerra Mondiale. «Vuole che vi aiuti?» domanda.

«Mmm.» Si guarda attorno. «Dopo potrà apparecchiare con Sammy, ma al momento non mi serve niente.»

«Okay.» Mi guardo intorno, domandandomi che cosa fare.

«Torni al suo libro e si rilassi,» mi dice con un sorriso.

Mi acciglio. È la donna più criptica del pianeta. Avvelenerà il mio cibo con l'arsenico?

Riprendo il libro e torno a sedermi.

* * *

Nelle tre ore successive resto seduto e la ascolto aiutare mia figlia a cucinare. Le sta insegnando come preparare la pasta fresca mentre Sammy osserva dal bancone della cucina. Brielle è una ragazza allegra e spensierata, e i bambini la adorano. Stanno ridendo senza problemi e devo sforzarmi di non sorridere. Ormai non riesco più nemmeno a concentrarmi sulla pagina. Sento soltanto la sua voce, i complimenti e i consigli che dà ai ragazzi, le risate e le battute che condividono mentre lei insegna loro come cucinare. *Se solo sapesse che mi stava spingendo a pensare cose che non dovrei.*

«Signor Masters?» mi chiama.

Sollevo lo sguardo, sperando che non legga nel pensiero. «Sì, Brielle.»

Mi sorride con affetto. «Può uscire con Sammy per raccogliere un po' di fiori freschi per la tavola, per favore?»

«Per quale motivo?»

«Perché si tratta di una festa e vogliamo che tutto sia perfetto.»

Alzo gli occhi al cielo, pensando che sia un'esagerazione. «Molto bene.» Mi alzo e vado in giardino con Sammy.

* * *

Bussano alla porta alle sei di sera in punto. Vado ad aprire e i miei genitori mi salutano con affetto.

«Julian, è così eccitante,» dice mia madre con un sorriso. «Willow sta imparando a cucinare e questo invito ci ha reso davvero felici.» Mi dà un bacio sulla guancia, mentre mio padre mi stringe la mano.

«Sì, sì, lo so. Anche se è stata un'idea della signorina Brielle,» spiego loro in modo brusco.

«Nonna, nonno!» esclama Samuel, saltando tra le braccia di mio padre.

«Ciao, ragazzo mio.»

Willow scende le scale con un sorriso... il primo sincero da tanto. Bacia i miei genitori sulla guancia e gli occhi di mio padre risplendono dalla felicità. «Dov'è la nuova tata?»

«Si sta preparando,» rispondo.

Guardo la casa, ed è dura credere che sia davvero mia. È impeccabile e un profumino di cibo italiano aleggia nell'aria. Il tavolo sembra imbandito per un re, con tanto di fiori e la posateria migliore. «Willow, è stupendo,» dice mia madre meravigliata.

Mia figlia sembra orgogliosa. «È tutto merito di Brelly.»

«Sciocchezze.» Brielle ci raggiuge sorridendo e resto sconvolto non appena la vedo. Indossa un abito rosso aderente e ha i capelli sciolti e vaporosi. Credo che sia la donna più bella che abbia mai visto.

«Signorina Brielle.» Indico i miei genitori. «Le presento mia madre Frances e mio padre Joseph.»

«Salve, è un piacere rivederla, Frances.» Sorride calorosamente quando li saluta entrambi con un bacio sulla guancia.

«Oh, ti prego, dammi del tu,» esclama mia madre.

Mio padre incrocia il mio sguardo e con gli occhi mi dice "porca miseria, questa donna è sexy". Faccio un sorrisino. *Lo so, papà, non devi ricordarmelo.*

«Avanti, accomodatevi.» Brielle indica la sala da pranzo. «Willow ha organizzato una festa grandiosa.»

«Davvero, Willow?» Mia madre è di nuovo senza parole. «È così elettrizzante.»

«Vi andrebbe un bicchiere di vino?» chiede Brielle con un sorriso. «Ho comprato anche qualcosa di analcolico, Will.»

Mia figlia spalanca gli occhi e, non appena tutti abbiamo un bicchiere, mia madre fa un brindisi. «Alla prima cena organizzata da Willow.»

Willow è al settimo cielo e mi emoziono. «Alla prima cena organizzata da Willow,» ripeto.

* * *

Nelle quattro ore successive, osservo mio padre che si unisce al fan club di Brielle. Il cibo è fantastico devo ammettere che mi sono divertito parecchio.

«Di che cosa ti occupi in Australia?» domanda mio padre, e Brielle sorride guardando verso di me.

«Lei è un ingegnere,» rispondo con orgoglio.

«Che cosa?» esclama mia madre. «Sul serio? Non ne avevo idea.»

Brielle annuisce e ride. «Sembra che sconvolga tutti.»

«Che cosa fai di preciso?» domanda mio padre.

«Progetto macchine, ma per lo più creo protesi.»

«Protesi?» Mi acciglio.

«Sì, e anche apparecchi acustici. In realtà non li progetto, diciamo che cerco di seguire i bisogni di ogni cliente. Perlopiù lavoro nel settore sanitario. Comunque, ho anche progettato qualche ascensore.»

Cerco di elaborare ciò che sta dicendo.

«Prepariamo un po' di caffè agli ospiti, Will?» domanda Brielle, cambiando argomento.

Will sembra perplessa.

«È abitudine preparare agli ospiti un caffè o un tè per rilassarsi un po'.»

«Oh.»

«Ecco a che cosa serve il cioccolato in frigorifero.» Sorride e afferra la mano di Willow sulla tavola. «Andiamo a preparare, d'accordo?»

Si alzano e vanno in cucina, mentre Brielle sussurra qualcosa a mia figlia, che le sorride con affetto. Vederle così mi stringe il cuore. Sapevo che Brielle fosse perfetta all'esterno. Dio solo sa che ogni uomo sul pianeta lo pensa, cazzo... ma oggi è stupenda in un altro senso. È una bellezza che mi fa venire voglia di correre da lei, baciarla e stringerla tra le braccia.

Il mio uccello freme al ricordo della notte passata insieme. Era stretta, tonica e adorabile come ogni giorno. Voglio stare di nuovo da solo con lei... adesso. Eppure, ecco il problema... voglio anche che se ne vada il prima possibile, e dovrebbe farlo. Per la prima volta dalla morte della madre, i miei figli sono felici.

Non posso rovinare tutto a causa dei miei bisogni e desideri sessuali. Non adesso, né mai.

I miei figli vengono prima di ogni cosa e devo stare alla larga da Brielle. Osservo la donna stupenda in cucina con quel vestito rosso e mi si stringe il cuore al pensiero che non potrò mai più riaverla.

Solleva lo sguardo e ci fissiamo negli occhi per un minuto di troppo.

Abbasso gli occhi e sospiro sconfitto. Se solo fossi normale.

10
———————

Brielle

Percorro il corridoio al piano di sopra, pronta a cominciare la giornata. «Alzatevi e risplendete, personcine adorabili,» esclamo. Apro la porta della stanza di Willow. «Will, è ora di svegliarsi.»

«Esci,» dice con un sospiro.

Continuo a camminare ed entro nella stanza di Sammy. «Sammy, svegliati, angioletto,» dico, sedendomi ai piedi del letto. Ormai abbiamo una routine mattutina. Scende dal letto, sale sul mio grembo e ci facciamo le coccole finché non si sveglia del tutto.

«Buongiorno.» Gli bacio la fronte e si rannicchia di più su di me. «Come sta oggi il mio ometto?» chiedo.

«Bene,» risponde con voce assonnata.

Restiamo seduti per qualche altro secondo. «Va' a lavarti e ci vediamo al piano di sotto, okay?»

Annuisce e va in bagno, lasciandomi da sola.

«Signorina Brielle?» mi chiama il signor Masters dalla sua stanza.

Ma che cavolo? Entro nella camera e lo trovo con un asciugamano attorno alla vita mentre si rasa davanti allo specchio del bagno.

Spalanco gli occhi. «Che... che cosa ci fa qui?»

Sorride quando si accorge di quanto sia sconvolta. «Credo che questa sia casa mia.»

Scuoto la testa. «Volevo dire... perché non è al lavoro?»

Passa con attenzione il rasoio sulla guancia ricoperta di schiuma e io deglutisco. La forza che trasuda mi fa esplodere le ovaie.

«Questa settimana non devo andare in tribunale, perché dovrò partecipare ad alcune riunioni. Per favore, si sieda. Ho bisogno di parlarle per un secondo.» Si concentra sulla mascella.

Il cuore comincia a galoppare. «Okay,» sussurro, spostando lo sguardo sulla schiena nuda e muscolosa e sull'addome scolpito. Ha una scia di peli che scompare sotto l'asciugamano e mi viene l'acquolina in bocca.

È così...

Ripenso a come aveva sepolto la testa tra le mie gambe l'altra notte e mi vengono i brividi. Questo è davvero un bello spettacolo mattutino.

Mi siedo sul letto appena fatto e mi guardo intorno con aria nervosa. La stanza ha il suo odore... cioccolato che non vede l'ora di essere fuso sul corpo.

I nostri sguardi si incrociano allo specchio. «Per sfortuna ho una settimana molto impegnativa e avrò bisogno che lei lavori qualche ora in più, se per lei va bene.» Esita. «Ovviamente, sarà ricompensata.»

«Certo,» mormoro. *Dio, vorrei che facessimo questi incontri mezzi nudi ogni mattina.* È uno spettacolo degno della banca dello sperma.

Non ho mai visto un uomo con un corpo tanto bello. È scolpito, muscoloso e tanto, tanto virile.

«Questa sera non sarò a casa, ma non tornerò tardi,» dice, distogliendomi dalla mia fantasia morbida e profumata.

«Certo.»

Arriccio le labbra per fermare la lingua che non vede l'ora di uscire. Mi sento una vera pervertita. Vorrei scattare una foto per Emerson. Non crederebbe a ciò che vedo.

Lo farei se potessi raccontarle tutto. Uffa.

Julian si volta verso di me e sposto lo sguardo sul petto largo e ricoperto da una leggera peluria. Riesco a vedere ogni singolo muscolo dello stomaco.

Lascia cadere l'asciugamano, lascialo cadere, lascialo cadere. «... bisogno di altro?» dice.

«Eh?» Merda, avevo dimenticato che stava parlando. Lo guardo negli occhi. «Mi scusi, che cos'ha detto?»

Mi rivolge un sorrisetto compiaciuto. Dannazione, mi ha beccato a sbavare su di lui. «Ho detto... ha bisogno di altro?»

«Ehm...» Sposto lo sguardo sull'inguine e poi di nuovo sui suoi occhi. «Non ho bisogno di altro, signore.»

Ridacchia mentre sciacqua il rasoio e mi rivolge uno sguardo malizioso.

Oggi c'è qualcosa di diverso in lui. Di che cosa si tratta?

«Oggi sembra particolarmente misterioso, signor Masters.» Sorrido.

Ricambia mentre continua a rasarsi. «Forse è grazie alla compagnia che frequento.»

Sorrido mentre esco dalla stanza. «Farà meglio a concentrarsi, altrimenti si taglierà quel faccino grazioso.»

«Bellissimo, non grazioso,» dice e continuo a sorridere mentre scendo le scale.

Ha proprio ragione.

* * *

Sono furiosa. Sono un vulcano che sta per esplodere.

Mi sta bene. Sapevo che sarebbe successo e adesso non posso nemmeno dire la verità a Emerson.

«Te lo chiedo di nuovo. Perché siamo qui?» domanda Emerson.

I miei occhi diventano due fessure mentre guardo il ristorante di fronte a noi. «Stiamo spiando,» mormoro.

Hank sposta lo sguardo mentre lecca il gelato. «Chi?»

Sono le nove e mezzo di sera e sono in una gelateria con Emerson e Hank... il coinquilino della mia amica.

È un ragazzo dall'aspetto strano ed è anche vergine, ma mi piace. L'avevo conosciuto quando era uscito con noi sabato sera e la nostra nuova missione, mia e di Em, è aiutarlo a fare sesso.

«Julian ha un appuntamento questa sera,» dico con tono arrabbiato.

Emerson arriccia il naso. «Allora?»

«Allora... voglio vedere che faccia ha Bernadette con la sua stupida voce smielata.»

«Adesso ti piace?» Alza gli occhi al cielo. «Lo stai ammettendo?»

«No. Questo è...» Provo a pensare a una risposta adatta. «Lo sto soltanto controllando per il bene dei ragazzi.»

Hank sorride mentre continua a mangiare.

«Questa è una scusa patetica e lo sai,» borbotta Emerson. «Ti ha parlato lui dell'appuntamento?»

«No, la ragazza-donna, qualsiasi cosa sia, mi ha lasciato un messaggio, chiedendomi di dirgli che aveva cambiato piani per questa sera. A quanto pare, Julian aveva spento il cellulare e lei non era riuscita a chiamarlo.» Sospiro disgustata.

Emerson aggrotta la fronte mentre guarda dall'altro lato della strada. «Che cosa ti ha detto quando gli hai recapitato il messaggio?»

«Sembrava a disagio.» Mi rivolge un sorrisetto. «Che c'è?» sbotto.

«Amo sapere qualcosa quando gli altri pensano che io non sappia niente.»

Sorrido e brindiamo con i coni gelato. «Lo stesso vale per me.»

Mi rivolgo a Hank. «Raccontami del concerto.» Era andato a un concerto nel fine settimana e gli avevamo dato dei compiti da portare a termine.

Hank sorride con espressione fiera.

«L'ha fatto. Hank ha baciato una ragazza.» Emerson sorride.

«Davvero?» Non riesco a contenere l'entusiasmo. «È fantastico. Sei arrivato in seconda base?»

«No.» Fa una smorfia, perché per lui è strano.

Le porte del ristorante si aprono e ci abbassiamo tutti. «Eccoli,» sussurra Emerson.

Il signor Masters indossa un completo blu navy e le tiene la porta aperta prima di stringerle la mano.

Spalanco la bocca. «Che cavolo?» La ragazza che è con lui è bionda, bellissima e indossa un vestito rosso.

«Che c'è?» sussurra Emerson. «Perché stiamo sussurrando? Non può sentirci. È carina. Sono colpita.» Inarca un sopracciglio per la sorpresa.

«È giovane!» sbotto. «Mi prende in giro?»

«Direi che ha poco meno di trent'anni,» dice Emerson. «Non è troppo giovane. Qual è il problema?» Sento il vapore uscirmi dalle orecchie.

«Una sventola giovane come quella che cosa potrebbe volere da un uomo di mezza età come lui?»

Emerson alza gli occhi al cielo. «Divertente che tu lo chieda. Mi domando la stessa cosa.»

Hank sogghigna. «Touché.»

«Vuole soltanto i suoi soldi,» mormoro.

Emerson inarca un sopracciglio. «Mi ripeti perché lo stiamo spiando?»

«Perché è un idiota del cazzo,» sbotto a voce troppo alta. Restiamo in silenzio mentre li guardiamo svoltare l'angolo mano nella mano.

Emerson mi fissa. «Dimmelo.»

«Dirti cosa?»

«Che cosa sta succedendo?»

Esito ma poi decido di raccontarle soltanto qualcosa per darle un'idea. «Sono davvero attratta da lui. Ogni volta che siamo nella stessa stanza, la tensione sessuale arriva alle stelle.»

Spalanca gli occhi, terrorizzata. «Vuoi smetterla?»

«Che c'è?» Mi stringo nelle spalle. «Siamo venute qua per scoprire noi stesse e io voglio esplorare lui.» Sospiro. «Cazzo, è bellissimo.»

«Allora? È una pessima idea. Non cominciare una relazione sessuale con quell'uomo oppure farai la fine di Monica Lewinsky.»

Ridacchia. «Stai esagerando.»

«Chi è Monica Lewinsky?» Hank fa una smorfia.

Emerson e io scuotiamo la testa. «Lunga storia.» Sospiro.

«Se non fosse il tuo capo, ti direi di buttarti, ma lo è. Se vuoi vedere come va, d'accordo, ma prima trova un altro lavoro.»

Le punto un dito contro. «Che grande idea.»

«Non intendevo dire che devi licenziarti.» Corruga la fronte. «Volevo dire di non lasciarti trascinare da questa storia.»

Lecco il gelato, infastidita. Emerson non ha bisogno di sapere tutto ciò che accade nella mia vita.

Sono stanca di fare quello che gli altri si aspettano da me, cazzo.

Se lo voglio, lo avrò.

«Inoltre, adesso c'è anche la questione della ragazza.» Emerson sospira. «Non puoi nemmeno averlo.»

Alzo gli occhi al cielo, infastidita perché ha ragione. Non riesco a credere che abbia una ragazza.

Adesso è diventato soltanto un altro stronzo del cazzo da aggiungere alla collezione.

Julian

Apro lo sportello per Bernadette e la guardo salire prima di andare verso il sedile del conducente.

Mi guarda e strofina le cosce. «Andiamo a casa mia, i ragazzi sono con il padre.»

Le stringo la mano per impedirle di toccarmi e mi immetto nel traffico. «Non posso questa sera.»

Si rattrista. «Perché no?»

Ci siamo. Sapevo che sarebbe successo.

«Domani ho delle faccende da sbrigare e devo tornare a casa.»

«Che ti prende? Non ti vedo da due settimane e adesso non vuoi nemmeno andare a casa mia.»

«Niente.»

«Frequenti un'altra persona?»

Alzo gli occhi al cielo. «Anche se fosse, non importerebbe, perché noi non abbiamo una relazione esclusiva, Bernadette. L'hai sempre saputo.»

Resta in silenzio e sposto lo sguardo dalla strada a lei. «Che c'è?» chiedo.

«Hai smesso di impegnarti.» Incrocia le braccia sul petto.

«Perché lo fai già abbastanza tu per entrambi. Non cominciare con questa stronzata. Non sono dell'umore, cazzo,» mi lamento.

«Non sei dell'umore?» sibila, incazzata. «Sai che sono monogama. Sai che sei l'unico uomo che vedo. Non trattarmi come una stupida.»

Mi mordo il labbro, sforzandomi di guardare la strada.

Mi fissa per un momento. «È per quello che ti ho detto l'ultima volta che siamo stati insieme, non è vero?»

Serro la mascella e resto in silenzio.

«Ti ho detto che ti amo e tu ti comporti così.»

«Ed è proprio questo il mio problema,» urlo, perdendo il controllo. «Ti avevo detto che non volevo una relazione.» Le lancio un'occhiataccia. «Lo sapevi. Lo sapevi, cazzo! E mi dici che mi ami. Mi hai perso con quelle tre parole.»

«Che cosa c'è di così brutto in una relazione, Julian?»

«Non fa per me. Voglio una relazione di amicizia con una donna per me importante.»

«Ma se non vedi altre donne perché non definirla una relazione?»

«Perché non voglio farlo. Non voglio tutto quello che ci si aspetta da una relazione. Non voglio innamorarmi e non voglio che qualcuno si innamori di me.»

Guarda la strada con espressione di pietra e restiamo in silenzio.

Mi sento subito in colpa e le stringo la mano. «Lasciamo stare e basta.»

Sul suo volto compare un'espressione triste. «Non vuoi più vedermi?»

Scuoto la testa. «Non posso.»

«Sì, puoi.» *Entra nel panico.* «Torneremo ad avere una relazione senza legami.»

Sospiro e le sollevo la mano per baciarla. «Non posso continuare a vederti sapendo che mi ami quando io non provo lo stesso.» *Le si riempiono gli occhi di lacrime e abbassa lo sguardo.* «Mi dispiace,» *sussurro.*

Comincia a piangere in silenzio per il resto del tragitto, finché non mi fermo davanti a casa sua.

Restiamo in silenzio per qualche secondo. Mi sento uno schifo per averle fatto del male. Ho provato spesso questa sensazione. Si innamorano tutte quante e devo sempre lasciarle quando succede.

«Perché?» *sussurra, guardandomi negli occhi.* «Ho fatto qualcosa di sbagliato?»

Scuoto la testa. «Angelo, no.» *La abbraccio.* «Sono io. Io...»

«Tu cosa?»

«Non funziono come gli altri.»

«Che vuoi dire?»

Scrollo le spalle. «Non lo so ma, in momenti come questo, diventa difficile.»

«L'hai già fatto?»

Annuisco con rimpianto. Si avvicina e mi dà un bacio, sfiorandomi appena le labbra.

«Non possiamo trovare una soluzione?» sussurra. «Sarò paziente e non ti metterò pressione, lo prometto.»

Le sorrido. È davvero bella. Le sposto i capelli dal viso. «No. Ti libererò, così potrai trovare un uomo che ti ami come meriti.»

Corruga la fronte e le lacrime le rigano le guance. «Ma sono innamorata di te.»

La bacio un'altra volta prima di scendere dall'auto e andare ad aprirle lo sportello, tenendole la mano per aiutarla. Si aggrappa a me un'ultima volta ed è chiaro che stia soffrendo.

«Julian, per favore, non andare via. Entra in casa.»

«Smettila,» *sussurro, asciugandole le lacrime.* «Ti dirò addio e tu andrai dentro, e non mi penserai mai più.» *Continua a piangere.* «Okay?» *sussurro, stringendole il viso tra le mani. Annuisce e la bacio un'ultima volta.* «Sei una donna fantastica, trova un uomo che meriti il tuo amore.»

Sorride tra le lacrime e ci stringiamo le mani un'ultima volta. Quando si volta per andare via, metto le mani in tasca e la guardo andare verso la porta. Si gira e mi saluta con espressione triste. Sorrido e le dico addio.

Apre la porta e scompare dentro.

Torno all'auto e, prima che me ne renda conto, mi ritrovo a casa mia. C'è buio, l'unica luce è quella della cucina, e mi stendo sul pavimento del salone mentre fisso il soffitto.

Perché sono così? Che cosa ho che non va?

Brielle

È MARTEDÌ MATTINA, sono le nove, e sono seduta fuori dall'ufficio del preside mentre aspetto che cominci l'incontro per parlare di Willow.

Non aveva potuto incontrarmi prima. Mi chiedo che cosa abbia da fare di così importante, e sono determinata a scoprirlo.

Sono già furiosa a causa di quell'idiota del mio capo. Era tornato a casa poco dopo di me, quindi non so che cosa sia successo al suo appuntamento.

Comunque, con lui ho chiuso.

Sarà meglio che il preside non mi faccia incazzare, altrimenti lo ucciderò. Resto seduta ad aspettare, sollevando ripetutamente il piede. Dopo aver parlato con Willow quella mattina, avevo scoperto che c'era un gruppo di sei ragazze che la tormentava. A quanto sembra, lo fanno con chiunque. La migliore amica di Willow aveva cambiato scuola un anno prima e da quel momento avevano spostato l'attenzione su di lei. Mi ha detto che sta bene e che non devo preoccuparmi, ma non va bene. Queste situazioni sono inaccettabili.

Controllo l'orologio.

Andiamo. Che sta facendo?

Non riesco a credere di averlo scopato.

Ripenso alla testa del signor Masters tra le mie gambe e vorrei cavarmi gli occhi. Come posso mettere fine a questa stronzata? Sono una vera idiota.

Faccio un respiro profondo quando comincio a sudare.

«Andiamo,» sussurro, continuando ad agitare la gamba. «Che diavolo stai facendo lì dentro?»

La porta dell'ufficio si apre ed esce un uomo con un completo grigio. Ha circa sessant'anni ed è molto elegante. Mi rivolge un sorriso gentile e mi stringe la mano. «Salve, sono John Edwards.»

«Io sono Brielle, grazie per aver trovato il tempo di incontrarmi.»

Indica l'ufficio. «Per favore, si accomodi.» Entro nell'ufficio e mi siedo davanti alla scrivania. Lui si accomoda dall'altro lato e incrocia le mani sul grembo. «Come posso aiutarla?»

Deglutisco per il nervosismo. «Sono un po' preoccupata per Willow Masters. Temo che sia vittima di bullismo.»

Si acciglia. «Mi scusi, lei è un genitore o un tutore?»

Stringo la borsa che ho sulle gambe. «No. La madre di Willow è morta cinque anni fa in un incidente stradale. Sono la sua tata.»

Mi rivolge un'espressione addolorata. «Oh, mi dispiace tanto.»

«Ho sentito una ragazza di questa scuola dirle qualcosa che mi ha disturbato parecchio.»

«Che cosa?»

«Ha detto che la madre di Willow probabilmente si era suicidata per allontanarsi dalla figlia.»

«Buon Dio,» mormora. «Quando è successo?»

«Nel fine settimana.»

Aggrotta la fronte. «Nei locali della scuola?»

«No. Durante gli allenamenti di football.»

«Per sfortuna non possiamo fare niente riguardo alle attività extrascolastiche.»

«Lo so, ma volevo parlare con il consulente scolastico per sapere se ha notato qualcosa qui a scuola.»

«Sì, certo.» Scrive un numero di telefono dietro un biglietto da visita. «Chiami questo numero lunedì mattina e gli chieda un appuntamento. È davvero disponibile.»

Sorrido e prendo il biglietto. «La ringrazio.» Guardo il nome.

Steven Asquith

«Mi dispiace non poter fare di più, ma posso inviare un'email a tutti gli insegnanti e chiedere loro di chiamarla, se vuole.»

«Sarebbe fantastico.» Sorrido.

«In questo modo possiamo stroncare la questione sin dal nascere.»

«Perfetto.»

«Che ne direbbe se ci rivedessimo la prossima settimana proprio come oggi e ci aggiornassimo?»

Sorrido con gratitudine. «Sarebbe grandioso, grazie. Sono certa che capisca che questa è una questione delicata. Non voglio che Willow si stressi ancora di più.»

«Certo.» Ci alziamo e mi stringe la mano. «Passi un buon fine settimana, ci vediamo martedì prossimo.»

Esco dall'ufficio sentendomi un po' più sollevata, ma poi mi fermo all'improvviso.

La stronza bionda, quella che mi ha chiesto di comprare il caffè, conosciuta anche come la madre della bulla, è dietro alla scrivania della reception. Indossa un vestito bianco, tacchi neri e ha il viso ricoperto di trucco. Non mi vede e va nella direzione opposta.

La osservo andare via. Poi mi avvicino alla reception. «Mi scusi, può dirmi come si chiama quella donna?»

La ragazza si guarda intorno. «Mi scusi, chi?»

«La donna con il vestito bianco che è appena stata qui.»

«Oh, è Tiffany Edwards.»

«Che cosa ci faceva qui?» chiedo, fissando la schiena di questa Tiffany Edwards.

«Che cosa non fa?» La ragazza ride e capisco che non le piaccia la politica della scuola. «Fa la volontaria qui.»

«Volontaria?» chiedo.

«In pratica gestisce la scuola.»

«Davvero?» Sono furiosa.

«Sì.» La ragazza si guarda intorno per assicurarsi che i colleghi non ci sentano. «Di sicuro non la vuole come nemica,» sussurra.

«Come mai?»

«Conosce tutti.»

Lancio un'occhiataccia al sedere piccolo e perfetto di Tiffany Edwards mentre scompare e sento il sangue ribollirmi nelle vene.

«Dimmi... come posso diventare una volontaria?» chiedo.

«Davvero?» Sussulta e si avvicina per non farsi sentire. «Sanno essere brutali.»

Le rivolgo un sorriso dolce. «Posso farcela.»

* * *

Sto guidando quando sento la notifica di un'email. La guardo.

Da: Julian
A: Bree

I miei occhi diventano due fessure e mi fermo. Sollevo lo sguardo e vedo una caffetteria. Prima di aprire l'email, entro e ordino un caffè.

Da: Julian
A: Bree

Julian Masters Richiede la compagnia di Bree Johnston
Occasione: Indagine
Data: Oggi
Ora: 13:00
Luogo: Stanza 612, Rosewood, Londra
Dress code: Da segretaria

I miei occhi diventano due fessure. *Che coraggio. La sua cazzo di ragazza è impegnata?*

Da: Bree
A: Julian

Rispondo subito.
Bree desidera informarla che questa sera deve fare lo shampoo e non potrà partecipare come segretaria alla sua riunione.

Distinti saluti,
Bree

Sorrido e premo invio. *Prendi questa.*
Ricevo subito una risposta.

Da: Julian
A: Bree

Che cosa?
In attesa di un sollecito riscontro.

Julian

Strizzo gli occhi. *Coglione presuntuoso.*

Da: Bree
A: Julian

Non sono interessata a ripetere. Trovati un'altra candidata.

Distinti saluti,
Bree

Il cellulare comincia a squillare subito dopo e vedo il nome "Signor Masters" sullo schermo.
Merda.
«Pronto,» rispondo.
«Che significa che non sei interessata?»
«Quello che ho detto, non lo sono.»
«L'altra sera ti sei divertita, ne sono certo.»
«A quanto sembra, non quanto te.»

Resta in silenzio e sorrido mentre immagino la sua espressione arrabbiata. «Non fare giochetti con me,» ringhia.

«Non lo faccio.»

«Si tratta di Bernadette?»

«Sei sordo o soltanto stupido?» sbotto. «Certo che si tratta di Bernadette.»

«Ieri sera ho rotto con lei.»

«Perché?»

«Perché lei non è te.» Mi mordo il labbro e lo ascolto. «Vediamoci oggi, dammi un'altra possibilità. Ti prometto che non sarò troppo duro con te.»

Gli do la possibilità di convincermi. «Perché dovrei?»

«Perché dopo giovedì sera non ho smesso di pensarti, cazzo, notte e giorno. Sono in stato confusionale indotto da troppo piacere.»

Sorrido. «Su una scala da uno a dieci, quanto desideri vedermi?»

«Verrai oppure no?» sbotta, perché non gli va di stare al mio gioco.

«Sì, Julian, verrò.»

«Bene.» Tira un sospiro di sollievo. «Ci... ci vediamo dopo.»

Aggancio e sorrido. *Bene, bene, bene.* Credo di aver appena preso il controllo della situazione.

Fisso fuori dalla finestra, chiedendomi che diavolo indossi una segretaria.

11

Brielle

Sono in piedi fuori dalla porta della stanza numero 612 mentre il cuore mi batte all'impazzata. Indosso una gonna nera, una camicia bianca e al collo ho una delle sue cravatte. Ho raccolto i capelli in una crocchia e ho anche un paio di occhiali tartarugati per completare il look da segretaria.

Sotto indosso le mutandine di pizzo bianche e il reggicalze dello stesso colore, con calze nere velate che mi avvolgono le gambe. Immagino di sembrare una segretaria troia... una di quelle con cui si hanno lunghi pranzi. Dopo aver usato la sua carta di credito per pagare quest'outfit mi ero sentita in colpa, ma poi non ci avevo più pensato.

Che cosa ci fai qui, Brielle? Mi domando.

Non mi era piaciuto come mi ero sentita quando ero rincasata la notte prima, ma la masochista in me vuole rivederlo, e so che questo è l'unico modo in cui succederà. Lo penso di continuo e odio che il suo corpo mi faccia impazzire ogni volta che è vicino. Sono sempre eccitata e credo di essere stata un po' noiosa la sera prima. Il suo potere mi aveva sconvolto.

Questa sera voglio farlo impazzire. Voglio che mi supplichi di avere di più, e mi comporterò come farebbe qualunque altra segretaria troia: lo scoperò dimenticandomi per sempre di lui. È l'ultima volta. Il bicchiere della staffa.

Scopalo, fagli perdere la testa e vattene. Niente legami, niente sentimenti e niente stronzate. Posso farcela.

Voglio davvero comportarmi così, ma non riesco a immaginarmi mentre dico le cose sconce che ho pensato. Quest'uomo mi rende così sporcacciona.

Busso alla porta ed espiro pesantemente mentre il battito accelera.

La porta si apre subito ed eccolo lì. Un uomo stupendo di un metro e novanta che mi regala un sorriso sexy non appena nota il mio abbigliamento.

Deglutisco il nodo alla gola e dico: «Salve, signor Masters. Se non sbaglio voleva vedermi.»

Sogghigna. «Sì, si accomodi.»

Cerco di nascondere un sorriso quando lo supero e poi chiude la porta.

Mi giro verso di lui mentre continuo a interpretare la mia parte. «Per favore, non mi licenzi, signore. Prometto che non lo rifarò.»

Solleva il mento e nei suoi occhi compare un luccichio malizioso. «Mi dia una ragione valida per cui non dovrei. Le segretarie disubbidienti devono essere punite.»

«La prego, no,» lo supplico. «Farò qualsiasi cosa per non perdere il lavoro.»

Si lecca le labbra fissandomi i seni con sguardo famelico. «Definisca "qualsiasi cosa".»

Mi avvicino a lui. «Deve esserci qualcosa che posso fare per lei, signore,» gli sussurro all'orecchio.

«Non sono quel genere di uomo,» risponde con calma.

Mi piego in avanti e gli afferro l'uccello, spingendolo contro la parete. «Ma io sono quel genere di donna.» Mi inginocchio e lo libero dalla cintura, abbassandogli in fretta i pantaloni da cui sbuca fuori il suo membro stupendo che prendo in bocca.

Inspira bruscamente e mi afferrai i capelli.

Sollevo lo sguardo e gli sorrido. Si acciglia, chiaramente sorpreso e confuso. È chiaro che non se lo aspettasse.

«Mi scopi la bocca. Mi punisca, signor Masters,» supplico mentre lo succhio. Chiude gli occhi, perso da qualche parte tra piacere e incredulità, e poi mi afferra i capelli e inizia a scoparmi.

Lo osservo perdere la ragione. «Cazzo,» geme.

È così sexy... così sexy... e so che sono destinata a fare questo per lui.

I pantaloni gli arrivano alle ginocchia e sento le mutandine che si bagnano quando lui perde il controllo.

Mi fermo all'improvviso e mi alzo, lasciandolo a corto di fiato mentre mi fissa.

«Mi dica che il mio lavoro è al sicuro e ne avrà ancora.»

I suoi occhi si scuriscono. «Il suo lavoro è al sicuro.»

Gli sbottono la camicia e la faccio scivolare sulle sue spalle. Poi gli tolgo pantaloni e calzini prima di spingerlo sul letto. È alla mia mercé e nudo, con l'uccello disteso sullo stomaco. Mi alzo sul letto, assicurandomi che mi guardi. Inizio a togliermi lentamente la camicia, che lancio sul pavimento, e poi abbasso la gonna, allontanandola con i piedi in un gesto plateale.

Mi guarda sdraiato con espressione infuocata. Allunga una mano verso di me, ma mi allontano per evitare che mi tocchi.

Tolgo reggiseno e mutandine, ritrovandomi con indosso soltanto la cravatta blu, il reggicalze e i collant.

«Che cosa vuole, giudice Masters?» sussurro, accarezzandomi i capezzoli.

«Sali su di me,» ringhia.

Mi inginocchio accanto a lui e gli catturo di nuovo l'uccello con la bocca. «Non così in fretta,» sussurro e mi giro, mostrandogli il sedere, che penetra con due dita.

Geme e allarga in automatico le gambe mentre ondeggio i fianchi e gli cavalco le dita, e nel frattempo mi stuzzico capezzoli, guardandolo da sopra la spalla. «Oh, è fantastico,» gemo. «Ho bisogno di lei... non può raccontarlo a mio marito.» Dal modo in cui mi penetra con le dita, è chiaro che stia impazzando, così gli sorrido. «È uno sporcaccione, giudice Masters. Le piace scopare le mogli degli altri?» sussurro ondeggiando i fianchi.

Oh, cavolo. Ho la sensazione di trovarmi in un porno di serie B, ma a chi importa? Sembra che lui lo adori.

«Ho bisogno di un vero uomo dentro di me. Un uomo con un uccello enorme,» gemo inarcandomi. Il sudore gli imperla la fronte e ha la bocca spalancata mentre mi ammira.

Sta per perdere la testa.

All'improvviso guardo verso la porta. «Non ho chiuso la porta a chiave, signore. Qualcuno potrebbe entrare e vederci sulla sua scrivania,» dico, immaginandomi la scena.

Chiude gli occhi e sorride, consapevole che stia per cedere. «Ti voglio su di me, subito,» ringhia.

Salto dal letto e vado verso la borsa, dove prendo un preservativo che avevo rubato dal suo bagno. Lo apro e lo srotolo su di lui.

Mi piego e prendo il suo uccello in bocca, gemendo. «Voglio un aumento,» sussurro.

È eccitato. Questo gioco gli piace. «Quanto?»

Gli lecco le palle e inarca la testa dal piacere. «Diecimila in più e un'auto.»

«Non ho il potere per autorizzarlo.» Sta al gioco.

Mi metto seduta, fingendomi offesa, e poi sorrido in modo sfacciato quando mi viene un'altra idea e lo fisso dritto negli occhi. «Ventimila e potrà togliere il preservativo.»

Non ho mai visto uno sguardo così intenso in un uomo. Un silenzio opprimente ci travolge.

«Vuole venire dentro di me, giudice? Vuole riversare il suo seme nella moglie di un altro?»

Si dimena quando l'orgasmo si avvicina. «Cazzo, Bree,» urla perdendo l'ultima briciola di controllo. «Su di me... adesso!»

Sorrido e sprofondo su di lui, adattandomi al suo membro grosso.

«Oh... cazzo,» geme, afferrandomi i fianchi.

Lo cavalco con forza e mi metto seduta per ammirarlo mentre stringo la cravatta.

Va incontro alle mie spinte e so che c'è dentro del tutto. *Dio, è bellissimo...*

«Avanti... scopami,» lo incito, e mi afferra dai fianchi scopandomi con forza mentre la sua cravatta pende sul suo viso e tra i miei seni che ondeggiano.

«Oddio, è fantastico,» gemo. «Così in fondo...»

Aggrotta la fronte quando urla e viene, schizzando dentro di me e facendomi raggiungere l'orgasmo. Ci muoviamo lentamente mentre ci riprendiamo senza mai smettere di fissarci, e lui mi accarezza la schiena.

Penso che sia troppo sconvolto per parlare, così mi sdraio su di lui e mi stringe. Il suo cuore batte forte contro il mio mentre ci riposiamo per un momento.

«Sono contento che tu non sia davvero la mia segretaria.» Sorride.

«In un certo senso lo sono,» dico ridacchiando.

«No, non ricordarmi che lavori per me.»

«Non ricordarmi che sei il mio capo.»

Si allontana e rimuove il preservativo, riportandomi su di lui. Mi accarezza il braccio e riesco quasi a sentire i suoi pensieri. Restiamo in silenzio, ma non posso fare a meno di percepire la differenza rispetto al giorno precedente. Sembra più rilassato e dolce.

«Devo andare,» sussurro.

«Che cosa?» Impallidisce e mi stringe.

«No. Perché?»

«Willow ha lezione di golf di pomeriggio. Le ho promesso che l'avrei accompagnata.»

«Ho chiesto a mia madre di pensare ai bambini. Per lei è un piacere,» mi informa.

«No.» Mi metto seduta e mi libero dalle sue braccia. «Ho promesso a Will che l'avrei accompagnata io.»

«Ma... ma noi... non ho trascorso ancora abbastanza tempo con te,» balbetta.

Sorrido e lo bacio sulle labbra. «Mi hai scopato. Mi volevi soltanto per questo, no?»

Si acciglia, chiaramente infastidito perché ho costatato l'ovvio. «Non ti ho scopato abbastanza.»

«Un'altra volta, forse.» Sorrido.

«Quando?»

Non me lo sto immaginando. Sembra davvero bisognoso oggi. «Quando non sarò impegnata con i ragazzi. Magari la prossima settimana.»

Aggrotta la fronte e scuote il capo. «La prossima settimana? Non va bene.» Mi fa sdraiare sulla schiena e si posiziona tra le mie gambe. «Ho bisogno di te per un tempo prolungato.» Mi bacia, risvegliando di nuovo la mia eccitazione.

«Perché?» sussurro.

«Perché non riesco ad averne abbastanza.» Mi stuzzica la femminilità.

«Non hai pagato i ventimila dollari.» Faccio un sorrisino. «Prendi un preservativo.»

Ridacchia e ringhia prima di alzarsi e indossare il preservativo. Poi torna subito da me, si posiziona sopra e fa scivolare l'uccello nel mio sesso.

«Ho bisogno di più. Due ore non bastano,» mi sussurra a fior di labbra.

«Perché non bastano?»

«Perché ti guardo tutto il cazzo di giorno e desidero trovarmi dentro di te.»

Sorrido e mi penetra. «Non è quello che sembra, signor Masters,» lo sfido.

Aumenta il ritmo, accelerando i movimenti. «Non dovrei pensare a te in questo modo. Faccio del mio meglio per controllarlo.»

Sogghigno quando mi afferra le gambe e le porta sulle sue spalle. Oddio, mi rende nervosa. È troppo grosso e non so se sarò in grado di gestire questa posizione. «Sta' attento con me,» gemo.

Scivola più in profondità e sibila approvando subito. «Lo senti? Lo senti quanto i nostri corpi sono perfetti insieme?»

Inarco la schiena sul letto e il cuore fragile ricomincia a galoppare. «Dio, sì.»

«I ragazzi dormiranno da mia madre, Bree. Ho bisogno di una notte intera con te.» Abbassa lo sguardo sul punto in cui i nostri corpi si uniscono.

Mi sento così eccitata al pensiero che voglia una notte intera. «Quando?» chiedo ansimando.

Allarga le ginocchia e mi tiene i piedi fermi davanti a lui. «Domani.» Mi penetra con forza e urlo. «Domani notte.»

«E se... avrai bisogno... di averne ancora di più?» mormoro.

Mi stringe il viso tra le mani e mi bacia con dolcezza. «Prometto che non succederà. Soltanto un'altra volta.»

Sorrido contro le sue labbra, ma il cuore va in pezzi. Un'altra volta. Mi desidera soltanto per un'altra volta.

* * *

Willow salta in auto dopo la lezione di golf. «Ciao,» esclama.

«Ehi, tesoro. Sembri felice.»

«Ho parlato con la ragazza della reception. Si chiama Lola.»

«Sul serio?» Sorrido e le stringo la coscia. «Grandioso. Parlami di lei.»

«Ha diciotto anni e frequenta l'università. Diventerà un dottore.»

«Un tipo intelligente,» commento con un sorriso.

«Mi ha chiesto se volevo giocare con lei questo fine settimana.»

«Davvero?» Oh, proprio ciò di cui ha bisogno... nuovi amici intelligenti, ma poi impallidisco. «Cavolo, dovrai andare dalla zia Patricia con i nonni questo fine settimana.»

Si rattrista. «Oh no, lo avevo dimenticato.»

Non voglio che resti delusa. So che al momento si sente sola. «Forse possiamo posticipare il fine settimana dalla zia così potrai giocare a golf.»

Il suo viso si illumina. «Davvero?» chiede con entusiasmo.

«Certo. Posso parlare con tuo padre e la nonna per capire se possiamo cambiare i piani.»

È così felice e piena di speranza. «Lo faresti davvero? Sarebbe così forte.»

Sorrido mentre mi immetto nel traffico. «Mi fa tanto piacere che ti diverta qui. Potresti essere la prossima Tiger Woods.» Alzo gli occhi al cielo. «Ma con molti meno drammi, ovviamente.»

Sorride, chiaramente soddisfatta mentre guarda fuori e fa spallucce. «Di sicuro è molto meglio di quanto immaginassi.»

«Vedi?» chiedo ridendo. «So che cosa è divertente. Anche se investire tuo padre con il golf cart è stata la cosa più spassosa che abbia mai fatto.»

Ridacchia e scuote il capo. «Sei un'idiota.» Arriviamo a casa e accosto l'auto accanto alla Porche di Julian. È in casa.

Una scarica di adrenalina mi travolge. È una reazione cui ormai sono abituata ogni volta che lo vedo o lo sento. Una volta in casa sento la sua voce profonda che riecheggia tra le pareti mentre parla con Janine in cucina.

Indossa di nuovo il suo completo, con quell'aria ordinata e rispettabile che mostra al mondo. Nessuno penserebbe mai che due ore prima fosse sdraiato su un letto mentre la tata lo cavalcava selvaggiamente.

Gli sorrido e i suoi occhi sexy si perdono nei miei. In silenzio mi sta chiedendo se posso ancora sentirlo dentro di me, e la risposta è sì.

Mmm, è così sensuale.

«Ciao, papà,» dice Sam, che arriva alle nostre spalle.

«Ciao, Samuel.» Sorride al figlio e gli spettina i capelli.

«Ciao, Janine,» la saluto quando mi avvicino a lei.

Si gira e mi sorride prima di darmi un bacio sulla guancia e dirmi: «Ciao, bellissima.»

Siamo diventate piuttosto unite, perché trascorriamo parecchio tempo a parlare mentre lei cucina. È una donna adorabile. Julian sembra sorpreso dal nostro atteggiamento.

«Oh, ti prego. Non esagerare. Will, racconta a Janine la novità.» Willow si stringe nelle spalle ed è chiaro che sia in imbarazzo. «Questo fine settimana ha dei piani con gli amici del golf,» spiego al suo posto.

Janine si rivolge a Willow. «Sul serio? È fantastico.»

Janine e io abbiamo riflettuto su come aiutare Will con la storia del bullismo, e crediamo entrambe che farsi nuovi amici sia la soluzione per aumentare la sua autostima.

«Com'è andata la lezione di golf, Will?» le chiede Julian.

«Bene.» Fa spallucce. «Mi piace molto.»

«Ed è brava,» aggiungo, stringendole una mano. «Oggi sono arrivata in anticipo e le sue doti mi hanno sconvolto.» Sorrido a Willow. «È una vera professionista.»

Willow fa un sorrisino e Julian mi osserva.

«Vuoi lavorare al tuo saggio adesso o ci pensiamo dopo?» le chiedo.

Si acciglia. «Possiamo farlo dopo? Vorrei fare una doccia.»

«Certo.» Sposto l'attenzione su Sammy e gli dico: «Forza, ragazzino. Andiamo a fare due tiri a canestro.»

«Vado a prendere la palla.» Corre al piano di sopra e Janine scompare in bagno.

Nel frattempo Julian mi fissa negli occhi. «È questo che fai ogni pomeriggio quando l'uomo di casa non è nei paraggi?»

Mi mordo il labbro inferiore. «Sì... a volte lavoro anche come segretaria.»

«E ti piace?» Abbassa gli occhi sulle mie labbra.

«Sono i momenti migliori della settimana, signore.»

L'atmosfera diventa carica di tensione e cavolo... desidero subito tornare in albergo.

«Lo stesso vale per me,» sussurra e ci fissiamo mentre la tensione sessuale sale alle stelle. *Dio, non riesco a credere che soltanto poche ore fa abbiamo fatto sesso. Era dentro di me e adesso muoio dalla voglia di riaverlo.*

Janine ritorna, spezzando quel momento magico, proprio quando Sammy entra con il pallone da basket sotto il braccio. Glielo rubo e corro fuori.

«Chi dorme non piglia pesci!» esclamo.

«Brell!» urla Sammy mentre mi rincorre. «Non fa parte delle regole.»

«Le regole sono fatte per essere infrante, Sammy,» gli dico mentre palleggio. «Vieni a prendermi.»

Julian

Fisso i miei due amici seduti davanti a me. Siamo nel mio ristorante preferito per la colazione e stanno parlando di un articolo pubblicato su un giornale, ma io sto pensando ad altro.

«Sei silenzioso oggi, Masters,» dice Spence.

Mastico e inarco le sopracciglia mentre taglio l'omelette. «L'ho fatto.» Si accigliano entrambi, così mi spiego meglio. «Ho scopato la tata.»

Spalancano gli occhi in perfetta sincronia. «Che cosa? Pensavo che avessi detto che fosse proibita,» dice Seb con aria sconvolta.

«Lo è.»

«Aspetta.» Spencer sposta lo sguardo da Seb a me. «Si tratta della tata sexy che ti ha investito la settimana scorsa, giusto?»

Annuisco.

Lui si piega sul tavolo e chiede: «Dove lo avete fatto?»

«L'altra notte mi ha beccato a masturbarmi in bagno.»

«Che cosa?»

Chiudo gli occhi e i ricordi mi assalgono.

«Che cosa hai fatto quando ti ha visto?» chiese Seb senza fiato.

«Ho continuato, sono venuto e poi ho strofinato il mio sperma sullo stomaco per dare maggiore enfasi.» Mangio una forchettata di omelette e mi stringo nelle spalle.

Loro restano a bocca aperta e scoppiano a ridere. «Che cazzo? E poi?» sussurra Seb.

«Poi le ho chiesto di incontrarmi in hotel.»

Si scambiano un'occhiata.

«Quella sexy...» ripete Spencer. «Con capelli lunghi e scuri? La schiappa alla guida?»

«Sì!» sbotta Seb, infastidito. «Quante cazzo di tate credi che abbia?»

Continuo a mangiare mentre aspettano che parli.

«E allora?» Spencer si acciglia. «Dopo che cosa è successo?»

Scuoto il capo e mi asciugo la bocca con una salvietta. «Abbiamo scopato ed è stato il sesso più sexy della mia vita, cazzo.»

Anche se impossibile, spalancano ancora di più gli occhi.

«Ci siamo rivisti ieri e mi ha sconvolto con le sue parole sconce, e poi mi ha scopato fino a farmi perdere la ragione. Ho un'erezione costante da quando se n'è andata.»

«Davvero sexy,» sussurra Spencer. «Che cosa farai?»

Bevo un sorso di spremuta d'arancia. «La rivedrò in albergo questa sera.»

«È stato così bello?» sussurra Spencer. «Due notti di fila?»

Annuisco e sospiro. «Devo sistemare le cose, però. I ragazzi la adorano e non ho intenzione di rovinare tutto.»

Brielle

> *Julian Masters richiede la compagnia di Bree Johnston*
> *Occasione: Indagine*
> *Data: Questa sera*
> *Ora: 19:00*
> *Posto: Stanza 612, Rosewood, Londra*
> *Dress code: Formale*

Rileggo le informazioni sul cellulare. *Formale? Che diavolo significa?* Maledizione a lui e ai suoi inviti sexy che mi confondono. Controllo infastidita i capi del negozio. *Troppo corto, troppo stretto, troppo sciatto.* E poi non resterò vestita a lungo, no? Mi strapperà i vestiti di dosso non appena mi vedrà.

Sorrido tra me. Un problema serio... una carta di credito senza limiti per comprare qualcosa di carino per un appuntamento con un dio del sesso dall'uccello enorme.

È questa la mia vita? Sono finita in *Pretty Woman*.

Julian ha varie riunioni oggi, quindi non ci siamo visti molto, ma da ieri qualcosa tra di noi è cambiato. Adesso mi guarda senza problemi.

La settimana precedente non lo aveva fatto. Anzi, aveva evitato proprio di incrociare il mio sguardo.

Mi squilla il telefono e compare un numero sconosciuto. «Pronto,» rispondo.

«Pronto, Brell, sono Frances.»

La madre di Julian. «Oh, ciao.» Sorrido nervosamente. *Merda, che cosa vuole?*

«Volevo portarti fuori a pranzo oggi, cara.»

Inspiro, consapevole di non averne davvero il tempo. Voglio prepararmi per il mio incontro porno formale.

«Non devi farlo,» le dico con dolcezza.

«Voglio. Ti passerò a prendere dopo mezzogiorno.»

Cavolo, è insistente. «Ehm, sono già in città. Possiamo incontrarci da qualche parte?»

«Va bene, cara. Andiamo da Polpetto. Si trova a Berwick Street.»

«Sì, okay, ci vediamo lì.»

«Grandioso. Non vedo l'ora di conoscerti meglio.» Riaggancia.

Cazzo. Lo sa.

Lo sa? Mi mordo il pollice, consapevole che l'unico che potrebbe averglielo raccontato è lui, ma non lo farebbe mai... giusto?

Compongo il suo numero e lo stomaco fa le capriole mentre squilla. È la prima volta che lo chiamo.

«Pronto, mia bellissima Bree,» mormora con voce sensuale.

«Ciao.» Sorrido come un'idiota perché mi fa sempre emozionare.

«Come posso aiutarti?» La sua voce mi fa fremere. «Bree? Ci sei?»

Mi acciglio. «Oh, scusa. Lo hai detto a tua madre?»

«Detto che cosa?»

«Di noi.»

«No. Certo che no. Perché?»

«Mi ha appena chiamato e vuole pranzare con me.»

«Che cosa?»

«Lo so, ma è stata insistente e non ho potuto dirle no.»

«Non preoccuparti, la chiamerò.»

«No... no,» balbetto. «Se la chiami adesso e disdici per me, di sicuro penserà che c'è qualcosa tra di noi.»

«Mmm.»

«Sei assolutamente sicuro che non sappia niente?» Non sono molto convinta.

«No, e tu non dirle niente.»

«Non so mentire, Julian. Se mi chiederà se andiamo a letto insieme, dovrò raccontarle la verità.»

«Non osare. Non uscire con lei se non sai tenere la bocca chiusa.»

Mi mordo il labbro. È un disastro perché non so proprio mentire.

«Sei sicuro che non lo sappia?» chiedo per l'ultima volta.

«Bree, mia madre vuole portarti a pranzo fuori per ottenere informazioni. È un tipo piuttosto sveglio. Non lasciarti ingannare dal suo atteggiamento amichevole.»

Spalanco gli occhi. «Quali informazioni?»

«Su di noi.»

«Giusto. Allora non posso dirle che ci incontriamo in alberghi e scopiamo fino a perdere la testa?»

Ridacchia e quel suono riecheggia dentro di me. «Perché non le racconti che stai rendendo suo figlio uno schiavo della fica e che è sul punto di essere internato a causa della dipendenza sessuale che gli hai provocato?»

Sorrido. «Idea grandiosa.»

«Attendo con ansia questa sera.» Percepisco il suo sorriso.

«Anch'io.» Cerco tra i vestiti dello stand.

«Aspetta, so perché vuole vederti,» dice all'improvviso.

«Di che si tratta?»

«Le ho chiesto se i bambini potevano stare da lei ogni giovedì sera.»

«Perché?» Mi acciglio.

«Perché voglio una notte intera con te ogni settimana.»

La speranza cresce dentro di me. «Davvero?»

«Sempre se mi vorrai ogni settimana.»

«Se potessi, ti vorrei ogni giorno, Jules,» sussurro.

«Continua a parlare così e potresti non camminare per giorni.»

Ridacchio. «Camminare è sopravvalutato.»

«Che cosa hai in serbo per me questa sera?» sussurra.

«Qualsiasi cosa tu voglia.» Guardo la gente intorno ignara delle mie qualità nella conversazione sconcia.

«Mi eccito anche sentendo soltanto la tua voce, anche quando sono seduto alla mia scrivania.»

Giocherò un po' con lui. «Mi parli del suo uccello stupendo, signor Masters. Sa quante volte lo penso?» sussurro.

«Lei è una tata davvero sporcacciona, signorina Brielle. Il mio uccello dovrà punirla per le cose che mi fa pensare al lavoro.»

«Sono la sua tata sporcacciona,» sussurro.

Inspira bruscamente e risponde: «Sì... lo sei.»

«Arrivederci, signor Masters.»

«Arrivederci, Bree.» Riaggancia e sorrido tra me mentre continuo a cercare l'abito giusto, ma il cellulare squilla di nuovo e vedo il nome del signor Masters sullo schermo.

«Pronto.»

«Smettila di distrarmi con i tuoi modi sexy,» dice, facendomi sorridere. «Ho detto a mia madre che per un po' ogni giovedì avrò riunioni di lavoro e che non puoi badare ai bambini perché stai seguendo lezioni al college.»

Aggrotto la fronte. «Che genere di lezioni?»

«Non lo ricordo, ma credo che sia qualcosa sulla scultura.»

«Che cosa? Scultura? Perché diavolo dovrei seguire un corso del genere? E poi che razza di corso è?»

«Non lo so.»

«Oh, grandioso.» Sollevo le mani in aria per la frustrazione. «Non solo dovrò mentire a tua madre sulla nostra relazione da scopamici, ma adesso vuoi che le dica anche che sono interessata alla scultura... un argomento su cui non so niente. Che cosa dovrei dirle quando mi farà domande?»

Ridacchia. «Sono sicuro che ti verrà in mente qualcosa.»

Alzo gli occhi al cielo. «Le dirò che non posso badare ai bambini il giovedì sera perché sarò troppo impegnata a succhiare l'uccello del figlio idiota.»

Scoppia a ridere. «Ottima idea... non la parte in cui ne parli con mia madre, ma quella in cui ti dedicherai a "succhiare". Potremmo fare pratica questa sera.»

«Arrivederci, Julian,» rispondo in modo brusco.

«Arrivederci, Bree,» dice con voce suadente.

Continuo a cercare un vestito, ma fanculo lo shopping. Potrei presentarmi anche con un sacchetto della spazzatura questa sera.

Vediamo quanto lo riterrà sexy.

* * *

Entro nel ristorante chic alle 12:30 in punto. Frances si alza e mi saluta, così mi dirigo da lei.

«Ciao.» Le do un bacio su entrambe le guance.

«Brell, grazie mille per essere venuta.» Indica il tavolo e dice: «Ti prego, accomodati.»

Faccio come chiesto.

«Ti andrebbe un po' di vino?» domanda.

«Non posso. Devo guidare. Grazie lo stesso.»

Se ne versa un bicchiere e chiama un cameriere. «Che cosa desideri, Brell?»

«Soltanto una Diet Coke, per favore.» Osservo il ristorante italiano. È stupendo con le sedie in pelle e quell'aria sfarzosa. «È un posto incantevole.»

«Sì, e anche il cibo è divino,» esclama con entusiasmo. «Allora, dimmi... come ti trovi?»

Faccio spallucce. «Bene... direi. Mi sentirò meglio quando risolverò i problemi di Willow a scuola.» Il cameriere porta da bere e lo ringrazio, e poi noto l'espressione di Frances.

«Che problemi ha a scuola?»

«Un gruppo di stupide bulle se la prende con lei.»

«Chi sono?»

Alzo gli occhi al cielo. «Marmocchie patetiche e viziate. Ho perso la pazienza con loro lo scorso fine settimana.»

«Perché?» domanda sorseggiando il vino.

«Perché le ho sentite dire a Will che la madre probabilmente si era uccisa per starle lontano.» I suoi occhi si riempiono di lacrime. «Lo so. Non è terribile?»

Scuote il capo, incredula. «Che cosa hai fatto?»

Alzo gli occhi al cielo. «Ho perso la calma e ho fatto una scenata. Ho promesso loro che se la sarebbero vista con me se si fossero di nuovo avvicinate a lei. Ho perso il controllo.»

«Dov'è successo?»

«Durante le prove di football.»

«Dov'era Julian?»

«Non ha fatto nulla. Quelle stupide madri erano interessate ad accalappiarselo e lui era troppo impegnato a tenerle alla larga per rendersi conto di ciò che stava succedendo. Quando mi sono avvicinata alla madre della bulla, devo ammettere di aver perso la calma...» dico sollevando le mani. «L'ho minacciata dicendo che avrei chiamato la polizia ma Julian ha difeso la bulla e non sua figlia, senza nemmeno sapere quello che era accaduto.»

«Che cosa?» Restringe gli occhi. «Perché si comporta sempre così? Mi fa davvero arrabbiare.»

Spalanco gli occhi. «Esatto! Lo penso anch'io. Abbiamo litigato, così ho portato i ragazzi al McDonald, senza invitare Julian.» Sorseggio la bibita e poi aggiungo: «Comunque, in sua difesa, immagino che non abbia sentito quello che le ragazze hanno detto a Willow.»

Sorride e appoggia i gomiti sul tavolo. «Sei un'ottima influenza per lui.»

Mi sfugge una risata falsa. «Sono sicura che mi ritenga una spina nel fianco.» *Se solo sapesse la verità.*

«Grazie mille per la cena dello scorso fine settimana. È stato stupendo vedere i bambini così felici.» Mi accarezza la mano che ho adagiato sul tavolo. «Sono così cambiati dal tuo arrivo. Soprattutto Will.»

Sogghigno e le stringo la mano. «Grazie per essere venuti. Sono dei ragazzi stupendi e mi sento davvero fortunata ad avere il privilegio di trascorrere del tempo con loro.» Spalanco gli occhi non appena ricordo una cosa. «Oh, lo avevo dimenticato. Un'amica ha invitato Willow a giocare a golf questo fine settimana.»

«Willow gioca a golf?»

«Sì, l'ho iscritta io. Ho pensato che potesse avvicinarla al padre.»

I suoi occhi diventano due fessure. «Sei fidanzata, cara?»

«No.»

«Mmm.» Sorride contro il bicchiere di vino.

«A che cosa stai pensando?» Sogghigno.

«Niente.» Fa un sorriso sarcastico. «Volevo soltanto darti qualche consiglio, in caso ti venisse voglia di... uscire con il mio Julian.»

Rido per non far capire che sto mentendo. «Oh, divertente.» Avrei dovuto ordinare il vino... diamine, la tequila.

Diventa seria. «Tu pensi? Oppure vuoi sentire il mio consiglio?» Mi acciglio e prosegue. «So che ogni donna che prova a conquistarlo, fallisce.»

«Sei un personaggio,» scherzo mentre bevo.

«Julian non ha una ragazza dalla morte di Alina.»

«Sua moglie?»

Annuisce. «Lo ha sconvolto. Si è isolato quando l'ha conosciuta e non si è mai ripreso dopo la sua morte.

«È così triste,» sussurro.

«Lo è, ma è molto solo.»

«So che frequenta qualcuno... donne,» le dico, cercando di farla sentire meglio.

«Sì, ma solamente alle sue condizioni.»

«Le sue condizioni?»

«Usa le donne soltanto per il sesso. Non appena si innamorano di lui, le lascia.»

«Te l'ha detto lui?» Non riesco a immaginarlo a raccontare una cosa simile alla madre.

«Non è necessario. Lo so. Le definisce *bisognose*.»

«Perché è così terribile che si innamorino di lui? Non capisco.»

«Non vuole la responsabilità di rendere felice un'altra persona. È prudente. Molte donne lo vogliono per i soldi e lui lo sa benissimo.» *Non è quello che voglio io. Desidero il suo uccello potente.*

«Perché una donna dovrebbe mai andare dietro a un uomo soltanto per i suoi soldi? È assurdo.»

Sorseggia il vino mentre mi osserva. «Sai niente sui soldi di Julian o sul Masters Group, cara?»

«No, e non voglio. Parlare di soldi mi mette a disagio.»

Sorride, come se ci trovassimo a un colloquio di lavoro e l'avessi colpita.

Ci portano da mangiare. «A proposito dei tuoi consigli...» dico mentre assaggio il cibo. So che non dovrei farle capire niente, ma ho bisogno di informazioni.

Mi fa un sorrisino. «Be', se dovessi uscire con Julian, non mostrerei le mie carte, perché scapperebbe se capisse che sta per nascere una relazione.» Mi acciglio. «E cercherei anche di non spaventarlo troppo presto, giusto?» Inizia a mangiare e poi prosegue dicendo: «Aspetterei che cominciasse a provare qualcosa, anche se inconsapevolmente.»

Non riesco a crederci. Oggi è venuta qua per dirmi come conquistarlo. Julian aveva ragione... è furba. Poso coltello e forchetta e sollevo il bicchiere. «Non vuoi che io sia la persona giusta per Julian, giusto?»

«Julian non è la persona giusta per nessuno. È difficile, ma è diverso con te, cara.»

Bevo mentre la osservo. «Che intendi?»

«Sa che non sei interessata ai suoi soldi e che i bambini ti adorano. Non riesce a staccarti gli occhi di dosso quando sei nella stessa stanza. Ancora non lo sai, ma ormai lo hai in pugno. Adesso devi capire come lavorartelo per bene.»

Asciugo la bocca con la salvietta. «Ti assicuro che tra di noi non c'è niente,» mento.

Lei sorride mentre beve e dice: «Certo... ti credo.» Mi accarezza una mano.

Cazzo. Lo sa di sicuro.

Mi fissa dritto negli occhi e sono sul punto di cedere e raccontarle tutto.

Non dirlo. Non dirlo.

Mi ingozzo per non parlare. Ho bisogno di essere imbavagliata.

* * *

Entro in auto verso le due del pomeriggio. Abbiamo condiviso un pranzo lungo e piacevole e Frances mi piace. Abbiamo parlato di libri, film e, sorprendentemente, abbiamo molto in comune.

C'è una cosa che ha detto che continua a tormentarmi.

Sai niente sui soldi di Julian o sul Masters Group? Che cosa intendeva?

Cerco Masters Group su Google e aspetto che si carichi la pagina.

Masters Group – CEO Regno Unito – Joseph Masters

Direttore Generale – Valore stimato di Julian Masters – Sedici milioni di dollari
Petrolio, Mercato Azionario, Mercato dei Carburanti, Settore Bancario, Immobili

Mi acciglio mentre fisso lo schermo davanti a me e sbatto le palpebre.
Che cosa?
Sedici miliardi di dollari.
Con chi cazzo vado a letto?

12

Brielle

Sono in piedi nel corridoio di questo hotel elegante e sono nervosa.

Indosso un abito da sera nero senza spalline.

Sono più agitata del solito e non sono certa del perché. Forse perché mi piace davvero questo vestito, mi sento una principessa, e sembra che io stia per andare a un vero appuntamento.

So che non è così, ovviamente. Tuttavia, posso dimenticarlo per una sera, giusto?

Busso alla porta con poca sicurezza e Julian apre subito con un sorriso che mi mozza il fiato.

Indossa uno smoking nero. Ha pettinato i capelli alla perfezione e mi lancia uno sguardo di fuoco.

«La mia bellissima Bree.» Mi batte forte il cuore. «Ciao,» mi dice, così gli faccio un sorriso quando entro. Chiude la porta, prende il mio borsone e lo posa. Quando si volta verso di me, mi stringe il volto tra le mani e mi bacia dolcemente. «Non vedevo l'ora che arrivasse questa sera.»

Sorrido e gli metto le mani sui fianchi. «Mi hai avuto soltanto ieri, Jules.»

«Non basta. Come potrebbero bastarmi due ore con te?»

Oh, cavolo. Sono fottuta. Amo il suo lato tenero.

Sorridiamo entrambi e gli metto le braccia attorno al collo. «Che piani hai per me questa sera?» chiedo.

«Pensavo che potremmo andare a cena e poi ballare un po'.»

Inarco le sopracciglia. «Davvero?»

Ride quando vede la mia reazione e mi stringe forte. «Davvero.»

Dio, è bellissimo. Appoggio la testa sulla sua spalla e chiudo gli occhi.

Smettila. È soltanto finzione... fa parte del suo gioco. Non cascarci, Brielle.

Si allontana e mi stringe la mano prima di portarsela alle labbra e baciarla. «Dove vuole andare questa sera la mia ragazza?» Mi guarda negli occhi.

La sua ragazza.

Cazzo, ero più al sicuro quando si comportava come uno stronzo che voleva soltanto scoparmi.

Mi stringo nelle spalle, sopraffatta dal suo atteggiamento da seduttore. «Non ne ho idea, non conosco Londra.»

Mi offre la mano e intreccio le dita con le sue. «Allora sembra che sia io ad avere il controllo.» Sorride.

Ridacchio e mi sollevo sulle punte per baciarlo. «Ci sono volte in cui non è così, signor Masters?»

«Non se posso evitarlo.»

Usciamo dalla stanza e andiamo verso l'ascensore.

Non se posso evitarlo.

Che significa? È per questo che non vuole innamorarsi, perché non avrebbe più il controllo?

L'ascensore arriva al pianoterra e usciamo mano nella mano.

Mmm, è una frase interessante e ci rifletterò sopra un'altra volta.

* * *

Tre ore dopo sono seduta al tavolo davanti a lui e sono sul punto di sciogliermi.

Siamo al Closs Maggiore, un ristorante di lusso a Mayfair, e siamo nel giardino. I tavoli sono illuminati da candele e sopra di noi ci sono delle luci minuscole. La musica è rilassante e riecheggia in tutto l'ambiente esterno.

Lo champagne va giù che è una meraviglia e la cena era stata fantastica. Chiacchieriamo senza problemi. Non avevo mai visto Julian tanto rilassato con me. Sorride spesso e si comporta sempre in modo affascinante e brillante. Abbiamo parlato del college, del suo lavoro, del mio, degli amici e della mia famiglia. Sembra davvero un appuntamento.

Le luci del camino si riflettono sul suo volto e mi guarda intensamente quando bevo un sorso di champagne.

«Allora, che cosa ti ha detto oggi mia madre?»

Ridacchio. L'alcol ha già fatto effetto. «Vuole che ti corteggi.»

Sorride e sussulta. «L'ha detto davvero?»

«Sì.»

«Mi dispiace, non ha peli sulla lingua.» Sorrido e resto in silenzio, lui continua a guardarmi. «E tu che cosa lei hai risposto?»

La mia risposta è importante per lui. «Le ho detto che non corteggio gli uomini.»

Inarca un sopracciglio. «Davvero?»

«Sì.» Mi lecco il labbro inferiore. «L'ultima cosa che voglio è una relazione.»

Si avvicina e gli si dilatano le pupille. «Allora che cosa vuoi?»

«Quello che ho già.»

I nostri sguardi si incrociano. «Che cosa sarebbe?»

Sorrido dolcemente. «Un capo sexy con un uccello enorme.»

Scoppia a ridere. «Sul serio, Bree, sei unica.»

Ridiamo e poi diventiamo seri. «Tua madre sta cercando di trovarti una moglie,» sussurro.

«Già.»

«Promettimi che quando arriverà il momento di separarci...»

Fa una smorfia. «Che cosa ti devo promettere?»

«Che non diventerò l'altra donna.» Mi guarda negli occhi e so di aver toccato un tasto dolente. «Promettimi che romperai con me e che conquisterai un'altra donna senza lasciarmi in un angolo ad aspettare.»

Si appoggia allo schienale. «Posso assicurarti che non sono interessato a una moglie.»

Gli afferro la mano e la bacio. «E io non voglio un marito. Non ci resta molto tempo insieme, Jules. Prima o poi dovrò tornare in Australia.» Gli bacio di nuovo la mano e corruga la fronte. «Approfittiamo del tempo che abbiamo.»

Mi afferra il viso e mi sfiora il labbro con il pollice. «Potresti essere la donna più bella che abbia mai incontrato,» ammette.

Sento che le emozioni stanno prendendo il sopravvento, perché sono certa che lui sia l'uomo più bello con cui io sia mai stata. Quello che mi ha detto sua madre, che è un uomo solo e pieno di problemi, ha aperto un vaso di Pandora. Il dolore che ha vissuto da solo mentre cresceva due figli... non riesco a immaginarlo. Nessuna persona dovrebbe passare un momento del genere. Non c'è da meravigliarsi che si sia tenuto fuori dal mondo e che abbia paura di permettere agli altri di avvicinarsi.

Voglio soltanto aiutarlo a trovare la sua strada. A essere onesta, sono felice di aver incontrato Frances a pranzo, perché adesso vedo Julian sotto una luce del tutto diversa.

Una luce bellissima e tormentata.

Sorrido, cercando di ricompormi. «Hai detto che mi avresti portato a ballare.»

«Dove vorrebbe andare la mia ragazza?» sussurra.

Lo guardo negli occhi. «Ovunque, finché ci sarai tu.»

* * *

Colpiamo la parete con un tonfo e le sue labbra si fiondano sulle mie mentre mi blocca con il bacino. «Apri la porta,» ansimo. «Aprila.»

Fatica a prendere la chiave dalla tasca, ma alla fine riesce ad aprire la porta. Mi afferra di nuovo e mi bacia mentre mi fa indietreggiare nella suite.

Avevamo ballato per ore, baciandoci, e adesso non posso aspettare un minuto in più. Devo averlo.

Mi fa voltare e mi abbassa la cerniera, sfiorandomi il collo con le labbra. Mi sgancia il reggiseno, mi toglie le mutandine e le lascia cadere per terra, così resto soltanto con gli stivali alti. Non appena mi giro verso di lui, mi guarda dalla testa ai piedi.

«Ti voglio,» sussurro. «Per favore, non posso più aspettare.»

Perde il controllo e si toglie la giacca, lanciandola per terra.

Io mi tolgo le scarpe e salgo sul letto, appoggiando la testa sul cuscino. Mi guarda negli occhi mentre si sbottona la camicia e si toglie i pantaloni.

Osservo il suo corpo, il petto largo e muscoloso, gli addominali scolpiti e il membro duro e grosso. Riesco a vedere ogni vena che lo ricopre e persino una goccia di liquido preseminale sulla cappella.

Il paradiso.

«Come mi vuoi?» Si avvicina per baciarmi.

Gli stringo il viso tra le mani. «Sopra di me, mentre mi stringi forte.» Ci baciamo. «Questa sera ho bisogno che tu ci vada piano, piccolo.» Chiude gli occhi e mi bacia di nuovo.

Mi capisce al volo. Qualsiasi cosa sia, la sente anche lui.

Si sposta sopra di me. Allargo le gambe per accoglierlo e sorrido mentre faccio scorrere le mani sulle sue spalle. Mi penetra lentamente e chiudiamo gli occhi con un gemito.

I baci sono teneri mentre il suo uccello sprofonda dentro di me e, in questo momento, mi sento davvero vicina a Julian. Si allontana e mi penetra di nuovo. «Porca puttana,» ansima. «Sarai la mia morte, cazzo.»

* * *

Il bagno è pieno di vapore.

Non ho idea di che ora sia, ma abbiamo fatto l'amore per parecchio tempo e adesso siamo nella vasca da bagno. È come se non volessimo andare a dormire, perché la nostra serata finirebbe. Sono seduta tra le sue gambe e ho appoggiato la testa sulla sua spalla mentre lui strofina la guancia sulla mia fronte, stringendomi.

Mi sento troppo vicina a lui.

«Come hai perso la verginità?» gli chiedo con un sorriso.

«Oddio, non farmi pensare a quella serata così... affollata.» Mi versa l'acqua calda sulle spalle. «Letteralmente.» Ridacchio e poi lui aggiunge: «Janika Merris.» Sorrido di nuovo, perché so come finirà questa storia. «Era più grande di me e mi desiderava da impazzire.» Fa una pausa. «Si è offerta di farmi un pompino al ballo della scuola.»

«Che cosa?» Lo guardo sorpresa. «Quanti anni avevi?»

«Sedici.»

Scuoto la testa prima di appoggiarla di nuovo sul suo petto.

«Mi ha succhiato l'uccello nel corridoio della scuola.» Rido mentre lo immagino. «E poi ha fatto sesso con me mentre i miei amici guardavano.»

Mi siedo, sconvolta. «Che cosa?» Spalanco la bocca. «I tuoi amici ti hanno visto perdere la verginità?»

Sorride e mi attira di nuovo a lui. «Sì e poi ha fatto sesso con loro. Abbiamo perso tutti e tre la verginità nella stessa sera con la stessa ragazza.»

Scoppio a ridere. «Oddio, è una storia terribile. È una vera troia.»

«Fu tremendo.» Sussulta e poi sembra perso nei suoi pensieri. «Divertente...» Si interrompe.

«Che cosa?»

«Non l'avevo mai detto a nessuno.»

«Bene. Non dovresti.» Rido e lo sento sorridere sopra di me. Poi mi dà un bacio sulla fronte e mi stringe forte tra le braccia. «Vedi ancora quegli amici?» chiedo.

«Siamo migliori amici. Sebastian e Spencer. Ci vediamo sempre.»

«Be', suppongo che abbiate un legame speciale.»

Ridacchia. «Sì, è una storia buffa di cui parliamo spesso quando siamo ubriachi.»

Restiamo in silenzio per un po'. «Jules, posso chiederti una cosa?»

Mi bacia la fronte. «Che cosa?»

«Mi spieghi il perché del gioco di ruolo?» Non risponde. «Quando mi inviti per queste serate, perché mi chiedi di travestirmi e di non essere me stessa?»

Fa una pausa prima di rispondermi. «Perché la donna bellissima che vive in casa mia e si occupa dei miei figli è troppo buona per me.» Ascolto in silenzio. «Non potevo scoparla allo stesso modo in cui scopo te.»

Mi acciglio mentre mi accarezza le braccia. «Perché non potevi farlo?» sussurro.

«Perché è il tipo di ragazza di cui ci si innamora e sono incapace di farlo. La deluderei e basta.»

Mi si riempiono gli occhi di lacrime. *Buon Dio, è davvero spezzato.*

Ci perdiamo nei nostri pensieri e so che devo alleggerire l'atmosfera. «La ragazza che vive in casa tua è frigida e non si scoperebbe mai i tuoi amici.» Sollevo lo sguardo su di lui, che mi sorride dandomi un bacio. «Dovresti starle alla larga.»

«Intendo farlo. Quella ragazza è il diavolo sotto mentite spoglie.»

Ridacchio e ci baciamo di nuovo. Soltanto per una notte, tutto va bene nel mio mondo.

* * *

È venerdì e Julian sarà a casa da un momento all'altro. Si è preso il pomeriggio libero per venire con me all'incontro a scuola. Non vedo l'ora di scoprire che cosa ci dirà l'insegnante. Spero che la situazione non sia brutta come immagino.

Sistemo la stanza di Sammy e poi passo davanti a quella di Julian. Mi acciglio non appena mi accorgo che qualcosa è fuori posto.

C'è un libro aperto sul suo comodino. Entro e lo prendo.

Quando i Bambini Affrontano il Lutto
Una Guida per Adulti: Come Aiutare i Figli ad Affrontare la Morte

Mi si riempiono gli occhi di lacrime e mi siedo sul letto. La tristezza mi travolge. Vorrei che non ci fosse bisogno di scrivere libri del genere. Come si insegna ai propri figli a vivere senza la madre?

Resto seduta con le lacrime agli occhi.

Ne hanno passate tante. Li immagino al funerale e poi alla veglia. Willow aveva dieci anni e Sammy soltanto tre. Probabilmente non la ricorda nemmeno. Li vedo nella mia testa... hanno abiti eleganti e Samuel indossa un completo mentre il padre lo tiene in braccio. Julian doveva aver organizzato tutto quanto.

Era stata sepolta oppure cremata? Dove si trova la lapide? La casa è diventata triste e silenziosa dopo la sua morte?

Sento l'auto di Julian parcheggiare nel vialetto. Poso il libro sul comodino e scendo giù per le scale, pronta ad accoglierlo.

Vorrei dirgli che andrà tutto bene, ma non era mia moglie. Non sto soffrendo e non andrà tutto bene, perché non tornerà mai più.

Per la prima volta capisco perché è fatto così, perché è tanto chiuso e ha paura di lasciare che gli altri si avvicinino di nuovo.

La porta si apre e lo vedo davanti a me con un sorriso caloroso. Indossa un completo grigio con la cravatta bianca e non ha per niente l'aspetto di un uomo che soffre.

«Salve, signorina Brielle.»

Il mio cuore sussulta. Vorrei soltanto gettargli le braccia al collo e stringerlo. «Ciao,» sussurro.

«Pronta per andare?» Annuisco, ma esito. Non sono affari miei. «Che succede?» chiede, percependo che ho qualcosa da dire.

«Stai facendo un bel lavoro.» Corruga la fronte, aspettando che mi spieghi meglio. «Con i ragazzi, stai facendo un bel lavoro con loro. Sei un buon padre.»

Sorride, ringraziandomi in silenzio. «Andiamo.»

* * *

Siamo seduti fuori e aspettiamo di entrare nell'ufficio del preside. Julian è accanto a me, ha le mani intrecciate sul grembo e fissa davanti a lui. Quella mattina eravamo andati a fare colazione fuori e avevamo fatto di nuovo l'amore. Anzi, mi aveva scopato senza sosta e aveva mantenuto la sua promessa. Non sarei stata in grado di camminare per una settimana. Dopo mi aveva baciato ed era andato al lavoro, tornando a essere una persona fredda e diversa.

Ha una doppia personalità. C'è l'uomo che mi scopo in hotel che è sexy, affettuoso e tenero. Poi c'è l'uomo con cui vivo. Riservato, freddo e incapace di esprimere i suoi sentimenti.

Anche se volessi, non saprei come avvicinarlo in casa.

Poi era tornato a prendermi per andare all'incontro per parlare di Willow e adesso è come se la notte precedente non fosse mai esistita.

Forse è così? Mi sono immaginata tutto?

La porta si apre. «Per favore, accomodatevi.» Il preside sorride.

«Julian Masters,» dice Julian, stringendo la mano dei due uomini presenti.

«Io sono il preside e questo è il consulente scolastico.»

Sorrido e mi siedo accanto a Julian.

«Allora, signorina Johnston, l'ultima volta che ci siamo visti mi ha detto di essere preoccupata per Willow e quello che succede a scuola.»

«Sì.» Sorrido e stringo la borsa.

«Be',» interviene il consulente, che si acciglia. «Ho parlato con tutti gli insegnanti per tutta la settimana e purtroppo ho sentito delle cose che mi hanno messo a disagio.»

«Ad esempio?» chiede Julian.

«Willow... al momento sembra che non abbia amici.»

«Che cosa?» Sono sconvolta.

«Dato che la sua unica amica si è trasferita nove mesi fa, adesso pranza da sola e non socializza con nessuno.»

Julian fa una smorfia. «Che significa?»

«Va in biblioteca da sola.» Si stringe nelle spalle. «Io non ne ero a conoscenza, l'ho scoperto soltanto quando gli insegnanti hanno cominciato a fare domande agli altri studenti.»

Stringo forte la borsa. *Oh no.* «C'è qualche problema?» chiede Julian.

Il consulente aggrotta la fronte. «Sembrerebbe di sì. È quello che ho sentito dire, e potrebbe non essere vero, ma ci sono alcuni episodi. Ad esempio tutti la chiamano Willow la Strana.»

Julian si acciglia.

«C'è stato un episodio che ha causato l'inizio di questa vicenda?» domando.

«Non ne sono certo, ma stiamo indagando.»

«Com'è possibile che non ne sapessi niente?» sbotta Julian. «Non è abbastanza. Pago trentamila dollari ogni anno e la scuola non mi informa se mia figlia ha problemi quando è nelle vostre mani.»

«Mi scusi, signor Masters, ma lei non è mai stato a un incontro genitori-insegnanti. Nessuno in questa scuola la conosce a livello personale. Le tate di Willow partecipavano alle feste di gala e agli eventi che organizzavamo. Non sapevamo nemmeno che la madre fosse morta.»

Julian abbassa lo sguardo e capisco subito che si senta in colpa.

«Non è colpa sua,» sbotto. «Non avete il diritto di biasimarlo. Il consulente scolastico, che sarebbe lei, avrebbe dovuto accorgersi del problema prima che lo facessi io. Dovete prendervi cura di lei e uno di voi avrebbe dovuto rendersene conto e chiamare il signor Masters per discuterne. Un adolescente senza amici è una questione seria.»

Il consulente solleva il mento in segno di sfida. «Le assicuro che adesso ne siamo consapevoli e stiamo intervenendo.»

«Come?» sbotto. «E voglio sapere che cosa farete a proposito degli episodi di bullismo. Aggrediscono Willow ogni giorno per la morte della madre e non lo tolleriamo.» Il preside e il consulente si guardano. «Vi rendete conto degli effetti distruttivi che il bullismo ha su alcuni adolescenti, come sia strettamente connesso alla depressione?» chiedo.

«Sì, ma...»

«Nessun "ma". Voglio che quelle ragazze siano punite per ciò che le hanno detto.»

«Non è successo a scuola.»

«Non mi interessa,» sibilo, perdendo la calma. «Quello che state facendo non basta. Vi avevo già avvertito. Se sarà necessario, sporgerò denuncia.»

«Signorina Johnston, si calmi, per favore.»

Guardo Julian, che sta ancora fissando il tappeto, perso nel senso di colpa.

Cristo Santo, è inutile.

Cerco nella borsa e prendo il foglio che avevo portato da casa. «Ecco, queste sono le sei ragazzine coinvolte. Vorrei incontrare i loro genitori il prima possibile.»

Emily Edwards
Michella Topan

Kiara McCleary
Teigan Hoslop
Bethany Maken
Karen Visio

Vedo il preside trasalire quando legge i nomi. «Mi dispiace, non è possibile. Si tratta di una questione riservata e, finché non succederà a scuola, i genitori e i figli non saranno coinvolti.»

«Che cosa?» esclamo sconvolta. «Non basta. Non voglio un altro incidente. Will non lo sopporterebbe. Soprattutto, non è giusto che accada.» Do un calcio a Julian sulla gamba per riportarlo alla realtà.

«Non ci sarà un altro incidente perché in quel caso vi denuncerò per abbandono di un minore che era stato affidato alla vostra custodia,» ringhia. Il preside resta in silenzio e Julian si alza. «Tornerò giovedì prossimo alle sei del pomeriggio per incontrare tutti gli insegnanti.» Fa una pausa e lancia un'occhiataccia ai due uomini, che diventano di pietra. «Sono stato chiaro?»

«Sì, signore.»

«Se soltanto oseranno dire qualcos'altro a mia figlia sulla defunta madre, scatenerò l'inferno su questa scuola.»

I due uomini si guardano e Julian li inchioda con lo sguardo prima di voltarsi e andare via.

Sorrido fiera. *Ecco il mio uomo.*

Aumento il passo per raggiungerlo. Va verso l'auto e mi apre lo sportello.

Ah, è sempre un gentiluomo, anche quando è furioso.

Sale in auto e si immette nel traffico, guidando come un folle. «Te la sei cavata bene.» Gli sorrido.

Scuote la testa. «Non ne sapevo niente. Che razza di padre sono?»

«Non dire così.» Allungo un braccio e gli stringo la mano per confortarlo. La appoggia sulla sua coscia e guida in silenzio.

La sua mano è calda e forte, e io divento sempre più debole.

Ci fermiamo al semaforo e posa lo sguardo sulle mie labbra.

«Sono furioso con me stesso,» sussurra.

«Lo so.»

Oddio, scarica la rabbia su di me.

Mi solleva la mano e la bacia. Questa è la prima volta che mi tocca dalla nostra ultima serata insieme.

«Dovresti davvero scaricare la rabbia,» sussurro. Chiude gli occhi come se stesse immaginano la stessa cosa. L'atmosfera diventa tesa e riesco a pensare soltanto a fare sesso bollente e violento. Come sarebbe vederlo nudo e arrabbiato? «Dovremmo tornare a casa,» mormoro.

Gli si dilatano le pupille e preme il piede sull'acceleratore, catapultandoci in avanti. «Dovremmo fare molte cose, signorina Brielle.»

L'adrenalina mi scorre nelle vene. *Facciamolo. Scopiamo a casa.*

Ci fermiamo nel vialetto e cambio umore quando vedo l'auto di sua madre.

Dannazione, ha messo fine al sesso carico di rabbia che avremmo fatto. Julian sospira. Anche lui è infastidito. «Tua madre è qui.»

«Lo vedo,» dice con tono piatto. «Oggi non sono dell'umore per le sue stronzate.»

Sussulto. «Comportati bene, per favore.» Mi guarda di sbieco. «Questa sera portiamo i ragazzi fuori a cena?» Provo a distrarlo.

«D'accordo.» Scende dall'auto e sbatte lo sportello, dirigendosi verso la casa senza di me mentre io lo seguo con un sorriso idiota.

Penso che sia ancora più sexy quando è arrabbiato. Com'è possibile?

13

Brielle

Percorriamo insieme una strada trafficata tenendo Sammy per mano mentre Will è dietro di noi con il padre.

«Dove si trova il ristorante, signorina Brielle?» chiede Julian.

«Proprio lì,» dico, allungando il collo verso la strada. «Lo spero...» aggiungo sotto voce.

È venerdì sera e, dopo la riunione a scuola, ho convinto Julian a portarci in un nuovo ristorante texano appena aperto in città. È la settimana dell'apertura, quindi ci sono parecchie attrattive per invogliare la clientela e, da quello che ho letto sulla brochure, dovrebbe essere davvero divertente. Spero che solleverà il molare a Willow.

«Che cosa comprende di preciso la cucina del Texas?» domanda Julian.

Faccio un sorrisino e ammicco a Sammy. «Cavallo.»

«Che cosa?» sbotta Will oltraggiata.

«Non mangerò un cavallo, tranquilla,» rispondo ridacchiando.

«In Texas non ne mangiano... ti piace scherzare, Brell,» mi rimprovera lei. Sammy e io ridacchiamo e, qualche minuto, dopo arriviamo al ristorante il TEXAS RANGERS.

All'ingresso ci sono doppie porte di legno massiccio e dall'arredamento sembra un grande fienile. Sembra così diverso rispetto ai locali eleganti di Londra che Julian continua a frequentare.

«Oh, wow, forte,» sussurra Sammy mentre si guarda attorno meravigliato.

«Già, di sicuro avremo una *forte indigestione* dopo aver mangiato qui,» commenta Julian con tono sarcastico.

Gli do una gomitata. «Smettila di fare lo snob.»

L'assistente di sala si avvicina e ci chiede: «Un tavolo per quattro?»

«Sì, grazie.» Sorrido euforica al pensiero di trovarmi qui.

L'assistente mi porge una ciotola argentata di noccioline e, prima di accompagnarci al tavolo, dice: «Sono offerte dalla casa. Da questa parte, prego.»

I bambini la seguono, ma io rimango indietro, sollevando le spalle e facendo un sorrisino a Julian. «Ti va di condividere le tue *noccioline* con me?»

Mi guarda impassibile. «Le farò sprofondare nella tua bocca, così le potrai succhiare per bene.»

Rido. «Mi va bene anche quello.»

Ci accomodiamo su una panca mentre la musica country riecheggia nel locale e notiamo che il ristorante ha anche un giardino sul retro. Ci sono asini, cavalli e altri animali da zoo per attirare i clienti, e anche un toro meccanico in un angolo.

«Amo questo posto.» Sorrido mentre mi siedo.

«Anch'io,» esclama Sammy e facciamo scontrare i pugni.

Julian si rivolge alla figlia e dice: «Che cosa pensi di questo posto, Will?»

Will si guarda intorno e nota i gusci delle noccioline sul pavimento. «Se vuoi la mia opinione... è un po' da selvaggi.»

«Ti ringrazio. Almeno qualcuno mi capisce.» Julian sospira sollevato mentre Sammy e io ci concentriamo sui menù.

«Wow, prenderò di sicuro le costolette. Si chiamano la "Grande Grigliata".» Continuo a leggere.

Julian sembra disgustato. «Devo starmene seduto mentre mangia carne con le mani?»

Ridacchio. «E berrò anche birra direttamente dalla bottiglia.»

«Sei così rozza, Brell,» commenta Will sorridendo.

«Per questo tutti voi mi amate tanto,» dico sbattendo le ciglia. «Tu che cosa ordinerai, Sammy?» gli domando.

«Forse le alette di pollo.»

«Mmm... sembra grandioso, ma dovremmo chiedere che non siano piccanti,» rispondo.

«Sì, niente cibo piccante.» Scuote la testolina.

«Will, prenderai le costolette con me?» chiedo mentre continuo a leggere. «Oh, hanno le "Croco Dolcezze Patatose".»

Will è concentrata a studiare il menù. «*Croco Dolcezze Patatose?* Questo cibo è davvero strano.»

«Lo so, non è grandioso?» Sorrido. «Che cosa prenderà, signor Masters?»

Si acciglia mentre legge. «Un'intossicazione alimentare, senza dubbio.»

Alzo gli occhi al cielo. «La smetterebbe di fare il guastafeste? Scelga qualcosa e basta.»

«*Chilli Tex Mex*,» esclama, chiudendo il menù.

«Sul serio?»

«Sì, perché?»

«Non ha idea di quanto potrebbe essere piccante.»

Fa un sorrisino. «Mia cara signorina Brielle, vorrei ricordarle che mi piace che la mia vita sia molto piccante.»

Il suo atteggiamento provocante mi piace. «Se questa notte avrà problemi di stomaco, non mi ritenga responsabile e non mi chiami,» lo stuzzico, facendo ridere i bambini e alzare gli occhi al cielo a Julian.

«Oh, guardate, il cavallo.» Sammy sorride eccitato guardando il giardino.

«Vuoi andare a vedere?» domanda Will.

«Possiamo?» mi chiede Sam.

«Certo,» gli rispondo con un sorriso, e poi se ne vanno, lasciandomi da sola con Julian.

Restiamo in silenzio per un momento, ma poi Julian dice: «Grazie per questa sera. Non sono sicuro di come gestire la situazione.»

«Va tutto bene. Non uscirò questo fine settimana.»

«Perché no?»

«Voglio stare con Will.»

«Oh, allora resterai in casa per lei e non per me?» mi provoca.

«Esatto.» Sorrido e lui mi osserva dritto negli occhi. È così smarrito in questa storia di Will che non sa come comportarsi. «Pensavo che magari potremmo fare qualcosa di divertente, sia sabato sia domenica. Sai, farla svagare un po'.» Annuisce e abbassa lo sguardo sul tavolo. «Hai più valutato l'idea di prendere loro un gattino?» domando speranzosa.

Mi guarda negli occhi con espressione accigliata. «Non voglio animali in casa, Bree. Siamo spesso fuori e i bambini stanno da mia madre ogni giovedì.»

«Il gatto può andare con loro.»

Scuote la testa. «No.»

Alzo gli occhi al cielo. «D'accordo.»

La cameriera ci raggiunge, così ordiniamo da bere e da mangiare, e poi scompare di nuovo tra la folla.

«Dimmi, che vuoi fare nel fine settimana?» domanda.

«Qualsiasi cosa tu voglia.»

I suoi occhi si scuriscono mentre mi fissa. «Qualsiasi cosa io voglia non è sul menù della casa.»

«Perché no?»

Scuote il capo. «Perché dobbiamo tenere tutto separato.»

«Perché?»

«È così e basta.»

I ragazzi tornano al tavolo, interrompendo la conversazione. Osservo il toro meccanico che fa cadere chi prova a domarlo e chiedo: «Vi va di fare un giro sul toro?»

Julian impallidisce.

«Sì,» esclamano i ragazzi.

Mi alzo e dico: «Andiamo, allora.»

«Non andrai su quella trappola mortale, Bree. Lo proibisco,» sbotta, dimenticando ogni formalità. «Siediti subito.»

«Non c'è niente di pericoloso.»

Guarda il toro prendere velocità e scuote il capo in preda al panico. «No. No. Non hai il permesso. Non permetterò che ti faccia male.»

«Non succederà, femminuccia.» Sogghigno mentre mi allontano e osservo i ragazzi correre davanti a me.

Julian si alza di scatto. «Bree!» urla.

Mi giro verso di lui. «Che c'è?»

«Per favore, non voglio davvero che tu vada.»

«Guardati... così protettivo.»

«Non è divertente.»

«Sì, invece. Rilassati, Jules.»

Espira pesantemente e mi segue. «Se morirai, non ti porterò in ospedale.»

«Bene, e poi mi aspetterei che mi portassi all'obitorio,» rispondo con un sorriso.

«Porca miseria... cazzo.»

* * *

Dieci minuti dopo mi trovo seduta sul toro, che inizia a muoversi lentamente. Willow e Sammy stanno saltellando euforici, invece Julian sembra sul punto di vomitare. Li saluto con un gesto della mano e scoppio a ridere.

«Vai, Brell!» urla Willow.

Sollevo le mani in aria, fingendo di agitare una corda che lancio verso di loro. Julian si stringe il ponte del naso per l'esasperazione. Mi fa soltanto ridere ancora di più perché per lui sono così imbarazzante. Il toro aumenta la velocità e mi reggo stringendo le cosce. I ragazzi urlano e Julian si mette le mani in testa per la paura. Il toro va sempre più veloce, ma io resisto. I ragazzi esclamano il mio nome e vedo che Julian è sul punto di avere un infarto. All'improvviso, i movimenti del toro diventano davvero violenti.

«Oh mio Dio,» esclama Julian. «Lo fermi subito,» dice a chi controlla il toro meccanico.

«No, non lo faccia!» urlo ridendo.

A un tratto mi ritrovo in aria e atterro sui cuscini di schiena, fissando il cielo. *Ahi... che male.*

Julian corre verso di me. «Sei... sei ferita?» balbetta preoccupato.

Gli scoppio a ridere in faccia. «È stato così divertente.» Mi aiuta a rialzarmi e a togliere la paglia dai vestiti. «Lo rifarò,» scherzo.

«Dovrai passare sul mio cadavere,» ringhia, afferrandomi la mano e trascinandomi verso il tavolo, mentre i ragazzi ci seguono in preda alle risate.

«Bambini, controllate la vostra tata folle.» Beve la sua Corona direttamente dalla bottiglia. «È completamente fuori controllo.»

Scoppio a ridere e prendo la mia birra, fissandolo negli occhi mentre la sorseggio lentamente. «Comportati bene,» mormora.

Gli ammicco in modo sfacciato. «Adesso tocca a lei sfidare la morte, signor Masters,» lo provoco.

«Come?»

Con un tempismo perfetto, la cameriera gli serve un piatto di carne fumante con peperoncini verdi e rossi e una colata di panna acida.

Lo fissiamo tutti in silenzio.

Lui si acciglia e solleva lo sguardo su di me. «Forse il toro meccanico era più sicuro.»

«Non si preoccupi... la porterò all'obitorio.»

Julian

«Macchina gialla!» esclama Brielle.

«Eh.» Mi acciglio guardandola sul sedile del passeggero. È sabato pomeriggio e stiamo attraversando la campagna in auto. Questa mattina siamo andati agli allenamenti di calcio e poi al parco per giocare a pallone, e posso confermare che Brielle Johnston è completamente pazza.

Ride e scherza di continuo, senza mai prendersi sul serio. Sa sempre come divertirsi, in ogni situazione. Non c'è da meravigliarsi che i ragazzi la adorino. Trasuda felicità da tutti i pori.

Non ho mai conosciuto nessuno come lei. «Che cos'è "Macchina Gialla"?» domando.

Mi guarda con occhi sgranati. «Non ha mai giocato a Macchina Gialla?»

Scuoto il capo e si gira verso i bambini. «Oh mio Dio, nemmeno voi?» Anche loro fanno di no con la testa e lei alza le mani in aria. «Incredibile. Dove vivete?»

Restiamo in silenzio e attendiamo una spiegazione, che ci darà di sicuro.

«Allora, quando guidate e vedete un'auto gialla, dovete essere i primi a urlare "Macchina Gialla".»

Mi acciglio ancora di più. «Per quale motivo?»

«Perché è così che funziona il gioco. Devi essere il primo a notare le auto gialle.»

Inarco le sopracciglia. «Buon Dio, in Australia dovete annoiarvi molto.»

Ridacchiano tutti e tre.

«Oh.» Solleva un dito. «Inoltre, se vedete una Volkswagen gialla, dovete urlare "Preso" e dare un pugno all'altra persona.»

Sposto gli occhi da lei alla strada. *Preso?*

«Esatto, perché hai il diritto di colpire più forte che puoi il braccio della persona al tuo fianco.»

«Sì.» Willow scoppia a ridere. «Eccone una.»

Ridacchio e scuoto la testa. *E adesso?*

«Preso,» urla Brielle ridendo quando mi giro verso di lei. «Ah! Sono riuscita a farla giocare.»

Faccio un sorrisino quando entriamo in un vialetto. «Tra un minuto toccherà anche a lei.»

Spengo il motore dopo aver superato l'insegna del rifugio di animali.

«Che cosa ci facciamo qui?» chiede Willow.

Mi giro verso di loro e rispondo: «Ho pensato che avremmo potuto prendere un cucciolo.»

«Che cosa?» urlano euforici quando scendono dall'auto e corrono verso l'edificio.

Mi rivolgo a Bree e vedo che sorride con un luccichio affettuoso negli occhi. «Potrebbe essere la cosa più sexy che tu abbia mai fatto,» sussurra lei.

Sorrido. «Non so se esserne offeso. Significa che i miei tentativi precedenti hanno fatto cilecca? Dovrebbe essere un complimento o un insulto, signorina Brielle?»

Ridacchia scendendo dall'auto. «Un complimento, sciocchino. Adesso scendi.»

Mr. Masters

* * *

Percorriamo il corridoio del rifugio mentre guardiamo i cuccioli.

«Questo!» esclama Samuel euforico.

Noto un bastardino dall'aria trasandata e faccio una smorfia. «Abbiamo bisogno di un cane che non diventi troppo grosso.»

«Giusto... che razza vogliamo?» domanda Bree mentre osserva i cani.

«Un cane amichevole che non abbai troppo e non faccia casini,» rispondo.

Bree inarca un sopracciglio con fare sarcastico e mi stringo nelle spalle. Sembra un'idea perfetta... in teoria.

«Guardate questo,» esclama Sammy inginocchiandosi accanto a una gabbia, dove si trova un cucciolo bianco e marrone con le orecchie piegate e occhioni marroni che ci fissano.

Willow si inginocchia accanto al fratello e dice: «Oddio, voglio questo!»

Sul biglietto c'è scritto:

Femmina di Beagle, 10 settimane.
In cerca di una famiglia amorevole. È dolce e amichevole con i bambini.

Il cucciolo mi fissa con i suoi occhioni e Bree si abbassa. «Che carina.»

«Continuiamo a dare un'occhiata, che ne dite?» mormoro andando avanti. Guardo in fondo al corridoio e mi accorgo che quei tre non si sono spostati dalla femmina di beagle.

«Avete guardato tutti i cani?» domando loro.

«Vogliamo questo,» dice Willow con sicurezza. «Bree, puoi fare una ricerca su Google per capire come si comportano i beagle?»

«Certo.» Prende il cellulare e inizia a cercare informazioni. «Sono perfetti per le famiglie con bambini, affettuosi, gentili e leali. Non combinano guai e sono molto tranquilli.»

Studio il suo viso. «Sta soltanto dicendo quello che penso che io voglia sentire?»

Ridacchia. «Assolutamente.»

Alzo gli occhi al cielo. Non riesco a credere a ciò che sto facendo. «Siete sicuri di volere questo?» Annuiscono tutti e tre.

«D'accordo. Immagino che sia stato più facile di quanto immaginassi.» Dopo mi dirigo dall'assistente e le dico: «Mi scusi, possiamo adottare il cucciolo di beagle di dieci settimane?»

La ragazza mi sorride e fa una serie di domande prima di rispondermi. «Ottima scelta, è un cucciolo adorabile. Sarà pronta tra dieci minuti.» Prende il cucciolo dalla gabbia e Willow e Samuel iniziano a saltellare. «Ci vediamo all'ingresso,» dice la ragazza con un sorriso prima di dirigersi in ufficio. Impallidisco quando entriamo in un'altra sezione piena di gattini.

«Oh mio Dio,» ansima Willow.

«Guarda questo!» urla Bree.

Ci avviciniamo e vediamo una palla di pelo bianca che ci fissa.

«Questo,» ci dice Samuel. «Somiglia a quello che attacca l'orso.» Scoppiano tutti e tre a ridere e io mi dirigo al bancone in attesa della ragazza con il cucciolo.

«Oh no, mi ha preso,» esclama Willow. Quando ci giriamo per capire che cosa è successo, vediamo un gattino rosso sollevato sulle zampe posteriori che ha allungato la zampetta dalla gabbia e ha afferrato la felpa di Willow, che ridacchia mentre cerca di liberarsi con l'aiuto di Samuel e Bree. È un gattino vivace.

Willow incrocia il mio sguardo e mi chiede: «Papà, possiamo prendere anche un gattino?»

«No.»

«Per favore,» mi supplica. «Oh, ti prego, papà. Baderò io a lui e userò anche i soldi della paghetta per comprargli da mangiare.»

«Willow, abbiamo appena preso un cane.»

Sorride tristemente e il gattino continua a giocare nella gabbietta.

«Perché non può averlo?» sussurra Bree.

«Non voglio un cazzo di gatto,» borbotto a bassa voce.

«Non riguarda te, ma si tratta di aiutare lei a risolvere le cose a scuola. Il gatto potrebbe essere un amico perfetto per Will.»

«Ecco a che cosa serve il cane.» Mi acciglio.

«Pensi che Sammy mollerà quel cane? Baderò io al gatto... per favore, supplicherò,» sussurra.

«Bree, credo che tu lo stia già facendo.» Espiro e guardo la gioia di mia figlia mentre fissa il gatto più brutto al mondo. *Porca miseria.* La ragazza torna e dà il cucciolo a Samuel, ma io sono concentrato su Willow. *D'accordo...*

Ho perso completamente il controllo della situazione. «Prenderemo anche il gattino rosso, per favore.»

Willow e Bree iniziano a urlare e a battere le mani. «Papà, sei il migliore!»

Bree mi sorride. «Non osare dire una parola,» la avverto, facendola ridacchiare, e poi riprende a giocare con Will e il gatto.

Grandioso. Non solo non potrò dare sfogo ai miei bisogni, ma dovrò anche stare attento che il gatto non mi attacchi le palle mentre dormo.

Brielle

«Il film sta iniziando, ragazzi,» esclama Sammy.

Il microonde suona giusto in tempo e Willow tira fuori una busta di popcorn. Ho preparato una cena fantastica e la casa è piena di vita e cuccioli. È stata una giornata incredibile.

Arrivo in soggiorno e vedo che è al buio, i ragazzi sono sui loro pouf e Julian è sul divano. Ha una coperta fino ai fianchi e sorrido quando mi fa segno di sedermi accanto a lui.

Tillie, la nostra cagnolina, e Maverick, il nostro gattino, sono comodi nelle loro cuccette accanto ai pouf dei ragazzi.

Mi siedo e Julian mi copre, portando i miei piedi sul suo grembo. *Dio, desidero tanto baciarlo. Vederlo impegnarsi con i ragazzi mi sta facendo letteralmente esplodere le ovaie.*

«Che cosa stiamo guardando?» domando.

«*Terminator*,» risponde Willow con gli occhi incollati allo schermo.

«*Tornerò*,» dico, cercando di imitare la voce di Arnold Schwarzenegger.

Julian alza gli occhi al cielo.

«Forse dovrei andare in bagno soltanto per ripetere la citazione,» commento ridacchiando.

«Che Dio ci aiuti,» borbotta Julian,

«Le mie battute sono troppo divertenti.»

«Lo sappiamo.»

Rido e mi concentro sul film. «Quanto deve mangiare per essere così grosso?» domando a Julian.

«Per favore, non parlare.»

Così serio. Agito il piede sul suo grembo per infastidirlo e lui lo afferra strofinandolo contro il suo uccello senza mai smettere di fissare la televisione. *Oh, questo sì che è divertente...*

Ripete il movimento e sento il suo uccello agitarsi sotto di me. Inizio a eccitarmi e mi domando come sarebbe fare sesso in casa e dormire con lui che mi stringe tutta la notte. Una vocina nella testa mi ripete che inizio a provare qualcosa per lui... soprattutto dopo oggi. Non è così. So che cosa stiamo facendo. Si tratta soltanto di sesso, giusto? Eppure, in qualche modo, sembra di più e insieme stiamo alla grande. I suoi commenti provocanti, il modo in cui si preoccupa di continuo per me, il modo in cui mi fissa quando crede che io sia distratta, il suo senso dell'umorismo... mi fanno pensare cose che non dovrei.

Smettila.

Continua a strofinarsi l'uccello con il mio piede e sorrido. Voglio fare sesso in questa casa e farlo crollare. Se lo faremo, accetterà che la donna che ritiene giusta per lui è anche quella che può scoparsi. Sono sempre io e non voglio che lui ci consideri due persone diverse, ma penso che sia spaventato.

In hotel ogni cosa deve rispettare le sue condizioni e sua madre ha detto che è così che gli piace che vadano le cose. Devo fare in modo che tutto avvenga secondo le mie regole... ma come?

Lo osservo mentre continua a masturbarsi con il mio piede e so che è eccitato. Ne ha bisogno. Immagino che sia il genere di uomo che farebbe ogni giorno sesso con la moglie.

Sua moglie.

Come sarebbe? Che cosa proverei se mi amasse e si prendesse per sempre cura di me?

Chiudo gli occhi. *Finiscila.*

Il suo uccello si sveglia sotto il mio piede e sposto subito lo sguardo su di lui. È in estasi e resto a bocca aperta.

Fa sul serio? È venuto in circa quattro minuti.

Il film finisce e si alza. «Vado a fare una doccia.» Sale al piano di sopra senza dire altro, lasciandomi incredula.

Prima di andare a letto aiuto i bambini con i cuccioli e, all'improvviso, ricevo un'email al cellulare.

> *Julian Masters richiede la compagnia di Bree Johnston*
> *Occasione: Indagine*
> *Data: Giovedì*
> *Ora: 19:00*
> *Luogo: Stanza 612, Rosewood, Londra*
> *Dress code: Bondage*

Spalanco gli occhi.
Bondage?
Che cazzo?

14

Brielle

Mi sveglio quando sento un colpo alla porta che mi fa sobbalzare.

«Brell, vieni, presto.» La voce agitata di Sammy risuona dietro la porta e poi lo sento correre lungo il corridoio.

Corrugo la fronte e mi guardo intorno. Che sta succedendo? Poi sento Julian urlare.

Prendo la vestaglia e la indosso prima di uscire.

«Non può essere vero,» strilla Julian. «È incredibile, cazzo.» Merda, sta imprecando davanti ai ragazzi. Qual è il problema? Entro in casa e spalanco gli occhi.

Julian, Willow e Samuel sono tutti in piedi e fissano il danno.

Il cucciolo ha distrutto due pouf e ci sono batuffoli di cotone ovunque.

Spalanco la bocca mentre osservo. Il salone è un disastro. I cuscini sono per terra e non sul divano. La pianta è stata mordicchiata e adesso non ha più foglie. I batuffoli sembrano neve e sul pavimento ci sono persino i segni degli artigli che il gatto ha fatto trascinandoli per terra.

Osservo Sammy e Willow, che hanno delle espressioni terrorizzate. Non sanno che cosa accadrà. Il cane compare da sotto i batuffoli, che sono attaccati al pelo. Non posso fare a meno di ridere e mi copro la bocca con una mano.

«Non è divertente, signorina Brielle,» ringhia Julian.

Scoppio a ridere e prendo una manciata di batuffoli prima di lanciarli a Willow e Samuel. «Guardate! Sta nevicando.»

Il gatto si lancia verso i batuffoli.

«Quel cane è una disgrazia,» sbraita Julian. «Guardate questo posto. È rovinato.»

«È soltanto una cucciolotta.» Sorrido e mi abbasso accanto a lei. «Sei un cucciolo cattivo.» Mi salta addosso e comincia a giocare con i miei capelli. «Venite qui voi due e giocate con il vostro cucciolo.»

Sammy e Willow si guardano e poi Sammy si lancia per terra. Poco dopo Willow scoppia a ridere e cade accanto a noi. I nuovi arrivati impazziscono e giocano con noi. Lancio dei batuffoli sopra la testa di Willow, poi mi sdraio e comincio a muovere gambe e braccia. «Guardate, facciamo un angelo di neve.» Rido.

Sammy e Willow mi imitano e poi vedo Julian fissarci con aria disgustata. «Che diavolo state facendo voi tre?» sbotta. «La casa è distrutta e voi ridete e giocate?»

Gli lancio qualche batuffolo. «Ci scatti delle foto, musone.»

Incrocia le braccia sul petto e inarca un sopracciglio. «Signorina Brielle, deve per forza trovare ogni cosa divertente?»

Il cucciolo ringhia prima di prepararsi all'attacco e fiondarsi su Julian. Ridacchio e mi alzo, stringendo i batuffoli tra le mani. «Prendetelo ragazzi,» urlo, lanciandogli i batuffoli. Poi gli saltiamo addosso.

«Smettetela,» urla, provando ad allontanarsi.

«Prendetelo!» ordino.

«Che cavolo?» urla e scappa in cucina. I ragazzi strillano divertiti e gli afferriamo le braccia, trascinandolo sul pavimento e coprendolo con i batuffoli. Crollo accanto a lui. Willow e Sammy fanno lo stesso e il cucciolo si siede sul petto di Julian con espressione fiera. Julian scuote la testa e guarda il soffitto, come se sperasse in un intervento divino.

«Incredibile,» mormora.

Lancio un po' di batuffoli in aria. «Lo dica a qualcuno a cui importa qualcosa.»

Willow ridacchia. «Sì, papà, dillo a qualcuno a cui importa.»

* * *

Rileggo la email. È giovedì mattina e mi sto preparando per il mio appuntamento di questa sera.

> *Julian Masters richiede la compagnia di Bree Johnston*
> *Occasione: Indagine*
> *Data: Giovedì*
> *Ora: 19:00*
> *Luogo: Stanza 612, Rosewood, Londra*
> *Dress code: Bondage*

Che cazzo vuol dire bondage? Si aspetta che mi presenti con un costume da mummia e una gag ball in bocca? Il bondage si pratica, non si indossa. Almeno era quello che pensavo. Non ne so molto. Prima di incontrare il signor Masters, non ero mai stata con un bastardo perverso.

Mi ritrovo a entrare in un sex shop. Le pareti sono insonorizzate e le finestre dipinte. C'è un televisore sulla parete che manda un porno. Sono le 9:30 di mattina. *Cristo, questi tipi ci vanno giù pesante.* Sollevo lo sguardo e vedo una ragazza su un letto. È carponi e ci sono tre uomini nudi attorno a lei. *Dio, questo posto è squallido.*

«Posso aiutarla?» chiede un ragazzo. Sembra avere circa vent'anni e ha l'aria di essere appena uscito da scuola. Che diavolo ci fa qui?

Tua madre sa dove lavori, giovanotto? «No, grazie. Sto soltanto dando un'occhiata.»

Ho davvero bisogno di aiuto ma non voglio che mi spieghi come funziona il bondage e che mi mostri come si fanno i nodi. La parete in fondo è ricoperta di fruste, catene e strumenti che sembrano appartenere a un sito archeologico. Vedo una donna legata e sospesa. Le corde attorno al seno sono così strette che ha la pelle blu. Non può fare bene, giusto? Incrocio le braccia sul petto, sentendomi a disagio. *Che diavolo pensa di farmi?*

Prendo il cellulare e lo chiamo. Non mi piace questa storia. Non permetterò che faccia del male alle mie tette. Dovrà passare sul mio cadavere. Compongo il numero e risponde subito.

«Buongiorno, mia bellissima Bree,» mi saluta con voce roca.

Sorrido come una stupida e abbasso la testa per impedire che il ragazzo mi senta. «Sono al sex shop,» sussurro.

«Davvero?» chiede con voce sensuale.

«Non so che cosa sia il bondage, ma ti assicuro che non mi farai i lividi sul seno.»

Ridacchia. «E ti assicuro che non ci saranno segni permanenti.»

«Jules, no,» sussurro.

Ride di nuovo. «Compra soltanto quello che ti fa sentire a tuo agio.»

Mi guardo intorno e vedo un dildo strap-on nero. «D'accordo. Comprerò uno strap-on e ti scoperò.»

Scoppia a ridere. «Ti assicuro che non succederà. Non la prendo nel sedere. Tuttavia, possiamo discutere del tuo.»

«No, non possiamo!»

«Adesso devo andare in tribunale, piccola. Ci vediamo questa sera.» Aggancia. Mi è stato molto d'aiuto. È un giudice pervertito.

Una giovane donna esce da una stanza sul retro e viene verso di me con un sorriso. «Ha bisogno di aiuto?»

«Ehm...» Corrugo la fronte. «Credo di sì. Cerco qualcosa che sia un po' bondage ma che non abbia quell'aspetto.» Indico la foto della povera donna che è stata trasformata in uno spiedino.

«Suppongo che tu sia una dilettante.»

Annuisco. «Sì, di sicuro. Ma non voglio...» Agito le mani. «Niente lividi.»

Strizza gli occhi e si guarda intorno. «Okay. Qui abbiamo alcuni completini intimi di pelle e pizzo nero che potrebbero piacerti. Magari potresti abbinarli a un paio di manette.»

«Sì, questo posso farlo.»

* * *

Aspetto Emerson al parco. È in pausa pranzo. Non ci vediamo quanto vorremmo. Non da quando lei ha incontrato Alastar e io ho cominciato a vedere Julain di nascosto. Per risolvere il problema, ho organizzato un incontro settimanale e ci vediamo qui per pranzare insieme ogni volta.

«Ciao, amica bellissima.» Sorrido quando si abbassa accanto a me sulla tovaglia da picnic. Le apro una bibita e metto una cannuccia prima di passargliela.

«Mi manchi.» Mette il broncio.

«Lo so, anche tu.» Le do il sandwich che le ho preparato. «Come va il lavoro?» chiedo.

«Bene, ma non so quello che faccio.» Cominciamo a mangiare. «Come sta il tuo capo fico?»

Sorrido. Devo cominciare a farle accettare l'idea di me e Julian. «Fico?» Aspetta che le dia più informazioni. «L'altra sera abbiamo guardato *Terminator* insieme.»

«Sì?»

«Sì. La stanza era buia e i ragazzi erano per terra davanti a noi.»

Si acciglia. «E?»

«Ha usato il mio piede per masturbarsi.»

Spalanca gli occhi. «Che cosa?»

«Ha afferrato il mio piede sotto la coperta e poi l'ha strofinato sull'uccello duro.»

«Mi prendi per il culo?»

Sorrido. Non ne ha la minima idea. «Oh, per niente.»

Continua a mangiare e a fissarmi. «Che cos'è successo dopo?»

«L'ho lasciato fare.»

Resta a bocca aperta. «Non ci credo.»

Rido. «È così sexy, cazzo.»

«Com'è stato?» Mi guarda negli occhi. «Com'è il suo uccello?»

«Enorme.» Si copre la bocca con una mano. «Poi è venuto.»

«Davvero?» Sussulta.

«L'ho sentito pulsare, poi il film è finito e lui è corso in camera.»

Mastica lentamente. «Non riesco a credere a questa storia. Dopo che cos'è successo?»

«Niente. Adesso si comporta normalmente.»

«Wow.»

Mi sdraio sulla tovaglia e mi godo il calore del sole. «Già, sono ufficialmente una che masturba con i piedi.»

Scuote la testa. «Adesso ho sentito proprio tutto.»

* * *

Sono le quattro del pomeriggio e sono incazzata.

Mi è appena venuto il ciclo. Posso vedere Julian soltanto una sera la settimana e mi viene il ciclo proprio oggi. La parte peggiore è che dovrò chiamarlo e dirgli che non possiamo vederci. Non posso rimandare ancora. Tra non molto uscirà dall'ufficio e andrà in hotel.

Compongo il numero.

«Pronto,» risponde con voce sexy e capisco che si trova in auto.

Dannazione, è già andato via. «Ciao,» dico.

«Sei per strada?»

«No.» Mi acciglio. «Sei da solo in auto?»

«Sì.»

«Io...» Faccio una pausa, perché non voglio dirglielo. «Non penso che questa sera potrò venire.»

«Che cosa? Aspetta un minuto...» Sento dei rumori e poi prende di nuovo il cellulare. Deve aver accostato. «Che succede?» chiede.

«Non è un buon periodo del mese per me.»

«Da quando?»

«Da adesso.»

Resta in silenzio per un secondo. «Allora non verrai... soltanto per questo?» Sembra infastidito.

«Be', non possiamo fare sesso.»

«Per te si tratta soltanto di sesso, non è vero?» sbotta.

Mi mordo il labbro per trattenere un sorriso. «Sei stato tu a dire che si tratterà sempre e soltanto di sesso.»

«Be', non è così. Sali in auto e vai in hotel. È stata una settimana lunga senza di te.»

Resto in silenzio. Ha appena ammesso che anche per lui significa di più? «Okay, esco tra poco.» Sorrido.

«Bene,» dice con un sospiro. «Ci vediamo presto.»

Che cos'è appena successo?

* * *

Un'ora e mezzo dopo, arrivo in hotel. Avevo dovuto lasciare il gatto e il cane e i ragazzi dalla nonna. Sono nervosa, ma non come al solito. È un nervosismo diverso. Julian ha detto che non si tratta soltanto di sesso. Per me non è mai stato così, ma pensavo che fosse quello che desiderava.

Busso alla porta e apre subito. «Pensavo che non saresti venuta,» dice con voce rigida.

Sorrido dolcemente. «Sono qui, Jules.»

Si rilassa e mi stringe forte tra le braccia. Restiamo così per qualche secondo. Ho la sensazione che ci sia qualcosa di strano in lui.

L'uomo dominante che mi scopa fino a sottomettermi oggi non è qui. Questa è una persona nuova, che non avevo mai incontrato.

«Stai bene?» sussurro mentre mi abbraccia.

«Sì,» risponde, ma non è vero. Lo percepisco. Qualcosa non va. Mi bacia e poi mi osserva.

«Guardati, stai facendo l'affettuoso,» sussurro mentre lo bacio. «Mi piace questo Julian.»

«Senza di te è stata una settimana difficile.»

Gli accarezzo la guancia. «A volte quest'accordo lo è.»

Mi bacia di nuovo e mi guida verso il divano, chiudendo la porta con il piede.

«Non faremo sesso questa sera.» Sorrido contro le sue labbra.

«Lo so. Ti sto soltanto baciando. Non montarti la testa.»

«Com'è stata la tua giornata?»

«Lunga,» sussurra con tono distratto mentre fa scorrere le mani sul mio corpo e mi bacia il collo.

«Che cosa mangeremo per cena?»

«A chi importa?»

Ridacchio. *Dio, mi fa sentire così desiderata.*

Mi volto e prendo il telecomando della televisione. «Guardiamo un film.»

Sono soltanto le sei del pomeriggio. Devo distrarlo, altrimenti tra non molto inizierà a darci dentro con la sedia. Cerco tra i film. «Che cosa vuoi guardare?»

Si stringe nelle spalle. «Quello che preferisci.»

Faccio partire *Ocean's Eleven* e mi rannicchio contro il suo petto, godendomi la sensazione delle sue braccia forti che mi stringono. Sospiro soddisfatta. Credo che questa sia la mia serata preferita di sempre.

* * *

Quattro ore dopo, Julian è nudo e sopra di me. Io indosso soltanto le mutandine. Ho le gambe spalancate e lui si strofina contro il mio bacino. Lo desidero da impazzire.

Alla fine, ho guardato soltanto io il film mentre lui faceva scorrere le mani sul mio corpo. Mi tocca da ore, facendomi sentire la donna più bella al mondo, ma non so per quanto potrò ancora resistere.

«Dio, ho bisogno di te,» geme, infilandomi la lingua in bocca.

Cazzo, anch'io ho bisogno di lui.

Il suo uccello duro sfrega contro di me. È così bello... così grande. «Per favore,» mi supplica, baciandomi la mascella.

«No, Julian.» Ansimo. «Sarebbe troppo... intimo.» Si allontana per guardarmi negli occhi.

«Questa sera ho bisogno che tu mi dia proprio questo.»

«Perché?»

Mi sfiora le labbra con le sue. «Non lo so, è così e basta.»

Ci baciamo di nuovo e comincio a perdere il controllo della situazione. Mi spinge le gambe per tentarmi ancora di più e preme verso di me, facendomi pulsare il centro. *Dio, è così bravo.*

«Non l'ho mai fatto prima,» ammetto con un sussurro.

«Nemmeno io.»

Corrugo la fronte e lo guardo negli occhi. «Che cosa?»

«Nemmeno io l'ho mai fatto prima durante questo periodo del mese.»

Eh? Com'è possibile? Nemmeno con sua moglie? «Perché no?» chiedo.

«Non ho mai voluto.»

«Allora perché vuoi farlo con me?»

«Dimmelo tu, perché non ne ho idea.» Il bacio diventa frenetico e mi copre con il suo corpo. Sono troppo eccitata. Riesce sempre a trasformarmi in un animale.

«Andiamo nella doccia,» suggerisce, senza nascondere la voce tremante. È davvero disperato.

«Jules...»

«Per favore. Ti sto supplicando, cazzo,» sussurra.

Sentire la sua confessione è la mia fine e mi ritrovo ad annuire. «Okay, possiamo fare una doccia.» Geme contro le mie labbra. «Dammi... soltanto un minuto,» mormoro.

Mi alzo e guardo il suo corpo. L'uccello duro preme sullo stomaco e una goccia di liquido preseminale ha inumidito gli addominali. Sono così eccitata... non vedo l'ora di essere riempita.

Vado in bagno, tolgo l'assorbente interno ed entro nella doccia. Resto sotto il getto di acqua calda con il cuore che martella nel petto. Ha detto di aver bisogno di intimità questa sera e non c'è niente di più intimo per me.

Entra in bagno e mi guarda intensamente. Gli offro la mano e la accetta, unendosi a me sotto il getto. Mi stringe forte, baciandomi.

«Ne sei certa?» chiede mentre mi osserva.

L'acqua gli scorre sul viso ed è così bello e tormentato...

È mio.

«Sono sicura.» Le nostre labbra si fondono e mi penetra la bocca con la lingua. Mi solleva dal pavimento, bloccandomi contro la parete e sprofondando dentro di me con una sola mossa.

Gemiamo entrambi... *Dio, è meraviglioso.* Julian si muove lentamente e con dolcezza. Riesco a sentire ogni centimetro del suo membro.

Non mi sono mai sentita così vicina a lui... non dovrei.

Le emozioni mi assalgono.

Mi aggancia le cosce sulle sue braccia, afferrandomi il sedere per penetrarmi più in profondità.

«Jules,» ansimo.

«Lo so, piccola.» Abbassa lo sguardo e comincia a fare sesso con me lentamente e con movimenti precisi. Il rumore dell'acqua sulla nostra pelle riecheggia nella doccia e urlo, non riuscendo più a trattenere l'orgasmo.

Julian sussulta, andando più in profondità che mai, e viene dentro di me.

I nostri corpi tremano mentre cavalchiamo l'onda del piacere. Ci scambiamo un bacio languido e il suo tocco è magnetico.

«Che cosa mi stai facendo?» sussurra alla fine.

«Mi prendo cura del mio uomo,» rispondo.

Mi guarda negli occhi e ho la sensazione che voglia dirmi qualcosa. Invece mi bacia dolcemente, facendomi sorridere. Il cuore si scioglie ancora di più. Non riesco a credere che lo abbiamo appena fatto.

Ogni giorno la nostra relazione diventa sempre più intima e, non importa ciò che continuiamo a ripeterci, sappiamo entrambi che non si tratta soltanto di sesso.

* * *

L'orologio segna mezzanotte e sto ancora cercando di capire che cosa gli prenda questa sera. Siamo a letto e ha appoggiato la testa sul mio petto. È rilassato e così bello da far male.

È cambiato qualcosa. Tutto.

«L'altro giorno hai detto una cosa e non ho smesso di pensarci,» dice.

«Che cosa?» Gli do un bacio sulla fronte.

«Hai detto che il tuo ex ragazzo aveva problemi psicologici e che sei rimasta con lui per provare ad aiutarlo.»

Aggrotto la fronte. *Come fa a ricordarlo?* «Sì.»

«Che problemi aveva?»

Gli sfioro la guancia con la mia. «Era un uomo fantastico... ma suo zio aveva abusato di lui da bambino e gli aveva incasinato la testa.»

«Mi sembra comprensibile.»

«Assolutamente sì.» Sospiro. «Tuttavia, qualcosa dentro di lui si era *capovolta*.»

Julian solleva lo sguardo su di me. «Era diventato gay?»

Scuoto la testa. «No, proprio il contrario. Doveva dimostrare a tutti i costi di non esserlo.» Si acciglia e aspetta che io vada avanti. «Se una donna ci provava con lui, doveva per forza andare fino in fondo. Non riusciva a rifiutarsi perché, secondo un ragionamento perverso, se lo avesse fatto, avrebbe avuto la conferma di essere gay.» Julian fa scorrere le mani sulle mie cosce, aspettando che continui. «Tornava a casa e mi confessava tutto. Ogni volta era disgustato da se stesso e mi supplicava di perdonarlo.» I miei occhi diventano due fessure quando ripenso a quello che avevo passato. Non sapevo mai che cosa aspettarmi. La nostra non era mai stata una relazione stabile. «Andavamo dal suo terapista per un paio di settimane, si riprendeva... ma poi ricominciava.»

«Con quante donne è andato a letto mentre stava con te?»

«Troppe,» sussurro. «Verso la fine non ce l'ho più fatta. Sapevo che era spezzato, anche se mi amava, ma che cosa ne sarebbe stato del mio cuore? Meritavo di meglio, capisci?»

Annuisce con espressione triste. «Com'è finita?»

«Lavorava in città. Quando mi tradiva, lo faceva sempre lì e teneva le due vite separate. Nessuno sapeva niente. Diamine, se non fosse venuto a scusarsi ogni volta, nemmeno io lo avrei scoperto.» Julian sospira. «Poi un giorno è andato a letto con una ragazza che conoscevo. Sapeva che era il mio ragazzo.» Mi acciglio e gli occhi si riempiono di lacrime. Il dolore è ancora forte come il giorno in cui l'ho scoperto. «Con lei ha oltrepassato il limite. Ci conoscevano tutti. Pensavano che fosse la prima, peccato che non sapessero che io avevo sofferto per tre anni, cercando di salvarlo.»

«Dio, Bree,» sussurra.

«Sarebbe stato più facile andare via, ma stava davvero male. Pensavo che nessuno avrebbe potuto aiutarlo, se non ci fossi riuscita io... la donna che amava con tutto se stesso.» Resta in silenzio. «Non sono riuscita a salvarlo,» sussurro con voce carica di rimpianto. «Alla fine ho dovuto troncare tutti i rapporti, perché non sopportavo di sentirlo supplicarmi di tornare insieme. Non riuscivo a gestire il senso di colpa.» Julian mi ascolta mentre mi fissa intensamente. «Dopo averlo lasciato, ha perso la testa e ha cominciato a scoparsi ogni cosa che respirava. Da quel momento è andato in overdose due volte.»

«Cazzo,» mormora, prendendomi la mano per baciarla.

Rifletto per un attimo. «Molte persone mi hanno detto che ero una debole per essere rimasta con lui.»

«Non è vero.»

Sospiro. «Dopo quel giorno ho deciso che sarei sempre stata grata per ogni attimo della mia vita.»

Si volta per guardarmi. «Allora suppongo che tu abbia chiuso con gli uomini tormentati?»

Gli sorrido e lo bacio dolcemente. «Ho posto per un altro.»

Mi bacia e corruga la fronte contro la mia, come se fosse stato inondato dalle emozioni. Non so quale sia la sua storia, ma devo scoprirlo.

* * *

Il cellulare squilla alle undici in punto e leggo il nome "Signor Masters" sullo schermo.

«Mi telefoni di mattina? Deve essere importante,» rispondo, prendendolo in giro.

«Molto divertente,» mormora.

Sorrido. «Come posso aiutarla, Giudice Masters?»

«Questa sera hai impegni?»

«No.» Mi mordo il labbro mentre il cuore fa le capriole.

«Ti piacerebbe andare a una raccolta fondi con me?»

«Mi piacerebbe. Come... un vero appuntamento?»

«Come... un vero esperimento.»

Ridacchio. «Un esperimento scientifico?»

«Buon Dio. Sì o no?» sbotta e mi rendo conto di quanto sia nervoso.

«Certo che sì.» Aggrotto la fronte. «Qual è il dress code?»

«Non bondage.» Ridacchia.

«Dannazione, che peccato.» Sgrano gli occhi.

«Ti passo a prendere alle sette?»

«Okay.» Faccio una piccola danza della gioia. «Alle sette.»

* * *

Sono appena passate le sette quando sento bussare alla porta della mia stanza.

Chiudo gli occhi e metto una mano sul ventre per calmarmi.

Non sono mai stata così nervosa e so che non ha niente a che vedere con quello che sto per fare. Si tratta di ciò che ignoro da un po' di tempo.

L'istinto mi dice di scappare, che questa è una cattiva idea.

Non dovrei uscire con Julian questa sera. So che dovremmo tenere le nostre vite private separate. Se si rivelasse un disastro?

Viviamo insieme, Cristo Santo.

Apro la porta e lo vedo... il mio uomo bellissimo e alto con indosso uno smoking nero.

Mi rivolge un sorriso sexy mentre osserva l'abito da sera color caffè. Faccio un respiro profondo e sento l'odore del suo dopobarba.

«Sei bellissima,» sussurra.

Sorrido mentre il cuore prova a scappare dal petto. «Grazie.»

Mi guarda negli occhi. «Sei pronta?»

Deglutisco il nodo alla gola. «Prontissima.»

* * *

Mi guida lungo la casa, stringendomi per mano. Arriviamo all'auto e, come sempre, mi apre lo sportello. Tuttavia, questa volta mi sbatte contro l'auto e mi bacia.

Sorrido e gli getto le braccia attorno al collo. «Adesso possiamo baciarci nel garage?»

«Possiamo baciarci nel garage.» Mi afferra il sedere, spingendomi verso il suo corpo muscoloso. Restiamo abbracciati mentre mi fissa, studiando ogni dettaglio del mio viso. All'improvviso, si acciglia e diventa serio.

Che succede?

Raddrizza le spalle e si allontana. «Dobbiamo andare.»

«Okay.» Salgo senza dire una parola. Lui si siede sul sedile del conducente e mette in moto. Non appena siamo sulla strada principale, mi volto a guardarlo. È sovrappensiero e, quando solleva lo sguardo, si accorge che lo sto fissando. Mi afferra la mano e se la porta sulla coscia.

«Va tutto bene?» chiedo.

Si concentra sulla strada mentre mi solleva la mano e la bacia. «Perché non dovrebbe?»

«Sei silenzioso.»

Sorride. «Se proprio vuoi saperlo, sto cercando di tenere sotto controllo l'erezione nei pantaloni. Quando ci sei tu, sembra che io non sia in grado di farlo.»

Sorrido, felice che l'uomo allegro sia tornato. «Allora forse dovresti scoparmi per bene.»

Ridacchia. «Non temere, mia bellissima signorina Brielle.» Mi bacia di nuovo la mano mentre osserva la strada. «Quando avrò finito con te, sarai stata scopata per bene.»

Mi ha chiamato signorina Brielle. Fingo di sorridere e guardo fuori dal finestrino.

Ha innalzato di nuovo le barriere attorno a lui.

Non appena avrà finito con me.

Perché ho sentito soltanto quelle parole?

Restiamo entrambi in silenzio per il resto del tragitto. Mi chiedo come andrà. Non so che cosa stia pensando, ma sono certa che non si tratti dell'erezione nei pantaloni.

In hotel è sempre felice di toccarmi, ma gli era bastato un momento di intimità tra le mura domestiche a farlo allontanare.

Non so nemmeno perché mi disturbi. Non dovrebbe. So che cosa c'è tra di noi. Mi aveva avvertito delle regole del suo gioco.

Non ci sono finzioni... niente promesse o bisogno di fingere di provare sentimenti che non esistono.

Non scambiare quello che c'è tra di voi per qualcosa che non esiste, Brell.

La nostra è un'amicizia con qualche orgasmo di mezzo.

Niente più, niente meno.

Come ha detto lui... abbiamo un accordo.

* * *

Venti minuti di silenzio dopo, si ferma davanti a un edificio bellissimo fatto di arenaria. Scende dall'auto e dà le chiavi al parcheggiatore prima di fare il giro dell'auto e aprirmi lo sportello. È un vero gentiluomo, apre sempre le porte e cammina dietro di me. Deve essere merito di tutte le scuole importanti che ha frequentato. Almeno spendere tutti quei soldi serve a qualcosa. Mi chiedo se a Sammy stiano insegnando lo stesso.

Julian mi stringe la mano mentre saliamo i gradini. Questo edificio è davvero opulento. «Chi vive qui?» sussurro.

«È la Spencer House,» risponde con tono distratto, guardandosi intorno.

Mr. Masters

I soffitti sono a cupola e ricoperti di affreschi. Il tappeto è rosso e l'arrendamento magnifico. Ci troviamo davanti a un esempio sublime di architettura classica.

«Mio Dio, è meravigliosa.» Mi sorride.

«Sapevo che ti sarebbe piaciuta. Risale al diciassettesimo secolo ed è stata conservata benissimo.»

Mi mordo il labbro e provo a contenere l'entusiasmo. Mi racconta sempre qualche piccolo fatto storico, perché sa che amo la storia.

«Prima apparteneva al Conte Spencer,» aggiunge.

Spalanco gli occhi. «Davvero? Lady Diana era la figlia dell'ottavo Conte Spencer.»

Mi sorride dolcemente. «Esatto. Suo fratello è il nono.»

«Wow,» sussurro. Dentro è pieno di gente. Gli uomini indossano completi eleganti e le donne abiti elaboratissimi. I camerieri vanno in giro con vassoi pieni di calici di champagne.

«Mi ricordi di che evento si tratta?» chiedo.

«Una raccolta fondi per un programma di salute mentale dedicato ai criminali che devono essere inseriti di nuovo in società.»

«Oh.» Un cameriere ci passa accanto e Julian prende due bicchieri, dandone uno a me. «Grazie.» Sorrido e lui fa tintinnare i calici.

«Partecipi spesso a questo genere di eventi?» chiedo.

«Facciamo a turno. Soltanto uno di noi partecipa. Più che altro sono pieni di sponsor.»

«Noi?» Aggrotto la fronte.

«Gli altri giudici e io.»

Bevo un sorso di champagne mentre lo osservo. «Sai, mi sconvolge sapere che sei un vero giudice.»

Sorride. «Perché?»

Faccio spallucce. «Non lo so, non ne avevo mai conosciuto uno prima.» Mi acciglio. «Non conosco nemmeno qualcuno che conosce un giudice.»

Solleva il bicchiere verso di me con gli occhi che luccicano. «Faccio un brindisi all'opportunità di imparare a conoscere bene questo giudice.»

Sorrido e sento le farfalle allo stomaco. Non sono mai stata con un uomo come Julian Masters. Il suo livello di sensualità è troppo alto. Non credo che ci siano molte donne tanto fortunate da aver conosciuto una persona come lui. È intenso, riservato, lunatico e sexy da morire. Con il completo nero, i capelli scuri e quegli occhi penetranti, è il ritratto perfetto dell'uomo autoritario.

Penso sempre a lui perché è più grande e proibito? Dovrei chiedermi se sarei così attratta da lui se avesse la mia età e fosse un ragazzo qualsiasi.

Mmm... è un pensiero interessante. Perché sono attratta da lui?

Se avesse avuto la mia età e ci fossimo conosciuti prima, ci saremmo frequentati? Intendo dire prima di innamorarsi di sua moglie.

All'improvviso, la tristezza mi travolge. Alina si sta perdendo molte cose della vita dei suoi bellissimi figli. Sono meravigliosi e hanno bisogno di lei. Abbasso lo sguardo e fisso il tappeto. Dovrebbe essere qui con lui. Era suo marito. La mia più grande paura è proprio non riuscire a vedere i miei figli crescere. Sarebbe una tragedia.

Mi chiedo che aspetto avesse.

Mi acciglio mentre un pensiero strano mi balena nella mente. Perché non ci sono sue foto in casa? Nemmeno nelle stanze dei ragazzi. Non vorrebbe che loro la ricordassero? Mi concentro e ripenso a ogni camera della casa. No, non ho mai visto una fotografia di quella donna.

È così strano. Domani chiederò a Sammy di mostrarmene una.

«Quindi non conosci mai nessuno a questi eventi?» chiedo, cambiando argomento.

«No.» Beve un sorso del drink. «Ci invitano soltanto perché devono e, come ho detto, ci sono molti sponsor. Se non ci fosse qualcuno ad accompagnarci, passeremmo la serata da soli.» Guarda il vestito che indosso e si lecca le labbra. «Ti ho detto che questa sera sei bellissima?»

Abbasso lo sguardo e mi sistemo l'abito. «Sì, ma puoi dirmelo di nuovo.»

Ridacchia. «Tu...» Fa una pausa per mettere maggiore enfasi. «Di sicuro sei la donna più bella questa sera.»

Sul mio volto compare un'espressione offesa. «Soltanto questa sera? Quindi ci sono donne più belle di me al mondo?»

Nei suoi occhi c'è un luccichio divertito. «Io non ne conosco.»

«Ti sei salvato.» Sorrido.

Inarca un sopracciglio e beve mentre guarda la folla, ma io continuo a osservarlo. Mi sento una ragazzina che sta andando al primo concerto rock.

Torna a guardarmi e si accorge che lo sto fissando. «A che cosa pensi?»

«Adesso?» domando.

«Proprio adesso.»

«Sto pensando che vorrei che mi baciassi,» sussurro.

L'aria diventa elettrica e mi rivolge un sorrisetto sensuale. «Qui?» Annuisco. «Vuoi che ti baci proprio qui?»

Ridacchio. «No, ma possiamo trovare un posto in cui farlo.»

Mi mette una mano sulla schiena e si abbassa per mormorarmi all'orecchio. Il suo respiro mi solletica il collo e mi viene la pelle d'oca. «Perché ho la sensazione che con te sarà difficile mantenere il segreto?»

Mi avvicino ancora di più. «Perché è così.»

Gli si dilatano le pupille mentre mi osserva. «Dal momento in cui arriverà da mangiare, avrai esattamente otto minuti prima che ti trascini nella mia auto.»

«Che cosa mi farai?»

Si abbassa e mi bacia dolcemente le labbra. «Qualsiasi cosa vorrò.»

Le labbra si sfiorano di nuovo e, all'improvviso, non mi importa dove siamo o chi possa vederci, perché lui diventa l'unica persona nella stanza.

È davvero intenso. È come se volesse farmi perdere la testa con i baci dolci e il suono delle sue parole.

Sta funzionando.

Da quando siamo usciti, mi ha baciato soltanto un paio di volte.

Con il bacio che mi ha appena dato, potrebbe convincermi a fare qualsiasi cosa, perché è perfezione pura.

Le attenzioni che mi rivolge sono una dipendenza...

Mi sento una tossica sull'orlo del precipizio e ho bisogno della mia dose.

Fa scivolare le mani più in basso e mi afferra il sedere con disinvoltura. «La mia bellissima Bree.» Riesco quasi a sentire l'elettricità tra di noi e so che lo stesso vale per lui.

«Mi fa un certo effetto,» sussurro. Aggrotta la fronte. «Quando mi chiami così.» Lo fa soltanto quando siamo soli.

Probabilmente è per questo che mi piace tanto.

Mi fissa e si lecca le labbra.

«Bree,» mormora e ridacchio, proprio quando una campanella segnala l'inizio della serata.

Aspettiamo che la gente si allontani. Poi mi afferra la mano e mi guida nella sala da ballo. Controlla quale sia il nostro posto e andiamo al tavolo.

All'improvviso, Julian si ferma. «Cazzo,» sussurra.

«Che c'è?»

«Uno dei miei colleghi è qui.»

«Allora?» Mi acciglio.

«Non voglio che sappiano di te, cazzo.» Mi lascia andare la mano come se fosse una patata bollente e mi sposta la sedia con rabbia.

Che cavolo? Non è colpa mia se il suo collega è qui, ma mi siedo comunque.

«Vuoi da bere?» chiede con tono brusco.

Mi prende in giro? Non ho fatto niente di male. «Per favore,» rispondo con calma.

Scompare al bar e resto seduta da sola mentre la gente comincia a entrare e a occupare i posti.

«Salve, io sono Veronica.» Una signora mi sorride mentre si siede accanto a me. «Io sono Ted,» dice il marito. Poi cominciano a chiacchierare con me a proposito di quello che succederà questa sera, ma io sono troppo distratta.

Perché Julian ci mette tanto?

Guardo verso il bar e lo vedo parlare con una donna e un uomo. Prendo il cellulare e mi accorgo che ho un messaggio da parte di Willow.

Ciao, Brell,
Domani non possiamo dimenticare le uniformi.

Chiudo gli occhi. *Merda, le uniformi.*

Le ho completamente dimenticate. Toccava a noi pulirle dopo l'allentamento di giovedì. Avevamo lanciato il borsone nel portabagagli. Sono ancora lì... sporche.

Dannazione, dovrò lavarle questa sera quando tornerò a casa.

Sì, certo.
Mi ricordi a che ora dobbiamo andare via?

Risponde subito.

Alle otto.

Sospiro. *Grandioso.* Sembra proprio che dovrò pulirle una volta tornata a casa. Le invio un altro messaggio.

Siete da vostra nonna?

Sì, buonanotte.

Sorrido.

Notte.

Resto seduta da sola al tavolo per venti minuti, mentre la gente prova a conversare in modo educato con me. Ogni secondo che passa, divento sempre più agitata. Sposto lo sguardo e vedo Julian ridere fragorosamente. Si sta divertendo un mondo e mi ha lasciato qui tutta sola.

Non capisco.

Sorseggio lo champagne, anche se vorrei scolarmi una bottiglia.

Arrivano gli antipasti, ma lui non torna al tavolo. Adesso è da solo al bar con la donna di prima ed è ovvio che stia evitando di tornare a sedersi accanto a me.

Okay, adesso mi sto incazzando.

Arriccio le labbra, sposto la sedia e vado in bagno.

Non appena entro, resto seduta per un po' nel cubicolo. Perché portarmi a questa cena se non vuole nemmeno sforzarsi di starmi vicino? So che non vuole che gli altri sappiano di me, ma tratterebbe davvero un'amica in questo modo se uscisse con lei? *Non credo proprio.*

Il cuore martella nel petto.

Smettila. Probabilmente sta parlando di un caso importante e io sono solo melodrammatica. Dopo quindici minuti, torno al tavolo. Adesso è seduto accanto a me e la donna del bar si trova dall'altro lato. Finalmente sono anche arrivati i primi.

Sposto la sedia e lui mi sorride quando mi accomodo. Ricambio con un sorrisetto sghembo.

«Signorina Brielle.» Mi indica con una mano. «Lei è Anna, una collega di lavoro.»

Sorrido alla rossa molto carina. Ha circa quarant'anni e ha un corpo incredibile. I capelli le ricadono sulle spalle e sono folti. Ha la carnagione olivastra che mette in risalto gli occhi verdi. È bellissima. «Salve.» Sorrido.

«Salve, signorina Brielle.» Si volta verso Julian. «È un'amica di Willow?» chiede con tono sarcastico.

Julian corruga la fronte sorpreso prima di lasciarsi sfuggire una risatina nervosa. «No, no. È soltanto la nostra tata. Ama la storia e questo edificio, quindi l'ho portata affinché lo vedesse. È arrivata da poco a Londra. Viene dall'Australia.»

Anna ride e dice qualcosa che non sento e poi cominciano a mormorare.

Abbasso lo sguardo e sento il sangue ribollirmi nelle vene. *Soltanto la tata.*

Prendo il bicchiere e lo mando giù in un solo sorso. *Chi cazzo si crede di essere?*

Sposto il piatto davanti a me. «Non hai fame?» chiede.

Gli lancio un'occhiataccia. «Ho appena perso l'appetito.»

Resto seduta in silenzio per quaranta minuti, mentre il resto dei presenti al tavolo cena e chiacchiera. Non mi ha detto una parola in più di un'ora e mezzo, ma non ha smesso di parlare con Anna nemmeno per un secondo da quando è arrivata. Le altre persone al tavolo, che ovviamente si sentono a disagio, provano pena per me e cercano di parlarmi.

Perché mi ha portato qui? Mi sento una stupida.

Dice qualcosa e Anna scoppia a ridere. La signora di fronte a me mi rivolge un sorriso triste.

Fanculo, me ne vado.

Metto giù la salvietta e prendo la borsa da sotto il tavolo.

«Dove vai?» chiede Julian con un sussurro.

Sono così arrabbiata che mi pulsano le orecchie. «A casa.» Mi alzo ed esco dalla sala da ballo. Mi dirigo all'ingresso e poi raggiungo il parcheggiatore.

«Mi scusi, potrebbe chiamarmi un taxi, per favore?» gli chiedo.

«Certo.»

Aspetto con le braccia incrociate sul petto mentre lui va in strada e vorrei tanto che Emerson non avesse quell'appuntamento questa sera, perché vorrei andare a casa sua e tornare lunedì. Oppure mai.

«Che cosa stai facendo?» chiede Julian quando mi raggiunge.

Alzo gli occhi al cielo. «A te che cosa sembra?»

«Ti accompagno a casa.»

«Non disturbarti.»

Arriva un'auto e il parcheggiatore che mi stava cercando un taxi deve occuparsene. «Torno tra un minuto, signorina,» mi dice.

Sospiro. «Grandioso.»

«Mi scusi, può portarmi la mia auto, per favore?» domanda Julian all'altro parcheggiatore.

«Certo, signore.»

Resta accanto a me in silenzio.

«Ritorni dentro, signor Masters.» Sospiro.

«Perché sei incazzata?»

Inarcò le sopracciglia per il disgusto. «Se non lo sai, non te lo dirò.»

Resta in silenzio, perché non sa che cosa dire e non è certo di quanto io sia arrabbiata. La sua auto arriva e mi apre lo sportello. Mi guardo intorno. Devo restare qui al freddo oppure accettare di tornare con lui. Fanculo, voglio solo andare a casa. Salgo in auto e chiude lo sportello.

Si immette nel traffico. Guardo fuori dal parabrezza e, non appena comincia a piovere, i tergicristalli si attivano.

«Non volevo che sapessero che stiamo insieme.» Sospira.

«Be', d'ora in poi non dovrai più preoccuparti di nascondermi.»

Si volta verso di me. «Perché?»

«Perché ho troppo rispetto per me stessa,» sbotto.

«Perché continui a comportarti così?»

«Che cazzo?» urlo. «Mi porti fuori a cena e passi due ore a parlare con un'altra donna. Poi le dici che sono soltanto la tata.» Mi guarda di sbieco. «Per me va benissimo, Giudice Masters,» ringhio.

«Che vorresti dire?»

«Voglio dire che questa sera, mentre tu giocavi a fare il giudice con Anna, io ho giudicato te e non mi è piaciuto quello che ho visto, cazzo.»

«Davvero?»

Mi volto verso di lui, sconvolta dal suo atteggiamento. «Non so come di solito tratti le donne, Julian, ma lascia che ti dica una cosa... non avrai mai più l'opportunità di farmi sentire come questa sera.»

«Come ti ho fatto sentire?» ruggisce.

«Come una puttana da quattro soldi che ti porti a casa a fine serata.»

Serra la mascella e stringe il volante, restando in silenzio. Non diciamo una parola per il resto del tragitto. Percorre il vialetto e poi parcheggia. Scendo dall'auto e sbatto lo sportello con forza, andando verso la porta mentre cerco le chiavi.

Si mette davanti a me e apre con la sua. Lo supero e faccio irruzione in casa.

«Fermati!» mi dice.

Mi giro di scatto. «Non sono mai stata così arrabbiata. Sei un vero coglione arrogante se pensi che accetterò il modo in cui mi hai trattato.» Scuoto la testa. «Chi ti credi di essere?»

I suoi occhi diventano due fessure. «Non puoi dirmi che cosa fare. Questa non è una relazione.»

Resto senza parola e gli sorrido, sbuffando. Non mi disturbo nemmeno a rispondere.

«Bree,» sussurra, afferrandomi il braccio.

Lo allontano. «Non voglio una relazione con te!» urlo. «Adesso il solo pensiero di andare a letto con un maiale arrogante come te mi dà il voltastomaco. Non osare più chiamarmi così. D'ora in poi per te sarò la signorina Brielle. Sono soltanto la tata. Stammi lontano, dannazione!»

Mi lancia uno sguardo assassino. «Hai interpretato male le mie parole e continui a comportarti così senza ragione.»

«Va' a farti fottere.»

Mi volto e vado nella mia stanza, sbattendo la porta. Sono così arrabbiata che le lacrime mi riempiono gli occhi.

Non riesco a credere che abbia persino trovato una giustificazione al suo comportamento. Non mi ha detto una parola per due ore mentre chiacchierava con un'altra donna, Cristo Santo.

Sento la porta d'ingresso chiudersi e poi il motore della sua auto. Corro alla finestra e lo vedo sfrecciare.

È andato via.

Crollo sul letto e mi asciugo le lacrime. Le sue parole mi riecheggiano nella testa.

Questa non è una relazione.

Non mi dire, Sherlock. Questa non è una relazione, è un disastro.

15

Brielle

È PASSATA UN'ORA e sono ancora a letto a fissare il soffitto. Come mi sono cacciata in questa situazione? Che cosa pensavo che avrei ottenuto con Julian Masters? Quando eravamo in albergo ed eravamo soltanto noi due, non c'erano rischi. Era tutto controllato. Non faceva male.

Tiro fuori il cellulare e controllo Instagram e Facebook per non pensare a quanto mi sento da schifo, ma niente riesce ad aiutarmi.

Lancio il telefono. *Ah, odio Facebook.* Dovrebbero chiamarlo *Fakebook* perché è tutta una farsa. La gente mostra foto della loro vita perfetta, con fidanzati e mariti stupendi e affettuosi, e i loro figli... tutto quello che io non ho. Non ci sono mai foto che dicono "Oh, sono uscita con il mio capo più grande di me, che mi ha anche trattato come la troia più stupida al mondo e mi ha messo in imbarazzo". Alzo gli occhi al cielo.

Stronzi e falsi.

Mi vibra il cellulare, lo prendo e vedo che ho ricevuto un messaggio da parte di mia madre.

Ciao, Brell, come va? Ci manchi.

Mi vengono le lacrime agli occhi e la chiamo subito.
«Pronto, mia bellissima Brell,» risponde al primo squillo.
«Ciao, mamma.» La sua voce mi fa subito commuovere.
«Va tutto bene, tesoro?»
Chiudo gli occhi. È incredibile che riesca sempre a capire quando qualcosa non va.
Annuisco, anche se non può vedermi. «Sì,» mento, nonostante le lacrime.
«Che succede, Brell?»
Sono uscita con un tipo che ha quasi la tua età e che si è dimostrato un vero stronzo, e adesso sono da sola in questa casa enorme e spaventosa, e non ho un altro posto in cui andare. «Niente, mamma.» Sorrido. «Sento soltanto nostalgia di casa... domani mattina starò meglio.»
«Andrai in giro per la città?»
«Sì... Emerson ha conosciuto una persona.»
«Oh, è carino?»
«È un sogno. Si chiama Alastar ed è irlandese.» Sorrido. «Lui è diverso.»
Scoppia a ridere. «E che mi dici di te? Uomini in vista?»
«No.» Mi acciglio. «Incontro soltanto idioti... sono una calamita per loro.»
«Il tuo lui ti sta aspettando, Brell. Qualcuno di molto speciale aspetta il tuo arrivo e un giorno vi incontrerete.»
Sento un nodo alla gola. Un tempo pensavo sempre che ci fosse qualcuno da qualche parte nel mondo che mi attendeva, ma non ci credo più. Sto perdendo la speranza negli uomini. «Come state tu e papà?» Cambio argomento.

«Stiamo bene e stiamo pensando di venire a trovarti.»

Spalanco gli occhi. «Sul serio?»

«Sì, non prima di sei settimane, ma abbiamo pensato di restare a Londra per una settimana e poi andare a Praga.»

«Oh, davvero? Sarebbe grandioso.» Mi si riempiono di nuovo gli occhi di lacrime. «Mi farebbe molto piacere vedervi.»

«Stai bene, cara? Sembri strana. È venerdì sera e pensavo che saresti uscita.»

«Uscirò domani con Em. Questa sera ha un appuntamento.»

«Non hai conosciuto qualcun altro con cui uscire?»

«I coinquilini di Emerson sono molto simpatici. Forse inizierò a frequentarli se a Em piace davvero questo ragazzo. Non me ne starò da sola in questa casa enorme senza fare niente,» borbotto.

«E come va con il lavoro?»

Spalanco gli occhi non appena ricordo che le uniformi sono ancora nel furgone. *Merda*. «Tutto bene,» mento. «Mamma, devo andare. Uno dei bambini mi ha chiamato.»

«Okay, cara. Ti voglio bene. Ti farò sapere del mio viaggio.»

«Anch'io ti voglio bene. Ciao, mamma.»

Riaggancio e scendo nel garage al buio, sbattendo il mignolo contro qualcosa.

«Fanculo!» sbotto mentre il dolore mi assale e accendo la luce per prendere le uniformi in auto.

Mi prende in giro? Ci sono una montagna di cose da lavare e io dovrei starmene a casa a fare il suo bucato mentre lui si sbatte quella rossa stupenda.

Infilo il primo carico nella lavatrice e sento il sangue che mi ribolle nelle vene.

Stupido stronzo del cazzo. Dov'è il suo whisky costoso? Lo berrò tutto.

* * *

Sento un ronzio insistente e mi acciglio. Che diavolo è? Colpisco il cuscino e mi giro con gli occhi chiusi.

Non smette.

«Chiudi il becco,» mormoro contro il cuscino. Spengo la sveglia e torno a dormire. Perché diamine c'è la sveglia di sabato? Non l'avevo impostata.

Un attimo...

Spalanco gli occhi. *Le uniformi!*

Indosso la vestaglia e corro in lavanderia, estraendo le maglie dalla lavatrice e gettandole nell'asciugabiancheria. Poi vado in cucina, accendo la macchina del caffè e mi accorgo che sono le sei del mattino. C'è molto silenzio.

Oh, giusto. I bambini erano andati dalla nonna e quell'idiota di un giudice dorme ancora al piano di sopra. Chissà a che ora sarà rincasato. Mi avvicino alla finestra e guardo verso il garage per vedere se la sua Porsche è ancora nel vialetto. *No.* Deve averla parcheggiata in garage, anche se è strano perché non ho sentito la porta che si apriva. A volte mi infastidiva perché mi svegliava.

Maledizione, in questo momento dovrei sentirmi fresca e rilassata dopo un appuntamento, invece sono stanca, ho le mestruazioni e sono incazzata... non è una combinazione ideale per me. Spero di incontrare quella stronza di Tiffany durante la partita. Ho bisogno di una scusa per fare fuori qualcuno.

Mi verso una tazza di caffè e mi siedo al tavolo da pranzo. Voglio che le uniformi siano asciutte prima che gli altri si sveglino, così nessuno saprà che sono una schiappa come tata.

Ripenso agli eventi della sera prima e, anche se impossibile, penso di essere più arrabbiata al momento. Lo immagino fare lo spiritoso con il suo solito fascino e vado su tutte le furie. Mi domando se alla fine si sia portato a letto la rossa. Alzo gli occhi al cielo disgustata al pensiero che potrebbe averla portata in casa. *Quella donna scenderebbe davvero al piano di sotto?*

Mi stringo il ponte del naso mentre li immagino insieme in casa. Se li vedessi insieme, li farei entrambi fuori. Sorrido immaginandolo piegato in due per il dolore mentre mi supplica di non dargli un altro calcio sulle palle. È un vero idiota.

Dio, odio sentirmi così. Pensavo che quei giorni fossero finiti.

Torno nella lavanderia e apro subito l'asciugatrice, ma i vestiti sono ancora bagnati. *Maledizione.*

Torno in casa e guardo in cima alle scale. Di sicuro non oserebbe mai portarla in casa. Giusto? Sospiro perché non posso esserne sicura. Non avevo nemmeno mai pensato che mi avrebbe trattato come la notte prima. Adesso tutto è possibile. Mi mordo il labbro guardandomi attorno per assicurarmi che nessuno possa vedermi.

Non c'è nessuno qua sotto, stupida. Julian dorme con la porta socchiusa, quindi se l'ha portata qui di sicuro l'avrà chiusa. Se lo è... che Dio lo aiuti.

Salgo le scale in punta di piedi perché ho bisogno di dare una sbirciatina. Guardo verso il corridoio e vedo che ha la porta aperta, così avvicino una mano sul petto per il sollievo. *Grazie a Dio.* Poi mi acciglio, però.

La porta è troppo aperta. Percorro il corridoio e guardo dentro la sua stanza, notando il letto ancora intatto.

Che cosa? Non è tornato a casa.

Fa sul serio? Torno giù come se fossi Hulk e apro l'asciugatrice, imprecando quando vedo che i vestiti sono ancora bagnati.

«Asciugatevi, figli di puttana!» urlo alle maglie. «Oggi non è giornata. Mi avete capito?»

Estraggo il secondo carico e appendo i vestiti attorno al radiatore sul filo della biancheria pieghevole. *Perché non ci avevo pensato ieri sera?*

«La tua stupidità mi sconvolge,» borbotto e mi verso un altro caffè, sorseggiandolo in silenzio.

Andrà a prendere i ragazzi dopo essere stato a Scopalandia. Immagino di colpirlo in faccia non appena attraverserà la soglia. Sono sicura che, se mi guardassi allo specchio, avrei gli occhi rossi. Sono come l'esorcista, pronta a uccidere.

Mi metto le mani tra i capelli. *Calma, calma... mantieni soltanto la calma. È un idiota e tu sei troppo per lui. Ieri notte ha fatto sesso con la sua fragolina.*

Sento l'auto arrivare nel vialetto e corro verso la finestra.

Oh no.

Sono arrivati.

Mi affretto a estrarre le uniformi dall'asciugatrice quando qualcosa cade per terra. *Eh?* Mi accorgo che è una cosa bianca. Di che si tratta? Lo raccolgo e vedo che è il numero sette.

Spalanco gli occhi. Il numero sul retro della maglia è staccato.

Oh no.

Che diamine?

Controllo le altre maglie per assicurarmi che i numeri non si siano staccati o rovinati.

«Brelly!» urla Sammy dalla cucina.

Che cazzo? No, non può succedere. No... Dio, no.

«Va' a svegliarla,» dice Julian a Willow.

«Sono sveglia e nel bel mezzo di un incubo,» ringhio.

Willow mi raggiunge in lavanderia e spalanca gli occhi quando vede la maglia che ho in mano. «Oddio, che cosa hai fatto?» urla.

Sussulto e mi metto le mani in testa. «Non lo so!»

Arriva anche Julian, che impallidisce quando nota il numero completamente rovinato. «Che diavolo sta succedendo? Le maglie non vanno nell'asciugatrice. Non dirmi che lo hai fatto!» sbotta.

«Invece sì!» urlo e Will inizia a piangere e a correre al piano di sopra. Anch'io sono sul punto di avere una crisi di nervi, quindi so come si sente. È assurdo, cazzo.

Il signor Masters prende le uniformi e ringhia: «Sono tutte rovinate.»

«Tutte le maglie possono andare in asciugatrice. Di che cosa sono fatte queste?» chiedo sconvolta.

Sammy inizia a colpire la gamba del padre. «Basta... non urlarle contro,» grida e poi scoppia a piangere.

Impallidisco. «Sammy, no, piccolo. Va tutto bene.» Lo stringo e piange sulla mia spalla. «Tuo padre non voleva... non devi mai colpirlo.»

Julian mi guarda in cagnesco e corre da Willow per confortarla mentre io mi occupo di Sammy.

Sì... è la maniera perfetta per iniziare il sabato. Avanti con l'alcol.

* * *

Mi siedo sulla sedia pieghevole con Sammy sul grembo mentre aspetto che la partita inizi. Julian si era occupato del problema con le maglie, perché era chiaro che io non ero in grado di gestirlo. Alla fine si era scoperto che c'erano due set di maglie nel borsone, quindi con quelle che non avevo inserito nell'asciugatrice, ce n'erano a sufficienza per la squadra. Mancavano quattro numeri e li aveva riattaccati temporaneamente mentre io avevo dato di matto. Di sicuro sarebbero caduti durante la partita, ma a questo punto a chi importa? Non parlo con Julian e Willow non mi rivolge la parola. L'unico che non ce l'ha con me è Sammy.

Julian è dietro di noi con le braccia incrociate, troppo teso per sedersi.

«Samuel, perché questa mattina mi hai colpito?» domanda, incapace di resistere ancora.

Arriccio le labbra, ma riesco a tenere gli occhi fissi sul campo. «Perché volevo che la smettessi,» risponde Samuel con sincerità.

«Di fare che cosa?»

«Di urlare a Brelly. Non la spingerai ad andarsene.»

Oh no. «No, Sammy. Non me ne andrò. Stavamo soltanto discutendo. Non significa che me ne andrò,» lo rassicuro e lo abbraccio. *Povero piccolo.*

«Lo prometti?» domanda osservandomi con espressione preoccupata.

«Prometto che non me ne andrò,» rispondo. «Non devi mai preoccuparti di questo.» Sollevo lo sguardo su Julian, che mi lancia un'occhiataccia perché il figlio ha preferito difendere me.

Potrei uccidere tuo padre, ma non ti lascerò, Sam.

Si mette comodo su di me e la partita inizia. Tuttavia, quando vede un suo amichetto sul campo, corre da lui per giocare insieme.

Julian e io guardiamo la partita in silenzio, finché lui non mormora: «Mi dispiace per ieri sera.» Fisso il campo, incapace di rispondergli. «Non mi parli?»

Lo ignoro di nuovo, perché perderò la pazienza se inizierò a palare con lui, e ho troppa dignità per farlo.

«Che cosa ti aspettavi che facessi?» insiste.

«Smettila di parlare... sto cercando di guardare la partita,» sibilo.

«Brell?» Sento la voce di una donna alle mie spalle, così mi giro e vedo Joseph e Frances, i genitori di Masters, che vengono verso di noi.

Oh, grandioso. Proprio ciò di cui ho bisogno. «Salve.» Sorrido quando mi alzo per salutarli, e poi mi baciano sulla guancia prima di posizionarsi tra me e il figlio.

«Come se la cava?» domanda Frances mentre guarda Will che gioca.

«Alla grande,» rispondo con un sorriso, e Julian mi accusa con lo sguardo di essere una bugiarda.

«Julian?» esclama una donna. Ci giriamo e notiamo che si tratta di quell'idiota di Rebecca.

«Salve.» Julian le sorride con falsità.

«Ti nascondi da me?» gli chiede con una risata e appoggiandogli una mano sul petto, gesto che lo fa ridacchiare, mettendolo chiaramente a disagio.

Alzo gli occhi al cielo perché è davvero disgustoso. Ci prova con lui per dieci minuti, facendo trasalire tutti i presenti, ma poi non riesco più a resistere. «Vado a controllare Sammy,» dico.

Vado da Sammy e resto sull'altro lato del campo perché non posso più sentire quella donna che ci prova con lui. Qualche minuto dopo mi raggiunge Frances. «Buon Dio, Brell, non lasciarmi con quella donna così stupida.»

Alzo gli occhi al cielo. «Già, sono insopportabili quando lo adulano.»

Si acciglia e finge di avere un brivido. «Julian ha l'abilità di attrarre le donne peggiori.»

«A lui piace,» replico.

«A te e a Julian andrebbe di venire da noi questa sera... per cena?» chiede speranzosa. «Vorrei ricambiare il favore.»

Maledizione, si sta comportando in modo gentile. «Non posso, mi dispiace. Ho dei piani.»

Impallidisce e riflette per un attimo. «Hai un appuntamento?»

«No.» Scuoto il capo. «Uscirò con la mia amica, Emerson.»

«Oh... fantastico.» Ha un sorriso falso stampato in faccia quando intreccia il braccio con il mio.

«Non farti strane idee.»

Mi accarezza il braccio. «Non oserei.»

Julian e suo padre fanno il giro del campo e si avvicinano a noi. «Mamma, ti dispiacerebbe portare i bambini a casa tua questo pomeriggio? Vorrei parlare con la signorina Brielle in privato.»

Spalanca gli occhi euforica. «Sì, idea grandiosa. Porta Brell a pranzo fuori se dovete parlare.» Mi sfiora il braccio. «E terrò i bambini questa sera se riuscirai a convincerla a disdire il suo appuntamento, così potrai portarla a ballare.»

Che furbetta...

Julian impallidisce. «Ha un appuntamento?» domanda sconvolto.

«Sì...» esito perché sono la bugiarda peggiore del mondo. «Esatto.»

«Con chi?» sbotta.

«Un dottore,» interviene Frances mentre mi stringe il braccio.

Mi acciglio. *Che cosa stai combinando, Frances?*

«Quale dottore?»

Suo padre sogghigna mentre finge di guardare la partita.

«Non sono affari suoi... perché non chiede a una delle mamme disperate e senza un appuntamento di andare a ballare? Oppure a Fragolina Dolcecuore. È sempre pronta per divertirsi.»

I suoi occhi diventano due fessure perché sa a chi mi riferisco.

«Chi è Fragolina Dolcecuore?» sussurra Frances.

«La collega scortese di Julian.»

«Non è scortese. Si è trattato di un incontro di lavoro,» la difende.

«Lei non è soltanto una stupida tata,» replico con sarcastico e lui sorride in modo falso.

«Mi sono persa... chi è stupido?» sussurra Frances, pensando che riesca a sentirla soltanto io.

«Lui,» rispondo.

Suo padre sorride, divertito dalla nostra conversazione.

«Oh, perché inserire le maglie dell'uniforme nell'asciugatrice è una mossa così intelligente,» sibila Julian.

Lo guardo di sbieco e stringo il braccio di sua madre. «Mi dispiace, ma in Australia possiamo inserire le maglie nell'asciugatrice. Non sono abituata ai prodotti scadenti del Regno Unito... e lo stesso vale per gli uomini.»

Suo padre sorride mentre tiene il telefono in mano e ce lo mostra. «Oh, Fragolina Dolcecuore era una bambola con i capelli rossi di moda negli anni Ottanta.»

Julian alza gli occhi al cielo e mi mordo il labbro per non ridere. Suo padre lo aveva cercato su Google?

«Julian?» esclama una donna dall'altro lato del campo, sorridendo e agitando le braccia in modo esagerato. Lui le sorride e ricambia il saluto.

«Buon Dio... queste donne sono insopportabili,» dice sua madre con un sospiro.

«Sono perfette per lui,» borbotto mentre guardo la partita.

«Julian, potresti andare da lei, così non si avvicinerà, per favore?»

La madre di Julian ridacchia. «Oh, ti adoro, Brell.» Poi si rivolge al figlio. «Siete sicuri di non voler andare a ballare questa sera?»

«Sicurissimi,» rispondiamo all'unisono.

Dobbiamo chiudere questa conversazione. «Andrò a prendere un caffè. Qualcuno lo gradisce?» domando.

«Sì, grazie,» dicono Julian e il padre.

«Verrò con te, cara,» esclama Frances con un sorriso, e poi attraversiamo il campo a braccetto. «Chi è Fragolina Dolcecuore?» sussurra.

Alzo gli occhi al cielo. «Sei una vera impicciona.»

«Vero. Avanti, racconta.»

«Non puoi dirgli che te ne ho parlato.»

Incrocia le dita sul petto. «Sul mio onore.»

«Ieri sera sono uscita con Julian... un'uscita tra amici.»

I suoi occhi si illuminano. «Davvero?»

«Non fare i salti di gioia. È stato un disastro.»

«Perché?»

«Mi ha ignorato per due ore e ha parlato con una collega dai capelli rossi.»

Restringe gli occhi. «Fragolina Dolcecuore?» Annuisco. «Ho sempre odiato quella bambola,» mormora.

«Comunque, me ne sono andata, abbiamo litigato, e poi lui è uscito e non è tornato per tutta la notte.»

«Be', era a casa mia.»

«Che cosa?» Aggrotto la fronte.

«È venuto da me per prendere i bambini e si è addormentato sul divano, così ha deciso di restare.»

«Oh.»

Si acciglia. «Non hai pensato che...» Scrollo le spalle e lei aggiunge: «No, Brelly. Era con noi.» Mi sfiora il braccio e mi attira più vicino.

Scuoto il capo disgustata. «Non importa. Siamo soltanto amici... tutto qui.»

«Tutto qui?» Aggrotta la fronte. «Non può essere.»

La guardo sconvolta. «Invece sì.»

«Parlagli questo pomeriggio. Magari potrete uscire insieme e sistemare le cose.»

Mi allontano. «Non ho intenzione di sistemare le cose tra di noi. È strano...» Esito perché sono stata scortese. «Non offenderti, è un uomo adorabile, ma...»

«Non mi sono offesa. È vero che è strano ed è per questo che mi piaci. Sei una ventata d'aria fresca e Julian ha proprio bisogno di qualcuno come te.»

Le accarezzo il braccio. «Non mi piace Julian. Non è l'uomo per me... ma martedì ti va di prendere un caffè e mangiare una fetta di torta?»

Fa un sorrisone. «Mi piacerebbe molto.»

* * *

Nessuno apre bocca durante il tragitto di ritorno a casa di Julian. I bambini sono andati da sua madre per permetterci di parlare della sera precedente.

Peccato per lui, perché non ho niente da dire. Entrerò in casa, farò i bagagli e andrò da Emerson per il fine settimana. Sono anche disposta ad aspettarla sul marciapiede se non sarà in casa. Al momento qualsiasi cosa è più allettante che stare con Julian. Sono ancora troppo furiosa e, quando parcheggia, mi fiondo subito in casa.

«Possiamo parlare, per favore?» domanda.

«Non ho niente da dire, Julian,» esclamo da sopra la spalla.

«Io sì.»

«Allora chiama qualcuno, perché io non parlerò.»

Mi dirigo in camera mia e prendo un borsone. Che cosa indosserò questa sera? *Mmm, qualcosa di davvero sexy.* Inizio a controllare tra i vestiti e adagio le mie cose sul letto. Tiro fuori biancheria di pizzo nera e sexy e un abitino dello stesso colore.

Poi Julian entra in camera mia e domanda: «Che cosa stai facendo?»

«Preparo le mie cose.»

Nota la biancheria sul letto. «Hai un appuntamento questa sera?»

«Sì,» rispondo mentre continuo a controllare i cassetti.

«Dove lo hai conosciuto?»

«Non sono affari tuoi. Esci.»

Espira pesantemente. «Possiamo parlare di ieri sera, per favore?»

«No.» Mi piego mentre cerco tra le scarpe in fondo al guardaroba.

«Non volevo che gli altri scoprissero che stiamo insieme.»

Lancio un paio di scarpe con il tacco sul letto. «Non stiamo insieme.»

«Era soltanto una collega,» aggiunge.

«Non mi importa chi è. Non si tratta di lei.»

Mette le mani sui fianchi. «Allora di che cosa si tratta?»

Lo osservo con attenzione. «Non puoi essere così stupido, cazzo.»

«Mettimi alla prova.»

«Riguarda la tua incapacità di comunicare.»

«Io comunico... e anche molto bene,» ribatte oltraggiato.

«Non hai idea di come si comunichi con gli altri, nemmeno con i tuoi figli.»

«Non è vero.»

«Okay, signor so tutto io. Hai scoperto quello che la ragazzina ha detto a Willow su sua madre durante la partita. Gliene hai parlato?»

Si acciglia. «Non voglio turbarla.»

«La stai turbando ignorandola!» urlo. «Dimmi quando è stata l'ultima volta che hai parlato con i tuoi figli di qualcosa che li riguardava.»

«Che cosa? Parlo con loro ogni giorno. Che cosa stai insinuando?»

«Parli con loro di ciò che trasmettono in televisione, gli eventi nel mondo, quello che mangiano, i compiti, questioni di scuola. Si tratta soltanto di conversazioni frivole.» Si acciglia ancora di più. «Quando è stata l'ultima volta che hai chiesto loro qualcosa di personale? Willow ha giocato a golf la scorsa settimana ed è stata davvero molto brava, ma non ne hai parlato con lei. Perché? Perché sei così?»

«Perché non posso permettermi di essere il genitore divertente. Devo essere quello severo.»

Faccio una smorfia. «Sono bravi ragazzi. Non hanno bisogno di un padre severo, ma di uno che mostri loro come amare.»

Abbassa la testa e poi mi fissa con sguardo furioso. «Non sono affari tuoi. Non parlerò con te dei miei figli.»

«Volevi parlare. Eccoti accontentato.» Incrocio le braccia sul petto. «Già che ci siamo, perché in casa non ci sono foto della loro mamma?» domando.

I suoi occhi sono fari di rabbia. «Non provarci.»

«No. Voglio sapere. Perché non ci sono prove della sua esistenza? Meritano di ricordarla. Sono una parte di lei, ma sembra che per loro non sia mai esistita.»

«Esci da qui, cazzo!» ringhia.

«Sei in camera mia. Esci tu!» urlo. Mi fissa dritto negli occhi e mi sento subito in colpa quando capisco che quel commento sulla moglie lo ha ferito. «Julian, l'infanzia dovrebbe essere un periodo spensierato, pieno d'amore e risate.» Restiamo in silenzio per un momento. «Non voglio che un giorno ti ritrovi a chiederti perché non hai un bel rapporto con i tuoi figli.»

«Amo i miei figli. Li amo più di qualsiasi altra cosa al mondo,» replica con tristezza.

«Lo so.»

«Allora che cosa stai cercando di dirmi?»

«Sto dicendo che devi imparare a donarti a loro.»

«Lo faccio. Do loro tutto me stesso!» urla.

«Dai loro stabilità, ma hanno bisogno di compassione e di essere compresi. Hanno bisogno che tu sia anche un amico per loro.»

I suoi occhi diventano due fessure mentre fissa la biancheria intima sul letto. «E che mi dici della notte scorsa? Stavo soltanto cercando di proteggerti dai pettegolezzi.»

«Non ho bisogno di protezione. Desidero compassione ed essere capita, proprio come i tuoi figli.»

Scuote il capo, fermandosi per un attimo. «Prima di uscire... quando eravamo qui...» Si interrompe.

«Che cosa vuoi sapere di preciso?»

Incrocia il mio sguardo e dice: «Mi hai confuso.»

Mi acciglio. «Confuso?»

Si passa le mani tra i capelli per la frustrazione. «Non lo so... lo hai fatto e basta. Ero davvero eccitato al pensiero di uscire con te...»

«Che problema c'è?»

Si stringe nelle spalle. «Non sono il tipo da relazioni, Bree. Non ho idea di che cazzo stia succedendo tra di noi.» Solleva le mani in aria. «Ho la testa incasinata, okay?»

«Julian,» dico con un sospiro.

Mi afferra la mano e dice: «Non uscire questa sera. Resta qui con me.»

Espiro pesantemente e mi mette le braccia attorno per attirarmi vicino. «Ho solo...» Si interrompe di nuovo.

Mi libero dalle sue braccia. «Julian, capisco che tu non voglia una relazione. So che non c'è futuro per noi, ma non comprenderò mai il modo in cui mi hai fatto sentire ieri sera. Non tratterei mai un amico così.» Ogni traccia di colore scompare dal suo viso. «Devi capire quello che vuoi. Non possiamo essere amici di letto se non esiste nemmeno amicizia tra di noi.»

«Bree.» Prova a riabbracciarmi, ma mi allontano.

«Non osare cercare di convincermi del contrario.»

Cerca il mio sguardo e domanda: «Questa sera uscirai davvero con qualcuno?»

«Sì.»

Serra la mascella per la rabbia. «Se lo farai, puoi considerare finita qualsiasi cosa ci sia tra di noi.»

Faccio un sorrisino e scuoto la testa perché sono sconvolta. «Hai messo fine a qualsiasi cosa ci fosse tra di noi ieri sera, Jules. Non dare a me la colpa.»

Abbassa il capo e fissa il pavimento.

«Puoi uscire, per favore? Voglio prepararmi.»

Si gira ed esce, e lo osservo chiudere la porta, ma quel finale inaspettato mi crea una voragine nel petto.

16

Julian

Mi siedo al tavolo e mi strofino la fronte.

Fermala. Va' lì e scusati. Mi viene da vomitare.

Falla restare.

Chiudo gli occhi e faccio un respiro profondo prima di deglutire. Provo una strana sensazione al petto, simile al rimpianto.

Se vuole uscire con qualcun altro, sono affari suoi. Non sono monogamo, quindi perché mi sento così quando penso che uscirà con un altro uomo?

Smettila.

Mi alzo e mi verso uno scotch. Poi torno al tavolo e bevo un sorso. Magari non ci andrà.

Ripenso alle sue parole. *Non ho bisogno di protezione. Desidero compassione ed essere capita, proprio come i tuoi figli.*

Sono compassionevole con i miei figli. Ho rinunciato alla mia cazzo di vita per loro. Chi è lei per biasimarmi quando non sa niente della nostra situazione?

Bevo un sorso generoso, proprio quando entra con il borsone in mano.

Dille di non andare.

Serro le labbra per non farlo. Continuo a bere lo scotch e agito la gamba sotto il tavolo.

«Stai bene?» chiede.

«Perché non dovrei?»

«Be', stai bevendo alcol alle dieci e mezzo di mattina.» Mi fissa per un momento. «Non volevo dire che sei un cattivo padre.» Esita. «Non era quello che intendevo.»

«Ma hai dato questa impressione.»

Si siede davanti a me. «Julian.» Fisso il vetro del tavolo. «Vuoi guardarmi?» Sollevo lo sguardo su di lei. «So che non vuoi una relazione.» Serro la mascella. «Non so che cosa credi che ci sia tra di noi, ma ieri non mi hai trattato bene. Hai davvero ferito i miei sentimenti e mi hai sorpreso, perché non me lo aspettavo. Il tuo comportamento mi ha colto alla sprovvista e anche quello che ho provato è stato una sorpresa.» Mi viene il voltastomaco. «E per me non è un buon segno sentirmi ferita da te, dato che non abbiamo nemmeno una relazione.» Mi guarda negli occhi. «Mi hai detto di essere cauta con te.» Continuo a bere, perché non so che cosa dire. «Ed è quello che sto facendo.»

«Uscendo con qualcun altro?» le chiedo.

Mi fissa intensamente. «Voglio soltanto un amico su cui poter contare.»

«Puoi contare su di me.»

«No, non posso. Me l'hai dimostrato ieri sera.»

«Ieri sera è stata un'eccezione.»

«Cristo Santo, era il nostro primo appuntamento.»

Serro le labbra per non dire qualcosa di stupido che mi metterebbe in imbarazzo. Non la supplicherò. La immagino baciare qualcun altro e mi agito. Mi strofino la barba, frustrato. *Smettila! Tu non sei il tipo da monogamia.*

Che cos'è questa stupida sensazione del cazzo? Gelosia?

Agito la gamba sotto il tavolo mentre cerco di controllare le emozioni e lei continua a guardarmi negli occhi.

«Queste barriere che innalzi.» Corrugo la fronte, perché non capisco che cosa intenda. «Perché lo fai?»

Faccio una smorfia. «Non sai di che cazzo parli.»

«Da che cosa ti proteggi, Julian?»

Mi alzo all'improvviso. «Non resterò qui ad ascoltare queste stronzate psicanalitiche.» Scuoto la testa. «Non ho bisogno di protezione. Sono felice di avere amiche di letto. Non trasformare questa storia in qualcosa che non è.»

«Davvero?» Mi osserva. «Perché sembravi piuttosto incazzato quando hai pensato che sarei uscita con qualcuno questa sera.»

«Perché mi stai liquidando, cazzo!» urlo. «Non vengo liquidato. Nessuno lo fa!» Le do le spalle. Era passato molto tempo dall'ultima volta che avevo perso il controllo. Faccio un respiro profondo e cerco di tenere a bada la rabbia.

Va' via. Esci da questa stanza. Adesso. «Lasciami entrare e possiamo riprovarci.»

Mi volto verso di lei. «Non ho idea di che cosa stai parlando.»

«Ti sei chiuso, escludendomi. L'altra sera, eravamo abbracciati e stavamo condividendo questo momento di intimità e tu ti sei chiuso in te stesso all'improvviso.»

«Non è vero.»

«Invece sì e, più ci pensò, più mi rendo conto che lo fai sempre. Non parli mai di certe cose con i ragazzi perché non vuoi dare loro l'opportunità di fare domande.» La fisso. «Ti proteggi anche da loro, Julian, anche se non te ne rendi conto.»

Mi viene il voltastomaco quando capisco che cosa sta insinuando. «Tutto questo è ridicolo.»

«Davvero? Almeno puoi pensarci dopo che sarò andata via?»

La fisso e so che devo dirlo, perché mi sta tormentando. «Non voglio che tu stia con nessun altro.»

«Che cosa stai dicendo?»

Aggrotto la fronte. So che dovrei dire di più, ma non ci riesco.

Mi guarda negli occhi. «Pensi davvero che uscirò con un altro uomo mentre non faccio altro che pensare a quanto mi hai ferito?»

Le rivolgo un'espressione triste. «Non volevo farlo, Bree.»

«Eppure lo hai fatto comunque.» Abbasso lo sguardo per l'umiliazione. «Forse devo imparare a innalzare le mie barriere,» sussurra.

Deglutisco il nodo alla gola e la guardo negli occhi. «Devi uscire?»

«Sì.» La rabbia mi assale e le lancio un'occhiataccia. Mi sta liquidando di nuovo. Sentiamo un clacson suonare. «Il mio Uber è qui.» Sospiro e lei va verso la porta prima di voltarsi. «Parlami, Julian. Dimmi quello che vuoi.»

Serro la mascella e sento il bisogno improvviso di ferirla per aver scelto di abbandonarmi.

«Vogli una donna che non sia appiccicosa,» sibilo.

Mi guarda con espressione triste e vorrei subito prendermi a calci.

Perché l'ho detto? Abbasso lo sguardo e poi sento la porta chiudersi.

Brielle

Metto il rossetto e arriccio le labbra mentre mi guardo allo specchio.

«Pensi che dovrei indossare quello nero o quello grigio?» chiede Emerson, mostrandomi due vestiti.

Li osservo. «Quello grigio.»

Sono a casa sua e ci stiamo preparando per la nostra serata fuori. Sto provando a non pensare a Julian.

Voglio una donna che non sia appiccicosa.

«Mi dispiace non poter venire alla gita domani,» dico ed Em sospira. «Non sapevo di dover lavorare.»

«Non fa niente, farò qualcosa da sola. Possiamo andarci la prossima settimana.»

«Allora, Thomas?» chiedo.

Emerson sorride. «È davvero divertente. Rido sempre quando sono con lui.»

«Sì, è carino,» concordo.

«Be', almeno è molto più carino del tuo capo cui piace masturbarsi con i piedi.» Si siede accanto a me e comincia a mettere il mascara. «Per favore, dimmi che ti è passata la cotta per quell'uomo.»

La osservo. Non le ho detto quello che è successo tra me e Julian e non sono certa del perché.

«Che cosa non ti piace di lui, Em?» domando. «Non lo conosci nemmeno.»

Si volta a guardarmi. «Hai ragione, ma conosco te.»

«E?» Aggrotto la fronte.

«Ha detto di volere sesso senza legami.»

Prendo il mio mascara. «Allora?»

«Allora... poi ti ha portato fuori a cena e ti ha ignorato per due ore di seguito.» Guardo il mio riflesso allo specchio e serro le labbra. «E anche se c'è questa tensione sessuale tra di voi, ti ha detto che i suoi figli vengono prima di tutto.»

«Per me è una bella qualità,» intervengo.

«Lo sarebbe.» Si ferma e mi guarda. «Se fossero i tuoi figli.» La osservo per un momento. «Ti conosco e basta, Brell. Non sei fatta per una relazione senza legami. Allora perché dovresti trascorrere i prossimi dodici mesi con un ragazzo che non vuole impegnarsi e che, probabilmente, andrà a letto con altre donne mentre tu baderai ai suoi figli? Non puoi evitarlo, dato che vivi con lui. Ti importa dei suoi figli. Morale della favola, tu sarai fedele e lui no.»

Sospiro e comincio a picchiettare il blush. «Non puoi sapere che cosa succederà.»

Emerson si ferma e scuote la testa. «Brell, non è l'uomo adatto a te.»

Appoggio il blush sul tavolino. «Perché ne sei così sicura?»

Ci riflette per un attimo. «Okay, mettiamola così. Fingi di incontrare un ragazzo di venticinque anni che è la tua anima gemella. Ti innamorerai e vi divertirete, magari lo frequenterai per un paio di anni. Diventerete una squadra. Deciderete dove sarà casa vostra e inizierete a risparmiare per prenderne una. Vi sposerete, avrete dei figli e tra di voi non ci saranno disparità per il resto della vita.» La guardo allo specchio. «Oppure... potresti andare a letto con il signor Masters, che si è già innamorato della sua anima gemella e l'ha persa. È un vedovo e tu sarai sempre la seconda. La sua casa, il suo lavoro, i suoi figli... tu dovrai sempre trovare un posto tra di loro.» Deglutisco il nodo alla gola. «Anche se volesse una relazione, e non è così, non sarai mai la cosa più importante per lui, Brell. Sarai sempre la quarta o la quinta. Non può trasferirsi in Australia. Non può uscire ed essere spontaneo. Non può metterti prima dei suoi figli. Non può darti ciò che potrebbe regalarti un ragazzo più giovane.» Impallidisco mentre lei continua. «Voglio soltanto il meglio per te, Brell, e non è il signor Masters. È proprio l'opposto.» Mi abbraccia e fissiamo il nostro riflesso. «Sei rimasta con il tuo ex per tre anni di troppo perché ti dispiaceva per lui, perché sei una brava persona e volevi aiutarlo a stare meglio.»

«Lo so.» Sospiro.

Mi spintona con la spalla. «Non puoi aiutare Julian. Non puoi portare il tempo indietro per lui. Ha già passato quei momenti con qualcun altro.» Le rivolgo un sorriso triste. «Non andare a letto con lui, altrimenti diventerebbe tutto troppo incasinato e complicato.»

Faccio un respiro profondo e rimetto il rossetto. Questo è il primo segreto che ho con Eemerson.

E so perché. In fondo, anch'io mi rendo conto che sia sbagliato.

* * *

«Da questa parte, signorine.» Thomas sorride mentre ci guida tra la folla. «Fate passare, stanno arrivando delle ragazze bellissime in pista,» urla e la gente si separa davvero.

Emerson e io ridacchiamo. «Sei un idiota,» sussurro.

«Al vostro servizio.» Sorride e ammicca in modo sexy.

Siamo in una galleria d'arte per una delle aste di Emerson. Alastar, il nuovo ragazzo di Em, è un artista e ha messo all'asta alcune delle sue opere questa sera. Thomas è suo fratello. A quanto pare, ha molto talento, o almeno è quello che ha sentito Em.

Ho conosciuto Thomas e Alastar durante il nostro secondo fine settimana qui e, mentre Alastar – che si fa chiamare Star – è silenzioso e ha sempre il broncio, Thomas è l'esatto opposto. È divertente e spontaneo e rido sempre quando c'è lui. Continua a provarci, ma credo che sia così con tutte. Comunque, mi sento a mio agio con lui.

«Devo andare a salutare alcune persone. Torno subito,» dice Star.

«Okay.» Sorridiamo.

«Vado a prendere da bere,» si offre Thomas. «Che cosa volete?»

Corrugo la fronte. *Mmm, che cosa prendo?* «Per me un Sauvignon Blanc, per favore.»

«Anche per me.» Em sorride.

La stanza è piena di gente e ci guardiamo intorno meravigliate. Gli uomini indossano completi eleganti e le donne abiti di alta moda. Chiacchierano tutti mentre si vendono gli oggetti all'asta. «Wow,» sussurro a Em.

«Lo so. Riesci a credere che stia succedendo davvero?»

«No.» Rido. «Che cavolo? Guardaci, siamo a un'asta per ricconi.»

Thomas ritorna con i nostri drink e ci guardiamo intorno mentre beviamo.

Prima eravamo andati in un ristorante e avevamo cenato con i ragazzi, e bevuto troppi cocktail. L'asta di Star comincia alle dieci e mezzo, quindi siamo arrivati appena in tempo. Infatti, abbiamo ancora mezz'ora.

Indosso un vestito nero attillato che arriva proprio sotto le ginocchia. Le spalline sottili mettono in mostra le spalle e una striscia di perline dorate dà quel tocco in più. Inoltre, si abbina benissimo ai sandali dorati e alla clutch che ho scelto. Ho sciolto i capelli e messo il rossetto rosso. Questa sera mi sono impegnata un po' di più, perché avevo bisogno di sentirmi meglio. Non faccio altro che pensare a Julian e a quello che mi ha detto Emerson su di lui.

Ha ragione su tutto. Ho commesso un errore. È fastidioso che non riesca a smettere di pensare a lui e a come mi aveva liquidato con tanta freddezza.

A essere onesta, mi sento una merda.

Thomas dice qualcosa, ma non riesco a sentirlo a causa della folla. «Come, scusa? Non ti sento,» gli dico.

Si avvicina e mi mette un braccio attorno alla vita, attirandomi a lui. «Ho detto... ti va di andare a bere un caffè la prossima settimana?»

Oh.

«Intendi a un appuntamento?» chiedo, sorpresa.

Ridacchia e si avvicina ancora di più per darmi un bacio sulla guancia. «Certo, a un appuntamento. Che ne pensi?» Mi guardo intorno e poso lo sguardo sull'occhiata gelida di Julian Masters.

Mi irrigidisco subito. *Che cazzo?*

È in piedi con un gruppo di sei uomini. Hanno tutti all'incirca la sua età e sono di bell'aspetto. Ognuno di loro indossa un completo costoso.

Sorrido imbarazzata e abbasso lo sguardo. Mi rendo conto soltanto in quel momento che Thomas ha ancora il braccio attorno alla mia vita.

Porca puttana.

Guardo di nuovo Julian, che mi inchioda con sguardo furioso. Questa serata è improvvisamente colata a picco.

Che cavolo ci fa qui?

17

Julian

La rabbia mi rimbomba nelle orecchie. Lei è qui con qualcuno... per un appuntamento? Lui le mette una mano sulla parte bassa della schiena, facendola sorridere quando le dice qualcosa. Bree indossa un vestitino nero che abbraccia le sue curve... è fantastica.

Distolgo lo sguardo perché sono furioso e il sangue mi sta ribollendo nelle vene. Non c'è da meravigliarsi che avesse tanta voglia di uscire.

«Che problema hai, Masters?» mi domanda Seb con espressione corrucciata. «Sembra che tu abbia visto un fantasma.»

L'adrenalina inizia a pomparmi dentro e provo una sensazione sconosciuta di gelosia che mi travolge. «Niente.» Guardo Brielle dall'altro lato della stanza e poi le do le spalle.

«Farò un'offerta su Panton,» dice Seb mentre sfoglia il programma. «Ho altri due dei suoi pezzi nella casa sulla spiaggia.»

«Quanto hai intenzione di pagare?» domanda Spencer mentre legge gli elenchi.

«Prima controllerò quanto ho pagato per gli ultimi.» Tira fuori il cellulare e legge le email.

Nel frattempo serro la mascella e mi sforzo di non guardare Bree. «Brielle è qui,» mormoro.

«Chi?» chiede confuso Seb.

«La mia tata.»

«Cristo... dove?» domanda sorridendo.

«Dall'altro lato della stanza. La ragazza con il vestito nero e i capelli scuri e lunghi.»

Seb si guarda intorno e poi fischia. «Cazzo, è stupenda.»

«Chi è stupenda?» domanda Spencer, unendosi finalmente alla conversazione.

«La tata di Masters è qui.»

«Dove?»

«Vestito nero, capelli lunghi. La bruna del golf, ricordi?»

Anche lui guarda dall'altro lato della sala. «Porca puttana, sì... è sexy.»

«Che cosa sta facendo?» domando digrignando i denti.

«Sta parlando con un tipo, ma continua a guardare da questa parte,» sussurra Seb.

Chiudo gli occhi e faccio un respiro profondo mentre cerco di tenere il cuore sotto controllo. Non importa che sia uscita con un altro. Mi basta che mi dia ciò che voglio.

Mando giù il whisky mentre il cuore mi batte all'impazzata.

Spencer sorride compiaciuto e dice: «Guardati, Masters. Sei geloso?»

«Non essere stupido,» sbotto.

«Lo sei... e stai sudando.» Ride e dà una gomitata a Seb. «Masters è incazzato.»

«Non è vero,» sbraito.

«Julian, posso parlarti per un secondo, per favore?» domanda Bree, afferrandomi il gomito da dietro.

Mi giro e perdo il controllo. «Sei a un cazzo di appuntamento?»

Bree spalanca gli occhi e poi guarda imbarazzata i miei amici.

Spencer sogghigna e le offre la mano. «Io sono Spencer.»

«Piacere, io sono Sebastian,» interviene Seb. È chiaro che i miei amici si stiano godendo lo spettacolo.

«Io... io sono Brielle.» Sorride debolmente.

«Sappiamo perfettamente chi sei,» risponde Seb in modo arrogante.

Bree si acciglia e si gira verso di me. «Possiamo parlare fuori? Adesso... per favore?»

«Hai un appuntamento. Non riesco a crederci, cazzo,» sibilo.

Arriccia le labbra. «Non stai diventando appiccicoso, giusto, Julian?» Appoggia una mano su un fianco. «Non c'è niente di meno attraente di un uomo bisognoso di affetto.»

I miei occhi diventano due fessure. Questa strega mi sta rinfacciando le mie stesse parole. I ragazzi ridacchiano, Spencer solleva una mano e Seb gli dà il cinque. «*Boom.*» Spencer sorride. «Prendi questa, Masters.»

«Vaffanculo,» sbotto e corro fuori.

«Che diavolo stai facendo?» sussurra lei su tutte le furie mentre ci dirigiamo nel cortile.

«Che cazzo stai facendo *tu*?»

«Mi diverto. A te che sembra?»

«Hai un appuntamento? Assurdo.»

«Mi hai detto che ero troppo appiccicosa.»

Metto le mani sui fianchi e la guardo con espressione furibonda. «Pensavo che ci fosse qualcosa tra di noi.»

«Anch'io.»

«Allora che cosa stai facendo?» sussurro furioso.

«Sto cercando di dimenticarti.»

«Che cosa? Perché?»

«Perché non vuoi ciò che desidero io,» sbotta.

«E cioè?»

«Amicizia.»

«Scopiamo... ovvio che siamo amici. Sei impazzita?» Sono sul punto di perdere il controllo.

«Voglio che parli con me.»

«Lo sto facendo,» ringhio, passandomi una mano tra i capelli.

«Perché ti comporti così, Julian?»

«Perché non sopporto il pensiero che un altro ti tocchi.»

«Perché?»

«Perché sei mia, cazzo,» ammetto, ormai fuori controllo.

Inarca un sopracciglio e sorride, mentre io la guardo di sbieco cercando di riprendere fiato. Non riesco a credere di averlo appena detto. Continuiamo a fissarci e lei sembra rilassata e tranquilla, al contrario di me, che ho problemi a respirare.

«Va tutto bene?» Quell'idiota del mio amico ci interrompe.

«Vaffanculo, Spence,» lo zittisco lanciandogli un'occhiataccia.

«*Okaaaay.*» Si gira e torna dentro.

«Che cosa sta succedendo tra di noi, Julian?» domanda Bree e io continuo a fissarla. «Non dirmi che non provi niente per me, perché so che non è vero.»

Il mio viso è una maschera di confusione e sofferenza. «Tu non sai un bel niente.»

«Allora che cosa c'è tra di noi?» Mi indica. «Perché ti stai comportando come se non te ne importasse un cazzo?» Serro la mascella. «So che ci tieni a me, Julian. Non fare perdere tempo a entrambi e ammettilo.» Abbasso lo sguardo. «Puoi comportarti da uomo e ballare con me, oppure puoi trascorrere il resto della serata con i tuoi amici, e io ballerò con Thomas,» dice, infilando una mano sotto il mio cappotto.

«Non minacciarmi, Bree. Non ti piacerò se sono arrabbiato.»

«Mi piaci in tutti i modi... soprattutto quando vieni.» Mi fa un sorrisino sexy.

«Strega.»

Si mette in punta di piedi e mi chiede: «Vuoi sapere un segreto?»

«Che cosa?» domando, baciandola in fretta, anche se sono ancora arrabbiato.

«Anche tu mi piaci.»

Trattengo un sorrisino. «Andiamo a casa.»

«No.» Mi lecca le labbra e il mio uccello sussulta. «Usciamo. Voglio ballare con il mio uomo.»

Una scarica di adrenalina mi attraversa quando mi definisce "il suo uomo", e mi lecco il labbro inferiore mentre la fisso negli occhi. «Allora andiamo.» Usciamo dalla galleria d'arte e inviamo un messaggio ai nostri amici per informarli che stiamo andando via. La accompagno in auto e, non appena avvio il motore, mi accarezza l'uccello, facendomi sussultare mentre cerco di fare retromarcia e l'adrenalina continua a scorrermi nelle vene.

«Julian,» sussurra e mi giro verso di lei. «Guida come se l'avessi rubata.»

Lascio la frizione e accelero. «Poi ti scoperò come se ti odiassi.»

Ride in modo sensuale e mi sento vivo per la prima volta dopo tanto tempo.

* * *

Dopo una pomiciata bollente in auto, mezz'ora più tardi entriamo in un bar. È piccolo, appartato e una donna sta cantando una canzone di Lady Gaga. Bree si avvicina al bancone e appoggia i gomiti.

«Che cosa vi porto?» chiede il barista.

Lei sorride maliziosamente e osserva la lista dei drink. «Quattro shottini di tequila e quattro margarita, per favore.»

Mi acciglio, ma riesco soltanto a vedere il luccichio compiaciuto nei suoi occhi. «Devastiamoci.»

* * *

«Oh no... Jules,» gracchia una voce roca.

Eh? Sbatto le palpebre pesanti mentre cerco di aprire gli occhi. La stanza inizia a girare e ho la nausea. «Che cazzo?» sussurro con voce quasi inesistente mentre mi guardo attorno e mi rendo conto che ci troviamo sul pavimento del soggiorno. Bree mi guarda e ridacchia, e io mi acciglio, appoggiando la testa sul tappeto con un rumore sordo. «Oh... mio Dio. Che diavolo è successo?»

Si alza lentamente, reggendosi sui gomiti. Mi basta vederla per sorridere. «Guardati,» mormoro.

Si osserva e poi torna a concentrarsi su di me. «Oh no.»

È nuda dalla testa ai piedi, i suoi capelli sono sciolti e selvaggi e ha la mia cravatta attorno alla testa. Mi metto anch'io seduto e lei scoppia a ridere perché qualcosa pende davanti ai miei occhi. «Che cos'è?» domando.

Bree non riesce più a controllarsi e, quando mi osservo con attenzione, mi rendo conto di indossare solamente un calzino e di avere in testa la sua collana di perline d'oro come se fosse una fascia. Mi lecco le labbra che sembrano fatte di cartapesta e dico: «Ho la bocca così asciutta.» Poi mi metto in piedi per prendere due bicchieri d'acqua e torno in soggiorno il prima possibile. Le passo da bere e, in quel momento, mi rendo conto che la stanza è distrutta. Il divano è schiacciato contro la parete, ci sono patatine sparse su tutto il tappeto e i cocci di una bottiglia di whisky ricoprono il tavolino. «Proprio come in quel cazzo di film... *Una notte da leoni*,» gemo stringendomi il ponte del naso.

Brielle beve l'acqua e poi viene verso di me, dandomi un bacio sulle labbra. «È stata una bella serata.» Fa una pausa e restringe gli occhi. «Credo...»

Mi acciglio mentre ricordo di aver ballato con lei sulle note di *Poker Face*.

Dov'è successo?

Prende il telefono dal tavolino e scatta un selfie proprio mentre mi sbarazzo delle perline dalla testa.

«Devo farmi una doccia prima di morire.» Afferro la mano di Bree e la trascino sulle scale, portandola nel mio bagno, dove osserviamo il nostro stato allo specchio.

«Oh, cavolo.» Si acciglia. «Che diavolo è successo e dove sono i ragazzi?»

«Da mia madre.»

Apro il rubinetto della doccia e slego le perline che ho in testa. «Devo andare a prenderli,» dico, ma poi spalanco gli occhi per lo sgomento. «Dov'è la mia auto?»

Si copre la bocca e scoppia a ridere.

«Oh, è stata un'idea grandiosa, Einstein. "Devastiamoci".» Alzo gli occhi al cielo ed entro nella doccia mentre Brielle si piega sul lavabo quando i conati di vomito la travolgono.

«Penso che morirò,» borbotta.

«Che ti serva da lezione.» Mi raggiunge dopo essersi ripresa e ci abbracciamo, così le bacio la testa mentre l'acqua ricade su di noi. «Abbiamo fatto sesso?»

«Prendo la pillola, quindi non è un problema se abbiamo dormito insieme,» risponde baciandomi il petto. Restiamo abbracciati per un po' e sorrido quando alcuni ricordi tornano a galla. Non so quando era stata l'ultima volta che mi ero divertito così tanto.

Mi bacia di nuovo il petto e solleva lo sguardo su di me. «Allora... adesso sarai il mio ragazzo?»

La guardo confuso. «Che cosa?»

«Non farlo... non rimangiartelo,» dice baciandomi sulle labbra.

«Non sono bravo in certe cose.» Sospiro tristemente e lei mi bacia di nuovo il petto.

«So che per te deve essere difficile dopo aver perso tua moglie. So che non permetti a nessuno di avvicinarsi. Sei un bravo marito perché continui a soffrire per la sua perdita.»

Che cosa? Indietreggio e sento il sangue raggelarsi nelle vene mentre la fisso negli occhi e l'acqua calda mi ricade sul viso. Il tempo sembra essersi cristallizzato. «Sono un bravo marito? È questo che pensi di me?» Annuisce. «Non hai idea di che cazzo stai dicendo...» sibilo facendola sussultare, ma non apre bocca. «Mia moglie è morta il giorno in cui le ho chiesto il divorzio.»

Impallidisce e cerca i miei occhi. «Come? Com'è morta?»

«Si è uccisa.»

18

Brielle

«Che... che cosa?» sussurro.

Mi guarda negli occhi. «Mi hai sentito.»

Prende lo shampoo e comincia a lavare i capelli mentre lo osservo. *Si è suicidata.*

Sciacqua i capelli e poi abbassa lo sguardo su di me. «Sei così sconvolta da non riuscire a parlare?» chiede con tono sarcastico. «Oppure sei troppo inorridita?»

Inarco le sopracciglia e prendo lo shampoo. Sono sconvolta e inorridita.

Perché Janine, la cuoca, non me lo aveva detto? «Chi lo sa?» chiedo.

«I miei genitori.»

«Chi altro?»

«Sebastian e Spencer. Nessun altro. Non l'avevo mai detto a una donna prima.»

Lo fisso e non so se essere lusingata o terrorizzata. Che cosa dovrei dirgli?

I miei occhi diventano due fessure. «Hai sopportato il peso di questo segreto per cinque anni?»

Annuisce mentre l'acqua gli scorre sul viso. Mi guarda con espressione tormentata, come se si aspettasse che scappi da un momento all'altro. È spezzato. Adesso è più che evidente.

Lo sapevo. Ero certa che qualcosa lo tormentasse. Me ne ero resa conto molte settimane prima.

Gli afferro il volto. «Jules,» sussurro. Si abbassa e gli do un bacio dolce. In questo momento ha bisogno di me, di essere accettato, e lo accontenterò. «Va tutto bene, piccolo,» lo rassicuro.

Appoggia la testa sulla mia spalla e lo stringo. Mi mette le braccia attorno alla vita e sento la tristezza emanata dal suo corpo. Questa è la prima volta che mi permette di vederlo così vulnerabile. Ed è ancora più bello di quanto immaginassi. «Va tutto bene, piccolo. Adesso è finita.»

Ha gli occhi lucidi e mi stritola tra le braccia, nascondendo il viso nell'incavo del mio collo.

Come ci si sente a confessare un segreto che era rimasto nascosto per così tanto tempo?

Restiamo abbracciati a lungo e adesso sono certa che dovrei dire qualche stronzata psicanalitica sul suicidio, ma non saprei da dove iniziare.

Invece resto in silenzio. Mi parlerà quando sarà pronto e io aspetterò tutto il tempo necessario.

«Sai che probabilmente vomiterò per tutto il giorno,» sussurro.

Lo sento sorridere. «Che ti serva da lezione.»

Ridacchio. «Volevo soltanto divertirmi con te in modo spontaneo.» Ogni cosa che facciamo è pianificata fino all'ultimo dettaglio e le parole di Emerson a proposito dell'incapacità di Julian di essere spontaneo dovevano avermi spinto a comportarmi in quel modo.

Si allontana, ricomponendosi e comincia a lavarmi i capelli, perso tra i suoi pensieri. «Missione compiuta.» Sorride. «Non so nemmeno dove si trovi la mia auto. Per te è abbastanza spontaneo?»

Ridacchio e poi diventiamo di nuovo seri. Gli passo una mano tra i capelli. «Grazie.»

Corruga la fronte.

«Per me significa molto che tu me lo abbia detto.» Serra le labbra, come se volesse evitare di aggiungere altro, e gli do un bacio. «Jules, sappi soltanto che io sarò sempre dalla tua parte.» Mi attira a lui e io mi allontano. «Dovresti anche sapere che ti vomiterò addosso, se faremo sesso in questo momento.»

Ridacchia e si allontana. «Non è qualcosa che muoio dalla voglia di fare.»

Finisce di lavarmi i capelli e poi esce dalla doccia. Si asciuga e apre un asciugamano per me. Ci baciamo, ancora e ancora, e sorrido contro le sue labbra. «Dovrai aspettare fino a questa sera. Abbiamo una casa distrutta e dei bambini da passare a prendere.» Sospiro.

«Golf.» Fa un sospiro. «Ho promesso ai ragazzi che avrei giocato a golf con loro.»

Ridacchio e dico qualcosa di cui so già che mi pentirò. «D'accordo. Verrò anch'io.»

* * *

Sono seduta sul divano e fisso Julian. Al contrario degli altri giorni, il silenzio è carico di tensione. Finge di guardare la televisione ma con la mente è a milioni di chilometri di distanza. Oggi è stato silenzioso, perso tra i suoi pensieri. So che sta pensando a quello che mi aveva confessato.

I ragazzi sono sul pavimento con i loro amici pelosi.

Alla fine mi alzo. Sono esausta e ho bisogno di dormire.

«Sammy, porta Tillie in bagno prima di andare a dormire,» gli dico.

«Okay.» Scappa fuori con il suo cucciolo e sorrido.

«È ora di andare a letto, Will,» dice Julian.

«Sì.» Si abbassa e prende il gattino, Maverick. «Buonanotte,» dice, scomparendo su per le scale.

Incrocio lo sguardo di Julian e sento il bisogno di baciarlo. «Notte,» gli dico.

Mi osserva. «Buonanotte, Bree. Questa sera mi addormenterò subito.»

«Okay.» Vado verso di lui. «Se potessi darti il bacio della buonanotte, lo farei.»

Sorride. «Anch'io.»

Ci fissiamo e l'affetto che proviamo l'uno per l'altra diventa palpabile. Lo odio. Detesto non poter passare un secondo da sola con lui salvo che non siamo in un hotel. Perché non possiamo fare l'amore a casa? Farebbe davvero la differenza?

«Grazie per avermi distrutto ieri sera.» Sorride e io ammicco.

«Quando vuoi.»

«Ci vediamo domani sera?» chiede.

«Certo.»

Vado nella mia stanza, faccio la doccia, lavo i denti e poi scivolo sotto le coperte. Non appena spengo la luce e fisso l'oscurità, la mia mente comincia a viaggiare.

Come deve essersi sentito... da solo con il suo senso di colpa. La madre dei suoi bambini è... scomparsa.

Non tornerà mai più.

Mi rigiro nel letto e provo anche a sprimacciare il cuscino. Continuo a vedere l'espressione tormentata di Julian quando mi aveva svelato il suo segreto. Sono esausta e vorrei dormire. Non so a che ora ero andata a letto la notte prima. Immagino Julian nudo con le mie perline attorno alla testa e sorrido. Era sembrato così felice e spensierato. Prendo il cellulare e passo un po' di tempo sui social, ma non riesco a smettere di pensare. Senza rifletterci, scrivo un messaggio a Julian.

> *Buonanotte, tesoro.*
> *Il mio letto è freddo senza di te.*
> *Un bacio*

Aspetto una risposta, ma non arriva. Probabilmente sta già dormendo. Mi sdraio sulla schiena e fisso il soffitto. Provo questa sensazione orribile e triste e non so come scacciarla. Sono così distratta dai miei pensieri che, quando sento il letto muoversi, mi volto all'improvviso e vedo Julian.

«Ehi,» sussurra.

Gli sorrido e mi stringe tra le braccia, sdraiandosi accanto a me. Ci baciamo dolcemente.

È qui, nel mio letto.

Qualcosa era cambiato tra di noi quella mattina. Il suo segreto mi aveva costretto ad abbassare le difese. Adesso voglio soltanto che sia tutto a posto per lui. «Stai bene?» sussurro, abbracciandolo.

«Sì, piccola, sto bene.» Mi dà un bacio.

Continua ad abbracciarmi e mi si riempiono gli occhi di lacrime. Ne ha passate tante. Continuiamo a baciarci e non riesco ad averne abbastanza. Si solleva e mi toglie la camicia da notte. Non so come faccia, ma si spoglia anche lui. La scorse notte ci eravamo comportati come due folli e c'eravamo divertiti per lui. Questa sera, percepisco che tutta questa tenerezza è per me.

Ha capito che è quello di cui ho bisogno. Forse anche per lui è così.

Si sistema sopra di me e si posiziona lentamente tra le mie gambe, senza smettere di baciarmi. Faccio scorrere le dita sulla sua schiena muscolosa e poi tra i capelli, guardandolo sempre negli occhi. «Sei perfetta,» sussurra.

Gli sorrido e lo abbraccio. Continuiamo a baciarci finché non si solleva e scivola dentro di me.

Gemiamo e sfugge a entrambi un sospiro tremante.

Amo il modo in cui il respiro gli diventa affannoso quando è sul punto di perdere il controllo.

Si allontana un po' e dopo scivola più in profondità. Le nostre labbra sono sigillate e i corpi cominciano a seguire un ritmo tutto loro.

Julian spinge sempre più a fondo e io spalanco le gambe.

È così grosso. Così perfetto, cazzo.

Dentro e fuori, ruota il bacino, ancora e ancora. Si muove benissimo e mi aggrappo alle sue spalle.

«Jules,» ansimo, perché so che sono vicina.

Si solleva e comincia a spingere con più forza, senza staccarmi gli occhi di dosso. I capelli gli ricadono sulla fronte e gli sorrido. Quando fa sesso, ha un'espressione fantastica... totalmente concentrata.

Mi solleva una gamba e la mette sulla spalla prima di cominciare a scoparmi con violenza.

Il rumore della nostra pelle riecheggia nella stanza mentre lui prende possesso del mio corpo.

Spalanca la bocca e mi perdo nei meandri del piacere. È così in profondità.

Oddio. È davvero bravo.

«Cazzo. Cazzo,» geme prima di irrigidirsi. Sento l'orgasmo travolgerlo e capisco che sia venuto dentro di me.

Il suo orgasmo innesca il mio e comincio a dimenarmi sotto di lui. Mi afferra il viso e mi bacia. È dolce e tenero, e mi stringe forte. So che questa dovrebbe essere soltanto una sveltina ma, cazzo, non è così.

È molto di più, lo sento.

Si muove lentamente per riempirmi fino all'ultima goccia e poi mi bacia.

«Come ci sei riuscita?» sussurra. «Sono esausto.» Un altro bacio. «Ha una pessima influenza su di me, signorina Brielle.»

Ridacchio. «Come, scusa? Io ero qui sdraiata a farmi gli affari miei e tu mi hai assalito nel mio letto.»

«Non dovresti essere così irresistibile.» Ridacchia, estraendo l'erezione e allontanandosi. Mi attira a lui e gli do un bacio sul petto, sentendo il suo sorriso sulla fronte e il cuore che gli batte forte.

Restiamo così per qualche secondo, cercando di riprenderci.

«Domani è lunedì.» Sospiro assonnata.

«Non ricordarmelo.»

Lo guardo negli occhi. «Com'è essere un giudice?»

Fa una smorfia. «Serio.»

Sorrido. «Io sarei brava?»

Ridacchia e mi dà un bacio sulla fronte. «Saresti terribile.»

«Ehi, so essere seria, sai.»

Alza gli occhi al cielo. «No, non è vero. Ammettilo e basta.» Ci pensa per un momento e poi sorride. «Non cambiare, però. Sei perfetta così come sei.»

Mi sollevo con la bocca spalancata. «Ha appena ammesso che le piace la mia spensieratezza, Giudice Masters?»

Inarca le sopracciglia. «Forse.» Mi attira a lui per baciarmi di nuovo. «Non dirlo a nessuno.»

Mi sdraio accanto a lui. «Be', nessuno sa di noi, quindi resterà un segreto.» Restiamo in silenzio per un po'. «Fine settimana importante, vero?» Sorrido.

«Mmm.»

«Da quanto tempo non ti lasciavi andare come ieri sera?»

Si stringe nelle spalle, corruga la fronte e mi fa sdraiare di nuovo sopra di lui. Aspetto che risponda e appoggio la testa sul suo petto. «Avevo ventidue anni quando ho conosciuto Alina.» *Che cosa?* «Frequentavamo la stessa università e la vedevo in giro. Era carina.» Sorrido mentre lo immagino. «Siamo andati a letto una notte, dopo aver trascorso la serata in un locale.»

Dio, doveva essere un ragazzo bellissimo.

Adesso ha trentanove anni ed è sexy da impazzire.

«Abbiamo fatto sesso di nuovo alla fine di un'altra serata fuori. Non l'ho rivista per tre mesi, finché non si è presentata nella mia stanza. Era incinta.»

Sento un sussulto al cuore. Si lecca il labbro e fissa il vuoto. «Che cos'è successo dopo?» chiedo.

«Ho fatto la cosa giusta.»

Mi viene il voltastomaco. «L'hai sposata?»

Annuisce senza smettere di mordicchiarsi il labbro e aspetto che vada avanti, ma resta in silenzio.

«È andata bene?» sussurro.

Scrolla le spalle. «Ci ho provato. Ho cercato con tutto me stesso di innamorarmi di lei.» Mi si riempiono gli occhi di lacrime. «Ventitré anni con una moglie e un bambino,» mormora.

Gli bacio il petto e strofino la guancia sulla sua pelle. Odio questa storia, perché so già come finirà.

«All'inizio non era così male. Abbiamo finto per il bene degli altri. Fin quando lei non si è innamorata di me senza che io ricambiassi...» Smette di parlare. Mi sfugge una lacrima e la asciugo subito. *Smettila.* Serra la mascella e capisco che sia tornato indietro nel tempo con la mente. «Non sono nemmeno riuscito a sforzarmi di amarla.»

Oh, è una storia orribile. «Jules,» sussurro e lui mi stringe più forte tra le braccia.

«Samuel è stato concepito una notte quando sono tornato a casa ubriaco. Era l'unico modo in cui sarebbe potuto accadere.» Chiudo gli occhi. «Poi... ha cominciato a bere.» *Dio.* «Andava così male che sono stato costretto ad assumere una tata a tempo pieno anche quando lei era a casa.» Fissa il vuoto. «Alcuni giorni non riusciva nemmeno a scendere dal letto.»

Oh, povera donna.

«Ci ho provato. Ho provato ad aiutarla, ma non ho fatto abbastanza.» Soffro per entrambi. «Non ce la facevo più. Un giorno, prima di andare a lavorare, le ho detto che avrei chiesto il divorzio.» Chiudo gli occhi e aspetto il resto. «Ha detto addio ai bambini.» Una lacrima solitaria mi riga il viso e gli cade sul petto. «E poi ha guidato ubriaca lungo una strada chiusa a centotrenta miglia l'ora finché non è finita contro un albero.»

Mi fa male la gola perché provo a controllare le lacrime mentre lui continua a fissare davanti a sé con espressione vuota.

«I ragazzi lo sanno?» mormoro.

«No. Come si può dire ai propri figli che la madre si è uccisa perché il padre non la amava?»

Tiro su con il naso mentre le lacrime mi rigano le guance. «Mi dispiace tanto.»

Mi dà un bacio sulla tempia. «Anche a me.»

19

Brielle

«Guarderai il film con noi?» mi domanda.

«Sì,» rispondo. I ragazzi hanno trascorso tutta la giornata con noi e non abbiamo avuto un momento da soli. Chiudo gli occhi quando mi accarezza il viso con il suo tocco magico.

«Devi sapere che mi pento davvero per il modo in cui ti ho trattato durante quella cena,» sussurra. «Mi tormenta.»

«Lo so.»

Scuote il capo e aggiunge: «Non so che cosa mi sia preso. Ho gestito la situazione nella maniera sbagliata.» Non è una conversazione facile per lui.

«Lo so,» lo rassicuro.

«I miei figli devono venire prima di ogni cosa,» dice guardandomi negli occhi.

«Lo stesso vale per me. I loro bisogni verranno prima dei miei e dei tuoi,» sussurro.

I nostri sguardi si incrociano e ho la sensazione che voglia che gli assicuri che i suoi figli saranno felici. Come posso farlo?

Baciami.

«È più difficile di quanto dovrebbe,» mormora. «Non faccio altro che pensare a te.» Mi sfiora il labbro inferiore con il pollice. «Promettimelo. Promettimi che quando ci lasceremo non li abbandonerai.»

Perché è così sicuro che tra di noi finirà?

Mi acciglio e annuisco prima di riflettere. «Prometto che i tuoi figli verranno sempre prima di tutto il resto.»

Il cuore mi batte all'impazzata quando posa lo sguardo sulle mie labbra, ma ci separiamo perché sentiamo qualcuno che scende le scale. Julian va verso il frigorifero e prende una bottiglia di vino proprio nel momento in cui Sammy entra in cucina.

«Forza, guardiamo il film,» esclama andando in soggiorno, e poi lo sento parlare con Will. Sono comodi sui nuovi pouf con i loro animali.

Julian si avvicina dietro di me e mi allaccia le braccia attorno alla vita, attirandomi conto di lui.

«Indossa una gonna,» mi sussurra all'orecchio e mi vengono i brividi quando mi mordicchia il lobo.

Che cosa? Porca puttana.

Corro in camera mia e cerco qualcosa da indossare. *Che diamine? Tutte le gonne che possiedo sono aderenti. Merda.*

Mi fermo per riflettere e poi ricordo di avere una camicia da notte nera, che indosso dopo essermi sbarazzata della biancheria intima, e completo l'outfit con la vestaglia bianca e voluminosa. Poi torno in soggiorno con il cuore che mi batte all'impazzata per l'adrenalina. Julian ha intenzione di toccarmi...

«Sbrigati, Brell,» esclama Willow.

Non appena metto piede in soggiorno, vedo che i ragazzi sono sul pavimento davanti alla televisione e Julian è seduto su una delle estremità del divano. Accarezza il posto accanto a lui e si lecca il labbro inferiore. «Spegni le luci.»

Porca miseria, è l'uomo più sexy del pianeta.

Spengo le luci e mi siedo accanto a lui, che copre entrambi con una coperta mentre *Terminator II* inizia, anche se il film non mi interessa per niente.

"Sdraiati" mima con la bocca, e io lo accontento, mettendo le gambe sul suo grembo, con la coperta che ci protegge dagli sguardi dei ragazzi. Poi mi afferra il piede e lo strofina sull'erezione, e io chiudo gli occhi quando mi rendo conto di quanto ce l'abbia duro. Senza staccare lo sguardo dalla televisione, mi slega la vestaglia e porta la mia gamba sulla sua spalla, spingendo l'altra in avanti.

Che diamine?

Sorride diabolicamente e osservo le luci della televisione che si riflettono sul suo viso. Inizia ad accarezzarmi il polpaccio, salendo sulla coscia e l'addome, fino a posizionarsi sul seno nudo, che stringe serrando la mascella.

Nel frattempo provo a concentrarmi e a controllare la respirazione. *Che cazzo stiamo facendo?*

Nella stanza ci sono due ragazzini del tutto ignari di ciò che sta succedendo...

Si sposta sull'altro seno e lo massaggia con il palmo, facendomi quasi esplodere dal desiderio. Continua a esplorare il mio corpo e poi riprende a struciare il mio piede sul suo uccello.

Cazzo, è duro come la roccia.

Chiudo gli occhi e mi godo i fremiti che mi attraversano il corpo. È una follia, ma lascio che mi stuzzichi con dolcezza per almeno un quarto d'ora con la mano sinistra mentre con la destra si masturba utilizzando il mio piede. Il suo uccello sussulta ogni volta che mi stringe un seno, e chiudiamo entrambi gli occhi, presi dal momento.

Toccami...

Toccami... proprio lì.

Il bacino va incontro alla sua mano e comincio a perdere il controllo quando mi afferra il piede e lo sfrega con più forza sull'erezione.

Dal suo respiro affannoso capisco che anche lui sia eccitato quanto me.

Abbassa la mano e restiamo entrambi con il fiato sospeso, e io sollevo il mento in trepida attesa quando sposta le dita tra la peluria curata del mio sesso. Lo vedo sorridere quando si accorge di quanto io sia eccitata.

«Cazzo,» sussurra in maniera impercettibile dopo aver spalancato la bocca. *Oddio, sto impazzendo.*

Mi massaggia con il pollice e si gira per guardarmi negli occhi quando lo spinge dentro di me. Contraggo i muscoli e lui freme. Sta per venire... soltanto toccandomi.

Sullo schermo si susseguono uccisioni e la gente urla tra gli spari, ma io mi sento in estasi mentre lui continua a masturbarsi con il mio piede e ci irrigidiamo entrambi con l'avvicinarsi dell'orgasmo.

Mi attira verso di lui con forza, spingendo i miei fianchi quasi sul suo grembo. Non smette di fissarmi quando mi penetra in profondità con tue dita e resta a bocca aperta mentre mi scopa.

Per fortuna è buio. Chissà che cosa penserebbe un occhio esterno?

Non smette di stringermi il seno mentre con la mano destra sprofonda nella mia femminilità... dentro e fuori... dentro e fuori. Ogni volta mi sento sull'orlo del precipizio, e so che è il suo scopo.

È troppo incredibile, maledizione.

Dentro e fuori... dentro e fuori. Continuiamo così per quasi un'ora e, ogni volta che sono sull'orlo dell'orgasmo, sposta la mano sul mio seno. Sto impazzendo e non so nemmeno se Terminator è stato ucciso.

Uccidete quello stronzo e finitela con questo cavolo di film, così potrò scopare Julian.

Stabiliamo un certo ritmo che non sarò in grado di fermare. Le sue dita callose che mi penetrano sono fantastiche. Troppo.

Sollevo il bacino supplicandolo di darmi di più... di darmi tutto ciò che ha. Mi cavalca con forza e vedo le stelle. *Oh, sì.*

Il mio corpo si agita per la pressione che Julian crea con la mano e inarco la testa quando l'orgasmo mi assale, chiudendo gli occhi e contraendomi attorno a lui. Noto l'espressione vittoriosa sul suo viso quando i nostri occhi si incrociano e lui non smette di penetrarmi mentre lo osservo. Sembra quasi un'esperienza extracorporea. È stato l'orgasmo più incredibile che abbia mai avuto, il sogno di tutte le donne.

Julian non ha avuto fretta, pensando al mio piacere. Allontana lentamente le dita dalla mia femminilità e mi acciglio.

Non andartene. Resta.

Il mio cuore smette di battere quando avvicina le dita alla bocca e inizia a succhiarle. Che cosa sta facendo? Resto a bocca aperta. Oh, porca miseria. Chiude gli occhi mentre assapora la mia eccitazione. Ansimo mentre lo osservo... chi è quest'uomo? Come diavolo ha fatto a diventare così sexy?

Mi afferra il piede e lo strofina di nuovo sull'uccello mentre si succhia le dita.

Trattengo il respiro. *Oh mio...*

Inarca la testa e la sua erezione prende vita sotto il mio piede, e il mio sesso si contrare quando lui viene assaporandomi.

È venuto assaggiando la mia eccitazione. Non ho dovuto nemmeno prenderlo in bocca. Tutto qui. Fine dei giochi. Sono rovinata per sempre, perché non esiste niente di più sensuale.

Nei venti minuti successivi mi accarezza tutto il corpo e continua a penetrarmi, anche se non c'è niente di sessuale. Sembra quasi che mi stia adorando, preso dal bisogno di toccare ogni centimetro del mio corpo.

Mi sdraio con le gambe spalancate, dandogli accesso totale mentre lo guardo. È bellissimo, cazzo. Ho pensato che fosse sexy mentre rincorrevo l'orgasmo, ma guardarlo mentre mi tocca, è di un altro livello. Uno mai raggiunto.

Il film sta per finire quando mi abbassa la camicia da notte e io mi allontano un po' da lui, anche se non mi lascia andare il piede. Poi abbassa un po' la coperta quando i titoli di coda iniziano a scorrere sullo schermo.

«È stato incredibile,» dice Sammy. «Ti è piaciuto, papà?»

Julian spalanca gli occhi e risponde: «Il miglior film di tutti i tempi.» Mi stringe il piede quando ridacchio. «Voi due, a letto. Arriverò tra un secondo,» dice loro.

«Buonanotte, Brell,» esclama Willow salendo le scale con il suo gattino rosso.

«Ci vediamo domani, Brell,» dice Sammy abbracciandomi e poi porta fuori il cane per i bisognini prima di andare a letto.

«Okay, Sammy.» Gli sorrido e, una volta soli, Julian si gira verso di me baciandomi con dolcezza.

«Verrò in camera tua tra mezz'ora,» mi promette a fior di labbra e ci ribaciamo. «Sei pronta per me?»

«Dio, sì... sbrigati,» sussurro.

Si alza e si piega per ribaciarmi. «A presto.»

* * *

Mezz'ora dopo ho fatto la doccia e mi trovo a letto con indosso la camicia da notte. L'unica luce nella stanza proviene dalla lampada e non vedo l'ora che Julian mi raggiunga per regalarmi di nuovo le sensazioni di prima. Il cuore mi galoppa nel petto quando bussano leggermente alla porta. «Avanti,» esclamo e lui entra con un sorriso.

«Ciao,» sussurra.

Mi metto seduta e mi appoggio alla testiera. «Ciao.» Ha una busta con sé, così gli domando: «Che cosa c'è lì?»

«Oh. Ho portato lo champagne e i bicchieri.» Si gira e chiude a chiave la porta. «Ho pensato che avrebbe smorzato la tensione.»

«Direi che mi hai già aiutato a rilassarmi, Julian,» rispondo ridacchiando.

Un lampo di malizia lampeggia nei suoi occhi. «Ed è stato uno spettacolo eccezionale.»

Estrae i bicchieri dalla busta e apre la bottiglia riempiendo i calici prima di sedersi sul mio letto.

Sollevo il calice e dico: «A *Terminator*.»

Ridacchia e fa scontrare i nostri bicchieri. «A *Terminator*.»

Julian mette giù il suo e mi bacia con forza, spingendomi contro il letto, e poi mi mordicchia un capezzolo. «Bree,» mi sussurra contro il collo quando porta la bocca più su e mi libera della camicia da notte. «Sei così bella,» mormora con sguardo carico di eccitazione.

«Spogliati,» gli ordino in preda alla disperazione e gli afferro l'orlo della camicia, tirandola verso la testa. «Ho bisogno di te... adesso,» gli dico mentre lo bacio.

A quel punto si solleva e si sbarazza della camicia e dei jeans, lasciando i boxer neri per ultimi. Ammiro il suo corpo e sollevo le mani quando si sposta per baciarmi. «No. Non muoverti. Lascia che ti guardi.»

Resta immobile in attesa che io gli conceda il permesso di toccarmi, così ammiro il suo petto ampio, l'addome scolpito e la vita perfetta a V. Non ho mai visto un uomo più bello. Poi abbasso lo sguardo sull'asta pesante tra le gambe. Le vene scorrono lungo la virilità che mi fa palpitare il cuore. Quando incrocio il suo sguardo, deglutisco il nodo in gola e mi sdraio, pronta ad avere un attacco di cuore. Non sono mai stata così nervosa in vita mia.

Inizia ad ammirare il mio corpo come se si stesse chiedendo da dove iniziare.

«Voglio soltanto te. Non mi interessano altri preliminari. Desidero sprofondare dentro di te.»

Mi guarda negli occhi e mi bacia come se entrambi non attendessimo altro da tanto. Ci avvinghiamo e mi allarga le gambe fissandomi con occhi tenebrosi mentre ondeggia contro di me. Il suo tocco è dolce e affettuoso. Il suo bacio... è la perfezione.

Le nostre lingue danzano insieme e gli allaccio le gambe attorno alla vita mentre aspetto che sprofondi in me. Abbiamo il respiro affannoso per la disperazione. «Jules,» sussurro.

«Lo so, piccola,» mormora a fior di labbra. «Lo so.»

Mi stuzzica la femminilità e allargo ancora di più le gambe, permettendogli di penetrarmi in una mossa rapida che ci fa gemere.

«Oddio, è fantastico,» ansimo.

Esce e poi rientra. Oh, cazzo. Sfiora le mie parti più profonde e il suo membro è così perfetto per me che mi fa ruotare gli occhi.

«Com'è?» sussurra.

Gli afferro il viso e lo bacio in preda alla disperazione. «Fallo andare via. Fa' sparire il dolore,» lo supplico.

Si solleva e tira fuori l'asta prima di penetrarmi più in profondità. Ancora e ancora, sempre più forte. Stabiliamo un ritmo e inizia davvero a permettermi di sentire. Le sue spinte vigorose fanno scontrare il letto con la parete e poi mi afferra la coscia per avere un accesso migliore.

«Porca miseria, Bree,» geme quando inizia a perdere il controllo. «Ne avrò mai abbastanza?»

Se potessi rispondere, lo farei, ma sono troppo presa dall'estasi del momento.

Ormai è fuori controllo e mi solleva le gambe, penetrandomi sempre con più energia, e l'unico rumore che sentiamo è il letto che sbatte contro la parete. Urlo quando un'esplosione a colori travolge il mio mondo. Ammiro il filo di sudore che gli ricopre il corpo quando posiziona i miei fianchi dove vuole lui e mi impala senza tregua, inseguendo l'orgasmo che minaccia di squarciarlo.

Ansimiamo e poi si abbassa per baciarmi, e sorridiamo quando i suoi movimenti rallentano.

«Sei perfetta, cazzo,» dice come se fossero le parole più importanti che avesse mai pronunciato.

Sorrido timidamente perché sono sconvolta dall'emozione e poi mi bacia con passione, finché circa dieci minuti dopo non si allontana e si sdraia al mio fianco. Ci ritroviamo faccia a faccia e mi accarezza capelli, chiaramente perso nei suoi pensieri.

«Che c'è?» domando sorridendo.

«Soltanto te.»

Dopo restiamo distesi in silenzio. Sono così rilassata che gli occhi iniziano a chiudersi.

«Non addormentarti, piccola. Voglio trascorrere più tempo con te.»

Sorrido contro il suo petto. «Puoi avermi ogni notte, Jules. Sono tua,» sussurro assonnata, lasciando che gli occhi si chiudano.

«Finché non te ne andrai,» mormora distratto.

Sorrido contro la sua pelle. «Sì.» Ho le palpebre così pesanti che non riesco a tenerle aperte. «Finché non me ne andrò.»

20

Brielle

La stanza è ancora buia quando mi sveglio. Julian è già andato al lavoro e la luce del sole comincia a filtrare attraverso le tende. Mi strofino gli occhi e osservo il soffitto, pensando al fine settimana che avevamo passato. Sono successe molte cose e ho qualche difficoltà a metabolizzarle.

Alina. Povera Alina.

Non faccio altro che pensare a lei e a quanto doveva essere stata triste la sua vita. Era rimasta incinta davvero giovane e poi Julian non era riuscito ad amarla, ma lei si era comunque innamorata di lui. Il dolore l'aveva fatta diventare un'alcolista ed era morta di solitudine.

Mi si forma un nodo alla gola quando immagino quanto doveva essersi sentita sola.

Che storia tragica. La tristezza mi travolge mentre la vedo sdraiata al piano di sopra che cerca disperatamente una via d'uscita dalla sua vita orribile.

Non c'è da meravigliarsi se l'atmosfera in questa casa è così seria e pesante. È sempre stato così.

Poi penso al mio bellissimo Julian, costretto a sposare una donna che non amava. Aveva provato a fare la cosa giusta e ad assumersi le sue responsabilità. Non aveva mai avuto l'occasione di trovare l'amore. Non riesco nemmeno a immaginare il senso di colpa che prova nel sapere che la sua incapacità di amare aveva causato indirettamente la morte di una donna.

Sua madre mi aveva detto che aveva problemi. *Diamine, non scherzava, vero?* Adesso so perché non affronta mai conversazioni serie con i ragazzi. Come potrebbe spiegare loro quella storia e convincerli a non incolparlo?

Scusate ragazzi, ma non sono riuscito ad amare vostra madre dopo averla messa incinta, quindi è colpa mia se è diventata un'alcolizzata e si è suicidata.

Non succederà mai.

Vado in bagno e faccio una doccia. Sento il bisogno di proteggere Julian. È un brav'uomo che aveva provato a migliorare una situazione difficile, ma alla fine non c'era riuscito. Non gli permetterò di incolparsi ancora. Adesso so perché ha paura delle relazioni e di avere qualcuno che lo ami. È normale che non voglia essere mai più responsabile della felicità di qualcun altro. Se fossi in lui, proverei la stessa cosa.

L'acqua calda mi scorre sul viso e mi perdo tra i miei pensieri.

Non farò altro che deluderti. Ripenso alle sue parole. È terrorizzato all'idea di deludere di nuovo qualcuno... ha paura di lasciare che gli altri si avvicinino.

Peccato, Julian, perché io sono già legata a te e ai bambini, e non ti permetterò di allontanarmi perché hai paura.

Mentre faccio la doccia, lascio che i miei dubbi su Julian Masters vadano via con l'acqua che mi scivola addosso.

Voglio che sia il mio capo, il mio amante... il mio ragazzo. Voglio il pacchetto completo, figli compresi.

* * *

Willow e io siamo in cucina e stiamo facendo colazione.

«Non vedo l'ora di uscire con te per la nostra giornata tra ragazze, Will.» Sorrido dietro la tazza di caffè. Ho convinto Julian a lasciare che Willow non andasse a scuola perché abbiamo un po' di cose da fare. Non deve sapere che si tratta di un appuntamento dall'estetista. Dobbiamo passare un po' di tempo insieme e voglio provare a farla parlare con me.

«Di preciso che cosa si fa durante una giornata tra ragazze?» chiede.

«Be', andremo a fare una manicure e poi potremmo tagliare i capelli. Dopo andremo a pranzare in un posto carino.» Mi rivolge un sorrisetto. «Potremmo anche andare a comprarti un po' di vestiti nuovi.» Spalanco gli occhi, cercando di influenzarla con il mio entusiasmo.

«Davvero? Ad esempio?»

Scrollo le spalle. «Quello che vuoi.» Finalmente comincia a ridere. «Ed Emerson oggi ha il giorno libero. Ho pensato che potremmo bere un caffè con lei questo pomeriggio.»

«Vuoi che incontri la tua amica?» chiede con tono sorpreso.

«Certo.» Sorrido. «Siete entrambe mie amiche, quindi sarebbe tutto più semplice se lo diventaste anche voi.»

«Oh no, Tillie.» Sentiamo Sammy urlare al piano di sopra.

Willow mi guarda negli occhi. «Questa volta che cos'ha combinato quella peste?» chiedo.

«Oh, cavolo, è stressante.» Sospira e andiamo al piano di sopra per scoprire che cosa è successo.

Sentiamo il cane abbaiare.

Tillie comincia a indietreggiare e poi si fionda su Sammy. «Tillie,» esclama il bambino.

Sgraniamo gli occhi mentre osserviamo il danno.

Tillie si è intrufolata nella borsetta dei trucchi di Willow e ha mangiucchiato tutto. Ci sono blush e rossetti su tutto il tappeto e anche sulle scale. Adesso ha in bocca una spugnetta per la cipria e sta scappando da Sammy con aria divertita, perché crede che stiano giocando.

«Oh no, monella,» sussurro.

Abbaia e poi scappa. La inseguiamo mentre scende lungo le scale.

«Oh mio Dio, qualcuno la prenda,» urla Willow.

Temo che ingoierà la spugnetta. «Tillie,» la chiamo mentre scendo le scale. «Torna qui.»

Maverick il gatto pensa che questo sia un bel gioco e comincia a farsi le unghie sul divano di pelle per attirare l'attenzione su di lui.

«Smettila, Maverick,» urlo. «Questi animaletti oggi sono davvero terribili.»

«Sammy farà tardi a scuola di questo passo,» si lamenta Willow.

Blocchiamo Tillie in cucina e perde la testa, inarcando la schiena e spingendo in avanti le zampette anteriori. Si sta divertendo un mondo e non smette di abbaiare.

Mi guardo intorno. Siamo tutti e tre in pigiama e inseguiamo un cane minuscolo che sta distruggendo la casa. Poi scoppio a ridere. «Vieni qui, monellina.» Allargo le mani per provare ad attirarla.

Comincia a mordicchiare la spugnetta. «Noooo!» uriiamo all'unisono.

Willow si lancia su di lei e io le apro la boccuccia per strapparle via la spugnetta.

Si fionda sul dito di Sammy e lo morde con forza. «Ahh!» strilla.

«No,» la rimprovero. «Niente morsi, monellina!»

Willow rimette Tillie a terra e la cucciolotta corre al piano di sopra, pronta a trovare qualcos'altro con cui giocare.

«Oddio,» urla Willow, rincorrendola.

Sammy alza gli occhi al cielo e la segue. Io rido e mi volto, vedendo Maverick che si arrampica sulle tende e mi fissa dall'alto. «Scendi, Maverick, sei un gatto monello.» Mi passo una mano tra i capelli.

Questi animali sono senza controllo.

* * *

«Che ne dici di questa camicia?» chiedo a Will.

Abbiamo messo lo smalto alle unghie e adesso siamo per negozi con la carta di credito di *Will Stacks*[1]. Si tratta di beni di prima necessità... di sicuro è più importante della lingerie bondage.

Willow guarda la camicia e aggrotta la fronte. «Suppongo che sia okay.»

«Che stile ti piace?» Ci penso per un momento. «Sei in quella fase in si passa da brutto anatroccolo a cigno bellissimo.»

Alza gli occhi al cielo e arriccia le labbra. «Be', mi sono sempre piaciuti i vestiti grunge.» Annuisco e la ascolto. «Ma stavo pensando di provare qualcosa di un po' ...» Si interrompe.

«Un po'?» chiedo mentre continuo a cercare negli scaffali.

«Non lo so, qualcosa di un po' più...» Inarca le sopracciglia. «Attraente?»

Sorrido, perché so che le piace il ragazzo del golf club. «Credo che sia un'idea fantastica.» La prendo a braccetto. «Andiamo a rifarci il look.»

* * *

Due ore dopo, abbiamo sei buste piene di vestiti bellissimi e quattro paia di scarpe. Ho davvero sfruttato la carta di credito di Julian. Ma a chi importa? Se lo può permettere.

---

[1] William "Will" Stacks è un ricco uomo d'affari e uno dei protagonisti del film *Annie – La felicità è contagiosa* (2014).

Siamo per strada e stiamo andando al nostro appuntamento con Emerson, mentre mangiamo una cialda con il gelato al cioccolato. «Parlami della scuola,» dico, leccando il cono.

Scuote la testa. «Non c'è niente da dire.»

«Perché credi che quelle ragazze ti prendano in giro?» Lecco il gelato e fingo di essere disinvolta mentre aspetto la risposta.

Si acciglia. «Sono soltanto diversa.»

«In che senso?» La osservo. Mi sono preparata per questa conversazione e se ci vorranno tutti i soldi di Julian per convincerla a parlare, allora li spenderò.

«Non ho una madre.» Si stringe nelle spalle e abbassa lo sguardo. «Non abbiamo gli stessi gusti.»

Mi volto verso di lei. «Ad esempio?»

«La musica, i ragazzi idioti, tutto quanto. Non ho niente in comune con loro.»

«Ma va bene, no?» Corrugo la fronte. «Ti disturba non avere niente in comune con loro?»

«Prima era così.»

«E ora non lo è più?»

«Credo di averci fatto l'abitudine.»

La prendo a braccetto mentre passeggiamo. «Sai che va bene essere diversi, Will. Io lo sono e non piaccio a tutti.»

«Tu piaci a tutti, Brell,» ribatte.

«No, non è vero. Sai quante volte mi definiscono un'idiota perché scelgo di essere allegra e felice? Le persone pensano che io sia stupida perché rido molto.» Faccio spallucce. «Pensaci... all'inizio tu e tuo padre pensavate che fossi una ragazza superficiale e sciocca.» Aggrotta la fronte mentre mi guarda e riflette sulle mie parole. «Sono io a scegliere chi essere.» Faccio scontrare le nostre spalle. «Non mi interessa che cosa pensa la gente. Devi scegliere come vuoi essere e dimenticare che cosa dicono gli altri e quello che pensano.» Mi ascolta attentamente. «Perché le persone che contano ti ameranno a prescindere.»

«Che mi dici di papà?» chiede. «Lui mi amerà?»

«Tuo padre ti vuole un bene dell'anima e desidera soltanto che tu sia felice, Will. Non esprime spesso i suoi sentimenti ma io lo so. È la verità e in fondo lo sai anche tu.» Sorride dolcemente e mi guarda negli occhi. «Perderà la testa quando ti vedrà con quei vestiti bellissimi.» Sogghigno e lei ridacchia. «Che ne diresti se chiamassimo la nonna e prima di tornare a casa passassimo da lei per mostrarle gli acquisti?» chiedo.

«Okay.» Sorride.

Arriviamo alla caffetteria dove incontreremo Emerson. Quando entriamo, la troviamo seduta in fondo. «Ciao.» Sorrido e le do un bacio sulla guancia.

«Ciao, Will.» Le rivolge un sorriso enorme.

«Ciao,» risponde Willow con tono nervoso.

«Cristo, avete comprato tutto il negozio?» Sussulta quando vede le buste.

«Sì.» Sospiro mentre mi siedo. «Avevamo bisogno di risollevarci il morale. Alcune stronzette viziate le stanno dando qualche problema a scuola.»

Emerson strizza gli occhi e sbatte il pugno contro il palmo della mano. «Chi devo picchiare?»

* * *

Sono seduta sul divano. «Metti il vestito grigio,» urlo.

Frances è seduta sulla poltrona mentre guardiamo la sfilata di moda di Will. Il cameriere porta un vassoio di tè e *scones* e lo appoggia sul tavolo. «Desidera altro, signora?»

«No, grazie, caro.» Frances sorride. Non riesco a credere che ci siano persone che lavorano per lei. È come far parte della famiglia reale o qualche stronzata del genere.

Willow esce dallo studio con il vestito grigio e mette le mani sui fianchi con espressione seria.

«Oh buon Dio,» esclama Frances con un applauso. «Semplicemente bellissima. Con questo vestito sembra che tu abbia almeno ventuno anni, Will.»

Willow si solleva in punta di piedi e si guarda allo specchio.

«Indossa la gonna e la maglia nera abbinandole ai tacchi.» Sorrido e Will scompare di nuovo nello studio per cambiarsi.

Siamo a casa di Frances, o forse dovrei dire reggia, mentre Will ci mostra i suoi vestiti nuovi. Non l'ho mai vista tanto entusiasta. È davvero divertente.

«Solleva i capelli,» le dico dalla mia postazione sul divano.

Nell'ultima settimana sono stata a casa di Frances un paio di volte. In quella casa enorme e antica mi sento sola quando sono tutti a scuola e al lavoro. La madre di Julian è una donna davvero forte e mi piacciono il suo senso dell'umorismo e la mente acuta. Non parliamo mai di Julian quando sono qui, ma ho la sensazione che abbia letto tra le righe e che sappia quello che sta succedendo. È davvero una donna brillante.

Willow torna da noi con un sorriso enorme. «*Ta-da.*»

«Oddio.» Frances si porta le mani sulle guance. «Dio, abbi pietà di me. Sei bellissima.»

Rido. «Già, è proprio vero. Voltati e mostraci la schiena.» Willow fa una giravolta e sussultiamo entrambe. Scoppia a ridere e scompare di nuovo nello studio.

Frances si volta verso di me. «Grazie,» sussurra.

«Per che cosa?»

«Per esserti presa del tempo per conoscere Willow.»

Mi si riempiono gli occhi di lacrime. Quante persone si prendono il disturbo di andare oltre le cicatrici e scoprire la persona fantastica che è in realtà?

«Per me è stato un onore trascorrere del tempo con lei.»

Mi sorride. «Hai riflettuto sul matrimonio con mio figlio?»

Ridacchio. «No.» Si siede accanto a me e mi stringe la mano, fissandomi con occhi pieni di speranza. «Siamo soltanto amici, Frances. Non lasciarti prendere dall'entusiasmo.»

Mi dà una pacca sulla mano e sorride. «Certo, cara. Ti credo.»

Willow compare di nuovo e questa volta indossa un vestito attillato blu. «Posso indossare questo, se mai uscirò.» Appoggia di nuovo le mani sui fianchi. «Quando andrò a... un appuntamento.»

Faccio un applauso. «Oh mio Dio, Will, sì. Di sicuro è l'abito perfetto per un primo appuntamento.»

Frances si alza e la abbraccia. «Sono davvero fiera di te, tesoro.»

Sono così felice e sto ridendo tanto che mi fa male la faccia. È stata una bella giornata. A dire il vero, è stata la migliore di sempre.

* * *

«Devi versarlo tutto, così.» Osservo Willow incorporare il resto dell'impasto nella ciotola. «Esatto.» Sorrido. «Adesso mettilo in forno.»

Willow ha coltivato la passione per la cucina e sto provando a trascorrere più tempo possibile con lei. Sammy è seduto sulla panca mentre ci osserva e *Poker Face* di Lady Gaga rimbomba per tutta la casa. Fuori comincia a fare buio e la cena è quasi pronta.

Lo sento ancora prima di vederlo.

Mi volto e trovo Julian in piedi davanti alla porta e ci sta fissando. Indossa un completo nero e in mano ha la sua ventiquattrore. Non ho mai visto un uomo tanto bello. I suoi occhi grandi e marroni incrociano i miei e mi rivolge l'espressione più sensuale che abbia mai visto.

«Ehi.» Sorrido.

«Ciao,» risponde con gli occhi che gli luccicano, facendo contrarre la mia femminilità.

Dà un abbraccio a Sammy e poi un bacio sulla guancia a Will. «Stiamo cucinando, papà,» gli dice.

«Lo vedo.» Le sorride. «Questa sera che cosa ci sarà per dessert?»

«Danesi con mele.» Gli rivolge un sorriso fiero e mette le mani su fianchi.

Julian sbircia nel forno e poi si volta di nuovo verso di lei. «Mi farai ingrassare e non sarò più attraente, Will,» la prende in giro prima di guardare me.

Sogghigno. *Come se fosse possibile.*

«Andate a lavare le mani, ragazzi,» dico. «Will, perché non mostri i vestiti nuovi a tuo padre?»

Guarda Julian per controllare che sia d'accordo. Quando lo vede sorridere, corre su per le scale, seguita da Sammy.

Vado verso il frigorifero e riposo gli ingredienti quando sento il braccio di Julian cingermi la vita da dietro. Mi attira a lui e l'uccello è già duro.

Mi sciolgo subito.

Mi sposta i capelli di lato e mi sfiora il collo con le labbra prima di morderlo dolcemente, facendomi venire la pelle d'oca.

«Ce l'ho avuto duro tutto il giorno perché non ho fatto altro che pensare a te,» sussurra.

L'eccitazione mi travolge. «Perché?» mormoro mentre strofina la guancia sulla mia spalla.

Mi avvicina al suo corpo e l'erezione spinge contro il didietro. «Perché volevo tornare a casa, qua, dentro di te.» Mi dà un bacio sull'orecchio.

Tillie abbaia all'improvviso, afferra l'orlo dei pantaloni e cerca di allontanarlo, utilizzando tutta la sua forza per tirare.

Dannazione, Tillie, hai rovinato il momento. Questo cane sarà la mia fine.

«Non farlo!» sbotta Julian, agitando una gamba per provare ad allontanare il cucciolo. «Se mi strapperai il completo, scatenerò l'inferno, cane.» Si abbassa e la spinge ma lei impazzisce e gli afferra anche la manica della giacca.

Ridacchio mentre la osservo. «Tillie, smettila.» Ringhia quando Julian riesce ad allontanarla.

Maverick salta sul tavolo e Julian gli lancia un'occhiataccia. «Scendi subito.»

Prendo la palla di pelo rossa e la rimetto per terra. «È soltanto un gattino, non conosce ancora le regole,» gli dico.

«È un dannato attentato alla salute.»

Willow ci raggiunge con indosso il vestito blu. Non appena la vede, Julian spalanca la bocca e guarda me e infine di nuovo lei.

«Will...» sussurra. «Sei bellissima.»

Will gli rivolge un sorriso fiero e devo controllare le lacrime. Con l'età divento sempre più sensibile.

«Stai piangendo?» domanda Will.

Agito la tovaglia che ho in mano. «No, è colpa di tutte quelle cipolle che ho tagliato.»

Ridacchia. «Sei un'idiota.»

Tiro su con il naso. «Mi hanno detto cose peggiori.»

Julian mi osserva per qualche secondo prima di rivolgersi di nuovo alla figlia. «Che cos'altro avete fatto oggi?»

«Abbiamo fatto la manicure, siamo andate a fare shopping e poi siamo passate da casa della nonna.»

Corruga la fronte. «Siete andate dalla nonna?»

«Certo. Dovevamo mostrarle i nuovi vestiti di Will,» intervengo.

«Oh, e abbiamo incontrato Emerson. È davvero carina, e sapevi che mercoledì è il compleanno di Brell?» chiede Will.

Julian sposta lo sguardo su di me. «Non me lo avevi detto.» Guarda Will e poi me. «Che cosa vuoi fare per il tuo compleanno?»

Sposto lo sguardo su Will. In realtà ci avevo già pensato. «Speravo che Will ci preparasse la cena.»

Spalanca la bocca, sorpresa. «Vuoi che cucini per il tuo compleanno?» chiede con un sussulto, guardando prima il padre e poi me. «Tra tutte le cose che potresti scegliere, vuoi che prepari la cena?»

Annuisco e sorrido. «Soltanto se hai tempo.»

«Mi piacerebbe molto.» Agita le mani davanti a lei. «Possiamo invitare i nonni? Oh... e anche Emerson?»

Julian sorride quando percepisce il suo entusiasmo. «Se ti va.»

«Forte! Possiamo fare una cena per festeggiare. Oh... dovrò preparare una torta.» Si volta e torna al piano di sopra come una bambina la mattina di Natale. Tillie abbaia e la insegue. Poi li vediamo scomparire su per le scale.

Julian torna a guardarmi e mi afferra il viso. «Questa sera si è guadagnata una bella scopata, signorina Brielle.»

Mi alzo sulle punte dei piedi e gli do un bacio, facendo scivolare le mani sotto il cappotto. «Bene. Si assicuri che sia forte, signor Masters.»

* * *

«Buon compleanno a te,» cantano le persone attorno al tavolo.

Le candeline illuminano il mio viso sorridente. È il mio compleanno e uno dei giorni più felici della mia vita.

Julian mi aveva svegliato quella mattina con indosso uno dei suoi completi sexy e mi aveva portato una tazza di caffè... un lusso che non mi ero mai goduta prima. I ragazzi mi avevano dato dei biglietti di buon compleanno, mi avevano comprato un maglione e persino raccolto i fiori dal giardino.

Tilly aveva mangiucchiato il tappeto e Maverick si era addormentato nella lavatrice. Quel gatto ha un vero istinto suicida.

E adesso sono seduta qui con Julian, Will, Sammy, Emerson, Frances e Joseph, e mi stanno augurando un buon compleanno con la canzoncina. Will ha preparato una cena buonissima e la conversazione è stata divertente e leggera. La tavola è stata apparecchiata alla perfezione. È come se tutto quello che ho cercato di insegnare a Will finalmente stesse dando i suoi frutti.

Soffio sulle candeline e gli invitati esultano. Incrocio lo sguardo di Julian dall'altro lato del tavolo e mi sorride dolcemente.

Non vedo l'ora di stringerlo tra le braccia quando tutti saranno andati via.

Le cose tra di noi sono cambiate. Da quando mi ha parlato del suo passato e abbiamo fatto sesso in casa, viene nella mia stanza tutte le notti e resta finché non deve andare al lavoro. Adesso non vedo l'ora che arrivi il momento di andare a dormire, perché posso stare da sola con lui. Persino sentirlo dormire accanto mi rilassa.

Sono innamorata di lui.

È successo tra gli incontri folli in albergo e tutto il resto, anche se è una persona davvero seria che si isola dal mondo. So quanto sia tormentato. Eppure, quando siamo soli, si comporta in modo davvero tenero con me e mi si scioglie il cuore. Ogni suo centimetro danneggiato è perfetto per me.

«Esprimi un desiderio.» Sorride.

Lo guardo negli occhi e spengo l'ultima candelina.

Per favore, non lasciare che tutto questo finisca.

* * *

Gli invitati sono andati via e la casa è silenziosa mentre aspetto che il mio uomo mi venga a trovare. Questa è la parte più brutta della giornata, quando si trova al piano di sopra in attesa che i ragazzi si addormentino per venire da me.

Alla fine bussa ed entra. Mi volto e sorrido quando vedo che indossa una vestaglia blu navy sopra i boxer.

«Come sta la mia ragazza?» sussurra.

Chiudo gli occhi e lo abbraccio. «Meglio, adesso che sei qui.» Si allontana e mi mostra una busta dorata con un nastro rosso. «Che cos'è?» chiedo.

«Potrei mentirti e dire che si tratta di un regalo per te, ma in realtà è più per me,» risponde. Corrugo la fronte e fisso la busta. «Aprila.»

Slaccio il nastro rosso ed estraggo un biglietto. Ridacchio quando vedo un altro invito, ma sembra quello di un matrimonio.

> *Julian Masters richiede la compagnia di Bree Johnston*
> *Occasione: Compleanno*
> *Data: Questo fine settimana*
> *Ora: 18:00*
> *Luogo: Roma*
> *Dress code: Te stessa*

«Roma?» Lo guardo negli occhi. «Co... cosa?»

«Ho pensato che ti sarebbe piaciuto andare a Roma nel fine settimana...» Fa una pausa, come se fosse nervoso. «Per il tuo compleanno.»

Spalanco la bocca. «Davvero?»

Inarca un sopracciglio e mi rivolge un sorrisetto sexy. «Davvero.»

Gli salto addosso. «Oh.» Mi allontano e osservo di nuovo l'invito. «Vuoi che sia me stessa?»

Mi fissa intensamente. «Voglio soltanto te.»

Mi mordo il labbro per sopprimere un sorrisino stupido. «Oggi compio ventisei anni, Julian.»

«Allora ti devo ventisei orgasmi. Sdraiati sulla schiena e apri quelle gambe bellissime.»

Mi spinge sul materasso e crollo con una risatina. Si sistema sopra di me e sento l'erezione contro lo stomaco mentre fa scorrere le labbra sul mio corpo. Mi allarga le gambe in modo aggressivo e poi mi solletica con la lingua, facendomi inarcare la schiena.

«Buon compleanno, piccola,» mormora. «Lasciami entrare.»

21

Brielle

Sono al banco check-in dell'aeroporto come una groupie che aspetta di entrare a un concerto rock. Julian Masters è il mio dio del rock.

Si sta occupando dei biglietti ed è chiaro che gli assistenti di volo gli sbavino addosso. Indossa un completo grigio, una camicia azzurra con una cravatta blu navy, scarpe costose e il solito orologio di lusso. Il mio uomo è alto, tenebroso e bellissimo. Trasuda potere, soldi e abbastanza energia sessuale da illuminare l'universo.

Mi dispiace, ragazze. È tutto mio e mi sta portando a Roma per il mio compleanno, dove mi regalerà venti orgasmi. Prendetevi questa, stronze.

Sorrido tra me. Com'è possibile che questa sia la mia vita? Un uomo sexy mi sta portando a Roma... sembra la vita di un'altra persona. Faccio una foto e la mando a Emerson aggiungendo un messaggio:

Pronta per Roma baci

Julian si gira verso di me e si acciglia quando nota il mio sorriso enorme. «Perché quell'espressione?» chiede.

«Questa è la mia faccia da "Sono così felice che potrei esplodere".» Sorride per le mie parole e poi aggiungo: «Sono sicura che tu ci sia abituato.»

Scuote il capo. «Mai vista in vita mia.»

Lo prendo per mano. «Per me ormai è una costante, signor Masters.»

«Oh, ti riferisci a *quella*. Mi chiedevo se stessi male.» Sogghigna. «È molto facile compiacerla, signorina Brielle.»

Ricambio il sorrisino. «Proprio il contrario, amore mio.» Il suo sorriso scompare mentre mi fissa negli occhi. *Merda, l'ho appena chiamato "amore mio". Perché l'ho fatto?* Lo bacio con dolcezza per distrarlo e lui mi stringe la mano. «Andiamo.»

* * *

Fisso il mio riflesso nello specchio del bagno. Ho i capelli sciolti e con ricci delicati, un trucco smokey e indosso un abito da sera rosa, abbinato ai tacchi a spillo, che ho comprato il giorno prima. Adesso so perché mi aveva dato la sua carta di credito. Sapeva che non avevo niente da indossare secondo gli standard del posto in cui voleva portarmi.

«Sei pronta?» mi domanda dalla porta.

Mi sento una regina. La nostra stanza al Cavalieri di Roma è incredibile, ha un letto a baldacchino dorato, dipinti di angeli sulle pareti e arazzi sui pavimenti. Non ho mai visto tanto lusso.

Mi stringe la mano e mi fissa. «Sei così bella che non resisto, cazzo.»

«Nemmeno tu sei tanto male, Masters.» L'eufemismo del secolo. Indossa un completo nero e il suo viso stupendo risplende per me. È stupendo. Ha la barba incolta e brizzolata, ciò che basta per far impazzire le donne.

Ci siamo ripresi dalle parole che mi ero lasciata sfuggire di pomeriggio. Non so perché lo avevo chiamato "amore mio", ma la paura sul suo viso mi aveva scosso. Pensavo che forse quell'idea cominciasse a piacergli... forse mi sbagliavo.

Si piega per baciarmi e poi mi accarezza il sedere attirandomi più vicino, permettendomi di sentire la sua erezione attraverso i pantaloni. «È sempre così duro?» domando.

«Lo è quando ci sei tu.»

«Come riesci a pensare se tutto il sangue finisce in un uccello di queste dimensioni?»

Ridacchia e mi prende per mano portandomi in soggiorno. «Le lusinghe ti poteranno dove vorrai.» Mi lancia un'occhiata e poi dice: «Ho una cosa per te.»

«Che cosa?»

Mi accompagna alla scrivania e apre un cassetto da cui estrae una scatolina di velluto nero.

«Che cos'è?» sussurro quando mi porge la scatolina.

«Il tuo regalo di compleanno.»

«Il mio regalo di compleanno.» Indico la stanza. «Tu lo sei.»

«Averti per tutto il fine settimana è un regalo per me e non per te. Aprilo.» Fa un sorrisino e mi osserva con intensità.

Apro la scatolina e resto senza fiato quando incrocio il suo sguardo. «Jules, no. È troppo.»

«Sciocchezze.»

Mi ha comprato un paio di orecchini di diamanti e oro rosa. «Non posso accettarli.»

Mi bacia scostandomi i capelli dal viso. «Sì che puoi. Non ho mai desiderato viziare le altre donne. Permettimelo.»

Con mani tremanti rimuovo i miei orecchini e indosso quelli nuovi, e poi mi guardo allo specchio con le lacrime agli occhi.

«Che succede?» mi domanda preoccupato.

«Nessuno mi ha ma fatto un regalo simile.»

«Se ti consola, non ho mai comprato un regalo simile prima d'ora.»

Lo guardo negli occhi. *Chiediglielo adesso. Fallo... chiediglielo.* C'è una domanda che mi tormenta da una settimana. «Sei mai stato innamorato, Julian?»

Mi fissa e scuote leggermente il capo. «No.»

Sento le farfalle allo stomaco e quel traditore del mio cuore esplode.

«Ti piace la mia risposta?» Fa un sorrisino mentre mi scosta i capelli dalla fronte.

«Sì. Mi piace molto,» sussurro, sentendomi di nuovo più sicura di me. È terribile che sia felice al pensiero che non si sia mai innamorato prima? Potrei essere io la prima donna che amerà. È una possibilità minuscola... ma esiste.

«Adesso sono pronta per una vacanza romantica a Roma, signor Masters.»

Inarca un sopracciglio. «Ti rendi conto che non ho idea di come essere romantico, giusto?»

«Ogni momento che trascorro con te è incredibile e romantico, Julian.»

Ridacchia e mi trascina verso la porta. «Ecco perché hai l'aria di essere un po' svampita, signorina Brielle. Non hai davvero idea di ciò che dici.»

Sorrido mentre mi tiene per mano e percorriamo il corridoio. È la serata migliore della mia vita.

Julian

STO ASCOLTANDO il suo respiro mentre dorme, distesa con il viso rivolto verso di me e la mano sulla mia. Ha intrecciato la chioma lunga e nera per andare a dormire e le labbra stupende e carnose sono appena dischiuse, mentre le ciglia lunghe le accarezzano la pelle di porcellana. Di tanto in tanto sussultano, come se stesse sognando, e non riesco a toglierle gli occhi di dosso per paura che sia tutto un sogno. Non voglio risvegliarmi e non trovarla al mio fianco.

Sollevo la coperta bianca che la circonda e la sistemo per tenerla al caldo. Per un momento si agita e, prima di tornare a dormire, mi bacia la mano. *Pace... ecco che cosa si prova.*

Sorrido e le sistemo una ciocca di capelli dietro l'orecchio, poi mi piego e le bacio le labbra con dolcezza e riverenza. È perfetta in tutti i sensi, cazzo. Non ho mai conosciuto una donna come lei. Abbiamo un legame che raggiunge mente, corpo e anima. Mi capisce.

È strano, ma non desidero altro che trovarmi qui con lei.

La sera prima eravamo andati a cena fuori, avevamo parlato e riso per ore. Poi avevamo ballato e lei aveva cantato per me. Mi si stringe il cuore ripensandoci. Dopo essere tornati a casa e aver fatto l'amore, aveva cantato di nuovo mentre io avevo riso per la sua voce terribile.

Che cos'è questa sensazione?

Si agita e, con voce assonnata, sussurra: «Jules?»

«Sono qui, piccola,» mormoro, attirandola più vicino.

Sorride tenendo gli occhi chiusi e si accoccola contro il mio petto. Qualche minuto dopo mi rendo conto che si è riaddormentata perché il suo respiro torna a essere regolare.

Devo andare in bagno, ma non mi alzerò perché non voglio lasciarla andare, così le bacio la fronte e chiudo gli occhi.

Averla tra le braccia è davvero paradisiaco... e non ho mai provato niente di simile.

Brielle

La candela tra di noi sfavilla, creando ombre su Julian. Ci troviamo in un ristorante italiano romantico e beviamo cocktail a base di champagne e limoncello dopo aver divorato il pasto più incredibile della storia del buon cibo.

«Posso farti una domanda?» gli chiedo e lui sorride.

«Immagino che lo farai lo stesso.»

Ridacchio e sollevo il bicchiere verso di lui. «Tua madre mi ha parlato del Masters Group e del tuo ruolo.»

«Okay.»

Mi acciglio. «Perché fai il giudice se l'azienda di famiglia ha tanto successo?»

«All'università ho studiato legge per lavorare per la mia famiglia, ma poi...» Si interrompe per un momento. «Dopo tutto quello che è successo con Alina avevo bisogno di una distrazione, così mi sono impegnato ancora di più nello studio. A un certo punto l'azienda di famiglia non mi è bastata più.»

Lo guardo mentre provo a immaginarlo da ragazzo. «Che cosa è successo quando ti ha detto che era incinta?»

«Ho richiesto un test di paternità. Sono andato a letto con lei al nostro primo incontro.» Si stringe nelle spalle. «Sapevo che lei era un tipo promiscuo ed era a conoscenza anche della ricchezza della mia famiglia.»

«Hai pensato questo? Credevi che fosse interessata ai soldi?» domando.

Sorseggia il suo drink e gli occhi gli diventano lucidi. «Sì.»

«Fino a quando?»

«Fino alla sua morte.»

«Litigavate spesso? Scusa per le domande, ma sto cercando soltanto di capire come sia possibile sposare qualcuno e non amarlo.»

«Va tutto bene. Non ho mai parlato di certe cose con nessuno, a parte Spencer e Sebastian.»

«Spencer e Sebastian?» Mi acciglio.

«I miei amici.» Continua a bere e sorride. «Hai presente quelli del ballo della scuola?»

Spalanco gli occhi e ridacchio. «Oh, loro. Spencer e Sebastian. Anche i loro nomi sono sconci.»

«Di sicuro combinano guai.»

«Di che cosa si occupano?»

«Sebastian possiede un'impresa mineraria. È divorziato e non ha figli.» Sorride con affetto prima di proseguire. «E Spence è un architetto che ha scopato chiunque... due volte. Progetta grattacieli e vive tra Londra e New York.»

Sorrido. «È chiaro che siete uniti.»

«Mi hanno aiutato a non impazzire nel corso negli anni. Mi conoscono meglio di chiunque altro e ne abbiamo passate tante insieme.» Richiama il cameriere per ordinare altri due cocktail.

Osservo il liquido ambrato nel mio bicchiere elegante. «Questi drink sono molto potenti.»

«Oh, come se tu non sapessi reggere l'alcol, *Signorina Devastiamoci*.»

Ridacchio e poi divento seria quando penso a un'altra domanda.

«Che c'è?» chiede.

«Ho un'altra domanda e non voglio che ti infastidisca, ma ci penso quando sono sola. Voglio soltanto essere sincera, capisci?»

Alza gli occhi al cielo. «Va' avanti.»

«Non sono mai stata con un uomo con un desiderio sessuale così forte. Facciamo parecchio sesso e non riesci a togliermi le mani di dosso. Lo facciamo sempre quando dormiamo insieme e non riesco a immaginarti in astinenza.»

Appoggia la schiena alla sedia e si massaggia il labbro inferiore con il pollice. «Dove vuoi andare a parare?» chiede.

«Hai detto che non facevi molto sesso con Alina... che è successo poche volte.» Mi fissa negli occhi mentre parlo. «Avevi delle amanti?» sussurro e lui sorseggia il drink abbassando lentamente lo sguardo. È una risposta importante per me, però. Devo conoscere l'uomo di cui sono innamorata.

Incrocia di nuovo il mio sguardo e dice: «Non ho mai avuto un'amante. Non farei mai una cosa del genere a nessuno.» Trattengo il respiro mentre prosegue. «Ma sono andato a letto con molte escort.» Mi acciglio e si piega in avanti, stringendomi la mano sul tavolo e cercando di interpretare la mia espressione sconvolta. «Ed è stato triste e freddo... niente al confronto di ciò che abbiamo noi due.»

«Per quanto tempo hai scelto la compagnia delle prostitute?»

«Dall'età di ventiquattro anni fino al giorno del tuo arrivo.»

Che cosa?

«E non hai frequentato un'altra donna?»

«Continuavo a incontrare le prostitute quando avevo una donna.»

«Perché?»

Si stringe nelle spalle. «Non avevamo un vero legame. Le vedevo soltanto una volta ogni settimana e ho più bisogno del sesso che di loro.»

I miei occhi diventano due fessure. «Nessun tipo di legame?»

Scuote il capo e si acciglia. «Prima di te non pensavo di essere capace di amare.»

Ha appena detto... no. Finiscila.

«E adesso?» sussurro stringendogli la mano.

Un luccichio dolce gli lampeggia negli occhi. «Penso che tu sia una strega che mi ha trasformato in un ragazzino patetico e innamorato.»

Gli sollevo la mano e sorrido contro il suo palmo. «Perché?»

«Perché ti penso tutto il giorno e il pensiero di un'altra che mi tocca...» Si acciglia e scuote il capo. «Mi disgusta.»

L'aria attorno diventa elettrica. Roma lo ha reso così aperto e romantico. Che magia nasconde questa città?

«Sai, anch'io comincio a pensare di non essere mai stata innamorata,» mormoro.

Si piega e mi bacia con dolcezza. «Allora come definiresti gli altri uomini della tua vita?»

«Soltanto... un modo per fare pratica.»

«Per che cosa?»

«Per te.»

Sorride contro le mie labbra e ci baciamo con trasporto dimenticandoci degli altri presenti nel ristorante.

«Ho un nuovo siero della verità...» sussurro.

«Quale sarebbe?»

«Il cocktail a base di champagne e limoncello.»

* * *

Julian mi sta facendo volteggiare sulla pista da ballo, nonostante siano l'una di notte. Abbiamo riso, bevuto e mangiato tanto a Roma. Sorrido al mio uomo mentre le note di *Your Song* di Elton John ci accompagnano. Siamo gli unici sulla pista e il locale è quasi vuoto. Ho le braccia allacciate attorno al collo di Julian, che mi tiene dai fianchi mentre ondeggiamo. È felice, spensierato... proprio come immaginavo che potesse essere. Sorrido mentre ascolto il testo di una canzone che non mi era mai piaciuta, ma in quel momento credo che sia la canzone più perfetta al mondo.

«Ho una confessione, signor Masters.»

«Di che si tratta?» domanda con un sorrisino.

«Ho capito che eri speciale dal primo momento in aeroporto.»

Mi guarda negli occhi e aggrotta la fronte. «Anch'io ho qualcosa da confessare, signorina Brielle.»

«Ti ascolto.»

Spalanca gli occhi e rilassa le labbra. «Quando ti ho detto di non essermi mai innamorato... ho mentito.» Deglutisce il nodo in gola mentre fisso i suoi occhioni scuri. «Perché sono innamorato di te,» sussurra.

Mi acciglio quando il mondo smette di muoversi. «Ma... credevo che non sapessi amare.»

«Esatto...» sussurra dandomi un bacio casto. «Ma a quanto pare il mio cuore ne è capace, con o senza il mio permesso.»

Sorrido mentre le lacrime mi annebbiano la vista. «Oh, Julian, ti amo tanto,» confesso quando le nostre labbra si sfiorano in un momento perfetto di intimità e lui mi stringe forte. Continuiamo a ballare e a fissarci accompagnati dalle note di Elton. Soltanto noi due... soli.

E potrebbe essere la notte più incredibile della mia vita.

Julian

ENTRIAMO NELLA STANZA senza smettere di baciarci. La mia erezione è pronta a esplodere quando chiudo la porta con un piede. Non ho mai sentito un bisogno così sconvolgente di scopare una donna preoccupandomi di pensare a lei anche il giorno dopo.

Non ho mai amato nessuna.

Mi piego e la libero dal vestito, lasciandola con indosso soltanto la biancheria bianca di pizzo. Ammiro il suo corpo e l'uccello diventa duro da far male. I suoi seni sono generosi e sodi, lo stomaco è leggermente tondeggiante, i fianchi sono sensuali e il viso...

Il suo viso è stupendo e innocente.

«Toglimi tutto.» La bacio con violenza. «Ho bisogno che mi spogli.» Sfilo la giacca mentre lei si occupa della cintura, ansimando disperato quando mi abbassa i pantaloni e finalmente sono nudo davanti a lei.

Ammira il mio petto e borbotta: «Sei sexy da impazzire.»

La accarezzo e sento che la mia ragazza è pronta per me, così avvicino una mano sulla sua testa e la spingo giù. «In ginocchio,» le ordino stringendomi l'uccello e strusciando la cappella umida sulla sua bocca. Solleva lo sguardo e si lecca le labbra mentre mi fissa negli occhi. Nient'altro è importante quando mi guarda così. «Ti scoperò la bocca e poi ti sbatterò così forte che non ricorderai nemmeno di essere stata a Roma.» Inizio a massaggiarmi il cazzo e Bree apre la bocca. Anche solo vederla in ginocchio con la bocca aperta mi lascia senza parole e in risposta mi massaggio ancora con più energia. «Toccati,» sussurro e lei avvicina una mano tra le gambe, chiudendo gli occhi quando il piacere la travolge. Sento un incendio divampare nelle palle... *porca miseria.*

La afferro dai capelli e spingo nella sua bocca, chiudendo gli occhi. *Cazzo, la sua bocca è la perfezione.* La penetro e poi lo tiro fuori prima di sprofondare ancora di più mentre i suoi occhi scuri osservano ogni mia reazione.

«Ti piace, piccola?» sussurro con voce roca.

Annuisce mentre mi succhia e la afferro dalla nuca quando spingo l'uccello nella sua bocca.

Sii gentile. Sii gentile, rammento a me stesso, ma non posso mai esserlo con lei. Mi fa perdere il controllo. È la scopata migliore di sempre e mi sconvolge che sia anche la donna che amo. So che è raro. *Sta succedendo davvero?*

Stabilisco un ritmo, facendola gemere mentre mi succhia. Le afferro i capelli così forte che le nocche mi diventano bianche e sento che sono sul punto di venire.

Cazzo, non ancora.

La tiro in modo aggressivo e inizio davvero a scoparle la bocca, ansimando con apprezzamento quando mi accoglie fino in fondo.

«Brava ragazza. Proprio così...» ansimo. «Usa i denti,» ringhio.

Sorride quando mi morde e urlo per l'orgasmo che mi travolge. L'uccello sussulta e il seme denso e bianco schizza nella sua bocca.

Bree ha difficoltà a ingoiarlo tutto e con dolcezza le scosto i capelli dalla fronte mentre la fisso. Il cuore mi martella nel petto mentre mi lecca assicurandosi che la osservi. Non importa quante altre volte abbia assistito allo stesso spettacolo, non ne avrò mai abbastanza. La trascino in piedi, la bacio con passione e vado di nuovo su di giri quando sento il sapore della mia eccitazione.

Lei è così sexy, cazzo.

La spingo sul letto e le attacco le labbra mentre la penetro con tre dita. È bollente e mi avvinghia con i suoi muscoli interni, facendo fremere di nuovo l'uccello. «Questa fica stupenda ha bisogno di essere sfamata,» mormoro e lei geme inarcando la schiena. «Non pensi?» sussurro, spingendo le dita con più forza.

«Sì,» ansima e aggiungo un altro dito. «Oh, attento.»

I miei occhi si scuriscono. «Non provare a dirmi di stare attento, Bree. Conosci le regole nel mio letto.»

Annuisce e chiude gli occhi. So che non sono facile da gestire tra le lenzuola, ma dovrà farci l'abitudine se mi ama. Fino a ora ho provato a controllarmi con lei ma sapere che è mia ha liberato l'animale in me. Scopo in una maniera soltanto.

La impalo con violenza quando la sento contrarsi attorno a me. I nostri movimenti sono frenetici e il letto sbatte contro la parete.

A lei piace... ama quando la scopo con le mani. «Sei pronta?» domando.

Mi fissa negli occhi e le sfioro il clitoride con il pollice, facendola fremere. La mia asta si agita quando l'orgasmo travolge Bree che urla: «Ah, Julian.»

Le stringo le gambe e le spingo di lato piegandola sulle ginocchia. Poi sprofondo ancora di più. «Cazzo, sì,» sussurro con gli occhi chiusi.

In quella posizione è davvero stretta attorno all'uccello. Le schiaffeggio il sedere facendola gemere dal dolore. Poi la schiaffeggio di nuovo per essersi lamentata, e questa volta lo accetta.

«Brava.»

La afferrò dai fianchi e la cavalco con energia... così in profondità che si dimena e geme, facendomi impazzire.

Un velo di sudore mi ricopre il corpo quando osservo il punto in cui i nostri corpi si incontrano. Il mio uccello scompare nella sua femminilità rosea e delicata e il rumore dei nostri corpi che si scontrano rieccheggia nella stanza.

«Porca puttana, Bree,» ringhio.

«Julian,» geme. «Oddio, è fantastico.»

Abbasso lo sguardo e noto il suo viso paonazzo e i capelli neri sparsi sul cuscino. «Contrai i muscoli,» le ordino, schiaffeggiandola ancora. Lei fa come chiesto e stringe attorno al mio uccello, e io inarco la testa indietro venendo mentre la penetro con forza. Urla all'improvviso e non so se sia per il piacere o il dolore. A ogni modo, sembra così incredibile, cazzo.

Cavalco l'onda dell'orgasmo con calma prima di sdraiarmi su di lei e baciarla dolcemente.

«Ti amo,» sussurra stringendosi a me.

Sorrido contro le sue labbra, ancora ansimante. «Anch'io ti amo.»

22

Brielle

Sento l'auto parcheggiare e sorrido. Julian è andato a prendere i ragazzi. Mi sono mancati tanto. Siamo tornati da Roma da un paio di ore ed è stato il fine settimana migliore di sempre. Prima mi ha aveva lasciato a casa e poi era passato a prenderli. Odio non essere potuta andare con lui, ma i suoi genitori pensano che sia partito con Sebastian. Non so per quanto ancora manterremo il segreto. Ho bisogno di parlargliene. Odio mentire ai bambini. Odio dormire al piano di sotto quando il resto della famiglia è sopra.

Voglio stare con loro.

La cena è nel forno e mi rendo conto di quanto sia bello essere a casa.

«Brelly!» urla Sammy quando apre la porta, correndo in cucina e fiondandosi su di me.

«Ciao, piccoletto.» Gli do un bacio sulla fronte. «Oh, mi sei mancato.» Sorrido mentre lo stringo forte. Tillie ci raggiunge in cucina e salta sulle mie gambe. Poi compare Will e le metto un braccio attorno alle spalle. «Ciao, tesoro.» Do un bacio sulla fronte anche a lei.

Poi arriva Julian e mi trova con i ragazzi tra le braccia e un cane che mi salta sulle gambe. «Io non ho avuto quest'accoglienza,» mormora, lanciando le chiavi sul tavolo. Ridacchio e lo guardo negli occhi.

«Ho così tanto da dirti, Brell,» esclama Willow con voce entusiasta.

«Davvero?» Sorrido.

Solleva le braccia. «Non ci crederai mai.»

«Che cosa?»

«Lola mi ha invitato alla sua festa di compleanno.»

«Ah sì?»

«Sì e ci andranno tutti.»

Spalanco gli occhi. «Ti riferisci ai ragazzi del golf?»

Sorride e annuisce. «E tutti i suoi amici dell'università.»

«È una notizia magnifica.» La indico. «Dovresti indossare il vestito blu e farò qualcosa con i capelli. Dovremmo fare un po' di pratica domani.»

«Sì, possiamo?»

Julian alza gli occhi al cielo e si siede al bancone. «Posso ricordarvi che il vestito blu può essere indossato soltanto in casa?»

Sorrido e sposto lo sguardo su di lui. Odia vedere la sua bambina crescere.

«Allora, quando le hai parlato?» chiedo, concentrandomi di nuovo su Willow.

«Mi ha inviato messaggi per tutto il fine settimana.»

«Davvero?» Le rivolgo un sorriso enorme. «Guardati, sei così amichevole e socievole.» Sorride orgogliosa. «La cena sarà pronta tra mezz'ora. Perché non andate a fare una doccia e vi preparate per domani?» chiedo.

«Okay.» Sammy torna in soggiorno. «Oh no! Maverick, no.» Lo sentiamo urlare.

Willow lo raggiunge «Oh... merda.» Sussulta.

«Che succede lì?» domanda Julian.

«Niente,» risponde Willow con calma.

Di sicuro sta succedendo qualcosa. Metto le mani sulle spalle di Julian mentre gli passo accanto. «Versa un po' di vino, piccolo. Io mi occupo dei ragazzi.» Il mio è un messaggio in codice per dire "per favore, resta qui mentre io penso agli animali selvatici che definiamo domestici".

Entro in salone e trovo Willow davanti al divano che prova a riattaccare le tende che Maverick ha staccato. Mi avvicino e mi accorgo che sono state strappate dall'alto.

Julian ci raggiunge e corruga la fronte quando vede quello che è successo. «Quel dannato gatto è a casa da cinque minuti,» urla. «Come può rovinare le tende in soli cinque minuti?»

«È soltanto un gattino,» dico.

«Oh... e ancora non conosce le regole,» Julian mi imita prima di voltarsi e urlare: «Quel gatto tornerà al rifugio se non le imparerà presto.»

Ridacchio mentre lo guardo andare via. Il mio Signor Brontolone è tornato.

* * *

Julian Masters richiede la compagnia di Bree Johnston
Occasione: Indagine
Data: Giovedì sera
Ore: 18:00
Luogo: Stanza 612, Rosewood, Londra
Dress code: Bondage

Sorrido quando vedo l'invito tra le email. È davvero convinto di provare il bondage. Forse dovrei lasciarmi andare e comprare qualche frusta. Comunque mi sculaccia già quanto gli pare, anche se io non sento niente.

Quando avevamo fatto la doccia a Roma e aveva visto l'impronta della sua mano sul mio sedere, si era sentito mortificato e si era scusato almeno dieci volte.

Il cellulare squilla e sorrido. *Quando si parla del diavolo...*

Il nome Signor Masters illumina lo schermo. «Salve, signor Masters.»

«Come sta oggi la mia tata osé?» fa le fusa.

«Si sente *molto* osé.»

«Come mai?»

«Vorrei che il mio uomo fosse qui con me.»

«Anche tu mi manchi,» sussurra.

Chi è quest'uomo e che cosa ne ha fatto del signor Masters, l'uomo incapace di provare sentimenti che avevo conosciuto sei settimane prima?

«Sto per andare via. Tu sei già per strada?» chiede.

«Non ancora. Arriverò tra circa un'ora.»

«Okay. Guida con prudenza.»

Aggancio e fisso il cellulare. Da quando eravamo tornati da Roma aveva cominciato a dirmi di guidare con prudenza.

Ripensa mai alla... telefonata che aveva ricevuto dopo la morte di Alina? Teme che la possa ricevere un'altra volta?

Abbiamo ancora molta strada da fare e molti demoni da sconfiggere... entrambi. Continuo a pensare alla sua dipendenza dalle prostitute, e mi odio per questo, ma mi chiedo se tornerebbe mai a quella vita.

Voglio dire, se fossi incinta e non potessi fare sesso per un periodo prolungato, sarebbe comunque soddisfatto?

Smettila. Smettila di pensare a queste stronzate. Non ti fa bene.

Il passato è passato. Può farmi del male soltanto se glielo permetto.

Mr. Masters

* * *

Toc, toc.

Sono davanti alla stanza 612 del Rosewood con un sorriso sulle labbra. Indosso uno dei suoi trench neri e sotto nascondo lingerie bondage di pelle e stivali stringati che arrivano al ginocchio.

Posso essere spinta quanto vuole.

Sta tirando fuori un lato della mia personalità di cui non conoscevo l'esistenza. Ho bisogno di sottomettermi a lui.

Quando siamo a casa e si intrufola nel mio letto, facciamo l'amore in silenzio e con dolcezza. Ci sussurriamo quanto ci amiamo per tutta la notte. Tuttavia, quando siamo negli hotel, scopiamo come animali ed è diventata una dipendenza per me. Amo il contrasto tra dolce e violento.

Tra fare l'amore e scopare.

Tra il signor Master e Julian.

Julian mi ama e il signor Masters ama scoparmi... forte.

Apre la porta ed è già nudo. Indossa soltanto una vestaglia. In mano stringe un bicchiere di scotch e sono certa che sotto la vestaglia ci sia un'erezione. Rabbrividisco di piacere, perché so che scena replicheremo questa sera... i momenti che ha trascorso nei bordelli. L'unica cosa perversa della serata in programma è che non vedo l'ora di viverla, cazzo.

Amo essere la sua puttana.

«Salve, signor Masters,» sussurro.

Nei suoi occhi vedo soltanto eccitazione. «Salve, signorina Brielle.» Ha la voce più profonda quando è eccitato. Adesso noto la differenza tra le sue personalità.

Il signor Masters ha un tono di voce autoritario e intenso. Julian è più scherzoso oppure triste, dipende dall'umore.

Mi afferra la mano e se la porta alla bocca per baciarla. «Ti aspettavo con trepidazione.»

Mi guida dentro e mi guardo intorno. Non appena vedo un flacone di olio per bambini sul comodino, deglutisco e provo a ignorare le capriole allo stomaco.

Mi versa uno scotch. «Bevi questo.» Si avvicina e mi dà un bacio sulla guancia. «Ne avrai bisogno.»

Il cuore mi batte forte mentre bevo l'alcolico che mi brucia la gola. Mi riporta ai giorni in cui bevevamo il bicchiere della staffa insieme. Sembra trascorsa un'eternità.

Bevo lo scotch in tre sorsi e lui sorride. «Brava ragazza,» mormora.

Gli passo il bicchiere. «Ne vorrei un altro.»

Sogghigna e lo riempie lentamente. Una volta pieno, lo sorseggio e ignoro le mani che tremano.

Sono davvero nervosa. Non ho idea di che cosa voglia farmi, ma l'olio per bambini mi dice che si tratta di qualcosa di nuovo.

«Spogliati,» ordina con voce fredda, calandosi perfettamente nella parte.

Bevo il resto del secondo drink e mi tolgo la giacca, lanciandola sulla sedia. Lui mi rivolge un sorriso malizioso e mi divora con gli occhi. Indosso un corsetto nero di pizzo e pelle che solleva il seno quasi fino al mento e l'ho abbinato a un paio di mutandine di pelle davvero succinte. Mi gira attorno come se fossi la sua preda. Poi toglie la vestaglia e sussulto.

È nudo e il suo membro è già duro. I muscoli dell'addome sono scolpiti e la "V" perfetta scende fino all'inguine. L'uccello grosso pende dalle gambe e riesco a vedere ogni singola vena sulla cappella. C'è già una goccia di liquido preseminale e non mi ha nemmeno toccato.

Comincio a sentire un formicolio perché sono eccitata *e* perché ho bevuto lo scotch, ma è soprattutto per Julian.

Va verso la sua ventiquattrore ed estrae una frusta di pelle nera.

Cazzo.

«Ti colpirò tre volte.» Mi fissa intensamente. «E poi scoperò il tuo sedere.»

Deglutisco un nodo alla gola. «Sì, signore.» Mi guardo intorno. «Posso avere un altro drink, per favore?»

Sorride quando acconsente e annuisce prima di versarmi un altro scotch. Non appena torna, mi bacia con dolcezza, come se si stesse scusando in anticipo per ciò che dovrò sopportare. Resta con le labbra sulle mie e mi sfiora la fronte con la sua.

«Sai che ti amo,» sussurra.

«Sì.»

«Non ti farò del male.»

«Lo so,» mormoro con il cuore che batte all'impazzata. Non so se riuscirò ad andare fino in fondo, ma voglio farlo... per lui.

Voglio essere tutto ciò che desidera.

Inclino la testa e mandò giù il drink. All'improvviso, mi afferra i capelli per baciarmi. Mi penetra la bocca con la lingua, succhiandomi le labbra con prepotenza e stringendomi le ciocche per posizionare il capo come preferisce.

«Sdraiati sulla schiena, piccola.» Fa scivolare le dita sotto le mutandine e afferra la mia femminilità con violenza. «Voglio succhiare la tua fica bellissima e bagnata.» Sento il centro pulsare... lo voglio, ho bisogno di lui.

Cristo Santo, è così sexy, cazzo.

Mi sdraio sul letto e mi toglie lentamente le mutandine. Poi mi sfiora il sesso con le dita e mi espone per osservarmi.

Trattengo il respiro.

Si abbassa e mi bacia dolcemente l'interno coscia, facendomi tremare. Mi guarda negli occhi e soffia. Non so perché lo faccia, ma potrebbe esserci un incendio lì sotto. Non mi sorprenderebbe.

Si strofina l'asta un paio di volte e guardo la goccia di liquido preseminale scivolare. *Dio, è un vero spettacolo. Immagino che cosa si provi a essere pagati per questo.* Quando si ha a che fare con clienti come lui, la prostituzione assume tutto un altro significato.

Julian si piega e dà un bacio alla mia femminilità sensibile, e io mi contraggo per non sollevare i fianchi. Mi afferra le cosce e comincia a succhiare senza smettere di guardarmi negli occhi.

Oddio, abbi pietà di me.

Quando chiude gli occhi, gli afferro la testa e lo stringo. I suoi gemiti vibrano contro di me. Mi porta sempre più in alto e si ferma finché non sono sull'orlo dell'orgasmo. Devo chiudere gli occhi perché vederlo farebbe perdere la testa a chiunque.

«J...Julian,» balbetto.

«Non puoi venire,» ringhia.

«Perché no?»

«Verrai sul mio uccello e non un momento prima.»

Continua a succhiarmi e a stuzzicarmi, portandomi a un passo dall'estasi prima di strapparmela via, lasciandomi sul letto a dimenarmi e a supplicarlo. «Per favore,» ansimo. «Julian, adesso.»

Solleva la testa per darmi un bacio sulla coscia. «In ginocchio.» Mi volto e obbedisco, mettendomi carponi. «Abbassati sui gomiti,» mi ordina.

Faccio come dice e poi prende l'olio per bambini prima di cospargermelo sul sedere e sulle cosce.

Cristo...

Lo spalma e mi sfiora la femminilità con le dita. «Sei bellissima, cazzo, piccola.» Comincia a penetrarmi e chiudo gli occhi, lasciando che il piacere prenda il sopravvento.

Mi bacia la schiena e, all'improvviso, fa scivolare un dito nell'entrata posteriore.

«Oh...» Chiudo gli occhi.

«Lasciami entrare.»

Provo a controllare la respirazione e a rilassarmi quando infila un altro dito e va in profondità. Non smette di baciarmi la schiena e riesco vedere l'uccello attraverso le mie gambe. Giuro che sembra che stia per venire e spalanco la bocca.

Non ho mai visto niente di più sexy.

Continua a muovere le dita dentro di me, afferrandomi il fianco finché non sono completamente appoggiata alla sua mano. Chiudo gli occhi e lascio che le scariche di piacere mi travolgano.

«Ti piace, non è vero? Sei la mia sporcacciona.»

«Sì,» ansimo.

Allarga le due dita che sono dentro e poi ne aggiunge una terza. Devo serrare gli occhi per sopportarlo. Non ho mai provato una sensazione del genere. È sbagliato ma così giusto, cazzo.

Sento un bruciore quando la frusta mi colpisce il sedere e dopo Julian mi penetra in profondità con le dita, facendomi sfuggire un gemito.

Julian continua così per altre due volte e diventa sempre più piacevole. All'improvviso estrae le dita ed è in quel momento che sento la sua erezione contro l'altra entrata.

Versa altro olio prima di cospargerlo con il pollice, posizionarsi e spingere in avanti. Seppellisco il volto nel materasso quando un dolore lancinante mi attraversa.

«Oh!» urlo.

Si piega e mi dà un bacio sulla schiena. «Stai andando benissimo, piccola. Sono quasi del tutto dentro.»

Sposta la mano sul clitoride e comincia a massaggiarlo con le dita, e il dolore si trasforma in piacere. Non appena spinge di nuovo in avanti, sento gli occhi ruotare.

«Ah!» urlo contro il letto.

«Ci siamo.» Estrae l'erezione e mi penetra di nuovo lentamente. Serro gli occhi. Ogni volta che spinge dentro di me, va più in profondità e non smette di muovere le dita sul clitoride. «Andiamo, piccola,» sussurra. «Scopami.»

Il suono della sua voce mi fa tornare al presente e comincio a muovermi un po' verso di lui.

«Sì, così,» esclama con voce roca. «Stai andando benissimo.» Spingo di nuovo e lui sibila.

Dio, lo adora.

Continua a muoversi dentro di me un paio di volte e comincio a pensare di avercela fatta. Vado incontro alle sue spinte, sollevata che il dolore sia scomparso e che il piacere inizi a crescere. Mi afferra i fianchi e mi cavalca mentre io trattengo il respiro. *Porca puttana... il piacere è indescrivibile.*

Sento soltanto il rumore dell'olio che scivola tra di noi e sollevo lo sguardo sullo specchio per osservare il nostro riflesso. Julian sta fissando il punto in cui i nostri corpi si uniscono. Ha il corpo imperlato di sudore e mi sta prendendo proprio come gli piace... soltanto per il *suo* piacere. Non ho mai visto niente di così sexy in tutta la vita.

Gli addominali si contraggono quando spinge e poi, come se avesse bisogno di più sostegno, solleva una gamba e appoggia il piede sul materasso, proprio accanto a me, iniziando a scoparmi davvero.

Urlo contro il materasso quando un orgasmo dalla forza sconvolgente mi travolge. Julian inarca la testa indietro e geme mentre viene dentro di me.

Per un po' continua a muoversi lentamente e alla fine sento i suoi baci dolci sulla schiena. Poi si appoggia su di me, senza estrarre l'erezione.

Mi fa voltare e mi regala un bacio. «Ti amo,» sussurra contro le labbra.

Non posso rispondergli, sto ancora cercando di riprendermi. Sono accaldata e non riesco a ragionare. Julian è tutto ciò che riesco a vedere. Lo sento ancora dentro di me e poi mi penetra la bocca con la lingua.

È scolpito nel mio cuore. «Ti amo,» gli dico.

Sorride e mi stringe il viso. «Come cavolo ho fatto a trovarti?»

«Agenzia per il lavoro Smithson,» ansimo.

Ridacchia ed estrae il membro. Sento subito la sua assenza e mi sorprende scoprire quanto avrei voluto che restasse lì.

Mi dà un altro bacio e mi stringe la mano per sollevarmi. «Ho bisogno di pulirti.»

Gli rivolgo un sorriso assonnato. «Lo so, sono una vera sporcacciona.»

* * *

È sabato sera, e Willow finalmente uscirà con Lola. Non è ancora il fine settimana della festa, che sarà il prossimo, ma è comunque molto nervosa. Persino io lo sono per lei. Da quando sono qui, è la prima volta che esce con qualcuno della sua età.

«Di preciso dove andrai?» Julian corruga la fronte quando si siede sulla poltrona con il suo libro e solleva le gambe sul poggiapiedi.

«Soltanto a cena e poi al cinema.»

«A che ora tornerai?»

«Il film comincia alle undici.»

«Hai soltanto sedici anni, lo sai, Will. Non voglio che tu stia fuori tutta la sera.»

Alza gli occhi al cielo. «Lo so, papà.»

«Ti accompagno io?» domanda.

«No, guida Lola.»

Julian solleva lo sguardo dal libro. «Non voglio che te ne vada in giro nell'auto di una principiante.» Si volta verso di me. «Bree, sapevi che questa ragazza ha l'età per guidare?»

«Julian, va tutto bene.» Sospiro. «Ha la patente, l'ho conosciuta al golf e sembra adorabile.»

Be', non proprio, ma ci siamo salutate. Comunque, a Willow sembra piacere.

«Vado a vestirmi.» Will sorride prima di salire le scale.

Scrollo le spalle. «Sono così entusiasta per lei.»

Julian torna a concentrarsi sul suo libro. «Io lo sarò quando questa sera avrò l'uccello nella tua bocca,» mormora tra sé e sé.

Mi abbasso e gli sussurro all'orecchio: «Sei un uomo davvero sconcio.»

Sorride e mi dà una pacca sul sedere. «Con una tata ancora più sconcia e davvero scopabile.»

Venti minuti dopo, qualcuno bussa alla porta. «Apri tu,» mormoro.

«No, vai tu,» risponde.

«Questa è casa tua. Apri tu.»

Si alza con riluttanza e apre.

«Salve, signor Masters. Sono Lola.» La ragazza sorride e gli stringe la mano.

«Ciao, Lola,» risponde. «Piacere di conoscerti.» Si volta verso di me. «Questa è Brielle.»

Sorrido e mi stringe la mano. «Ciao, Brielle.»

Oh, è bellissima, una bellezza naturale, e indossa pantaloni blu navy e una camicia bianca.

«Ciao, Lola. È un vero piacere conoscerti.»

Fa scorrere le dita sulle gambe, nervosa, e Will scende le scale. Lola solleva lo sguardo e sorride dolcemente quando la vede.

Willow indossa il vestito blu e anche i tacchi. È bellissima. Ha sciolto e arricciato i capelli e ha anche scelto un trucco leggero che mette in risalto i lineamenti.

Scende le scale e Lola la osserva. Le fisso e comincio ad avere una sorta di esperienza extracorporea.

Il cuore mi batte forte mentre le guardo interagire tra di loro in modo silenzioso.

Oh mio Dio.

Perché non l'avevo capito prima? *Sei una stupida, Brielle.*

Questa non è una serata al cinema tra amici. È un appuntamento.

Penso che Willow potrebbe essere gay.

* * *

Mr. Masters

Sono seduta in auto fuori dalla scuola di Will, è lunedì pomeriggio e oggi finisce alle due. Per tutto il fine settimana non ho fatto altro che pensare a come potrei parlarle della sua sessualità. Non ho detto niente a Julian. Come posso se non so nemmeno se i miei sospetti sono fondati?

Ieri a pranzo ne avevo parlato con Emerson ed eravamo arrivate alla conclusione che Willow dovrebbe confessare tutto da sola. Non posso chiederle di farlo. Potrebbe essere soltanto una fase e non voglio ingigantire la situazione. Posso solo sostenerla e starle accanto quando ha bisogno di me.

La campanella della scuola suona e resto ad aspettare mentre i ragazzi escono. Alla fine, tutte le auto vanno via. Quasi tutti i ragazzi sono tornati a casa, quindi dov'è lei?

Guardo l'orologio. Sono le due e diciassette minuti. Aspetto e aspetto.

Ormai il parcheggio è del tutto vuoto. La chiamo ma non risponde.

Dov'è? Sono le due e trentacinque.

Che cazzo?

Comincio a fare su e giù con la gamba. Devo andare adesso, altrimenti farò tardi da Sammy. Provo a chiamarla di nuovo.

Nessun risposta.

Chiamo Frances. «Ciao, cara,» risponde.

«Sei a casa? Puoi farmi un favore?» le chiedo.

«Certo, che cosa succede?»

«Non trovo Willow e non farò in tempo a prendere Samuel se devo aspettare.»

«Non fa niente, posso passare a prenderlo io.»

«Oh, davvero? Grazie.»

«Di niente, ma dov'è Willow?»

«Non lo so. Non è ancora uscita da scuola. Vado subito a cercarla dentro.»

«Okay, cara. Ci vediamo a casa tua.»

Chiamo Julian. «Ehi, piccola,» risponde.

«Hai sentito Will?»

«No, perché?»

«Non è uscita da scuola e la aspetto da quasi un'ora ormai.»

«Probabilmente è in punizione, in biblioteca o qualcosa del genere. La chiamo subito. Sto per andare a casa,» dice. «Per oggi ho finito.»

Aggrotto la fronte. «Okay, ci vediamo a casa.»

Scendo dall'auto, entro a scuola e percorro il corridoio. È completamente deserta.

Che diavolo? Dove sono tutti gli insegnanti? La scuola si svuota in mezz'ora?

Vado nell'aula di matematica e poi in biblioteca, ma non c'è nessuno.

È *andata a scuola oggi?* Comincio a entrare nel panico.

È successo qualcosa? Non è da lei.

Corro lungo il corridoio, componendo di nuovo il suo numero mentre il cuore mi martella nel petto.

Sento il cellulare squillare e mi guardo subito intorno. Vedo il suo zaino davanti alla porta del laboratorio di scienze. Mi abbasso e lo apro, prendendo il cellulare. Sullo schermo c'è scritto "Brelly".

È di sicuro il suo zaino. *Dove cazzo è?*

«Will?» la chiamo. «Willow, sei qui?» Apro la porta dell'aula. «Willow?»

Sento un rumore provenire dallo sgabuzzino e mi fiondo lì. È chiuso da fuori, quindi lo apro e trovo Willow. È sudata e ha il viso ricoperto di lacrime. Crolla subito tra le mie braccia. «Tesoro, che cos'è successo?» sussurro, terrorizzata. Comincia a singhiozzare e a tremare. «Ti hanno chiuso qui?» Annuisce e continua a piangere senza controllo. «Oh, tesoro mio.»

La stringo più forte. È così spaventata che scivola su di me e non riesco a tenerla in piedi, quindi finiamo entrambe sedute per terra, abbracciate.

Prendo il cellulare e chiamo Julian, che risponde subito. «Dov'era?»

«L'ho trovata. Era chiusa in uno sgabuzzino. Chiama la polizia e vieni subito a scuola. Credo che abbia bisogno di andare in ospedale.»

«Cristo, sta bene?»

«No, Julian.» Scoppio in lacrime. «Non sta bene.»

Comincia ad avere le convulsioni e aggancio. È in stato di shock e la stringo forte mentre chiamo un'ambulanza.

«Va tutto bene, tesoro,» sussurro, cullandola. «Non dovrai tornare qui. Mai più.» Continuo a dondolarci. «Te lo prometto, non tornerai mai più qui.»

Mi sento in colpa e comincio a piangere. Avrei dovuto fare di più per proteggerla.

Avrei dovuto fare di più.

* * *

Willow fissa fuori dalla finestra con espressione vuota.

La stanza di ospedale ha una luce fioca. Le hanno dato dei farmaci per calmarla. Sono le dieci di sera e non la dimetteranno questa sera. Julian è seduto accanto al letto e Sammy è tra le sue braccia, mentre io sono seduta dall'altro lato. Willow mi stringe la mano da due ore.

Julian è furioso... pronto a esplodere come una bomba termonucleare. La polizia era venuta per la testimonianza ma Will era scoppiata in lacrime quando li avevi visti. Li avevo ringraziati e avevo chiesto loro di tornare un'altra volta. In questo momento non è in grado di farcela.

Julian non mi ha rivolto la parola da quando siamo arrivati. So che è infastidito perché mi sono intromessa e ho preso il suo posto. Fissa il pavimento davanti a lui e sono certa che si senta in colpa, proprio quanto me.

È un cazzo di casino enorme.

«Sono stanco,» sussurra Sammy, strofinandosi gli occhi.

«Lo so, bello,» mormora Julian, dandogli un bacio sulla fronte. «Andremo via presto.»

«State andando via?» sussurra Willow con voce agitata, guardandoci.

«No, tesoro, io resterò qui,» la rassicuro.

Julian mi lancia un'occhiata furiosa e distolgo lo sguardo. *Cristo, non cominciare adesso con il tuo spettacolino. Non sono dell'umore adatto, cazzo.*

«Julian, vuoi restare con lei? Io posso portare Sammy a casa,» suggerisco.

«No, Brell, voglio te,» sussurra Willow.

Julian serra la mascella e si alza, chiaramente infastidito che preferisca la mia presenza alla sua. «Allora io vado,» dice con tono teso.

«Julian,» sussurro con un sospiro.

«Va tutto bene,» sbotta prima di dare un bacio sulla fronte a Willow. «Tornerò domani mattina.»

Ci guarda un'ultima volta prima di afferrare la mano di Samuel e portarlo via.

Willow mi stringe la mano e le sposto i capelli dalla fronte, rivolgendole un sorriso dolce. «Dovresti provare a dormire un po', tesoro,» sussurro.

«Non andrai via, non è vero?» chiede con voce preoccupata.

«No, resterò qui tutta la notte.»

Si rilassa e chiude gli occhi, rannicchiandosi contro la mia mano. Prendo il cellulare e scrivo un messaggio a Julian.

Buonanotte, Jules. Ti amo.
xx

Aspetto una risposta che non arriva mai.

Faccio un respiro profondo e mi appoggio allo schienale della sedia. Sarà una notte *davvero* lunga.

23

Brielle

Mi sveglio di soprassalto sulla sedia. È mattina presto e Julian è seduto accanto a Will con le mani giunte davanti a lui. «Ehi,» sussurro.

«Ehi.» Ricambia con un sorriso.

«Stai bene?» chiedo.

Annuisce. «Mi dispiace per ieri sera... è stata una giornata dura,» risponde scrollando le spalle.

Poi sposto gli occhi su Will che dorme tranquilla. Indico il bagno e mi dirigo da quella parte. Julian mi segue qualche minuto dopo, chiude la porta e mi abbraccia.

«Mi sei mancato ieri notte,» sussurro.

«Anche tu.» Mi bacia con dolcezza.

«Ha dormito?»

«Sì, è crollata.»

«E tu hai dormito?» mi domanda mentre mi osserva e mi sposta una ciocca di capelli dietro l'orecchio.

«No, mi sono appisolata per qualche minuto,» rispondo e lo bacio. «Mi dispiace che sia voluta rimanere con me ieri. Non ho fatto altro che pensarci per tutta la notte. Saresti dovuto rimanere tu con lei. È tua figlia, non mia.»

«No, va bene. È solo che non sono abituato a fare affidamento su qualcun altro.» Sospira profondamente. «Mi sono comportato come un bambino capriccioso quando non ha voluto il mio aiuto.»

Gli sorrido. «Amo il mio bambino capriccioso.»

Mi fa un sorriso e mi dà una strizzatina al sedere. «Usciamo da qui.»

«Brell?» esclama Will.

Merda. Corro da lei. «Sono qui.»

Si acciglia. «Pensavo che te ne fossi andata.»

«No, sono qui, tesoro. Stavo soltanto parlando con tuo padre in bagno. Non volevamo svegliarti.»

Julian esce dal bagno proprio in quel momento. «Ehi.» Le dà un bacio sulla fronte e le stringe una mano. Vederlo così affettuoso con i suoi figli mi fa esplodere le ovaie.

«Ciao, papà,» sussurra Will. «Mi dispiace per tutto questo casino.»

Lui sorride tristemente. «Non è colpa tua, Will. Ti prego, non devi pensarlo.» Lei non dice nulla e lui aggiunge: «Ho parlato con il dottore. Adesso puoi tornare a casa.»

«Posso?»

«Sì.» Julian mi guarda negli occhi. «Nelle prossime settimane dovrai tornare per delle visite, ma va tutto bene.»

Sorride in modo fiacco. «Bene. Mi manca molto Maverick.»

«Mmm.» Julian alza gli occhi al cielo. «Ti farà piacere sapere che ieri sera, quando sono rincasato, non riuscivo a trovare quel cavolo di gatto. Ho trascorso tre ore a cercarlo e poi l'ho trovato addormentato sul mio cuscino.» Le sue parole mi fanno sogghignare. «Ero tentato di soffocarlo quando l'ho trovato lì.»

Willow ridacchia. «Grazie per averlo cercato.»

Lui spalanca gli occhi e fa un sorrisino. Devo fare ricorso a tutta la mia forza di volontà per non afferrargli la mano. Chi vuole prendere in giro con il suo atteggiamento da tipo duro? In fondo è un tenerone. Stringe la mano di Willow e dice: «Andiamo a casa.»

* * *

La casa è silenziosa e siamo preoccupati per quello che è successo il giorno prima. Sono le tre del pomeriggio, e Frances e Joseph passeranno a prendere Samuel a scuola prima di riportarlo a casa. Julian è andato alla centrale di polizia, determinato a denunciare chiunque abbia chiuso sua figlia in quello sgabuzzino. La polizia sta interrogando i compagni di scuola nella speranza di ottenere risposte e trovare il responsabile.

Siamo seduti attorno al tavolo della cucina a bere caffè, entrambi persi nei nostri pensieri.

«Che cosa succederà se non scopriranno chi è stato?» domando.

«Ci riusciranno.» Soffia sulla sua tazza di caffè. «La polizia verrà a capo di questa storia.»

«Dobbiamo trovarle un'altra scuola.»

Julian si acciglia. «Per quale motivo?»

«Be', non può tornare lì.»

«Perché no?» Scuote il capo senza ammettere repliche. «Il responsabile sarà espulso e Willow potrà tornare.»

«Julian, in quell'aula c'erano venticinque ragazzi. Nessuno si è fatto avanti per dire che qualcuno l'aveva chiusa nello sgabuzzino.» Si acciglia e io proseguo. «La cosa è più grave dell'atteggiamento da bulle di qualche ragazzina cattiva.»

«Non essere così esagerata.»

Impallidisco. «Ma ti senti? La depressione adolescenziale è la prima causa di suicidio oggigiorno. Tua figlia è vittima di bullismo e sta cercando di trovare se stessa.»

«Non ha tendenze suicide,» sbotta.

«Perché tu sei un esperto!» urlo.

Cambia espressione e si massaggia le labbra, serrando la mascella.

«Scusa.» Scuoto il capo, rimpiangendo le mie parole. «Non era quello che intendevo.»

«Sì, invece.»

Gli afferro la mano che si trova sul tavolo. «Julian, ti prego, iscrivila a un'altra scuola. Non deve sopportare tutto questo. È una bambina.»

«È la scuola migliore in Inghilterra. Voglio che ci vada.»

«Perché? Così potrai vantarti? È la scuola migliore con le ragazzine più crudeli,» sbotto sollevando le mani in aria. «Niente di tutto questo è rilevante se lei è triste e depressa.»

«Deve imparare a essere forte.»

«Mi prendi in giro?»

«Il mondo non è tutto rose e fiori, Brielle.»

«Pensi che lei non lo sappia?» Perdo il controllo. «Crescere senza una madre non è proprio idilliaco, Julian.» Abbassa lo sguardo. «Non può tornare in quella scuola. Dovrai passare sul mio cadavere.»

«Non è una decisione che spetta a te,» dice con tono più alterato.

«Incredibile. Sei così cieco? I soldi non significano un cazzo se si è distrutti, Julian.»

Si alza di scatto. «Non pensi che lo sappia?» ringhia. «Lo so meglio di chiunque altro e non sono affari tuoi.»

«Non sono affari miei!» Sollevo le mani per la disperazione. «Che diavolo ci faccio qui se Will non è affar mio?»

«Mi complichi la vita, cazzo.»

Mi si riempiono gli occhi di lacrime. «La costringerai davvero a tornare in quella scuola?»

«Sì.» Solleva il mento con atteggiamento di sfida. «Potrà restare a casa per il resto della settimana, finché la polizia non troverà il responsabile. Poi tornerà a scuola.»

Scuoto il capo disgustata. «Povero illuso. Pensi che il coinvolgimento della polizia cambierà qualcosa? Pensi che a scuola le cose cambieranno? A loro non frega un cazzo, Julian. Il sistema protegge i criminali. Lo sai meglio di chiunque altro. Sei un giudice, porca miseria. Un criminale finisce in prigione e il mondo intero è sul piede di guerra.» Mi lancia un'occhiataccia, ma io proseguo. «Che mi dici di tutti i bambini stuprati prima che i colpevoli finiscano in prigione? Nessuno sa nulle sulle vittime, no? Si sentono soltanto notizie sui criminali. Il sistema giudiziario non fa altro che proteggerli. Le scuole, la legge, dimmene uno, cazzo.» Scuoto il capo mentre lacrime di rabbia mi riempiono gli occhi. «Non fanno altro che proteggere la loro reputazione.» Scaccio una lacrima. «Be', non permetterò che Will diventi soltanto un'altra statistica perché tu sei un cazzo di snob.»

«Non hai voce in capitolo. Non sei la sua fottuta madre!» mi ringhia contro.

«Sono la cosa più vicina a una madre che ha e voglio proteggerla come dovresti fare tu.»

Indietreggia con un'espressione di disprezzo. «È mia figlia e non ti permetterò di dirmi come educarla. Come osi mettere in discussione i miei metodi?»

«Ti ho promesso che i tuoi figli sarebbero sempre venuti prima,» ribatto.

«Prima di me? Stai dicendo che lei è più importante della nostra relazione?» urla.

«Sì, e puoi odiarmi quanto vuoi per questo. Sono leale a Willow e cercherò di fare di tutto per la sua felicità.» Le lacrime mi rigano il viso. «La seguirò sempre, a prescindere dal percorso che intraprenderà.»

«Allora sarai da sola, cazzo,» ringhia. «Fare il genitore non è una gara di popolarità, Brielle. Si stratta di prendere le decisioni più difficili.» Sbatte la mano sul tavolo. «Le decisioni giuste. Mi prendo cura di lei da sedici anni. Non riguarda te!» urla, perdendo del tutto il controllo.

«Buon Dio, Julian. Che cosa sta succedendo?» sussurra Frances quando entra nella stanza. «Perché stai usando questo tono con Brielle?»

Scaccio le lacrime di rabbia e abbasso la testa.

«Che cosa succede, figliolo?» domanda Joseph.

Anche Sammy ci raggiunge e si preoccupa subito quando mi vede in lacrime. «Che succede, Brelly?»

«Niente, tesoro. Sto bene,» rispondo con un sorriso forzato. «Puoi portare Tillie fuori, per favore?» Annuisce, ma non smette di fissarmi. Così lo rassicuro. «Va tutto bene. Puoi andare.»

Fa come chiesto, anche se controvoglia, e noi restiamo in silenzio.

«Che cosa sta succedendo?» alla fine domanda Frances, e Julian respira con affanno mentre cerca di tenere a bada la rabbia.

«Non voglio che Willow torni in quella scuola. Non ha amici ed è triste, e ho paura per la sua salute mentale,» spiego.

Julian mi guarda in cagnesco.

«Sono d'accordo con te,» interviene Joseph. «Non ha bisogno di frequentare quella scuola. Ha finito il penultimo anno della scuola dell'obbligo e ha già una posizione nell'azienda di famiglia. Può finire gli studi privatamente.»

«Al mondo non esiste soltanto l'attività di famiglia, papà!» urla Julian.

«Tu non ne sai niente perché hai rifiutato di lavorare con noi,» ribatte Joseph. «Tu non hai voluto, Willow non c'entra.»

Stringo la testa tra le mani perché la situazione sta sfuggendo di mano. «Basta,» sussurro furiosa. «A me importa soltanto di Willow. Voglio il meglio per lei.»

«A Willow serve che tu ti faccia gli affari tuoi,» ringhia Julian.

«D'accordo,» sibilo guardandolo in cagnesco, e poi esco dalla stanza.

Non mi sono mai sentita così inerme in tutta la mia vita.

Mr. Masters

* * *

La casa è silenziosa da tutto il pomeriggio, dato che Julian e io non ci rivolgiamo la parola. Willow è chiusa in camera sua, mentre io mi aggiro nei paraggi per assicurarmi che stia bene.

Sono seduta in cucina mentre cerco di capire che cosa dire a Julian per sistemare le cose. Tuttavia, non credo che per Will sia sicuro tornare in quella scuola. Sono le otto di sera quando suonano alla porta e Julian va ad aprire.

«Lola, ciao,» le dice con un sorriso. «Che piacevole sorpresa.» Impallidisco. *Che cosa ci fa qui?*

«Sono passata per sapere come sta Will. È un problema se sto un po' con lei?»

«Certo che no. Accomodati.»

Lola entra e sorride non appena mi vede. «Ciao, Brell.»

«Ehi, Lola. Sei stata davvero carina a passare. Willow è al piano di sopra, andrò a...»

«No, le mostro la strada,» mi interrompe Julian. «Da questa parte.» La accompagna al piano di sopra e io preparo un tè. Lui ritorna qualche minuto dopo.

«Ti va una tazza di tè?» gli chiedo e lui annuisce, accomodandosi su uno sgabello attorno al bancone. Immergo la bustina nell'acqua e provo a parlargli. «Mi dispiace per questo pomeriggio. È solo che...» faccio una pausa, cercando di dire la cosa giusta, «ho paura per lei.»

Annuisce. «Anch'io.» Si gratta la testa e aggiunge: «Sono anche dispiaciuto. Non avrei dovuto dirti certe cose.»

Siamo seduti in silenzio e nessuno dei due sa che cosa dire all'altro. «La nostra prima lite... per i ragazzi,» sussurro.

Si acciglia e sorride allo stesso tempo. «Non mi piace che tu sceglieresti lei al posto mio.»

«Julian, non preferirei nessuno a te, ma devo fare ciò che ritengo giusto.» Gli stringo la mano che ha appoggiato sul bancone. «Sono davvero preoccupata per lei. Se succedesse qualcosa, non me lo perdonerei mai.»

Cerca i miei occhi e chiede: «Pensi davvero che rischi di cadere in depressione?»

«Sì, penso che abbia già qualche problema.» Abbassa il capo sconfitto, così provo a rassicurarlo. «Possiamo aiutarla, ma...» Faccio una pausa mentre lo guardo. «Il percorso che sceglierai per lei potrebbe non essere quello che lei desidera.» Gli stringo la mano. «Devi avere fiducia nelle sue decisioni. Se non può tornare a scuola, devi ascoltarla.»

Prende un sorso di caffè. «Questa Lola sembra simpatica, però.»

Sorrido tra me. Se solo sapesse quanto Will pensa che lo sia. Willow arriva in cucina proprio in quel momento, e Julian mi lascia andare la mano. *Merda.*

«Ehi.» Sorride alla figlia. «Mi sembra che tu stia meglio.»

«Lola può restare a dormire?»

«Certo.»

Mi acciglio. «Dove dormirà?»

«In camera mia, sul mio letto estraibile.»

Che cosa?

«Va bene, tesoro. Divertitevi,» le dice abbracciandola.

Che cazzo? Ha sedici anni ed è vulnerabile. Non è nelle condizioni di avere la sua prima esperienza sessuale con una donna più grande, proprio sotto gli occhi del padre. *Cristo... questa situazione può diventare più complicata?*

Willow sorride e ringrazia il padre prima di salire al piano di sopra. Sento il cuore che mi pulsa nelle orecchie. Devo dirgli quali sono i miei sospetti, ma non ho prove certe. Julian si alza e mi avvolge con un braccio. «Andiamo a letto presto e facciamo sesso rappacificatore,» sussurra.

«Ehm, sì...» rispondo distratta. Magari sono soltanto amiche... so che non lo sono. Will ha soltanto sedici anni. E se succedesse qualcosa e Will perdesse la strada? Al momento è troppo fragile. Devo impedirlo, così mi alzo. «Vado ad assicurarmi che abbiano abbastanza coperte.»

«Okay, piccola. Chiuderò casa.»

Vado in camera di Willow e attendo davanti alla porta chiusa. Sammy si è già addormentato dopo essere rimasto sveglio fino a tardi per cercare Maverick.

Il cuore mi batte all'impazzata. *Come diavolo dovrei affrontare questa situazione?* Poi busso alla porta senza fare troppo rumore.

«Un minuto,» esclama Willow con voce colpevole. *Merda, ha chiuso la porta a chiave?*

La apre di fretta e io guardo dentro. Lola è sdraiata sul letto e Willow sembra spettinata. *Gesù, stavano pomiciando?*

«Hai un minuto per parlare, Will?»

Willow si acciglia ma risponde: «Certo.»

La porto in fondo al corridoio e la trascino in camera di Julian. «Siediti.»

«Che succede?» domanda.

Le stringo le mani quando mi siedo sul letto. «Sai che ti voglio bene, vero?» Si acciglia, così continuo. «Non penso che sia il caso che Lola resti. È troppo presto.»

«Perché no?»

Deglutisco il nodo in gola. «Be', vi conoscete da poco.»

Mi osserva ed è chiaro che stia cercando di capire se io lo so già. «Allora? Vogliamo conoscerci meglio.»

«Will...» sussurro guardandola negli occhi.

«Come lo hai capito?»

Sorrido. «Dal modo in cui vi guardate.»

«Lo dirai a papà?» chiede in preda al panico e con le lacrime agli occhi.

Scuoto la testa. «No, tesoro. Glielo dirai tu quando sarai pronta. Ma hai soltanto sedici anni e non posso permettere che Lola resti,» le dico accarezzandole i capelli.

«Adesso mi odi?» domanda abbassando il capo.

«Che cosa? No.» La abbraccio. «Perché dovrei? Non c'è niente di sbagliato. Sei perfetta così come sei.» Le bacio la testa.

«Ti prego, non dirlo a papà. Sto soltanto cercando di capire,» mi supplica.

«Lo so... e ci riuscirai. Ne sono certa,» la rassicuro abbracciandola forte.

«Ti voglio bene, Brell,» sussurra contro la mia spalla. «Sei la prima persona che mi abbia mai sostenuto.»

«Anch'io ti voglio bene.»

«Che cosa ci fate qui a piangere?» domanda Julian quando entra.

Ci allontaniamo e ci asciughiamo gli occhi. «Abbiamo soltanto avuto una settimana difficile, non è vero, piccola?»

«Sì.» Willow si alza, asciugando ancora le lacrime. «Papà, Lola adesso non può restare. Di mattina deve lavorare.»

«Okay, fa lo stesso,» risponde Julian, scrollando le spalle. Will corre via e Julian sembra perplesso. «Che cosa è successo?»

Il pensiero di dovergli mentire mi fa stare male, ma non spetta a me rivelargli quel segreto. «Niente, soltanto parecchia emotività,» rispondo con tristezza.

Mi stringe la mascella e mi solleva il viso. «Stai bene?» sussurra.

Sorrido e annuisco, anche se il nodo alla gola fa male mentre cerco di trattenere le lacrime. Will ha una strada lunga che la attende e mi si stringe il cuore al quel pensiero.

No, non sto bene.

* * *

Dopo un'ora di pianti e una doccia, finalmente mi metto a letto. Sono esausta perché la notte prima non ho dormito e spero che domani mattina tutto vada meglio. Julian deve aspettare che Lola se ne vada per venire da me ed è probabile che si sia addormentato. Anche lui era stanco dopo aver cercato quel gattino furbacchione per tutta la notte. Sorrido immaginandolo al buio con una torcia. Vuole fare il duro, ma so la verità.

La porta si apre lentamente e poi sento lo scatto della serratura. Sapere che è qui mi fa sorridere contro il cuscino.

Si avvicina e sussurra: «Ehi.»

«Ciao.» Gli sorrido. Ormai ero abituata a dormire con lui, quindi mi era mancato la notte precedente. Si spoglia con calma e si infila sotto le coperte, attirandomi contro di lui. Non appena lo sento così vicino, le emozioni prendono il sopravvento.

«Che succede, piccola?» sussurra.

Il nodo alla gola è troppo doloroso. «Sono solamente stanca e ho paura per Will.»

«Va tutto bene. Ti prometto che non avrà problemi.» Si appoggia sul gomito e mi bacia per rassicurarmi.

«Promettimi che sarai sempre al suo fianco, a prescindere da tutto,» lo supplico.

Si acciglia quando mi fissa. «Sai che lo farò. Le voglio bene.»

Immagino come reagirà quando scoprirà che potrebbe essere gay. Non lo accetterà e Will deve essere spaventata.

«Ehi,» sussurra e mi scosta i capelli dal viso. «Perché tutte queste lacrime?»

Mi stringo nelle spalle e provo a sorridere.

«Girati,» mi dice. Lo faccio e mi si ritrovo con la schiena verso di lui, che mi abbraccia e mi dà un bacio sulla guancia. «Dormi, piccola. Sei sfinita.» Mi sento così al sicuro tra le sue braccia e chiudo gli occhi mentre lascia una scia di baci sulle spalle. «Ti amo,» mormora contro i miei capelli.

«Anch'io ti amo,» rispondo mentre il senso di colpa mi attanaglia il petto.

* * *

Sono passate due settimane da quando Will ha lasciato la scuola. Le due compagne che l'avevano rinchiusa in uno sgabuzzino sono state espulse, ma ormai non ha più importanza, perché Joseph e Frances per fortuna hanno convinto Julian a farle lasciare la scuola, e adesso lavora per il Masters Group come tirocinante e nel pomeriggio fa lezioni private con un tutor. È felice e sorride per la prima volta dopo tanto tempo. Oggi ci sarà la sua prima partita di calcio e non giocherà contro quelle ragazzine crudeli. E poi tutti noi siamo d'accordo che non dovrebbe mollare lo sport.

Mi siedo accanto a Julian per guardare la partita. «Julian?» esclama Rebecca mentre corre verso di noi. «Ti nascondi, caro?» Gli appoggia una mano sulla spalla. «Che programmi hai per questa sera?»

Sposto gli occhi su di lui e gli lancio uno sguardo carico di significato. Sono stanca di quella stronza che ci prova con il mio uomo proprio sotto i miei occhi.

Julian sembra capire l'antifona. «Potresti togliere la mano?» le chiede sospirando.

«Che cosa?» Sembra sorpresa.

«Non mi piace il modo in cui mi tocchi quando parliamo,» mormora in maniera secca.

Non stacco gli occhi dal campo e mi mordo la guancia per non sorridere. *Che situazione.*

«Oh.» Rebecca si acciglia, come se fosse agitata, e sistema la camicia per ricomporsi. «Be', che cosa farai questa sera?»

«Uscirò con la mia ragazza.»

Tengo gli occhi sul campo, fingendo di non ascoltare.

«Hai una ragazza?» domanda più sconvolta di prima.

«Sì.»

«Chi?»

«Non sono affari tuoi.»

Resta a bocca aperta perché non è mai stato così scontroso con lei, e vorrei tanto festeggiare.

«Oh.» Lei è sempre più perplessa. «Be', non è una cosa seria, giusto?»

«È molto seria. Non sono più sulla piazza.»

Questa volta non posso evitare di sorridere, così mi alzo di scatto ed esclamo: «Vado a prendere un caffè.»

«Verrò anch'io,» dice Julian quando si alza.

«Oh.» Rebecca è pallidissima. «Immagino che parleremo dopo.»

Mi avvicino all'ambulante del caffè. Ho le braccia incrociate sul petto e tengo la testa bassa mentre sorrido.

«Perché è così compiaciuta, signorina Brielle?»

«Sono felice che lei non sia più sulla piazza, signor Masters.»

Ridacchia e inarca un sopracciglio. «Sembrerà sorprendente, ma lo stesso vale per me.»

24

Dieci settimane dopo

Brielle

Quando mi sveglio, il mio corpo è travolto da brividi di piacere e sono vicina all'orgasmo. La luce dell'alba filtra dalle tende. Ho le gambe aperte, sono nuda e Julian sta facendo colazione.

Lo fa spesso... svegliarmi con un orgasmo. La mia sveglia è la sua lingua e sono la ragazza più fortunata al mondo. «Buongiorno, signor Masters.» Gli afferro la testa e sorrido, facendogli scorrere le dita tra i capelli.

«Buongiorno, mia bellissima Bree,» sussurra prima di baciarmi l'interno coscia. Mi allarga con le dita e continua a succhiare.

Dio, gli piace davvero farlo. Non sono mai stata con un uomo che ha così bisogno di ricambiare il sesso orale.

È ciò che Julian preferisce, quindi sono morta e arrivata in paradiso.

Sapere che sono l'unica donna che abbia mai amato e l'unica con cui abbia mai avuto una vera relazione ci ha permesso di passare al livello successivo. È come se prima di me non ci fosse stato nessun altro. Mi guarda come se fossi l'unica donna sulla faccia della Terra.

Preme le mie gambe sul materasso e mi penetra con due dita, facendomi inarcare la schiena e sorridere, anche se sono ancora assonnata, perché so che mi sta preparando per prendere ciò che gli appartiene.

Ho scoperto di essere innamorata di un maniaco del sesso.

Mi scopa ogni giorno prima di andare al lavoro e poi fa l'amore con me tutte le sere. Non ha mai avuto niente del genere, un corpo che può definire suo e con cui può fare ciò che vuole ogni volta che preferisce. Magari un giorno si stancherà del sesso. Tuttavia, in questo momento, il mio corpo è la cosa che desidera di più al mondo e ne venera ogni centimetro.

Continua a scoparmi con la mano e io sono nel limbo tra il mondo dei sogni e quello reale. Il sole sorge sempre più in alto e mentre sorrido vedo la luce entrare dalla finestra. *Quante mattine ho guardato l'alba con un piacere così intenso tra le gambe?*

Si solleva, avvicinandosi a me, e noto che ha le labbra umide per la mia eccitazione.

«Come mi vuole questa mattina, signor Masters?» sussurro.

Mi solleva le gambe sulle sue spalle e poi scivola dentro di me senza smettere di guardarmi negli occhi. «Riesco a sentire ogni muscolo dentro di te,» sussurra.

Gli stringo il volto tra le mani e lo osservo. Allarga le ginocchia per reggersi e chiudo gli occhi, provando ad accoglierlo al meglio. In questa posizione riesce ad arrivare davvero in fondo. È molto concentrato su ciò di cui ha bisogno e comincia a muoversi lentamente e con precisione. Sento i muscoli del sedere contrarsi.

Appoggio di nuovo la testa sul cuscino. «Oddio,» gemo. «È così bello.»

«Ti piace?» Si volta e mi dà un bacio sulla caviglia.

Annuisco mentre lo osservo. Vedere il suo viso tra i miei piedi è proprio un bel modo di svegliarsi.

«Che cosa farà oggi la mia ragazza?» mi chiede a denti stretti, continuando a muoversi lentamente.

«Mmm,» dico con un sospiro. A chi cavolo importa? Questo giorno è già perfetto.

«Cazzo, sì. È fantastico.» Chiude gli occhi e comincia a impegnarsi per raggiungere il suo orgasmo, i movimenti diventano più frenetici e il ritmo aumenta. Gli si dilatano le pupille e mi colpisce con forza. «Amo scoparti.»

Sorrido, perché so che cosa sta per succedere. Ci siamo. Riesce a essere gentile solo per poco e poi perde il controllo.

Spinge il peso sulle braccia e vedo tutti i muscoli del petto contrarsi.

Il mio corpo comincia a reagire e gli afferro le spalle. «Oddio,» ansimo.

«Cazzo,» esclama e mi volto per baciargli il polso. «Dammelo piccola,» sibila e comincia a scoparmi con forza. Il sesso si contrae e faccio una smorfia quando cerco di non urlare. «Cazzo, cazzo, cazzo.» Spinge un'ultima volta e mi penetra con forza. Poi sento il suo membro pulsare e il seme caldo dentro di me.

Infine mi bacia e abbassa lentamente le gambe. Il bacio è tenero e bellissimo, e ho la sensazione che questo sia il posto in cui ero sempre stata destinata a trovarmi.

Sono così innamorata di quest'uomo che non riesco e pensare in modo lucido.

Lo stringo forte. «Ti amo,» sussurro.

Lo sento sorridere. «Io ti amo di più.»

* * *

Din don.

Il campanello suona.

Tillie prova ad afferrare i lacci delle mie scarpe quando mi alzo per aprire. «Tillie, smettila,» la rimprovero.

Apro la porta e trovo un ragazzo delle consegne con il mazzo di rose rosse più grande che abbia mai visto.

«Una consegna per la signorina Brielle Johnston.»

Sorrido. «Sono io.» Faccio un saltello e prendo il mazzo. «Grazie.»

Chiudo la porta e vado in cucina per appoggiarlo sul tavolo. I boccioli sono enormi e di un rosso intenso. Hanno un odore inebriante e bellissimo.

Apro il bigliettino.

Sono passate dodici settimane da quanto ti ho detto di amarti.
Le più felici della mia vita.
Ti amo ancora.
Julian xx

Sorrido come un'idiota mentre mi si riempiono gli occhi di lacrime. Quest'uomo mi fa tremare le ginocchia. Prendo il cellulare e gli scrivo un messaggio, anche se so che è in tribunale e che non può parlare.

Guarda come sei romantico. Io ti amavo da prima. Grazie per i fiori.
Torna presto a casa.
xoxox

* * *

«Ti andrebbe di ballare?» mi chiede il mio accompagnatore sexy dall'altro lato del tavolo.

Sorrido. «Sai che mi piacerebbe.»

È sabato sera e Julian e io ci siamo presi il lusso di uscire. Sammy dorme a casa di un suo amico e Willow è andata al cinema con Lola. Siamo in un cocktail bar e ultimamente ci piace ballare. Julian si alza, mi prende per mano e mi porta in pista. Gli metto le mani attorno al collo. «Grazie.» Gli sorrido.

«Per cosa?» Fa scivolare le mani sul mio fondoschiena.

«Puoi mettere le mani sulla mia vita, per favore?» Sogghigno. «Ci sono altre persone, sai.»

Spalanca gli occhi e sposta le mani su un punto un po' più rispettoso. «Così va meglio?»

«Non proprio.»

«Grazie per cosa, Bree?» ripete.

«Per avermi mostrato come ci si sente.» Corruga la fronte, confuso. «A essere amata dal profondo del cuore.»

Ridacchia e mi fa volteggiare. «Credo che tu voglia dire dal profondo dell'uccello.»

Ridacchio. «Anche quello.» Le nostre labbra si sfiorano. All'improvviso, Julian solleva lo sguardo e sul suo viso compare un'espressione terrorizzata che lo fa allontanare subito da me.

«Che c'è?» chiedo, guardandomi intorno.

«Ci sono i miei genitori.»

«Allora?»

«Allora... non possono vederci mentre siamo a un cazzo di appuntamento,» mormora, trascinandomi in fondo al ristorante.

«Prima o poi lo scopriranno.» Mi acciglio.

«No, non succederà,» sussurra con tono arrabbiato, portandomi verso l'uscita. *Che cosa?*

Una volta fuori, andiamo in auto e non dimentica di aprirmi lo sportello.

«Non volevo andare via.» Metto il broncio.

«Be', dovevamo farlo.» Mi spinge in auto, chiude lo sportello e poi va di corsa verso il sedile del conducente.

«Perché?»

«Non voglio che gli altri sappiano di noi.» Mette in moto.

«Perché?» Aggrotto la fronte. «Ti vergogni di me?»

Fa una smorfia, come se fosse un pensiero ridicolo. «No, non mi vergogno di te.»

«Allora qual è il problema?» sbotto.

«Non voglio che siamo una coppia.»

Gli lancio un'occhiataccia mentre guida. «Notizia flash: noi *siamo* una coppia.» Mi osserva con espressione infastidita. «Ogni mattina, quando ti presenti da me con l'uccello di fuori, non è un problema se siamo una coppia, non è vero?»

Alza gli occhi al cielo. «Smettila di essere così volgare.»

Inarco le sopracciglia. «Volgare?»

«Sì, volgare.»

«Che problema c'è se le persone sanno che stiamo insieme?»

«Voglio soltanto averti tutta per me.»

«Per quanto tempo?» Si stringe nelle spalle. «Julian ormai stiamo insieme da mesi. Siamo innamorati. Voglio dirlo ai ragazzi.»

Impallidisce e sgrana gli occhi. «Non lo diremo ai ragazzi. Assolutamente no!»

«Perché no?»

«Perché farebbero i salti di gioia e penserebbero che stiamo per sposarci.»

Provo a elaborare quello che ha appena detto. «Julian, dove credi che sia diretta questa relazione?»

Mi guarda negli occhi. «Non cominciare.»

«Non cominciare?» Scuoto la testa. «Che cazzo vuol dire?»

«Significa che non affronterò quest'argomento.»

«Allora le cose stanno così? Andremo avanti in questo modo?»

«In che modo?» sbotta.

«Vedendoci di nascosto.»

«E che cosa c'è di male?» *Oh mio Dio*. Scuoto la testa e guardo fuori dal finestrino. «Che cosa pensavi, Bree?» sbuffa.

Abbasso lo sguardo e divento furiosa. «Oh, non lo so. Magari un futuro con un uomo che è fiero di essere visto con me.»

«Non cominciare con queste stronzate del cazzo,» ringhia. «Sai che cosa provo per te.»

«Stronzate del cazzo?» ripeto. «Non so quale parte di "ti amo" tu non comprenda, ma voglio stare con un uomo che abbia intenzione di sposarmi un giorno.»

Mi guarda come se avessi perso la testa. «Non mi sposerò mai più. Non succederà mai, Brielle. Togliti quella merda dalla testa adesso, cazzo.» Stringe il volante e scuote la testa. «Se è quello che vuoi da un uomo, probabilmente dovremmo chiuderla qui.»

«Che cosa?» Sussulto. Lo osservo stringere il volante con forza.

«Non sarò controllato ancora una volta da un anello del cazzo!» urla.

Spalanco la bocca. *Dice sul serio*. «Che mi dici dei figli?» chiedo, sentendo il sangue raggelarmi nelle vene. «Ne vuoi altri?»

«Ho trentanove anni, Brielle.»

«Allora?»

«Non avrò altri figli, sono troppo vecchio.»

Mi si riempiono gli occhi di lacrime. «Allora che cosa stiamo facendo?» urlo. «Pensavo che fossimo innamorati.»

Resta in silenzio e fissa la strada. «E io pensavo che fossi felice di stare con me e basta,» dice.

«Sono felice con te, ma che mi dici dei miei bisogni? Ho ventisei anni. Non mi sono mai sposata e voglio dei figli.» Mi porto la mano al petto. «Voglio i tuoi *e* i miei.»

Fa un respiro profondo e non dice niente. Continua a osservare la strada e a guidare in silenzio.

Quando parcheggia, scendo e sbatto lo sportello prima di entrare in casa. Willow e Lola sono sedute sul divano e stanno guardando la televisione. «Ciao.» Sorrido quando passo accanto alle ragazze. «Sono esausta. Vado a letto.»

Sento Julian posare le chiavi all'ingresso e poi entrare in salone. «Ciao, papà,» lo saluta Willow. «Che succede a Brell?»

«Non lo so. Sono appena passato a prenderla perché era di passaggio. Era uscita con Emerson.»

Chiudo gli occhi disgustata e vado nella mia stanza. È davvero senza palle.

* * *

Sono le due di notte quando sento il materasso abbassarsi e Julian scivolare sotto le coperte, sdraiandosi dietro di me. Fingo di dormire perché non voglio parlargli. Mi stringe tra le braccia e mi dà un bacio sui capelli.

«Non posso dormire senza di te, piccola,» sussurra.

Chiudo gli occhi. Se aprirò bocca, non faremo altro che urlarci contro. Forse ha soltanto bisogno di riflettere sulla situazione.

Non ne avevamo mai parlato prima e avevo dato per scontato che anche lui desiderasse tutte quelle cose. Resto sdraiata al buio a pensare. Magari, se non ne parlassi per un po', si abituerebbe all'idea. Mi volto verso di lui.

Ci fissiamo nell'oscurità. «Non sono Alina, Julian.»

«Lo so.» Mi attira a lui. «Non l'ho mai amata.»

Le lacrime minacciano di rigarmi il viso. «Eppure è diventata tua moglie e ha portato in grembo i tuoi figli,» sussurro.

Mi stringe forte e mi dà un bacio sulla fronte. «Non ne voglio parlare più, piccola.»

Chiudo gli occhi ma so che questa conversazione non per niente è chiusa. «Nemmeno io.»

Julian

Sono seduto *al bancone di un bar con Sebastian e Spencer. Abbiamo ventidue anni ed è il giorno del mio matrimonio. Indossiamo abiti eleganti, siamo pronti per andare in chiesa, ma siamo tutti di pessimo umore. Provano a consolarmi il più possibile.*

Sono devastato all'idea di ciò che sto per fare... per il modo in cui ho mandato tutto a puttane.

Se stessi andando in prigione per il resto della mia vita, sarei più felice.

Fisso la goccia di birra accanto al sottobicchiere e faccio un respiro profondo.

«Hai organizzato una luna di miele?» chiede Spencer con tono gentile.

«Sì.» Mi stringo nelle spalle. «In Scozia.»

«Per quanto tempo?»

«Una settimana.» Bevo un sorso di birra.

Restiamo tutti in silenzio e guardiamo davanti a noi.

«Con un po' di fortuna si scoperà uno scozzese e ti chiederà il divorzio,» dice Seb.

Annuisco senza convinzione e chiudo gli occhi in preda al rimpianto. Mi viene di nuovo la nausea. Ho vomitato per tutto il giorno.

«Non farlo, Masters,» mi supplica Spencer. «Questa sarà la decisione peggiore che prenderai nella vita.» *Si lanciano un'occhiata.* «Ti ha incastrato, amico. È in cerca di soldi. Daglieli e basta. Dalle tutto, cazzo.»

Lo guardo negli occhi. Avevamo avuto questa conversazione un milione di volte.

Persino i miei genitori mi avevano supplicato di non andare fino in fondo.

«Non permetterò a un altro uomo di crescere mio figlio,» rispondo con tristezza.

«Allora sacrificherai tutta la tua cazzo di vita per un bambino che nemmeno conosci?» sbotta Spence con tono disgustato.

«Sì.»

«Non penso di poterti stare accanto e guardarti mentre lo fai,» dice Seb con voce *priva di emozione*.

Ho un nodo alla gola. «*Non fa niente. Non siete costretti a venire.*».

L'autista si ferma davanti all'ingresso del pub. «*Dobbiamo andare in chiesa, altrimenti faremo tardi,*» *dice.*

Annuisco e lo guardo uscire dalla porta mentre il cuore comincia a battere forte.

«Mandiamo tutto a fanculo,» esclama Spencer, sempre più nel panico. «Possiamo stare negli Stati Uniti. Sì, vivremo lì e le manderai dei soldi.» Scuote la testa. «Ma non fare questo, Masters.»

Mi alzo dallo sgabello...

Bip, bip.

Torno al presente quando sento il rumore del clacson dietro di me. Sollevo lo sguardo e mi accorgo che il semaforo è diventato verde e che non ci avevo proprio fatto caso.

Sto andando al lavoro. Per tutta la settimana non ho fatto altro che pensare alla mia vita da ragazzo e a quanto fosse stata terribile. È come se fossi tornato indietro nel tempo e stessi rivivendo tutto. Metto la prima e parto.

Non posso rivivere il passato.

Mai più.

Brielle

Sono seduta sul divano e c'è un film in televisione. È giovedì, la sera dei nostri appuntamenti, ma siamo a casa. Non ho ricevuto un'email di invito e mi sono sentita ferita. Sammy è rannicchiato accanto a me mentre Will è sdraiata per terra. Julian è seduto sulla sua poltrona e sta leggendo un libro, non gli interessa quello che stiamo facendo.

È passata una settimana dalla nostra lite sul matrimonio e i figli e non ne abbiamo più parlato. Ho troppa paura di tirare fuori l'argomento.

Si è allontanato da me. La barriera è tornata. Ha rimesso il cuore nel congelatore e non potrà sciogliersi mai più. So che ne ha passate tante, che teme di essere intrappolato di nuovo in un matrimonio senza amore. Tuttavia, questa volta si sposerebbe con me e mi ferisce sapere che non si fida abbastanza da lasciarsi andare. Forse lo farà. Forse verrà da me e mi chiederà di parlarne con sincerità. Potrà spiegarmi perché si sente così. Eppure, finché non lo farà, il peso di questa discussione aleggerà per sempre tra di noi, nella stanza, nel nostro letto.

«Domani sera uscirò con i ragazzi subito dopo il lavoro,» sussurra, continuando a leggere. Mi volto finché non solleva lo sguardo e inarca un sopracciglio. «Mia madre si occuperà dei ragazzi, quindi puoi uscire, se vuoi.»

«Non voglio uscire.»

Mi fissa intensamente. Voglio soltanto urlare e chiamarlo codardo, ma so che lo farei allontanare ancora di più.

«Non farò tardi,» dice dopo un secondo.

Annuisco e torno a concentrarmi sulla televisione. Il nodo alla gola fa di nuovo male mentre provo a trattenere le lacrime. Urlare, piangere o qualsiasi altra cosa sarebbe meglio di questo.

Ripenso ad Alina. Aveva dovuto affrontare questo? Il silenzio assordante?

Mentre lui si scopava le prostitute di nascosto.

Smettila.

Chiudo gli occhi, disgustata. *Smettila di pensare a lei. La tua situazione è diversa.* Lui mi ama. Non mi farebbe mai una cosa del genere.

Non è vero?

Do un bacio a Sammy sulla fronte. «Io vado a dormire, piccoletto.» Mi alzo. «Buonanotte, Will,» dico.

Julian resta in silenzio.

«Notte, Brell,» Will e Sammy rispondono all'unisono.

Vado nella mia stanza, entro nella doccia e piango.

Non riesco a smettere di pensare ad Alina e a come stiamo vivendo la stessa storia. Nell'ultima settimana mi ha toccato a malapena e non abbiamo fatto l'amore nemmeno una volta.

Si è allontanato senza rimpianti.

Serro gli occhi e lascio che le lacrime mi righino il viso.

Mi sento come se mi stessero strappando lentamente il cuore dal petto.

Forse la mia favola è già finita.

* * *

«Andiamo,» dico ridendo mentre esco nel vialetto con Tillie. Sono le quattro del pomeriggio e Willow è ancora al lavoro, mentre Sammy resterà a casa del suo amico fino a dopo cena.

Ieri sera Julian è venuto nella mia stanza e abbiamo fatto l'amore. Be', non proprio. In pratica abbiamo scopato senza sentimento, ma ho avuto la sensazione che anche lui fosse triste. Dopo ci siamo abbracciati, nella speranza che uno dei due si rimangiasse quello che aveva detto la settimana precedente.

Io non posso farlo, perché dicevo sul serio. Voglio dei figli. Forse non è scritto nel mio destino, ma voglio provarci. Posso vivere senza matrimonio, ma la maternità... non credo proprio.

Arriva il postino e lo saluto con un gesto della mano quando mi passa le lettere.

«Come sta oggi?» chiede.

«Bene, grazie.» Sorrido. «È una bella giornata.»

«Già, arrivederci.»

«Andiamo, Tillie.» Comincio a rincasare mentre controllo la posta. *Noioso, noioso, noioso.* Mi fermo quando vedo una busta color crema.

Julian Masters

La giro per controllare il mittente.

Dottor Edwards, Clinica Rosedale

Mmm, di che cosa si tratta? Continuo a fissarla mentre mi dirigo verso casa. Mi fermo e prendo il cellulare prima di cercare su Google.

Il dottor Edwards è il più importante esperto di vasectomia di Londra.

Il cuore comincia a battere all'impazzata. Non lo farebbe mai.
Corro in casa con la lettera in mano. La metto sul tavolo e la fisso.
Sento il sangue scorrermi nelle vene e inizio a fare avanti e indietro. Perché ha ricevuto una lettera da questo dottore? La osservo per quindici minuti, finché la curiosità non ha la meglio su di me e la apro.

Signor Masters,
La ringrazio per aver richiesto informazioni sulla nostra procedura di vasectomia. Di seguito troverà un preventivo, come da lei richiesto. Il suo primo appuntamento è giorno diciassette e l'operazione è prevista per il venticinque, come d'accordo.

Gli occhi mi si riempiono di lacrime e mi porto una mano alla bocca. Farà una vasectomia e non mi ha detto niente. Faccio un passo indietro, sconvolta.
Oh... fa male.

Prendo le chiavi e salgo in auto stringendo la lettera in mano. Non rifletto mentre sfreccio sul vialetto.

Vuole la guerra? L'ha appena ottenuta, cazzo.

25

Brielle

Corro in tribunale con il cuore che batte all'impazzata. Non mi farebbe mai una cosa del genere. Mi ama. Perché sto andando a parlargli se so che deve esserci una spiegazione? Forse si tratta di un'inversione di vasectomia? *Sì! Ovvio.*

Poi impallidisco sapendo che è impossibile, dato che all'inizio avevamo usato i preservativi perché aveva paura di mettermi incinta. Riprendo a piangere e mi viene la nausea. Questa sera uscirà con i suoi amici e non posso aspettare per sapere la verità. Devo parlargli.

Guardo la lettera sul sedile e accartoccio il viso in lacrime. Non oserebbe mai...

Mi fermo al semaforo e guardo l'orologio. *Merda, sbrigati.* Se non arriverò in tempo, non saprò dove è diretto e non voglio affrontare questa conversazione al telefono.

Guardo l'auto accanto e noto che una donna dall'aria preoccupata mi sta fissando mentre piango. *No, non sto bene, stronza.*

Scuoto il capo e mi asciugo le lacrime. So che deve trattarsi di un malinteso. Non mi farebbe mai una cosa del genere, perché sa che per noi sarebbe la fine. *Per favore, fa' che non finisca così. Non sono pronta a lasciarlo andare. Ti prego, ti prego, ti prego, piccolo. Non può essere vero.*

Svolto verso il parcheggio sotterraneo e noto la sua auto nel posto riservato. Per fortuna è ancora qui.

Parcheggio e scendo con la lettera in mano. Poi guardo l'orologio e mi accorgo che sono le quattro e trenta del pomeriggio, quindi per oggi ha finito. Dovrebbe arrivare da un momento all'altro, così mi avvicino alla sua auto e aspetto.

* * *

Arriva venti minuti dopo, mentre parla e cammina con un altro uomo elegante. Mi raddrizzo subito e il cuore impazzisce quando lui mi nota e aggrotta la fronte.

«Ci vediamo dopo,» dice al suo amico e poi mi raggiunse senza smettere di fissarmi negli occhi. «Che succede?» mi chiede, perché è evidente che ha capito che ho pianto.

Dovrei dire qualcosa di intelligente o fare una domanda pacata, qualsiasi cosa che non mi faccia apparire come una folle, ma non ci riesco. Così gli mostro la lettera. «Dimmelo tu.»

Si acciglia, prende la lettera e la legge prima di fissarmi di nuovo. «Hai letto la mia posta?»

«Dimmi che non è vero,» sussurro.

Chiude gli occhi e apre lo sportello dell'auto, lanciando dentro la valigetta prima di richiuderlo con violenza. «Non è il momento né il luogo per parlarne,» dice con calma.

«È vero?» urlo ormai fuori controllo.

«Sì,» risponde in modo secco dopo aver messo le mani in tasca.

Indietreggio sconvolta mentre il dolore mi attanaglia il petto. «Che cosa?» sussurro.

Inarca le sopracciglia e mi fissa. «Te l'ho detto... non voglio altri figli.»

Ho la vista annebbiata dalle lacrime. «Allora lo avresti fatto senza parlarmene?»

Abbassa la testa. «No, te lo avrei detto.»

«Per spingermi a lasciarti?» Mi fissa con occhi tormentati e mi acciglio. «Hai detto di amarmi,» mormoro.

«Ti amo.»

Singhiozzo del tutto priva di controllo e lui avanza verso di me.

«Bree, piccola... ci troviamo in momenti diversi della nostra vita. Desideriamo cose diverse.»

Aggrotto la fronte mentre le lacrime mi rigano il viso. Sta *succedendo davvero?*

«Non posso darti ciò che vuoi,» confessa con tristezza. «Vorrei, ma non posso.»

«Sì che puoi... il problema è che non vuoi.»

Serra la mascella e dice: «Hai ragione. Non voglio.»

Se mi colpisse con un'ascia, sarebbe meno doloroso. Ansimo quando sento una morsa al petto e indietreggio. *Come può ferirmi in questo modo? Oddio, devo allontanarmi da lui.*

Si avvicina e mi stringe tra le braccia mentre tremo in preda alle lacrime. «Piccola, ascoltami,» mi sussurra tra i capelli, «ti amo. Più di qualsiasi altra cosa. Non posso rifarlo, però.»

«Non voglio farti rivivere il passato. Non sono Alina, Julian. Smettila di punirmi per i suoi errori,» mormoro tra i singhiozzi.

«Non voglio ferirti.»

La rabbia mi travolge all'improvviso e mi libero dalla sua stretta. «Be', lo hai fatto!» urlo.

«Si tratta del mio corpo,» sbotta.

«Anche del mio. Come potresti privarmi della felicità senza nemmeno parlarmene?» Preme una mano sulla fronte, incapace di darmi una risposta, così lo fisso e sussurro: «Non ti conosco proprio.»

Impallidisce. «Non dirlo.»

«Dov'è l'uomo stupendo di cui mi sono innamorata?»

Indica se stesso. «È proprio qui.»

«No.» Scuoto il capo disgustata. «Vedo il marito di Alina e non lo amo. È un codardo del cazzo.»

I suoi occhi si riempiono di lacrime. «Bree...»

Mi giro e vado verso la mia auto. Non ho mai sofferto tanto in tutta la mia vita. Nemmeno per il mio ex. Avvio il motore ed esco dal parcheggio, lasciando Julian che mi fissa con le mani in tasca e il viso privo di emozione. Inizio a piangere cercando di vedere la strada tra le lacrime.

È così... tra di noi è finita.

Julian

Entro nel locale e vedo i miei due migliori amici a uno dei tavoli più appartati, così li raggiungo.

«Ehi,» mi saluta Seb con un sorriso. «Hai un aspetto di merda, amico.»

Alzo gli occhi al cielo. «Non chiedere.» Poi prendo il mio bicchiere e bevo la birra tutta d'un sorso, e sollevo una mano per ordinarne un'altra.

«Che cazzo ti succede?»

«Lei vuole sposarsi e avere dei figli.»

Si accigliano entrambi. «E allora?» domanda Seb.

«Io non ne voglio.»

Aggrottano la fronte mentre bevono la birra e sembra che abbiano entrambi paura di darmi la loro opinione.

Fisso la televisione sulla parete mentre un nodo alla gola minaccia di strozzarmi. Poi chiudo gli occhi ed espiro pesantemente.

Seb sembra perplesso quando torno a guardarlo. «Credo di essermi perso... qual è il problema se non ti interessa il matrimonio e avere altri figli?»

«La amo,» confesso.

Si scambiano un'occhiata e poi Seb dice: «Be'... lei ha ventidue anni.»

«Ventisei,» lo correggo.

«Ovvio che vorrà certe cose. Secondo te dove diavolo avrebbe portato questa relazione?»

Appoggio il gomito sul tavolo e abbasso la testa. «Non lo so, cazzo. Non qui.»

«Immagino che lei non abbia preso bene la notizia, giusto?» domanda Spencer.

«Ne abbiamo discusso lo scorso fine settimana,» rispondo mentre sorseggio la birra e loro mi ascoltano. «Oggi ha aperto una lettera per la conferma della vasectomia che avevo prenotato.» Mi passo una mano tra i capelli.

«*Ahi*, deve essere stato un brutto colpo,» commenta Seb.

Chiudo gli occhi. «Avreste dovuto vedere la sua faccia,» sussurro.

«Cazzo. Al suo posto ti avrei fatto una vasectomia sul posto con un bel calcio,» mormora Spencer.

«Non è ancora tornato a casa, è probabile che succederà questa sera quando lo vedrà,» commenta Seb, e tutti e due scoppiano a ridere.

«Che cosa farai?» mi domanda Spencer quando ci portano un altro giro di birre.

Mi sento soffocare in quella stanza mentre rifletto sulle mie opzioni. Il pensiero di rivivere quello che era successo con Alina mi terrorizza, ma come posso vivere senza Bree?

Lei è il mio tutto.

Mando giù la birra e fisso lo schermo, ma l'unica cosa che vedo è il viso afflitto di Bree. Tutto ciò che riesco a sentire è la delusione e la tristezza nella sua voce. Ripenso alle sue parole.

Vedo il marito di Alina e non lo amo. È un codardo del cazzo.

Non posso stare qui, così metto giù il bicchiere e mi alzo. «Devo andare a casa.»

«Pensavo che questa sera saremmo usciti,» dice Seb accigliandosi.

«Sì, ho cose più importanti cui pensare che trascorrere la serata con voi due perdenti. Ci sentiamo dopo.»

* * *

Non ricordo di essere tornato a casa né di aver aperto la porta. Sono in piedi nel foyer al buio e osservo la casa silenziosa.

Lei è qui? È già andata via?

«Bree?» chiamo, ma non ricevo alcuna risposta. «Bree?» Vado in camera sua e controllo dentro. «Bree?» Sento l'acqua scorrere nel bagno e, non appena entro, la trovo in lacrime accovacciata nella doccia mentre l'acqua calda ricade su di lei. Vederla così mi spezza il cuore. «Piccola,» sussurro quando mi spoglio ed entro nella doccia, attirandola subito sul mio grembo. «Shh... mi dispiace, mi dispiace tanto.» Le bacio la fronte mentre la stringo e lei piange sul mio petto. Non posso vederla soffrire così. «Va tutto bene. Prometto che non farò la vasectomia,» le sussurro trai i capelli e lei si aggrappa a me mentre la stringo. Non so come sistemare le cose. Non voglio altri figli. Non voglio risposarmi, ma la amo da impazzire.

È una situazione impossibile e uno di noi deve vivere una menzogna per rendere l'altro felice.

Brielle

Restiamo seduti dentro la doccia per più di un'ora. Mi trovo sul grembo di Julian, che mi lascia sfogare mentre mi sussurra le sue scuse. Non so come gestire la situazione... so solo che questa notte è tornato da me e che non mi sta tenendo lontano com'era successo la settimana prima.

«Andiamo... usciamo da qui prima che tu senta troppo freddo,» mormora.

Quando mi stringe tra le braccia, mi rendo conto che siamo giunti alla fine del nostro tempo insieme, e anche lui deve saperlo.

«Bree,» sussurra mentre tengo il viso sul suo petto. «Guardami, piccola.» Incrocio il suo sguardo e lui mi stringe il volto tra le mani. «Ti amo così tanto. Ti prego, ricorda che ti amo tantissimo.» Lo fisso stordita. «Non farò la vasectomia.» Mi bacia dolcemente. «Lo prometto, va bene? Non so che cosa mi sia passato per la mente. Mi sono spaventato e...» Si interrompe e per un attimo mi tranquillizzo. «Dammi soltanto un po' di tempo. Ti prego. Non voglio perderti e non sopporto di vederti così,» dice mentre cerca i miei occhi.

Abbasso la testa sul suo petto mentre mi stringe forte e forse possiamo superare il problema. «Mi hai ferito,» sussurro.

«Lo so.» Mi bacia di nuovo sulle labbra. «Mi dispiace.» Poi il nostro bacio diventa più passionale. È stata una settimana difficile e mi è mancato. Forse abbiamo soltanto bisogno di sfogarci e poi tutto andrà bene.

Mi avvolge con un asciugamano e mi asciuga prima di sdraiarsi con me sul letto. Mi accarezza i capelli senza mai staccarmi gli occhi di dosso, ma sembra distratto. *A che cosa sta pensando?* Poi mi fissa negli occhi sfiorandomi la guancia e mi sorride.

«Perché sorridi?» domando.

«Per te.» Si piega e mi bacia. «Le tue labbra diventano blu quando piangi.»

«Tutta colpa del tuo cuore di ghiaccio.»

«Me lo sono meritato.»

«Come faremo funzionare le cose, Jules?»

Si acciglia e mi fissa negli occhi. «Non lo so. Dobbiamo deciderlo adesso? Tutte queste decisioni importanti non possono aspettare?»

«Che cosa?»

Si stringe nelle spalle. «Non lo so, ma ho come la sensazione di averti appena trovato e all'improvviso dobbiamo prendere una decisione che cambierà il resto delle nostre vite. Perché tutta questa fretta?»

«Non voglio nascondermi, Julian. Voglio amarti alla luce del sole,» sussurro. «Non posso continuare a mentire a Willow. Ogni volta che lo faccio una parte di me muore. Merita di conoscere la verità.»

Espira pesantemente e si sdraia sulla schiena, fissando il soffitto.

In quel momento suonano alla porta.

«Sammy,» mormoro mettendomi seduta. «Avevo completamente dimenticato che lo avrebbero accompagnato a casa.»

Julian si alza e si riveste. «Resta qui, ci penso io.»

Esce e chiude la porta, mentre io spengo le luci e mi metto sotto le coperte, crollando sfinita dopo tutte quelle lacrime. Poi chiudo gli occhi e provo a dimenticare quella giornata. Se solo fosse possibile cancellarla.

* * *

Mi sveglio di soprassalto e vedo Julian sdraiato sul fianco che mi osserva.

«Ciao,» sussurro, ricordando vagamente di averlo sentito raggiungermi a letto e abbracciarmi mentre dormivo.

«Ciao.» Non mi guarda negli occhi, come se si vergognasse e, dopo un lungo silenzio, dice: «Mi dispiace.»

«Per che cosa?»

«Per ieri notte. Non avrei dovuto lasciarti.» Mi attira più vicino.

Mi acciglio. Non è per questo che sono turbata, ma resto zitta, incerta su che cosa dire.

«Bree. Io...» Si interrompe, cercando i miei occhi. «Il problema è che io...»

«*Che cosa* stai cercando di dirmi, Julian?»

«Non so che cosa vuoi che ti dica.»

«Che ne dici di iniziare con la verità?»

Deglutisce a fatica. «Sai che ti amo e non voglio perderti.» Lo osservo mentre cerca con difficoltà le parole giuste e poi mi scosta i capelli dalla fronte. «Perché tutta questa fretta?»

«Non c'è nessuna fretta.»

Mi scruta come se sperasse di leggermi nel pensiero. «Su una scala da uno a dieci, quanto sono importanti per te il matrimonio e i figli?» domanda.

Mando giù il nodo in gola. «Cento.» Cambia espressione e si gira per fissare il soffitto. Mi sento in colpa per le pressioni che gli faccio quando è chiaro che non sia pronto. «Per ora non pensiamoci. Possiamo riparlarne tra sei mesi. Hai ragione, non stiamo insieme da molto,» ammetto e lui mi ascolta senza aprire bocca. Poi mi appoggio sul gomito e lo bacio sulle labbra. «Okay? Non ci penseremo per un po'. Non voglio stressarti.»

Arriccia le labbra e ho la sensazione che quell'argomento sia già acqua passata per lui. Non so che altro dire, così mi alzo.

«Dove stai andando?» mi domanda.

«A fare la doccia.» Lo guardo negli occhi e, dato che non mi risponde, mi giro e vado in bagno, chiudendo la porta.

Non ho parole per lui. Non so che cosa dire.

* * *

Willow è seduta al tavolo con espressione solenne, mentre Julian sta cucinando la cena e Sammy fa il bagno. Sono le sei del pomeriggio di sabato e Lola ha disdetto i loro piani. È chiaro che sia delusa.

«Che cosa succede, tesoro?» chiedo soffiando sulla mia tazza di caffè.

«Niente.» Fa spallucce.

Julian le lancia un'occhiata e poi si gira verso di me con espressione perplessa. Provo a sorridere e mi stringo nelle spalle. Oggi ho cercato di mantenere le distanze da Julian e di leccarmi le ferite. Soffro ancora e continuo a chiedermi che cosa sarebbe successo se non avessi trovato la lettera. Avrebbe fatto l'intervento senza dirmi niente? Avrò bisogno di un po' di tempo per riprendermi dopo quello che era successo il giorno prima, perché non riesco ancora a credere che avesse davvero prenotato una vasectomia. Una vocina nella mia testa continua a ripetermi che siamo davvero incompatibili, che non potremo mai essere felici insieme perché vogliamo cose diverse. Non so che cosa fare al riguardo o come sentirmi. So solo che non posso sopportare l'idea di perderlo, così respingo quella vocina, decidendo di pensarci in seguito.

«Ti va di andare al cinema e poi cenare?» domando a Will. «Soltanto noi due?»

Il suo viso si illumina. «Sul serio?»

Guardo Julian. «Per te va bene?»

Scrolla le spalle. «Sì, se ti va. Sam e io guarderemo un film.» Potrebbe essere proprio ciò di cui ho bisogno per schiarirmi le idee. Will sorride e raddrizza le spalle.

«Guardiamo che cosa proiettano al cinema,» le dico con un sorriso.

È euforica quando tira fuori il cellulare e cerca su Google i film in programmazione. «C'è uno spettacolo alle nove, così avremmo il tempo di cenare prima.»

Il suo entusiasmo mi fa sorridere. «Okay.»

Salta dalla sedia ed esclama: «Sei la migliore! Vado a prepararmi.» Poi corre in camera sua.

Sorrido tra me e Julian si avvicina. Appoggia le mani sulle mie spalle e poi si piega per sussurrarmi: «Ha ragione. Sei la migliore.»

Gli sfioro la mano e un sorriso triste mi attraversa il viso. «E tu sei ancora sulla mia lista nera.»

«Non lo avrei fatto.»

«Ma ci hai comunque pensato,» dico con un sospiro.

Lui si piega e mi bacia una guancia. «Mi farò perdonare quando tornerai a casa.»

«Hai il divieto di toccarmi,» sussurro. «Per sempre.»

Si gira e mi bacia sulle labbra. «Vedremo.»

* * *

Esco dal cinema con Willow poco prima di mezzanotte. Il film era stato divertente, proprio ciò di cui avevo bisogno.

«Allora, che cosa è successo con Lola questa sera?» le chiedo mentre ci dirigiamo in auto a braccetto.

«Se devo essere sincera, credo che sia uscita con un'altra.»

«Perché lo pensi?»

«Stavo leggendo sul suo cellulare l'altra sera, mentre lei dormiva, e una ragazza le ha inviato un messaggio, chiedendole di andare in un locale questa sera, il Kitty Cats.»

«Glielo hai chiesto?»

Scuote il capo. «No.»

«Perché no?»

«Non volevo comportarmi da fidanzata gelosa.»

«Magari sono soltanto amiche.»

«No, ho controllato su Facebook e Instagram. Hanno stretto amicizia una settimana fa.»

«Oh,» mormoro e impallidisco.

«E poi, quando mi ha scritto per annullare l'appuntamento di questa sera...» Scrolla di nuovo le spalle. «Non lo so.»

«Be', forse non è andata al Kitty Cats.» Le sorrido per rassicurarla.

Alza gli occhi al cielo. «Dio, ho già chiuso con le relazioni.»

«Siamo in due,» dico, sospirando con gli occhi spalancati. Qualche minuto dopo saliamo in auto e dall'altro lato della strada vedo un'insegna fucsia luminosa che dice *"Kitty Cats"*. «Oh, guarda! È quello il locale?» esclamo indicando l'insegna.

Willow sgrana gli occhi e inclina il collo per guardare meglio.

«Cercalo su Google. Vediamo se è lo stesso posto,» le consiglio.

Lei prende il cellulare e legge l'indirizzo. «Sì, è un locale per gay e lesbiche. Il Kitty Cats.» Restiamo in silenzio mentre osserviamo un gruppo di ragazze e ragazzi che entrano. «Mi piacerebbe sapere se anche lei è qui,» sussurra.

«Già... sarebbe bello essere una mosca in quel locale.» Continuiamo a guardare la gente che entra.

«Puoi entrare e controllare se c'è?» mi chiede.

«Che cosa?» Le lancio un'occhiata.

«Soltanto per cinque minuti. Ti prego!»

«E tu che cosa farai nel frattempo?»

«Resterò in auto e bloccherò la portiera.»

«E che cosa farai se lei è lì dentro con qualcun altro?»

«Romperò con lei.» Mi guarda come se fossi un'idiota.

Mi acciglio. «Non penso che sia una buona idea, Will. Non voglio lasciarti in auto.»

«Ci vorranno soltanto cinque minuti e poi ci sono i buttafuori nelle vicinanze. Non mi succederà niente e almeno così potrò mettermi l'anima in pace.»

Ci rifletto un attimo. In che altro modo potrebbe scoprire se Lola è una bugiarda? Non hanno lo stesso giro di amicizie e potrebbe tradire Will per altri due anni, finché non avrebbe l'età giusta per uscire. Mi mordo le unghie mentre osservo la strada e poi le dico: «Se entrerò nel locale, sarà per pochissimi minuti. Uscirò subito se non la vedrò, e ce ne andremo immediatamente.»

«Sì, d'accordo,» risponde mentre guarda fuori dal parabrezza.

Le lancio un'occhiata. «Come dovrò comportarmi se la vedrò con qualcuno?»

«Non farti vedere. Vattene e basta.»

Mi mordo il labbro mentre ci rifletto sopra. «Va bene. Indagherò un po'.» Fissiamo entrambe il locale e poi le chiedo: «Darai di matto se sarà in compagnia di un'altra?»

Si stringe nelle spalle. «Preferirei saperlo, così potrei mollarla prima che sia lei a farlo.»

Espiro pesantemente. «Già, okay.» Afferro la borsa e il telefono. «Chiamami se hai bisogno di me. Ci vorranno cinque minuti... al massimo,» le dico.

Sorride e mi abbraccia. «Grazie. Sei la migliore.»

«Aspetta. Che cosa farò se una ragazza ci proverà con me?»

«Dille che sei innamorata di mio padre,» risponde con un sorrisino.

Resto a bocca aperta e lei ridacchia.

«Non sono stupida, Brell.»

Aggrotto la fronte. «Almeno una di noi due non lo è.» Non so che altro dire, così scendo dall'auto e attraverso la strada fino all'ingresso del locale.

«Quindici sterline, grazie,» dice l'usciere con voce piatta.

«Cristo... caruccio,» borbotto, ma pago ed entro. È buio e la pista da ballo al centro pullula di gente, soprattutto ragazze.

Dio, si stanno divertendo.

Mi guardo attorno mentre *Let me Think About It* di Freddy Le Grande rimbomba per la sala. Amo questa canzone, così comincio a muovermi seguendo il ritmo mentre passo tra la folla. Mi fa pensare alla situazione che sto affrontando con Julian, ma non posso distrarmi.

Okay, concentrati. Farò soltanto un giro veloce e poi sarà impossibile trovare Lola in mezzo a tutta questa gente. Osservo le ragazze che si dimenano in modo sensuale sulla pista e sorrido. Questo posto è davvero fico.

Poi mi avvicino all'angolo in fondo e, all'improvviso, la musica si ferma e accendono le luci. Che diavolo sta succedendo? Mi guardo attorno perplessa quando una voce rieccheggia da un altoparlante e dice: «Controllo identificativo.»

Che diamine succede? Mi giro per andare via e vedo una ventina di poliziotti che controllano i documenti all'ingresso.

Gesù, è un'operazione sotto copertura.

Spingo tra la folla e, proprio quando sto per uscire, spalanco gli occhi. Un poliziotto tiene Willow dal braccio mentre la trascina verso la porta.

Che cazzo! Corro verso di loro. Non capisco che diavolo ci faccia qui se le avevo detto di aspettare in auto. Will si dimena per liberarsi mentre escono e a quel punto esclamo: «Che cosa sta facendo? Lei è con me.»

«Un documento?» le chiede il poliziotto.

Oh no.

«Non... non ho il portafoglio,» balbetta Will.

«Lei è con me e ce ne stavamo andando,» lo informo afferrando il braccio di Willow mentre il cuore mi martella nel petto.

L'agente la tira indietro. «Non così in fretta. Dammi il portafoglio,» sbotta.

Will lo prende con calma e glielo passa. Il poliziotto lo controlla ed estrae la sua carta studentesca su cui legge "Willow Masters, anni sedici".

«Ne abbiamo una,» dice al collega.

Scuoto il capo con energia. «No, no. Si tratta di un errore. Mi stava soltanto passando a prendere.»

«Come no, signora.» Will è pietrificata mentre l'agente la trascina verso l'auto della polizia.

«Che... che cosa le farete?» balbetto.

«La porterò alla stazione di polizia.»

«Per quale motivo?» domando con occhi spalancati.

«La ragazza è in arresto. I suoi genitori dovranno venire a prenderla.»

Scuoto il capo. «Io sono un suo genitore. La riporterò a casa adesso.»

La spinge sui sedili posteriori dell'auto ed estrae il cellulare per chiamare il numero sul documento di Willow.

Porca puttana!

«Pronto, parla il detective Rogers. Conosce una certa Willow Masters?» domanda e resta in ascolto per un momento. «No, sta bene,» sbotta. «Dovrà venire alla centrale di polizia per riprenderla.»

«Per quale motivo?» Sento Julian chiedere.

«È stata appena beccata in un nightclub per gay ed è minorenne.»

Ogni traccia di colore abbandona il mio viso.

Porca.

Miseria.

Cazzo!

26

Brielle

Sono seduta nella sala d'attesa della stazione di polizia e mi viene da vomitare. Ho una brutta sensazione, come se stessi aspettando l'arrivo di una tempesta.

Ho fatto un casino. Un casino *enorme*. Dovrei essere l'adulta.

Che errore idiota ho commesso.

Perché sono entrata in quel club? E perché Willow mi ha seguito? Non sarei mai andata lì se avessi pensato anche solo per un momento che lo avrebbe fatto.

È un incubo del cazzo. La porta si apre e vedo Julian. Il suo sguardo incrocia subito il mio e mi lancia un'occhiataccia.

Mi viene il voltastomaco. *Dio.*

«Salve, sono qui per mia figlia, Willow Masters,» esclama.

«Ah, sì,» risponde l'agente dietro la reception prima di sollevare lo sguardo su Julian. «Giudice Masters. Non ce lo aspettavamo.»

Julian lo inchioda con lo sguardo e io mi nascondo sempre di più sulla sedia.

Cazzo, il poliziotto lo conosce.

«È stata accusata di qualcosa?» domanda Julian.

«No, ma è stata trovata in un locale gay ed è minorenne. La legge vuole che la portiamo in centrale finché un genitore non viene a prenderla. Può mettere una firma e riportarla a casa.»

Julian serra la mascella. «Capisco.» Sposta lo sguardo furioso su di me e divento minuscola.

Cazzo.

Mi tormento le dita mentre lui firma i documenti in silenzio e poi l'agente scompare.

Quando alzo lo sguardo, vedo che Julian mi sta fissando. Ha le mani in tasca e un'espressione impassibile.

Mi alzo e vado verso la porta. Li aspetterò fuori. È buio, fa freddo e c'è silenzio, e fisso i piedi mentre attendo.

La porta si apre e Julian va verso l'auto. «Da questa parte,» ringhia. Apre lo sportello del passeggero e mi fermo.

«Willow può sedersi davanti,» dico.

«Voglio parlare con te,» dice, osservandomi con quegli occhi gelidi.

«Proprio come pensavo.» Deglutisco un nodo alla gola e Willow e io ci guardiamo.

Salgo in auto e chiudo lo sportello mentre Willow si siede dietro.

Si immette nel traffico e sposta lo sguardo su di me. «Che cazzo, Brielle?» urla, colpendo il volante con la mano.

Sobbalzo impaurita e mi si riempiono subito gli occhi di lacrime. «Mi dispiace.» Scuoto la testa.

«Non è colpa sua,» strilla Willow. «L'ho seguita io e non sapeva che fossi dietro di lei.»

Guarda la figlia dallo specchietto retrovisore. «Pensavo che stessi andando al cinema. Che cazzo è successo, Willow?» urla.

«Non imprecare contro di lei!» esclamo.

Sposta lo sguardo adirato su di me. «Parlerò con mia figlia come cazzo preferisco,» sibila.

Oddio, non l'ho mai visto tanto arrabbiato. Guidiamo in silenzio per un altro po'.

«Che cavolo ci facevate in un gay bar?» Chiudo gli occhi. *Buon Dio.*

«Stavamo cercando Lola,» risponde Willow.

Julian corruga la fronte e guarda di nuovo la figlia. «Perché Lola si trovava lì?»

Abbasso lo sguardo.

«Perché è gay,» risponde Willow e io serro le labbra.

Julian sposta lo sguardo verso di me. È confuso ma io continuo a guardarmi le mani. «Tu lo sapevi?» Resto in silenzio. «Brielle!» urla. «Lo sapevi?»

«Sì,» ammetto.

«Perché esci con una ragazza gay di diciotto anni, Willow?» Continua a spostare lo sguardo dalla strada allo specchietto retrovisore.

«Perché anch'io penso di essere gay.» Strizzo gli occhi quando la figlia risponde.

Colpisce di nuovo il volante. «Non sei gay! Hai sedici anni, cazzo,» urla. Quando sento il dolore nella sua voce, mi si appanna la vista. Sposta di nuovo lo sguardo su di me. «Lo sapevi?» Lo osservo tra le lacrime. «Lo... sapevi?» ringhia e annuisco. Colpisce ancora una volta il volante. «Non sei gay, Will. Sei soltanto una bambina. Sei confusa!» Si rivolge di nuovo a me. «Come hai osato non dirmelo?»

Chiudo gli occhi e vorrei che tutto questo finisse subito.

«Non incolpare lei. È l'unica che mi sostiene,» strilla Willow.

«Sono tuo padre!»

Le lacrime mi rigano il volto e cerco di asciugarle in modo discreto.

«Vediamo se ho capito. Mia figlia ti confida una stupida rivelazione adolescenziale e tu decidi che il modo migliore per gestire la situazione è mentirmi e portarla in un locale gay.»

Scuoto subito la testa. «Non è andata così.»

«Invece è andata proprio così,» urla, completamente fuori di testa.

«Non volevamo nemmeno entrare, papà. Era soltanto vicino e io volevo vedere se Lola era lì. Brielle è entrata per farmi un favore. Dovevo aspettare in auto, ma il buttafuori è andato via, così mi sono intrufolata,» spiega Willow. La situazione diventa stressante anche per lei e comincia a piangere.

Julian afferra il volante e fissa davanti a sé mentre i suoi occhi si riempiono di lacrime.

Oh, è ferito. «Julian,» sussurro.

Scuote la testa. «Non farlo.»

Willow comincia a singhiozzare.

«Non spettava a me dirtelo. Non era il mio segreto,» sussurro.

«*Non è tua figlia.*» Colpisce il volante. «Ficcatelo in testa. Non sarà mai tua figlia.»

Lo osservo mentre guidiamo in silenzio e la tristezza mi travolge.

«Hai ragione,» sussurro. «Non lo è.»

Guardo fuori dal finestrino con il cuore in gola. I singhiozzi di Willow riecheggiano nell'auto.

Che ci faccio qui?

Questa non è la mia famiglia, non importa quanto li ami, sarò sempre un'estranea.

Aveva ragione. Siamo su due strade differenti.

L'amore non è abbastanza. Non posso cambiare ciò che voglio e lui non può cambiare quello che non desidera. Non funzionerà mai.

Le lacrime mi rigano il volto quando entriamo nel viale.

Willow scende dall'auto e sbatte lo sportello. Sale su per le scale e scompare in casa prima che possiamo seguirla.

«Willow,» la chiama Julian. Si ferma sull'ultimo gradino e si volta a guardarlo. «Non sei gay. Sei *confusa*.»

«Lascia che arrivi da sola a una conclusione. Non la giudicare,» mormoro.

«Che cosa?» Si volta di scatto verso di me. «Che cos'hai appena detto?»

«Ho detto non giudicarla!» urlo, perdendo l'ultimo briciolo di pazienza. «Non è una decisione che puoi prendere per lei. Non è una criminale che puoi giudicare in tribunale.» Scuoto la testa, disgustata. «È una ragazza che sta passando un momento difficile e ha bisogno del tuo supporto.»

Mi lancia un'occhiataccia. «Ne riparleremo quando avrà diciotto anni e non un minuto prima.»

Non riesco a credere alle mie orecchie. «Ha bisogno di parlartene adesso.»

«Quello di cui ha bisogno è un adulto che la guidi e che sappia che cazzo sta facendo. È troppo giovane per pensare a queste cose. Non ha bisogno di etichettarsi.» Ci fissiamo intensamente e lui ha il respiro affannoso mentre prova a mantenere il controllo. «Dovrebbe essere a scuola, cazzo, ma ti ho permesso di convincermi a non farla tornare, anche se sapevo che era sbagliato.» Scuote la testa e lancia le chiavi sulla credenza. «Non hai idea di come si faccia il genitore.»

Qualcosa dentro di me si spezza. So che cosa *devo* fare.

«Non parlarle in questo modo. È molto più brava di te come genitore. Ti odio!» urla Willow.

Julian impallidisce.

Sposto lo sguardo su Will. «Non parlare in questo modo a tuo padre, Will. Va' a letto, ci vediamo lunedì.»

«Dove vai?» sussurra Willow, completamente nel panico. Julian sposta lo sguardo su di me.

«Sarò sempre la tua tata, ma devo trasferirmi.» Julian solleva lo sguardo in segno di sfida. «D'ora in poi mi occuperò dei bambini dalle nove alle diciassette, ma non vivrò più qua.»

Julian serra la mascella e mi punta un dito contro. «Se mi lasci adesso, è finita, cazzo. Abbiamo chiuso.»

Mi fa male la gola mentre trattengo le lacrime. «Avevamo chiuso ancora prima di cominciare, Julian,» sussurro con la vista appannata.

Mi fissa e mi volto per andare nella mia stanza.

«Brielle,» urla Julian e Willow scoppia a piangere prima di salire le scale. «Brielle, torna subito qui!»

Una volta dentro, chiudo la porta a chiave e scivolo per terra. Sento un vetro rompersi e Julian perde del tutto il controllo. Non posso fare altro che stringermi il viso tra le mani e piangere.

Ho bisogno di andare via.

* * *

Chiudo lentamente la valigia e guardo la stanza vuota. Cinque mesi di ricordi stanno per giungere al termine. Ricordo quando ero arrivata e quanto fossi entusiasta all'idea di iniziare questa nuova avventura. Sembra passata un'eternità. Ripenso a tutte le sere in cui Julian era entrato nella mia stanza e ai momenti bellissimi che avevamo condiviso… a tutto l'amore che mi aveva fatto provare.

Fa male pensare che sia finita così.

Non tutte le storie d'amore hanno un lieto fine.

Sento un clacson fuori, che segnala l'arrivo del mio Uber. Ho prenotato una camera d'albergo. Purtroppo Emerson era stata costretta a tornare a casa all'improvviso, proprio quella settimana.

Sono tutta sola. Se non fosse per i ragazzi, sarei già su un volo per l'Australia, ma non posso ancora lasciare Willow. Sento che ha bisogno di me adesso più che mai. Almeno per un altro po'. Devo soltanto superare questo fine settimana.

Porto la valigia pesante all'ingresso e trovo Julian seduto al tavolo del soggiorno.

I suoi occhi tormentati si posano sui miei.

Non guardarmi così.

Si alza all'improvviso. «Non lasciarmi,» sussurra e gli afferro il volto.

«Devo farlo.»

Scuote la testa. «Possiamo risolverlo.»

«No, piccolo, non possiamo.» Gli do un bacio sulle labbra. «Voglio che tu sia felice.»

Mi stringe tra le braccia. «Tu mi rendi felice.»

«Non è vero. Ti faccio sentire in obbligo, confuso, in colpa. Questo non è essere felice.»

Deglutisce e so che ha capito che ho ragione.

«Che cosa farò senza di te?» sussurra, accarezzandomi il viso con le nocche.

Lo guardo negli occhi. «Continua a vivere con il fantasma di Alina e torna alle tue prostitute. Lì sei al sicuro.» Chiude gli occhi e ne approfitto per dargli un altro bacio dolce. «Ti amo,» sussurro.

Corruga la fronte e la appoggia sulla mia. Alla fine, mi allontano e trascino la valigia verso l'auto che mi aspetta. L'autista scende e la mette nel portabagagli.

Salgo in auto e fisso fuori dal finestrino.

Julian non esce a salutarmi. Sollevo lo sguardo e vedo Willow affacciata alla finestra della sua camera. La saluto con la mano e provo a restare calma.

L'autista mette in moto. «Dove siamo diretti, signorina?»

Dritti all'inferno?

Oh, un attimo. Ci sono già.

* * *

Le rose sono rosse, le violette sono blu. Sono innamorata di un uomo spezzato e non c'è niente che io possa fare più.

Dicono che tutto accada per una ragione, che ci sia una lezione da imparare.

Non ne ho imparate abbastanza, cazzo? Non ho conosciuto abbastanza uomini danneggiati nella mia vita? Quando toccherà a me essere la lezione di qualcuno? Quando incontrerò un uomo che mi ami più dei fantasmi del suo passato?

E che cosa posso imparare da questo dolore?

Sono tutte stronzate.

Fisso la parete della camera d'albergo mentre sono seduta sul letto scomodo. Non sono uscita da quando sono arrivata... da ieri.

Sono state le ventiquattro ore più lunghe della mia vita.

Sono spezzata... troppo. Non riesco a mangiare, a dormire. Vorrei poter non sentire.

Una settimana fa avevo una casa, bambini di cui occuparmi, animali domestici monelli che mangiucchiavano tutto quanto. Avevo un uomo che mi venerava, ma era tutta un'illusione. Non sono mai stati davvero miei.

Li avevo presi in prestito... da Alina.

Li controlla ancora dall'oltretomba. Julian vive nella sua ombra.

Sarà sempre così.

Non so se ho fatto la cosa giusta restando e non mi va di tornare in quella casa domani mattina. Tuttavia, so che non potevo lasciare Will e Sam... devo farlo con la coscienza pulita e per riuscirci ho bisogno di prepararli. Ho bisogno di preparare me stessa a vivere senza di loro.

Non sono ancora pronta a salutarli. Sento una fitta al petto al pensiero che non li rivedrò.

Mai più.

Le lacrime continuano a scendere. Non provo nemmeno ad asciugarle ormai. Il cuscino è zuppo. Forse, se lasciassi fuoriuscire il veleno abbastanza a lungo, l'infezione passerebbe e guarirei.

Non mi sentirei così fredda e sola.

* * *

L'uber arriva a casa di Julian alle sette meno un quarto in punto. Pago l'autista e scendo. Le luci del portico sono accese, anche se il sole è sorto del tutto sopra le colline.

L'aria è più fredda e c'è una nuvola proprio davanti a me quando faccio un respiro profondo.

Salgo i gradini, mi sgranchisco le dita e busso.

Julian apre subito. «Salve,» dice in automatico.

Gli rivolgo un sorriso imbarazzato. «Ciao.»

Si sposta per lasciarmi entrare e va in cucina senza dire una parola mentre io chiudo gli occhi.

La barriera protettiva è tornata.

A essere onesta, potrebbe essere meglio così. È già difficile in questo modo, non so che cosa farei se mi mostrasse emozioni vere.

«Prendi l'auto durante la settimana,» dice con tono freddo. «Io non ne avrò bisogno. Venerdì posso lasciarti a casa per il fine settimana e lunedì mattina manderò qualcuno a prenderti.»

Annuisco e serro i pugni. «Grazie.»

Indossa un completo blu navy con una camicia bianca. Poi ci sono i soliti accessori, una cravatta grigia, le scarpe immacolate nere e l'orologio costoso. I capelli scuri sono stati pettinati alla perfezione e capisco che la maschera impenetrabile sia tornata al suo posto. Ha fatto la doccia da poco e sento l'odore paradisiaco del suo dopobarba. È lo stesso che mi ha cacciato nei guai la prima volta.

Dannazione, avrei dovuto mandare in frantumi quel flacone quando mi aveva trovato. Forse mi avrebbe risparmiato tutto questo dolore.

Lo osservo mentre il cuore mi chiede di inginocchiarmi e supplicarlo di stringermi di nuovo tra le braccia.

Dacci un taglio.

Osserva le dita mentre le fa scorrere sul ripiano della cucina, come se stesse riflettendo su qualcos'altro.

Alla fine solleva lo sguardo su di me. «Allora ci vediamo dopo.»

Annuisco, perché non riesco a parlare a causa del nodo alla gola. Raccoglie la ventiquattrore e va via senza degnarmi di uno sguardo. Non capisco che cosa provi.

La tristezza mi travolge.

Spero che stia soffrendo quanto me.

Julian

Fisso la televisione sulla parete, ma ho la mente offuscata. «Ehi, Masters?»

Corrugo la fronte quando mi riportano alla realtà. «Che c'è?»

«Cristo Santo, ti porto dal veterinario. Devi essere abbattuto, perché soffri troppo,» esclama con disapprovazione Spencer.

Siamo in un bar per pranzo, ma la mia mente è da tutt'altra parte. Mi sforzo di sorridere. «Sto bene.»

«Allora vuoi farlo?»

«Che cosa?»

Spencer si colpisce la fronte e alza gli occhi al cielo. «Restare nel Sussex per il matrimonio di Andrew il prossimo fine settimana.»

Corrugo la fronte. «Oh, no, non lo farò.»

«Hai appena detto che saresti venuto con noi.»

«Davvero?» Espiro e bevo un sorso di birra. «Non ricordo di averlo fatto.»

«Perché non vuoi venire? Pensi che prenderai fuoco non appena entrerai in chiesa o qualcosa del genere?» chiede Seb.

«Probabilmente succederà a tutti noi,» mormora Spence con tono sarcastico. «Sapete se ci sono le prostitute all'inferno? Saremo tutti nudi e ce la spasseremo o qualcosa del genere?»

«Sì, ci saranno le drag queen che ti scoperanno il sedere,» risponde Seb, sorseggiando.

Spencer sussulta mentre ci pensa. «Sarebbe infernale.» Annuisce. «Credo che abbia senso.»

Alzo gli occhi al cielo. *Questo è il tipo di conversazioni che abbiamo di solito?* «Voi due insultate la mia intelligenza.» Si guardano negli occhi. «Certo che lì saremo nudi e scoperemo,» aggiungo, sollevando una mano.

Spencer colpisce il tavolo. «Fantastico, io sono per l'inferno.»

«Allora verrai al matrimonio o no?» domanda Seb.

«No,» rispondo. «Odio i matrimoni, lo sai. Preferirei andare a un funerale.»

Alzano gli occhi al cielo.

«Devi andare da un medico,» esclama Seb. «Hai problemi seri, cazzo.»

«Oh, come se tu non ne avessi,» ribatto.

«No.» Mi indica con un dito. «Io non sono più sposato perché mia moglie è una puttana del cazzo che si scopava il giardiniere.»

«Un brindisi,» esulta Spencer, sollevando il bicchiere. «Alla puttana del cazzo.»

Ridacchio. Spencer odia l'ex moglie di Seb con tutto se stesso.

«Ma tu...» scuote la testa mentre parla, «te ne vai in giro con il cuore spezzato come un cucciolo innamorato che soffre per una donna che ama i tuoi figli e che, soprattutto, ama te... soltanto perché non hai le palle di sposarla.»

«Non sono senza palle,» sbotto. «Non voglio sposarmi e basta.»

«Come dici tu,» borbotta. «Verrai al matrimonio o no?»

«No.» Bevo la birra. «Smettila di farmi incazzare.»

* * *

«Quando potrò riavere il mio cellulare?» mi chiede Willow.

La guardo con espressione impassibile. «Quando avrai trent'anni.»

Fa un respiro profondo e beve un sorso di cioccolata calda. Siamo seduti al bancone della cucina. È tardi e Samuel è già andato a dormire. Willow mi sta con il fiato sul collo da quando Brielle è andata via la settimana prima. È come se sapesse che sono nervoso.

«Hai già parlato con Brell?» chiede.

«No.» Sorseggio la mia cioccolata.

«Non è stata colpa sua, papà.» Annuisco. Non voglio parlarne con lei. «Perché non mi hai detto che eri innamorato di lei?» Mi stringo nelle spalle e fisso il ripiano. «Devi sistemare la situazione. Chiamala e chiedile di tornare.»

«Will, non è così semplice. Vorrei che lo fosse.»

«Il problema è che non ti ha detto che sono gay?»

Aggrotto la fronte. «Non sei gay. Smettila di dirlo.» Scuoto la testa, esasperato. «Will, se la scorsa settimana ti avessero beccato in un qualsiasi club con un ragazzo di diciotto anni e mi avessi detto che eri interessata a lui, avrei reagito allo stesso modo.» Mi osserva. «Se venissi da me e mi dicessi "Papà, adesso sono Repubblicana", ti direi che sei troppo giovane per prendere questa decisione. Se tornassi a casa e dicessi "Papà, sono atea adesso", ti direi che sei troppo giovane per etichettarti.» Corruga la fronte, confusa. «Will,» dico con un sospiro. «Non mi piacerà la prima persona con cui uscirai.» Mi guarda sconfitta. «Probabilmente non mi piacerà la seconda e nemmeno la terza. Forse neanche la quarta.»

«Papà...»

«Sai perché?» chiedo.

«Perché?»

«Perché finché non troverai qualcuno che ti ami quanto ti amo io, non sarà mai abbastanza.» Sorride dolcemente. «Sei una su un milione, speciale... troppo speciale per stare con chiunque. E un giorno incontrerai quella persona che ti amerà. Sarà in quel momento che potrò rilassarmi e darti la mia benedizione.» Mi stringe la mano e la bacio. «Non mi importa se quella persona sarà un uomo o una donna, Will.» Le si riempiono gli occhi di lacrime. «Ma hai sedici anni e queste sono etichette da adulti che non hai bisogno di metterti addosso. Perché non vedi come vanno le cose e basta? Prova a smettere di analizzare tutto.» Sorride e ha gli occhi lucidi. «Okay?» sussurro. Annuisce e le metto un braccio attorno alle spalle, abbracciandola forte. «Dovresti andare a dormire. È tardi.»

Mi dà un bacio sulla guancia e comincia ad andare via, ma poi si gira all'improvviso. «Papà?»

Sollevo lo sguardo. «Sì?»

«Brell ti ama quanto ti amo io, sai.» Abbasso lo sguardo e sospiro. «È speciale, papà. Non lasciartela scappare.»

Indico le scale e lei sorride, voltandosi subito e scomparendo.

Non lasciartela scappare.

Troppo tardi. L'ho già fatto.

Brielle

«Papà è a casa!» urla Sammy, che sta guardando fuori dalla finestra.

Fingo di sorridere e prendo la mia borsa. Devo andare via non appena entra in casa, così non inizierò a blaterare come una bambina e cadere in ginocchio.

Sono passate due settimane da quando sono andata via.

Due settimane senza Julian.

Mi sono trasferita nel vecchio appartamento di Emerson con Hank e il suo coinquilino. Sono persino uscita nel fine settimana. Non mi ero divertita ed ero tornata a casa presto, ma ehi... almeno ci ho provato.

Julian entra in casa e il suo sguardo incrocia il mio dall'altro lato della stanza, quindi lo distolgo subito. Non riesco nemmeno a guardarlo negli occhi senza scoppiare in lacrime.

Non ci siamo detti una parola da quando sono andata via. Salvo che non si tratti dei bambini. Mi chiedo se mi abbia mai *davvero* amato.

Non sembra che stia male. Mentre io sono qui con il cuore spezzato e non riesco a respirare, sembra che lui sia appena tornato da un servizio fotografico per *Vogue*.

È indifferente e ha il controllo della situazione.

La mia mente ha cominciato a giocarmi brutti scherzi. È tornato al bordello? Alle prostitute d'alta classe? La sua terapeuta... quella che gli succhia l'uccello senza fare domande?

Sto impazzendo. Oggi ho persino contato i preservativi nel bagno, così so se e quanto spesso ha fatto sesso.

Perché mi sto facendo questo?

Ho bisogno di andare via, ma non ci riesco. Quando sarò più forte, lo farò. Lo prometto.

Abbraccio Willow e le do un bacio sulla fronte. Poi saluto Sammy e mi volto verso Julian.

«Ci vediamo domani.»

Annuisce e arriccia le labbra. Ormai è come se non ci conoscessimo. Forse non ci siamo mai conosciuti.

Julian

ALINA MASTERS
1984 – 2013
Moglie e madre amata.
Ti affidiamo alle mani di Dio.

La pioggia cade sull'ombrello mentre fisso la lapide.
Intrappolato.
Sono intrappolato in questa cella fatta di tristezza e ormai non so più come uscirne. Viene a casa mia ogni giorno e ogni sera, quando va via, muoio un po' dentro.
Leggo di nuovo l'incisione davanti a me.

Mr. Masters

ALINA MASTERS
1984 – 2013
Moglie e madre amata.
Ti affidiamo alle mani di Dio.

Mi abbasso e tolgo la polvere sul nome. Sistemo le calle rosa che ho messo nel vaso. Sfioro il suo volto nella piccola foto ovale e la osservo mentre lei mi fissa senza battere ciglio.

Faccio un passo indietro e metto le mani nelle tasche del cappotto nero. Vengo qui due volte la settimana per rispetto nei confronti della donna che mi ha fatto dono dei miei figli.

Mia moglie.

Una brava donna, che meritava un uomo migliore di quello che aveva sposato.

Avevo sempre incolpato Alina per la mia tristezza ma Brielle mi ha insegnato che non è lei il problema. Sono io.

Non so come amare una donna senza farla soffrire. Lo vedo ogni giorno. L'espressione sul viso di Bree mi uccide.

Mentre sono qui in piedi, sento il sangue scorrermi nelle vene. Il mio corpo funziona, mi tiene in vita, ma il cuore si è fermato del tutto. Espiro. Devo smetterla.

Non posso continuare a sentirmi come se il mondo stesse per finire. Corrugo la fronte quando mi rendo conto di una cosa.

Ho bisogno di fare ciò che mi fa sentire meglio. L'unica cosa che conosco.

* * *

Mezz'ora dopo, arrivo da Madison, la mia terapeuta.

Quando vado via da questo posto, mi sento sempre rilassato. Non devo parlare. Non devo pensare. Non devo sentire. Attraverso l'ingresso in automatico.

«Buon pomeriggio, signor Smith.» Hayley, la receptionist, sorride. «È bello rivederla, signore. È passato un po' di tempo.»

«Già.»

«Vorrebbe la solita stanza, signore?»

Corrugo la fronte. «Sì.»

«Vada nella penthouse e qualcuno la raggiungerà subito.»

Prendo l'ascensore e, una volta arrivato, mi verso uno scotch. Guardo fuori dalla finestra che si affaccia su Londra. Sento la porta aprirsi dietro di me e chiudo gli occhi, pentendomi già della mia decisione.

«Salve,» esclama la voce femminile dietro di me.

Mi volto, vedo Veronica e mi sento male. «Salve.»

È bionda e indossa un abito nero molto sexy. Ha un corpo mozzafiato... che mi ha dato piacere molte volte in passato.

Sorseggio il drink con mani tremanti mentre la guardo negli occhi. Si inginocchia davanti a me e comincia a sganciarmi la cintura. Deglutisco il nodo alla gola.

Mi bacia la coscia. «Ti piace?» sussurra e io resto in silenzio.

Allunga una mano verso l'uccello e lo massaggia tre volte mentre io serro la mascella.

Mi sfiora la cappella con le labbra e il mio cazzo pulsa in segno di apprezzamento, anche se io chiudo gli occhi, disgustato.

Immagino Bree. La mia bellissima Bree.

No.

Indietreggio. «Fermati.»

Aggrotta la fronte. «Non ho nemmeno cominciato.» Si avvicina e io mi allontano.

«Va' via.»

«Che cosa?» Fa una smorfia.

«Ho detto di andartene via,» sussurro, voltandomi per sollevare la cerniera dei pantaloni.

Ho bisogno di uscire da qui. Prendo il portafoglio e le

chiavi prima di scappare fuori dalla stanza. Premo il pulsante dell'ascensore tre volte, nella speranza che arrivi prima. Il cuore mi batte forte e sto perdendo il controllo.

Salgo in auto e mi stringo il viso tra le mani. Le lacrime mi riempiono gli occhi e inizio a singhiozzare.

La mia mente è in un posto buio.

Aiutatemi.

Bree

SONO SEDUTA in una caffetteria con Frances. Pranziamo insieme due volte ogni settimana.

La adoro ancora, anche se sono passati due mesi dalla rottura con Julian.

Mi manca ogni giorno.

Il resto del mondo potrà anche pensare che stia bene, ma io vedo che non è così. Non posso aiutarlo, però. Ha bisogno di trovare una soluzione da solo, di qualsiasi cosa si tratti.

Sua madre mi ha detto che vede un terapeuta due volte la settimana, e non il tipo che si inginocchia. Uno vero. Spero che lo aiuti. Voglio che sia felice, se lo merita.

Il mio cellulare segnala l'arrivo di un'email.

> *Julian Masters richiede la compagnia di Bree Johnston*
> *Occasione: Conversazione*
> *Data: 31 settembre*
> *Ora: 19:00*
> *Luogo: Stanza 612, Rosewood, Londra*
> *Dress code: Orecchie*

Buon Dio, vuole parlare.

27

Brielle

Alzo la mano per bussare alla porta, esitando e chiudendo gli occhi. Sono così nervosa che ho la nausea. Non ho idea di che cosa succederà oggi. Spero che si tratti di una questione personale, dato che ci troviamo al nostro hotel, ma sono perfettamente consapevole che potrebbe soltanto volermi licenziare evitando che i bambini ci sentano. Comunque, è giovedì e sono le sette di sera, quindi non posso fare altro che sperare.

Rilasso le spalle, espiro e busso.

La porta si apre ed eccolo qui, con il suo completo color navy. Troneggia su di me mentre mi fissa con i suoi occhi castani.

«Ciao,» mormora. «Grazie di essere venuta.» Mi fa segno di entrare e io lo accontento con il cuore che batte a mille. Stargli vicino e l'odore del suo dopobarba riportano a galla così tanti ricordi. Sento già il nodo in gola che inizia a soffocarmi.

Non piangere.
Non supplicare.

Mi tormento le mani mentre mi fissa negli occhi. «Come stai?» mi domanda.

Annuisco, incapace di parlare per come si deve. «Sto bene,» sussurro appena.

Si passa una mano tra i capelli e la sua pausa crea tensione. «Grazie per essere rimasta con i ragazzi.» Abbassa lo sguardo. «Per te sarebbe stato più facile andare via.»

«Non potevo lasciarli.»

Incrocia di nuovo il mio sguardo. «Ma hai lasciato me.»

«Ho dovuto.»

«È stato... difficile,» ammette.

«Anche per me,» replico non riuscendo più a trattenermi. «Mi manchi,» sussurro.

Assottiglia le labbra e annuisce, chiaramente in difficoltà a parlare, ma ho la sensazione che abbia molto da dirmi. Il silenzio nella stanza è pesante e so che dovrò iniziare io la conversazione. Gli stringo una mano e la avvicino alla bocca mentre lui mi osserva con occhi lucidi e afflitti.

La sua espressione turbata mi rattrista. «Piccolo, non guardarmi così,» sussurro abbracciandolo stretto e lui si aggrappa a me come se la sua vita dipendesse da questo.

«Non sopporto di vivere senza di te, cazzo,» mormora tra i miei capelli.

Sorrido tristemente e lo bacio sulle labbra. «Oh, Julian.» Osservo il suo viso trasfigurato dal dolore e lo accarezzo. Soffre davvero tanto.

«Ho riflettuto su tante cose...» Si interrompe. «Ci sto provando.»

«Lo so.» Perché sto facendo a entrambi una cosa simile? «Non mi interessa,» dico scuotendo il capo. «Non mi interessa se non vuoi sposarmi. Non mi interessa se non avrò figli. Voglio soltanto te,» sussurro tra le lacrime. «Non posso sopravvivere nemmeno un giorno senza di te. Non desidero altro e tutto il resto non importa più. Mi dispiace di aver fatto soffrire entrambi.»

Mi fissa con occhi offuscati. «Rinunceresti ai tuoi desideri per me?»

Annuisco. «Sì.»

«Ma la tua felicità è ciò che mi rende felice.»

Sorrido dolcemente. «Sarò felice finché starò con te e i ragazzi. Non ho bisogno di altro.»

Mi fissa negli occhi e poi, senza dire altro, si inginocchia e con mani tremanti tira fuori dalla tasca una scatolina di velluto nero. Resto a bocca aperta mentre il mondo si ferma.

Il suo respiro diventa affannoso e mi osserva con occhi pieni di speranza. «Brielle Johnston, vuoi sposarmi?» Apre la scatolina rivelando un anello con un diamante ovale enorme che mi lascia di stucco, spingendomi a coprirmi la bocca. «Ti prego?» sussurra.

Cerco i suoi occhi per un secondo di troppo e mi inginocchio davanti a lui. «Che... che cosa hai appena detto?»

Attira il mio viso verso il suo. «Sposami, Bree.» Mi si scioglie il cuore di fronte alla speranza che vedo nei suoi occhi.

«Ma hai detto...»

«Dimentica quello che ho detto.» Mi stringe la mascella e mi bacia mentre le lacrime mi rigano il viso. «Non avevo la più pallida idea di quello che stavo dicendo.»

Prende l'anello e, con mano tremante, lo fa scivolare sul mio dito.

«Dammi una risposta, piccola,» sussurra.

Mi acciglio ancora confusa, ma poi sorrido e dico: «Sì.»

Si alza, aiutando anche me, e mi regala il bacio più incredibile di sempre mentre tengo la mano in alto e osservo l'anello. È enorme in maniera quasi ridicola. *Sta davvero succedendo?*

«Ti piace?» domanda, stranamente insicuro.

Scuoto il capo in estasi. «Non sembra il genere di anello che indosserebbe una tata.»

Fa un sorrisino e si toglie la giacca, lanciandola per terra. «Perché non sei più la mia tata.»

«Allora che cosa sono?» gli chiedo guardandolo negli occhi.

«Sarai mia moglie, signora Masters. Sarai la madre dei nostri figli.» Mi bacia con dolcezza. «L'unica donna che abbia mai amato.»

Mi viene la pelle d'oca e sento la gola asciutta per le emozioni che mi travolgono. Poi singhiozzo quando mi bacia di nuovo.

«Dio, smettila di piangere e scopami, donna,» mi sussurra a fior di labbra.

Ridacchio mentre mi spinge verso il letto, sollevandomi il vestito e liberandomi dal reggiseno. Poi mi fermo all'improvviso. «Julian, hai fatto sesso mentre siamo stati lontani?»

«No.» Si acciglia. «Ma posso assicurarti che ho la sindrome del tunnel carpale al polso destro.» Noto un luccichio amorevole nei suoi occhi. «Come diavolo potrei fare sesso con un'altra donna quando sono tuo?» Con il pollice cattura una lacrima che mi riga la guancia. «Ti prometto che non verserai mai più un'altra lacrima a causa mia.»

Annuisco sconvolta e lui mi fa sdraiare sul letto, liberandomi delle mutandine prima di stuzzicarmi il sesso fremente e iniziare a spogliarsi.

Ci fissiamo negli occhi.

Il suo petto è ampio, gli addominali sono scolpiti e oh... quanto mi è mancato. Si sdraia accanto a me e copre entrambi prima di attirarmi tra le sue braccia. Sentire il suo corpo caldo contro il mio è una sensazione familiare. Lui è così muscoloso, caldo e perfetto che non riesco a resistergli, cazzo.

«Mi sei mancata,» sussurra.

Ci baciamo ancora e ancora, e percepisco la forza del nostro amore. Mi scosta i capelli dalla fronte e studia il mio viso. «Le ultime otto settimane sono state un vero inferno.» Mi bacia con dolcezza e poi aggiunge: «Ogni giorno sentivo una parte di me che volava via.»

Gli accarezzo le spalle ampie e i capelli, senza mai staccargli gli occhi di dosso. «È così bello stare tra le tue braccia,» gli dico mentre i nostri baci diventano frenetici e sento la sua erezione premere tra le mie gambe. «Adesso,» sussurro quasi disperata. «Ho bisogno di te adesso.» Mi bacia e poi mi penetra con due dita, facendomi sussultare. «Attento,» mormoro.

Mi osserva mentre mi stuzzica lentamente preparandomi a lui e poi, quando sente la mia eccitazione bagnargli le dita, mi fa un sorrisino sensuale. «Ecco la mia ragazza.»

Sorrido e mi spinge le gambe indietro, cavalcandomi ancora un po' con la mano. Poi si solleva e si mette in posizione, spingendo un po' il suo membro dentro di me.

«Ahi,» dico facendo una smorfia.

«Rilassati.» Mi cattura le labbra in un bacio e muove il bacino.

Oddio, il bruciore è così incredibile. Avevo dimenticato quanto era grosso.

«Accoglimi, piccola. Ho bisogno che tu mi accolga fino in fondo.» Mi blocca le gambe sul materasso e spinge con forza. Inarco la testa sul cuscino mentre mi fissa con i suoi occhi scuri. «Oh, cazzo, sì,» geme roteando gli occhi mentre mi penetra ed esce da me.

«Ti amo,» sussurro tra i gemiti, reggendomi a lui.

I nostri respiri diventano affannosi. «Non osare lasciarmi di nuovo, cazzo,» sussurra con una spinta decisa.

Scuoto il capo. È troppo bello e inizio a dimenarmi sotto di lui. Nessuno sa scopare come Julian Masters. È un dio del sesso.

«Prometto che non lo farò,» ansimo.

Mi fissa negli occhi e sembra quasi che perda il controllo e che voglia punirmi per averlo ferito quando mi solleva le gambe e le avvolge attorno al suo torace.

«Attento,» gemo, lui allarga le gambe e inizia a penetrarmi lentamente e in profondità senza mai smettere di guardarmi con il suo sguardo intenso. «Mi è mancato sentirti dentro di me. Avevo la sensazione di morire,» gli sussurro con un sorriso osservando i capelli che gli ricadono sulla fronte.

Perde ogni briciolo di autocontrollo e mi cavalca con forza, prendendo ciò di cui ha bisogno dal mio corpo.

«Vieni.» Mi colpisce con forza osservando l'uccello che scompare nel mio corpo. «Vieni adesso,» ringhia e, dato che il mio corpo è sottomesso a lui, inizio subito a dimenarmi mentre Julian urla e viene dentro di me, travolto dagli spasmi dell'orgasmo.

Ansimiamo bisognosi di aria con i cuori che battono all'impazzata. Poi le nostre labbra si incontrano in un bacio dolce. Il mio uomo stupendo è finalmente tornato a casa.

«Ti amo,» sussurra crollando su di me.

Lo stringo e sorrido. «Anch'io ti amo, signor Masters.»

* * *

«Papà è casa!» esclama Sammy dalla finestra e vado subito su di giri. Julian era dovuto andare al lavoro, ma vogliamo comunicare insieme ai ragazzi il nostro fidanzamento, quindi avevo dovuto togliere l'anello.

Sono in cucina e ho i nervi a fiori di pelle. Mi sciolgo non appena Julian entra e i nostri occhi si incrociano. Non vedo quell'espressione sul suo viso da tanto, ed è fantastico. Mi fa sentire a casa.

Willow sta studiando in cucina quando Sammy corre dal padre, che sembra altrettanto nervoso. «Ciao, Will.»

«Ciao,» saluta il padre in modo distratto.

«Ho pensato che oggi potremmo andare a cena fuori,» dice lui. «Per festeggiare,» aggiunge.

Willow solleva lo sguardo dai compiti. «Per festeggiare che cosa?»

Mi offre la mano e vado da lui, che mi stringe. «Abbiamo delle novità.»

Willow sorride subito, mentre Sammy si acciglia spostando lo sguardo tra noi due.

«Brielle e io ci sposeremo.»

Julian mi attira vicino e mi bacia la fronte, mentre i ragazzi ci osservano sconvolti.

Aspetto la loro reazione... aspetto, ancora e ancora.

Oh no. Non sono felici?

«Che cosa?» esclama Will.

Guardo Julian negli occhi, incerta su che cosa dire.

«Brielle diventerà mia moglie, quindi significa che sarà la vostra matrigna e si trasferirà da noi,» spiega ai figli.

Si scambiano un'occhiata e poi guardano noi prima di tornare a fissarsi.

«Sì!» urla Willow saltando dalla sedia e facendo quasi cadere suo padre quando ci stringe. «Oddio, sono così felice. È fantastico.»

Rido per la sua euforia e poi mi concentro su Sammy, che sembra turbato.

«Che succede, piccoletto?» sussurro.

«Non voglio che sposi papà.»

Mi accovaccio davanti a lui. «Perché no?»

«Perché te ne andrai, se sarà cattivo,» risponde mentre si tortura le mani.

Sorrido e Julian alza gli occhi al cielo. «No, non me ne andrò, piccoletto. Mi piace il tuo papà... anche quando è cattivo.» Julian fa un sorrisino. «Tuo padre è fatto così.» Sorrido. «E lo amo, nonostante tutti i suoi difetti. Non andrò da nessuna parte.»

Sammy sorride e guarda tra di noi con un luccichio di speranza negli occhi. «Davvero?»

Annuisco. «Davvero.»

Mi dà un bacio e salta tra le braccia del padre. «Dov'è il tuo anello?» mi domanda Julian.

Lo tiro fuori dalla tasca e glielo porgo, permettendogli di infilarmelo al dito mentre i ragazzi ci guardano estasiati. Poi Julian mi bacia dolcemente e dice: «Adesso sei davvero in trappola e non potrai lasciarci.»

Ridacchio e li stringo tutti e tre in un abbraccio di gruppo. «Dove festeggeremo?» domando.

«Non lo so, ma posso avere un po' di champagne?» domanda Willow quando si stacca dall'abbraccio. «È una festa.»

«Assolutamente no,» borbotta Julian. «Hai soltanto...»

«Sì, sì. Ho capito, papà. Ho soltanto sedici anni,» lo interrompe Willow.

* * *

I bambini dormono nelle loro camere e Julian e io siamo in soggiorno, seduti sul divano mentre ci abbracciamo. Ho portato soltanto l'essenziale per il fine settimana e l'ho lasciato nella mia vecchia camera. «Andiamo a letto,» dice Julian dandomi un bacio dolce sulle labbra.

«Okay.» Sorrido e mi alzo, dirigendomi in camera mia.

«Dove stai andando?»

«Nella mia stanza.»

Julian scuote il capo e mi fissa negli occhi. «La tua stanza si trova al piano di sopra.»

Il tempo si cristallizza quando mi prende la mano e la bacia prima di condurmi verso le scale a un passo così lento che sembra una tortura. Alla fine raggiungiamo camera sua, sempre elegante e lussuosa, e apre il guardaroba. «Ecco il tuo armadio,» mi informa e, quando guardo dentro, noto che ha già lasciato spazio per le mie cose. Poi mi porta in bagno e mi mostra l'armadietto, in cui una volta mi aveva beccato a ficcanasare. Era stato l'inizio della nostra storia. «Ho svuotato una parte per te.»

«Adesso ho il permesso di guardare, signor Masters?» lo provoco sorridendo. Chi avrebbe mai immaginato che saremmo arrivati a questo punto? Di sicuro non io. Julian sorride e si posiziona dietro di me, baciandomi il collo mentre osservo il nostro riflesso allo specchio. Mi sovrasta stringendomi tra le sue braccia.

Mi adora e dal suo tocco percepisco l'amore che prova per me.

«Puoi fare quello che vuoi, piccola. È casa tua e siamo la tua famiglia.»

Sorrido tra le lacrime e mi giro verso di lui. «Allora vorrei andare a letto e fare l'amore con il mio fidanzato.»

Mi sorride con dolcezza e dice: «Non per molto.» Le sue parole mi lasciano perplessa, così si affretta a chiarire. «Hai sei settimane per organizzare il matrimonio.»

Mi acciglio mentre ci baciamo. «Non mi basteranno!»

«Non aspetterò oltre. Voglio che tu sia mia moglie.»

28

ALINA MASTERS
1984 – 2013
Moglie e madre amata.
Ti affidiamo alle mani di Dio.

Sono in piedi davanti alla lapide di mia moglie per l'ultima volta.

Spencer e Sebastian sono accanto a me e indossiamo lo smoking nero.

È il giorno del mio matrimonio.

Mi sento davvero in colpa. Quando questa giornata finirà, Alina non sarà più mia moglie, perché lo diventerà Brielle.

«Sei pronto ad andare?» chiede Spence.

«Sì,» mormoro distratto. «Mi dareste un minuto?»

Si voltano e tornano all'auto, lasciandomi da solo. Deglutisco un nodo alla gola e fisso la lapide.

«Oggi mi sposo, Alina,» sussurro tra le lacrime. «Mi dispiace che tu non abbia trovato il vero amore.» Mi guardo intorno. «Mi dispiace non averti amato come meritavi.» Chiudo gli occhi. «Mi sono punito per parecchi anni. Meritavi una persona migliore di quella che sono.» Aggrotto la fronte. «Della persona che ero,» mi correggo. «Ero così arrabbiato con te per esserti uccisa e aver lasciato i bambini.» Sorrido. «Sono bellissimi. Dovresti vedere quanto stanno crescendo. Saresti fiera di loro.» Abbasso lo sguardo e mi acciglio. «Vedo un terapeuta che mi ha aiutato a capire gli errori che ho commesso. Non è mai stata colpa tua.» Mentre pronuncio quelle parole, sussulto come se provassi dolore fisico. «Non posso più vivere nell'oscurità, Alina,» sussurro. «Lei è la mia luce, l'amore della mia vita, la mia anima gemella. Si chiama Brielle e ho capito che era quella giusta nel momento in cui l'ho conosciuta. Ti piacerebbe, ne sono certo. Ama i ragazzi come se fossero suoi.» Serro la mascella. «Ma sono tuoi, sei tu la madre e lo sarai sempre.» Tiro su con il naso e fisso la foto. Lei ricambia senza emozione... proprio come aveva sempre fatto. «Sentono la tua mancanza.» Le lacrime mi appannano di nuovo la vista. «Li porterò presto a vederti, non sono stato abbastanza forte da farlo.» Sposto la terra con la scarpa. Mi pento di molte cose che non ho fatto per onorare la sua memoria. «Grazie per avermi dato i miei figli.» Il mio viso diventa una maschera di dolore quando deglutisco di nuovo.

Mi volto verso Seb e Spence, che mi aspettano accanto all'auto, e capisco che devo farlo, devo dire addio a mia moglie per l'ultima volta. Domani sarà ancora la madre dei ragazzi ma Brielle diventerà mia moglie.

Mi abbasso e sfioro la foto prima di baciare la lapide fredda.

«Addio, Alina. Riposa in pace, angelo.»

Brielle

JULIAN FA AVANTI E INDIETRO in punta di piedi perché non vede l'ora che arriviamo alla fine. Sorrido. Ci teniamo per mano mentre ci guardiamo negli occhi e il prete legge i voti nuziali. È impaziente che la cerimonia finisca e nei suoi occhi c'è un luccichio divertito.

Chi avrebbe mai detto che Julian Masters sarebbe stato così entusiasta all'idea di sposarsi?

Io no di certo.

Mi rivolge un sorrisetto sensuale e carico di promesse che mi fa arrossire... conosco quello sguardo.

Cristo Santo, Julian... non guardarmi così nella casa di Dio.

Willow e Emerson sono accanto a me, mentre Sebastian, Spencer e Samuel sono accanto a Julian. Siamo tutti in piedi riuniti davanti alla famiglia e agli amici, e la chiesa è piena di amore.

È un giorno felice per tutti quanti.

«Lo voglio.» Julian sorride mentre mi mette al dito l'anello d'oro. Si dondola in avanti, come se fosse soddisfatto, e ridacchio.

«Dal potere conferitomi, vi dichiaro marito e moglie. Puoi baciare la sposa.» Il prete sorride e Julian mi solleva lentamente il velo dal viso. Ci siamo, la nostra storia è arrivata alla fine.

Gli occhi mi si riempiono di lacrime perché è un momento davvero intimo.

Con i suoi bellissimi occhio marroni che incrociano i miei, si abbassa, stringendomi le guance, e mi bacia con dolcezza. È il bacio più perfetto che mi abbia mai dato e mi sollevo in punta di piedi.

«Ti amo,» sussurra.

Sorrido contro le sue labbra e la folla esulta. Mi volto e vedo mia madre in prima fila. È felicissima e stringe una mano sul cuore. Ricambio il sorriso in preda alle lacrime. Mi aveva sempre detto che l'amore della mia vita era da qualche parte ad aspettarmi.

Aveva ragione.

Mi stava aspettando e lo avevo trovato.

EPILOGO

Diciotto Mesi Dopo

«Da questa parte.»

Julian mi accompagna tra la folla, conducendomi nel terrazzo. Siamo a un matrimonio con Sebastian e Spencer, e io sono alla trentaseiesima settimana di gravidanza del nostro primo figlio. La cena e i discorsi sono finiti, quindi è arrivato il momento delle danze. Indosso un vestito lungo e grigio senza spalline, abbinato a tacchi a spillo argento, e ho arricciato la mia chioma scura e lunga, lasciandola morbida sulle spalle. Invece il trucco è naturale, come sempre. Per fortuna ho un marito che si preoccupa per me e non mi sono mai sentita più sexy. Non ne ha mai abbastanza di me.

È un matrimonio dell'alta società e sono presenti tutti quelli che contano. Lo sposo è un amico di infanzia e un compagno di scuola altezzoso di Julian, Spencer e Sebastian.

La vita va alla grande... più che alla grande. Willow e Sammy stanno bene e sono eccitati per l'arrivo del bambino, e Julian mi adora.

«Vuoi qualcosa da bere, tesoro?» mi domanda, accarezzandomi in automatico l'addome. «Stai bene?»

Spalanco gli occhi. «Sto bene, Julian. La smetti di preoccuparti?» Non voleva andare al matrimonio perché pensava che sarebbe stato troppo per me. Non riesce più a parlarmi senza toccarmi il ventre. «Posso avere una limonata, per favore?» domando.

«Certo.» Indica i suoi due amici prima di andare via. «Non perdetela di vista nemmeno per un secondo,» li avverte.

«Sì, sì.» Spence alza gli occhi al cielo e si rivolge a me. «Dio, Bree, devi essere stufa di lui. È fastidioso, cazzo.»

Ridacchio. «Esagera sempre.»

Spencer e Sebastian si sono dimostrati due amici speciali. Mi hanno accolto a braccia aperte e ridiamo e scherziamo sempre. Mi sento davvero a mio agio nel loro gruppo. Trascorrono molto tempo con noi a casa e penso che anche loro siano eccitati che Julian sia finalmente felice dopo tanto tempo. La mia gravidanza è un evento speciale per tutti e tre, oppure sono così affettuosi perché si avvicinano alla quarantina e per la prima volta sono amici della madre del futuro figlio dell'amico.

Comunque, adesso ho tre uomini che stravedono per me.

Julian ritorna con un bicchiere di limonata e me lo porge. «Ecco, piccola.» Gli soffio un bacio e lo prendo.

Spencer si acciglia e guarda dall'altro lato della stanza. «Chi è quella?» ansima.

Guardiamo sul punto che sta fissando e vediamo una donna bionda stupenda con un abito rosa chiarissimo. Ha la testa inarcata mentre ride e i capelli biondi le ricadono sulla schiena, e sul viso ha le fossette più adorabili che abbia mai visto. È bellissima.

«Quella è Lady Charlotte,» spiega Julian.

«Lady?» Spencer si acciglia. «Ha un titolo?» chiede.

«Suo padre è il Conte di Nottingham.»

«Sul serio?» sussurra Spencer con espressione affascinata.

«Non disturbarti a provarci con lei. È davvero fuori dalla tua portata, vecchio mio.» Julian sorseggia la birra e aggiunge: «Il suo sangue è troppo blu, anche per te.»

Spencer sorride e inarca le sopracciglia mentre osserva Seb, accettando quella sfida silenziosa.

Julian mi bacia sulle labbra e mi stringe dalla vita. «Andiamo, signora Masters.»

«Okay,» rispondo con un sorriso.

«Dove vuoi andare?» domanda Spence. «Restate qui con noi.»

«Tornare a casa con mia moglie e fare cose indicibili al suo corpo è più allettante che stare qui con voi due,» risponde Julian guardandomi con uno sguardo sexy che mi fa palpitare il cuore. Non riesco a resistere, così gli accarezzo il viso e lo bacio.

«Bastardo fortunato,» borbotta Spencer tenendo lo sguardo fisso su Lady Charlotte. «Devo fare un po' di quel sesso da gravidanza di cui parli tanto, Masters.»

«Mmm,» mormora Julian sorridendo contro le mie labbra. «Avrai bisogno di una donna per indagare fino in fondo, Spence.»

Spencer arriccia le labbra mentre fissa la donna stupenda in rosa. «Amo le sfide. Forse Lady Charlotte muore dalla voglia di farsi mettere incinta questa sera.»

Ridacchio e Julian alza gli occhi al cielo.

«O forse muore soltanto dalla voglia di starti alla larga,» borbotta Seb, bevendo un sorso di birra.

Spencer sorride in modo malizioso. «Scommetto duecento bigliettoni che uscirò con lei entro la fine della prossima settimana, Seb.»

Julian ridacchia e scuote il capo. «Raddoppia a quattrocento. Non hai la minima possibilità con lei.»

«Ci sto.» Seb sorride e stringe la mano di Spencer.

«Abbiamo un accordo,» dice Spencer con un luccichio negli occhi e poi mi dà un bacio sulla guancia, toccandomi il pancione. «Ciao, dolcezza. Goditi le tue avventure indicibili.» Attraversa la stanza e si dirige da Lady Charlotte senza toglierle gli occhi di dosso.

Seb mi bacia e mi massaggia il ventre prima di salutarmi. «Ciao, Breezer.»

Sorrido. Lo adoro davvero. «Ci vediamo, Seb.»

Julian gli stringe la mano e poi mi accompagna verso la porta. «È ora di andare.»

Ci dirigiamo alla nuova Porsche di Julian. È blu e, ovviamente, l'ultimissimo modello. Mi apre lo sportello e mi aiuta a salire. *Sempre un vero gentiluomo.*

Si immette nel traffico e mi guarda come se attendesse qualcosa.

«Guida come se l'avessi rubata,» dico sorridendo. Senza mostrare alcuna emozione, accelera facendomi ridere di gusto quando mi ritrovo schiacciata contro il sedile. Adoro la scarica di adrenalina che mi provoca. Ripenso al nostro primo incontro ogni volta che lo fa... quando ho conosciuto il Julian sporcaccione che amo.

Un'ora dopo

«Così, piccola,» mormora contro il mio collo.

Sono sul fianco e Julian è dietro di me, con la mia gamba sopra il suo braccio. Il suo corpo muscoloso mi penetra e lui non smette di tenere una mano sul mio ventre per proteggerlo, accarezzandomi la mascella e la bocca con le labbra. Al momento fare sesso con lui è un'esperienza dolce, e l'espressione sul suo viso mentre cerca di trattenersi è senza prezzo.

Sembra che stia soffrendo, in bilico tra l'estasi e l'inferno. Inizia ad aumentare il ritmo e mi tiene ferma. Chiudo gli occhi quando il suo uccello mi fa impazzire portandomi un piacere immenso.

«Oh, sì,» ringhia contro il mio collo. «Così,» ansima. Inizio a tremare mentre lui mi stringe. «Non ancora, piccola,» mi supplica. «Non venire. Per favore.»

Da quando sono incinta, durante il sesso il mio corpo si contrae così forte che Julian è subito travolto dall'orgasmo. Perde del tutto il controllo ed è una cosa che lo fa impazzire. Forse per questo è così ossessionato dal sesso in gravidanza.

Le sue spinte diventano sempre più profonde e veloci, e chiudo gli occhi nel tentativo di resistere. I seni sobbalzano mentre lui mi stringe forte. È incredibile.

Inarco la testa sulla sua spalla e urlo quando il mio corpo freme, contraendosi con ardore. Julian scatta in avanti e viene dentro di me, sibilando mentre riversa il suo seme e mi bacia sulle labbra.

«Ti amo,» mi sussurra a fior di labbra.

Gli accarezzo la barba e dico: «Anch'io ti amo.»

Tre anni dopo

ALINA MASTERS
1984 – 2013
Moglie e madre amata.
Ti affidiamo alle mani di Dio.

Sono ai piedi della sepoltura mentre tengo Henry in braccio e ormai sono incinta di sei mesi del nostro secondo figlio.

Willow ha un braccio attorno al mio mentre Sammy aiuta il padre. Osservo Julian che si piega, scosta la polvere dal nome di Alina e sistema i gigli rosa che Sammy ha appena inserito nel vaso. Le sfiora il viso nella foto ovale mentre lei ci fissa, poi fa un passo indietro e infila le mani in tasca, osservandola.

Le cose sono cambiate. In casa abbiamo foto di Alina e sprono i ragazzi a parlare di lei senza problemi e con sincerità. Willow e Julian sono andati in terapia per affrontare il dolore, invece Sammy non sembra averne bisogno. Era troppo piccolo e non aveva sentito un vero legame con la madre, quindi non aveva sofferto per la sua scomparsa. Adesso sono io sua madre e, a volte, quando siamo da soli, mi chiama "mamma".

Sammy mi stringe la mano e mi sorride. È la luce della mia vita.

Veniamo spesso al cimitero con i ragazzi, e so che Julian a volte fa visita da solo. Non ha mai dimenticato Alina. Dice di non averla mai amata, ma in un certo senso la amava. Gli ha fatto dono del regalo più bello, e lui le sarà per sempre grato perché ha portato avanti due gravidanze.

Henry si dimena perché vuole essere liberato, così lo metto giù e lo osservo correre per il cimitero.

«Henry,» lo chiama Julian. «Torna qui, ti prego.»

«No!» urla Henry mentre corre nella direzione opposta il più veloce che può.

Julian incrocia i miei occhi e ridacchia. Questo bambino sarà la sua fine perché è un tipo ribelle.

«Non costringermi a venire a prenderti,» esclama Julian, ma Henry continua a correre divertito.

Willow e io ridiamo quando Julian scuote il capo e corre verso Henry, prendendolo al volo mentre il piccolo cerca di liberarsi.

«Non ho mai pensato che un giorno sarei stata io la figlia buona,» dice Willow sogghignando.

Le bacio le tempie e la stringo con un braccio. «Zuccherino, anche il diavolo in persona sarebbe un angioletto se paragonato a quel bambino.»

Due anni dopo

JULIAN è spaparanzato sul divano a guardare la televisione con un neonato di quattro mesi che dorme sul suo petto. Adesso abbiamo cinque figli. Willow ha ventun anni e sta diventando una donna. Lavora per il Masters Group e studia economia e commercio all'università. Ha frequentato diverse ragazze, anche se nessuna di loro è mai all'altezza per Julian. Più di una volta ha accennato a volersi trasferire... ma non sono ancora pronta a lasciarla andare. La voglio vicina per qualche altro anno. Julian alla fine ha ceduto e abbiamo iniziato i lavori per costruirle un appartamento sopra il garage. Non posso tenerla per sempre con me, però.

Sammy ha tredici anni ed è sempre la luce dei miei occhi, anche se ha gli ormoni in subbuglio e va pazzo per le ragazze. Julian di tanto in tanto si trasforma in Hulk e gli lancia la PlayStation nella spazzatura perché la usa troppo, ma Sammy la recupera sempre quando il padre va al lavoro. Henry ha cinque anni e... oddio, questo bambino è venuto al mondo per metterci alla prova. È buffo come me ma forte come Julian. È identico al padre e anche fargli indossare le scarpe può trasformarsi nella Terza Guerra Mondiale. Deve essere sempre tutto come vuole lui e si scontra con Julian almeno una volta il giorno. Aaron, il nostro angioletto, ha due anni. Dorme al piano di sopra e somiglia tantissimo a Sammy. Sia caratterialmente sia nell'aspetto. Ha i capelli scuri, un sorriso enorme e vuole sempre rendere tutti felici.

E poi c'è il piccolo Alexander. Un altro maschietto che vuole sempre stare in braccio e non si stacca mai dal padre. Il mondo esterno conosce Julian soltanto come un giudice severo e burbero, ma i bambini sanno chi è realmente. È un padre stupendo e un marito che mi adora. È il collante della nostra famiglia e lo amiamo.

* * *

Julian Masters richiede la compagnia di Bree Johnston
Occasione: Ispezione
Data: Giovedì
Ora: 19:00
Luogo: Stanza 612, Rosewood, Londra
Dress code: Bondage

Sorrido e busso alla porta della camera d'albergo. Ricevo ancora gli inviti per i nostri giovedì sera perché Julian non è pronto a lasciar stare. Quando siamo qui, non siamo genitori con responsabilità, lui è il signor Masters e io sono la sua escort di classe, e lo adoro, cazzo. Mi fa sentire così viva quando siamo in questa stanza.

La porta si apre in uno scatto e me lo ritrovo davanti con il suo solito completo blu navy, i capelli spettinati che trasudano sesso e quell'aria autoritaria. Mi fissa con i suoi occhi scuri e si lecca il labbro inferiore in trepida attesa. Sento le farfalle allo stomaco ogni volta. Lui è semplicemente così... perfetto.

Indosso lingerie di pelle, un cappotto e stivali neri che arrivano sopra il ginocchio. Ho raccolto i capelli in una coda alta e il lucidalabbra rosso completa il look. Prendo sul serio il role-play e so quanto sia importante per entrambi.

«Prego.» Mi fa segno di entrare. Una volta dentro noto subito la frusta e l'olio per il corpo sul comodino.

Un brivido mi attraversa.

«Dove mi vuole, signore?» domando togliendomi la giacca quando i nostri occhi si incrociano.

Abbassa la cerniera dei pantaloni e dice: «In ginocchio.»

POSTFAZIONE

Grazie mille per aver letto questa storia e per il vostro continuo sostegno. Ho i lettori più incredibili al mondo!

Per ottenere le scene extra dei libri che più amate e offerte speciali, iscrivetemi alla mia newsletter.

TL Swan

Ecco un estratto del mio prossimo libro: *Mr. Spencer*

MR. SPENCER - ESTRATTO
CAPITOLO 1

Charlotte

Sempre la stessa gente falsa e idiota. Sempre gli stessi uomini noiosi che conosco da tutta la vita. «Non è vero?» chiede una voce.

Eh?

Sposto di nuovo lo sguardo sull'uomo davanti a me. Non riesco proprio a ricordare il suo nome, anche se sono piuttosto certa che dovrei. Ogni volta che lo incontro a questi eventi di famiglia, fa del suo meglio per colpirmi.

Il che accade spesso.

«Mi dispiace, non ti ho sentito. Che cos'hai detto?»

«Ho detto che è fantastico conoscerti meglio.» Sorride e prova a impressionarmi con il suo fascino.

Sorrido imbarazzata. «Sì, certo.» Lo guardo dalla testa ai piedi. Suppongo che sia abbastanza carino. Alto, capelli scuri, bello. Tutti elementi che dovrebbero entusiasmarmi... ma non succede.

Sono annoiata, mi sento un'estranea che guarda da lontano tutta la bella gente che mi circonda. So che non dovrei sentirmi così, perché secondo la società anch'io sono una di loro.

«E poi sono andato a Harvard per studiare legge e, ovviamente, mi sono laureato con la lode,» continua a dire la voce noiosa.

Sorrido e mi guardo intorno, facendo il possibile per sfuggire a questa conversazione monotona. Espiro e viaggio con la mente. Il ricevimento nuziale è bellissimo... sembra uscito da una fiaba. Siamo in una location esotica, ci sono lucine dappertutto, abiti di alta moda da ammirare ed è presente tutta l'alta società.

Perché questo tipo non mi interessa? Ormai non trovo più nessuno che sia interessante e non so che cosa ci sia che non va in me.

Sgrano gli occhi e lancio un'occhiata alla mia amica, che si trova dall'altro lato della sala, chiedendo il suo aiuto in silenzio. Per fortuna mi capisce e viene subito da noi.

«Charlotte.» Sorride e mi bacia le guance. «Ti ho cercato dappertutto.» Poi sorride al pover'uomo davanti a me. «Posso rubarla per un momento, per favore?»

L'uomo arriccia le labbra e annuisce con riluttanza. «Certo.»

Lo saluto con la mano e prendo la mia amica a braccetto. Poi andiamo via. «Grazie a Dio,» mormoro.

«Uno di questi giorni non ti salverò. Era carino,» si lamenta mentre prende due calici di champagne da un cameriere che ci passa accanto. Sorrido e accetto il bicchiere. Poi restiamo alla larga dall'uomo da cui siamo appena scappate.

Lara è una delle mie amiche più care. I nostri padri si conoscono da quando erano bambini e noi abbiamo ereditato la loro amicizia. È come una sorella per me. Le nostre famiglie frequentano le stesse persone e partecipiamo a molti eventi insieme. Non la vedo quanto vorrei, dato che adesso vive a Cambridge.

Poi c'è Elizabeth, un'altra amica. Elizabeth è completamente diversa da noi, ci siamo incontrate a scuola, che lei frequentava grazie a una borsa di studio. I suoi genitori non sono ricchi ma... cavolo, lei sa comunque divertirsi. È selvaggia, spensierata ed è cresciuta senza le restrizioni sociali che Lara e io siamo state costrette a subire. Può frequentare chi vuole, nessuno la desidera per i suoi soldi né può giudicarla. A essere onesta, credo che nessuno giudichi me o Lara, ma i nostri padri sono uomini molto facoltosi e questo privilegio è accompagnato dalla responsabilità di portare sempre in alto il nome della famiglia. Lara e io faremmo di tutto per avere la vita di Elizabeth. Elizabeth, o Beth, come la chiamiamo noi, vive a Londra ed è perdutamente innamorata dell'idea dell'amore. Anche se non trova mai l'uomo giusto, si diverte a cercarlo.

Io, al contrario, non sono mai stata davvero interessata all'amore. Dopo che mia madre aveva perso la vita all'improvviso in un incidente d'auto quando io avevo diciotto anni, il dolore aveva preso il sopravvento. Mio padre e i miei due fratelli mi soffocano, dicendo di volermi proteggere. Ero andata a scuola, avevo conosciuto le mie amiche e mi ero divertita con loro e poi avevo fatto ordine nella mia vita per un po'. Il tempo era volato via e adesso mi ritrovo alla veneranda età di ventiquattro anni e la mia esperienza con gli uomini è quasi inesistente.

«Oh, è adorabile,» sussurra Lara da dietro il calice di vino.

Sposto lo sguardo e all'angolo vedo un uomo alto con capelli scuri. «Non frequenti qualcuno?» le chiedo.

«Volevo dire che è adorabile per te. Qualcuno da queste parti deve dare un'occhiata al posto tuo.» Alzo gli occhi al cielo e lei continua. «Di sicuro hai trovato un uomo interessante, no?»

Mi guardo intorno e vedo che tutti stanno chiacchierando o ballando. «Non direi.» Sospiro.

Lara comincia a parlare con una donna accanto a noi e io perlustro la sala da ballo. Sollevo lo sguardo sul soffitto e sui lampadari di cristallo.

Li amo. In realtà amo i soffitti in generale. Se una stanza ha un bel soffitto, per me è la fine. Mentre Lara continua a parlare con la signora al suo fianco, osservo la folla e poi mi irrigidisco subito. Dall'altro lato della stanza c'è un uomo. Sta parlando con altri due ragazzi e una donna molto incinta. Indossa un completo blu navy che gli calza a pennello e una camicia bianca.

Lo osservo per qualche secondo mentre ride con spensieratezza e mi sfugge un sorrisino. Sembra divertente. È bello da impazzire e sicuramente più grande di me. Ha i capelli più lunghi sulla parte superiore, la mascella squadrata e le fossette sulle guance.

Mi chiedo chi sia.

Mi guardo di nuovo intorno ma continuo a tornare su di lui. Sta raccontando una storia con trasporto e usa le mani per gesticolare. Le tre persone che sono con lui scoppiano a ridere. Un uomo gli passa accanto e dice qualcosa, e poi ridono tutti quanti. Sorseggio lo champagne e rifletto.

Mmm.

Guardo l'orologio e poi la porta. Sono le undici meno venti di sera, è troppo presto e non posso tornare a casa. A essere onesta, preferirei farmi estrarre i denti piuttosto che partecipare a questi eventi.

Torno a guardare l'uomo interessante, ma questa volta mi accorgo che anche lui mi sta fissando e distolgo subito lo sguardo, sentendomi in colpa. Non voglio che capisca che l'ho notato. Continuo a bere e fisso la folla, fingendo di essere impegnata.

Lara finisce di parlare con la signora e si volta verso di me. «Chi è quell'uomo?» chiedo.

Corruga la fronte e si guarda intorno. «Chi?»

«Il tipo dall'altro lato della stanza.» Sollevo lo sguardo e mi accorgo che ci sta ancora fissando. «Non guardare adesso, ci sta osservando,» sussurro.

«Dove?»

«Si trova sul lato opposto e sta parlando con la donna incinta.»

«Oh.» Fa un sorrisetto malizioso. «Quello è Julian Masters. È un giudice. Uomo magnifico, non è vero? Prima era vedovo.» Sollevo lo sguardo in tempo per vedere l'uomo che mette la mano sulla pancia della donna prima di darle un bacio sulla guancia mentre lei lo guarda con amore e adorazione. «Quella deve essere la nuova moglie,» mormora Lara, arricciando le labbra in segno di disgusto. «Stronza fortunata.»

«Non mi riferisco a lui, ma al biondo,» le dico. Sposta lo sguardo e sul suo viso compare un'espressione strana. «Oh. Quello è...» Strizza gli occhi e riflette per qualche secondo. «Sì, quello è il signor Spencer. Non ti disturbare nemmeno a guardarlo.»

«Perché no?» Aggrotto la fronte.

«Perché è lo scapolo più ambito di Londra. Un tremendo libertino.» Inarca un sopracciglio. «È davvero ben messo e non mi riferisco al suo portafoglio.»

Sgrano gli occhi. «Oh.» Mi mordo il labbro mentre lo guardo di nuovo. «Come lo sai?» sussurro, non riuscendo a staccargli gli occhi di dosso.

«Pagina due delle riviste scandalistiche ed è sempre sulla bocca di tutte le donne di Londra. Letteralmente.» Mi prende a braccetto. «È il tipo di uomo che si guarda ma non si tocca. Non ci pensare nemmeno.»

«Certo,» sussurro, distratta. «Non lo farei mai.»

«Probabilmente al momento frequenta dieci donne. Gli piacciono le donne di potere. CEO, stiliste, modelle, ragazze di questo tipo.»

«Oh, io...» Mi stringo nelle spalle. «Te l'ho chiesto soltanto perché è molto bello. Non sono interessata.»

«Bene, perché è uno spezza cuori con un abito elegante.» Fa un respiro profondo e lo guarda attentamente. «È davvero delizioso, però, non è vero?»

Lo guardo di nuovo e sorrido. Perché quelli belli sono sempre dei playboy?

«Già.» Sospiro mentre finisco di bere. «Proprio così.»

«Torniamo a parlare con quel tipo carino. Quel poveretto ti dà la caccia da mesi.»

Torno a guardare il tipo di prima e sussulto. «Ti prego, no.» Prendo un altro calice di champagne. «Come cavolo si chiama?»

Spencer

«Vuoi qualcosa da bere, tesoro?» domanda Julian, sfiorando il ventre gonfio di Bree. «Stai bene?» sussurra, come se non potessi sentirlo.

Bree spalanca gli occhi. «Sto bene, Julian. La smetti di preoccuparti?»

Sebastian e io ci scambiamo un'occhiata. *Dio, che ne ha fatto questa donna del mio migliore amico?*

«Posso avere una limonata, per favore?»

«Non perdetela di vista nemmeno per un secondo,» ci avverte Julian prima di disperdersi tra la folla.

Alzo gli occhi al cielo. «Sì, sì. Dio, Bree, devi essere stufa di lui. È fastidioso, cazzo.»

Bree ridacchia. «Esagera sempre.»

Sorrido alla donna fantastica che mi trovo davanti. Ha cambiato il mondo del mio amico Julian Masters e la adoro per questo. Julian ritorna con un bicchiere di limonata e noto una donna con un abito rosa che non avevo mai visto prima.

«Chi è quella?» domando ammirando quella creatura perfetta.

«Quella è Lady Charlotte,» spiega Julian.

«Lady?» Mi acciglio. «Ha un titolo?»

«Suo padre è il Conte di Nottingham.»

«Sul serio?» rispondo affascinato.

Mr. Spencer

«Non disturbarti a provarci con lei. È davvero fuori dalla tua portata, vecchio mio.» Julian sorseggia la birra e aggiunge: «Il suo sangue è troppo blu, anche per te.»

Osservo la creatura stupenda che parla e ride con un'amica.

«Andiamo, signora Masters,» dice Julian alla moglie.

«Okay,» risponde con un sorriso.

«Dove vuoi andare?» domando. «Restate qui con noi.»

«Tornare a casa con mia moglie e fare cose indicibili al suo corpo è più allettante che stare qui con voi due,» risponde Julian.

«Bastardo fortunato,» borbotto, facendogli un sorrisino mentre continuo a fissare Lady Charlotte. «Devo fare un po' di quel sesso da gravidanza di cui parli tanto, Masters.»

«Avrai bisogno di una donna per indagare fino in fondo, Spence.»

«Amo le sfide. Forse Lady Charlotte muore dalla voglia di farsi mettere incinta questa sera,» rispondo.

Julian alza gli occhi al cielo.

«O forse muore soltanto dalla voglia di starti alla larga,» borbotta Seb, bevendo un sorso di birra.

«Scommetto duecento bigliettoni che uscirò con lei entro la fine della prossima settimana, Seb.»

«Raddoppia a quattrocento. Non hai la minima possibilità con lei,» sbotta Masters.

«Ci sto.» Seb sorride e mi stringe la mano.

«Abbiamo un accordo.» Sorrido e poi accarezzo il ventre di Bree dandole un bacio sulla guancia. «Ciao, dolcezza. Goditi le tue avventure indicibili.» Mi giro e mi dirigo dalla donna in rosa.

«Spencer!» Sento una donna chiamarmi dietro di me. Mi volto e vedo una brunetta con un vestito nero attillato. Certo, è molto attraente ma non è niente paragonata a Lady Charlotte.

«Ciao.» Sorrido.

Mi offre la mano. «Sono Linda.» Esita. «Ci siamo conosciuti a una festa di Natale lo scorso anno.»

Fingo di sorridere mentre cerco di ricordare chi sia. *No, niente.* «Sì, ricordo,» mento. «Come stai?»

Si illumina. «Bene, anche se ho un problema.»

«Quale?» Corrugo la fronte.

«L'impianto idraulico della mia camera sembra non funzionare bene.»

«Davvero?» Sogghigno. Ci sono molte stanze d'albergo in questo resort e, ovviamente, lei alloggia qua.

«Già. Mi chiedevo se ti andrebbe di passare a dare un'occhiata dopo il matrimonio.»

Ridacchio. *Wow.* È un vecchio trucco. «Sono molto bravo a sbloccare le tubature,» la stuzzico.

«Suppongo di sì.» Ridacchia e mi passa subito una chiave. «Stanza 282.» Sorride.

Ricambio e infilo la chiave in tasca. «Se vuoi scusarmi, devo incontrare una persona.»

«Okay. Ci vediamo dopo.» Sorride. *Buon Dio.*

Mi aggiro attorno alla pista da ballo senza staccare gli occhi di dosso dalla ragazza in rosa. È esile e tutta curve, e ha il viso più incredibile che abbia mai visto. Adesso sta parlando con due uomini. Uno è più grande, mente l'altro ha circa la mia età. Sorseggio la birra e la guardo muoversi.

Mmm... è bellissima, cazzo, e davvero sensuale.

È anche molto diversa dal genere di donne che preferisco di solito. Ha un'aria gentile. Arriccio le labbra mentre la osservo e Brendan, un vecchio compagno di scuola, si ferma accanto a me.

«Ehi, Spence.» Mi dà una pacca sulla spalla.

«Che mi dici di quella donna?» chiedo con tono distratto.

Aggrotta la fronte. «Quale?»

«Vestito rosa. Charlotte.»

Spalanca gli occhi e ridacchia. «Sta' alla larga da lei, vecchio mio. È fuori dalla tua portata.»

«E perché mai?»

«Tutti gli uomini del paese la desiderano e lei non presta loro nemmeno un briciolo di attenzione.»

Fremo quando percepisco una sfida. «Davvero?»

«Sì e, anche se fosse interessata, dovresti passare sopra il cadavere del padre e dei fratelli.»

Mi acciglio. «Che vuoi dire?»

«Quello sulla destra è il padre. Se ricordo bene, è il terzo uomo più ricco del paese. Possiede casinò in tutto il mondo e ha agganci dappertutto. Alla sua sinistra c'è il fratello maggiore, Edward. È un vero bastardo.»

I miei occhi diventano due fessure mentre lo fisso. «Di che cosa si occupa Edward?»

«Da quel che so, fa la guardia a Charlotte. Non la perde mai di vista. È un lavoro a tempo pieno, cazzo.»

Sollevo il bicchiere per un brindisi.

Scuote la testa. «Non lei, Spencer. È davvero off-limits. È troppo pura per te.»

Sento l'eccitazione attraversarmi. «Il brivido della caccia mi scorre nelle vene, amico.»

Ridacchia. «Oppure fremi dal desiderio di morire. Se farai casini con lei, suo padre ti ucciderà senza pensarci due volte.»

Sorrido e mi volto per guardare Charlotte che parla con i due uomini. «Sfida accettata, vecchio mio.»

Ride contro il bicchiere di birra e scuote la testa. «La prossima volta che ti vedrò, potrebbe essere al tuo funerale.»

«Parla bene di me nell'elogio funebre, d'accordo? Scommetto che ne varrà la pena.»

Ridacchia e scompare tra la folla, scuotendo la testa.

Resto da solo a fissarla. Non vedevo una creatura così bella da tempo. All'improvviso, sposta lo sguardo su di me e mi osserva. Sorrido e sollevo il bicchiere verso di lei. Distoglie subito lo sguardo e si tormenta le mani.

Sorrido mentre la osservo. Fate largo, ragazzi.

La voglio tutta per me.

CONTINUA...